WITHDRAWN

El cuervo blanco

Fernando Vallejo

El cuervo blanco

ALFAGUARA

ALFAGUARA ^{MR}

© 2007, Fernando Vallejo
© De esta edición:
Santillana Ediciones Generales, S. A. de C. V., 2011
Av. Río Mixcoac 274, Col. Acacias,
México, D. F., C. P. 03240, México.
Teléfono 5420 7530
www.alfaguara.com.mx

ISBN: 978-607-11-1951-3

Primera edición: mayo de 2012

© Foto de cubierta: León García Jordán
Diseño de cubierta: Santiago Mosquera Mejía

Impreso en México

 PRISA EDICIONES

A David Antón

Bajé en la estación del Père-Lachaise, caminé unas calles y entré en la ciudad de los muertos: tumbas y tumbas y tumbas de muertos y muertos y muertos: Joseph Courtial, Victor Meusy, George Visinet, Familia Faucher, Familia Flamant, Familia Morel, Familia Bardin… Y lápidas y lápidas y lápidas, con epitafios infatuados, necios, presumiendo de lo que fueron los que ya no lo son: un administrador de la Compañía de Gas en Saint-Germain-en-Laye; un crítico dramático y musical del *Journal de Rouen*; el sargento Hoff de una tumba adornada con la estatua de un soldadito de quepis, fusil en una mano y con la otra saludando al cielo. Y músicos y poetas y oradores y políticos y pintores y novelistas y generales y mariscales… ¡Y los monumentos! Monumento a los caídos en la guerra de 1870 por Francia. Monumento a los soldados parisienses muertos en el Norte de África por Francia. Monumento a los polacos muertos por Francia. Monumento a los combatientes rusos muertos por Francia. Monumento a los soldados españoles muertos por Francia. Monumento a los jóvenes voluntarios muertos por Francia… ¡Qué país! ¡Cuánta gloria! ¡Qué masacre! Masacre, del francés *massacre*, que un día fue galicismo en este idioma pero ya no. Todo pasa, todo cambia y el idioma y la moral se relajan. «Dan de sí», como dicen en México los vendedores de zapatos.

Y en las lápidas, bajo los nombres, las fechas entre las que vivieron los que se fueron. Y esta advertencia majadera en las tumbas de los ricos: *concession à perpétuité*: concesión a perpetuidad. O sea que el muerto es dueño de su tumba por toda la eternidad, de Dios o del *Big Bang* o de lo que sea. Y los pobres, los del común, los que si hoy comen mañana quién sabe, sin tumba a perpetuidad, ¿esos qué? Se van.

Ahora voy por la Avenida Lateral Sur a la altura de la Décima División y el Camino del Padre Eterno, un sendero. Entre los árboles sin hojas del invierno veo un pájaro negro, hermoso. Ah no, «hermoso» es pleonasmo, sobra. Todos los animales son hermosos. Este es un cuervo, un pájaro negro de alma blanca que tiene el don de la palabra, y ahora me está diciendo: «Por allí». Y por donde me dice tomo. Al llegar a la Avenue de la Chapelle otro cuervo me indicó: «Sempre diritto». Seguí derecho como me dijo el animalito, y por la Avenida de Saint-Morys llegué a la Transversal Primera. ¿Y ahora? ¿Por dónde sigo? Ningún cuervo había allí para preguntarle. Giré al azar, a la izquierda, y luego a la derecha, y en ese punto me perdí. Avenue des Étrangers Morts pour la France anunciaba un poste junto a un monumento extravagante, medio ridículo, un dolmen con el piso cubierto de ofrendas de flores: la tumba de Allan Kardec, el «fundador de la filosofía espiritista», según rezaba en la cornisa el esperpento. Qué bien le fue a este difunto, pensé. Era el muerto más florecido del Père-Lachaise. ¡Claro! Como fue el gran invocador de muertos… Y he aquí que me gritan desde la rama de uno de esos árboles escuetos: «Mais non, mais non, c'est par là, par là! Rebroussez chemin, idiot!». Era un cuervo impaciente que me estaba guiando: «À gauche, à gauche!». Volví sobre mis pasos y rectifiqué el camino. Los cuervos del Père-Lachaise son como los franceses, intransigentes. Pero llegué: desemboqué en la nonagésima división, un laberinto de tumbas que linda con el columbario.

Desde la alta cruz de piedra de un templete tres cuervos idénticos (pero de personalidades diferentísimas como bien lo sé) me miraban haciéndose los que no. Contaron hasta diez. Entonces el de en medio, una especie de Espíritu Santo de una trinidad luctuosa, descendió volando y vino a posarse cerca de mí, sobre una tumba que yo solo jamás habría encontrado, perdida como estaba, a ras del suelo, en su humildad, entre tanta jactancia y tanta gloria *degaullesque*. Caminé hacia la tumba y el corazón me dio un vuelco. Había llegado. Al sentirme llegar el cuervo alzó el vuelo y volvió a su cruz, sin mirarme. Entonces recordé el del poema de Poe que decía «Nunca más».

Era una pobre tumba cubierta de musgo. Con la punta del paraguas me di a rasparlo y fue apareciendo una cruz trazada sobre el cemento, y bajo su brazo horizontal, al lado izquierdo: «Ángel… Cuervo… né… Bogotá…». ¿El qué? El 7 tal vez, no se alcanzaba a leer. «…de marzo de 1838… mort… París…». ¿El 24? Tampoco se alcanzaba a leer. «…de abril de…». Faltaba el año, lo había borrado el tiempo. Pero yo lo sé: 1896, el mismo en que se mató Silva el poeta, y por los mismos días, pero en Bogotá, de un tiro en el corazón. Y nada más, sin epitafio ni palabrería vana, en una mezcla torpe de francés con español. Seguí raspando. Entonces, a la derecha, bajo el brazo vertical de la cruz, fuiste apareciendo tú: «Rufino… José… Cuervo… nacido en Bogotá… el 19 de septiembre de 1844… muerto en París… el 17 de julio de 1911». En el paisaje desolado de los árboles sin hojas del invierno y en tanto empezaba a caer la noche sobre el Père-Lachaise que ya iban a cerrar los guardianes, el inmenso Vacío de arriba vio a un pobre hombre arrodillado ante una pobre tumba. ¿Rezando? ¡Qué va, yo nunca rezo! Estaba anotando simplemente con un bolígrafo y en un papelito que saqué de la billetera algo que vi escrito en el frente de la tumba: «105 – 1896». ¿Ciento cinco qué es? ¿Acaso el número de la tumba de esa línea de esa división?

¿Y 1896 el año en que Rufino José la compró para enterrar ahí a su hermano?

«En la ciudad de París, capital de la República Francesa, a diez y siete de Julio de mil novecientos once, ante mí José Pablo Uribe B., Cónsul General de Colombia en París, ejerciendo funciones de Notario Público, según lo dispone la ley, y en presencia de los testigos Señores Pierre Cassasus y Eugène Poillot, varones mayores de edad, personas de buen crédito, domiciliados en París, a quienes conozco personalmente y en quienes no concurre ninguna causal de impedimento, compareció el señor Augusto Borda Tanco, ciudadano colombiano, varón, mayor de edad, a quien conozco personalmente y dijo: que hoy diez y siete de Julio de mil novecientos once falleció en esta ciudad de París, en la casa de salud situada en la calle Monsieur número quince, el Señor Don Rufino José Cuervo, ciudadano colombiano, nacido en Bogotá, República de Colombia, domiciliado en París en la calle de Siam, número diez y ocho. Le consta la defunción por haberle visto en su lecho de muerte. Leída que le fue la presente diligencia al compareciente se ratificó en su contenido, y en prueba de ello firma con los testigos ya mencionados, por ante mí, de todo lo cual doy fe». Y siguen las firmas de Augusto Borda, de los dos testigos franceses y de José Pablo Uribe B., «Cónsul General de Colombia en París». Es el acta de defunción de don Rufino. O mejor dicho, el acta colombiana de defunción, puesto que como murió en París tuvo que haber habido también un acta de defunción francesa, la más importante, y no porque Francia sea más importante que Colombia sino porque murió allá. Los muertos son de donde mueren y no del país donde nacieron. El acta de defunción francesa no la conozco; si no, la citaría también aquí. Adoro los expedientes criminales y las actas de los notarios, son pura literatura y las reproduzco

12

tal cual. Yo, como don Rufino, soy riguroso en las citas, incapaz de cambiar una coma. Ni quito, ni pongo, ni cambio, ni desordeno. Tengan la certeza pues de que cuando abro comillas lo que queda encerrado entre ellas es la verdad de Dios. El acta en cuestión es manuscrita y la letra de quien la levanta es la del cónsul. ¿Tan pobre era entonces Colombia que no tenía para pagarle un secretario? ¡Mucho cuento es que le pagara a él! Además, colombianos en París había entonces pocos, las gracias deberían darnos por tener cónsul. Colombiano muerto que no esté certificado por el respectivo cónsul con su correspondiente acta de eternidad, hagan de cuenta que no se murió. ¿O por qué creen que sigo aquí y estoy escribiendo?

¿Y cómo sé que la letra del acta de don Rufino es la del cónsul y no la de un secretario que pagaba él de su dinerito? Muy sencillo, mi querido Watson. Por la firma. Porque es la misma del acta. Y más que por la firma (pues al final de cuentas una firma puede ser cualquier garabato), porque abajo de la rúbrica de su firma José Pablo puso «Cónsul General de Colombia en París», y esta leyendita es idéntica a la que está en la tercera línea del acta, como si la hubiera puesto con un sello. Además José Pablo firmaba exactamente como escribía, lo cual habla bien de él. No habla bien de él que fuera burócrata, o sea de los que viven pegados de la teta pública mamando del presupuesto. ¡Y en París! ¡En París, la ciudad del arte y de las putas, la Ciudad Luz! ¡Qué afortunado!

Observando ahora el acta con la lupa del filólogo se me ocurren varias preguntas que se le habrían ocurrido también a don Rufino. ¿Por qué pone José Pablo «Cónsul General» con mayúscula? Debe ir con minúscula. Así: «cónsul general». Con mayúscula irá Dios, ¡pero un cónsul! ¿Y por qué pone «Julio» con mayúscula si no es Julio César, un nombre propio, sino un simple mes? Debe ser «julio de 1911». Pero esto es peccata minuta. Juro por Dios que me ve que don Rufino se habría sonreído al leer «Le consta la defunción por haberle visto». ¿«Haberle» en vez de «haberlo»? Este idioma se divide en dos, asunto que había estudiado muy bien don Rufino: los loístas y los leístas. Los primeros son los que ponen «lo» tratándose de un complemento directo de persona como en «Lo conozco». Y los segundos los que ponen «le» como en «Le conozco». Los colombianos somos todos loístas. Y entonces, preguntará usted, ¿por qué el cónsul José Pablo Uribe B., siendo colombiano, pone «haberle visto»? Ah, porque es cónsul y está cambiando de personalidad. Porque poniendo «haberle visto» en vez de «haberlo visto» le suena más elegante, más español de España. ¿Y qué es eso de que el compareciente firma con los testigos mencionados «por ante mí»? Ni en Colombia ni en América nadie ha usado nunca esa doble preposición ahí. Todos decimos: firma «ante mí», sin el «por». No somos como los españoles que dicen «Voy a por el libro». Debe ser «Voy por el libro», sin «a», ¡bestias!

¡Ah si viviera don Rufino para burlarme aquí con él de José Pablo y sus burrocracias! Eran amigos. Y no de ayer. De cuando menos veintisiete años en París, y acaso de más atrás, desde Colombia. Pongámosle en total unos treinta. A José Pablo Uribe Buenaventura le vengo siguiendo la pista por cartas y cartas y cartas de miles y miles de páginas: casado con María Josefa Gutiérrez Ponce, hermana de Ignacio Gutiérrez Ponce, médico este y muy elegante, y amigos los tres de don Rufino y de su hermano don Ángel y también de Augusto Borda Tanco, quien era cónsul desde hacía años en consulados de Italia, aunque no sé qué hacía entonces en París. José Pablo: ¿cómo es eso de que Augusto Borda Tanco te dijo que «falleció» el Señor Don Rufino José Cuervo?

Lo que te dijo Augusto fue que don Rufino se murió. «Fallecer» es un verbo oficinesco. Para los amigos y quienes nos quieren «morimos»; para el impersonal Estado, «fallecemos». ¿Pero es que acaso Colombia es un impersonal Estado, un país desamorado? Más que eso: Colombia es una desgracia, una cruz. Yo cargo con ella como cargó con la suya el Nazareno. Y no de ayer. Desde hace medio siglo largo. Tan largo que va para uno. La cargaré hasta el Gólgota.

El tres de septiembre del año en cuestión, 1911, Henri F. Piñeyro, hijo del escritor cubano Enrique Piñeyro, le escribía a Cuba a su paisano y amigo de su padre el filólogo Juan Miguel Dihigo (quien había visitado en una ocasión a don Rufino en su apartamento de la rue de Siam, el último de los cuatro que tuvo): «Nuestro amigo el Sr. Rufino José Cuervo murió el día 17 del mes de julio, mientras estaba yo ausente de París, y yo, como Vd., supe de su muerte por los periódicos. No me extrañó tal noticia, habiéndolo dejado muy enfermo, de varias enfermedades a la vez. A mi regreso a París me fui a informar y supe que si había tenido algo en el cerebro, fue su enfermedad de la vejiga el motivo de su muerte apresurada por un ataque de uremia y quizás también por los bastantes malos cuidados. Murió Cuervo en una casa de salud, sin parientes ni amigos verdaderos cerca de él. Deja su biblioteca a la Biblioteca de Bogotá y sus bienes los consagra a obras de beneficencia allá en Colombia. Ahora se está imprimiendo una nueva edición de las *Apuntaciones* y creo que me encargaré de corregir las pruebas». Las pruebas las acabaron de corregir Jesús Antonio Hoyos y Luis Martínez Silva, comisionados por el Consulado colombiano, pero eso poco más importa. Lo que importa es que Henri F. diga que Cuervo murió en una «casa de salud», en lo cual coincide con el acta de defunción, y que sea el único que consignó entonces por escrito la causa de la muerte: de un ataque de uremia a consecuencia de una enfermedad de la vejiga. Si fue de un ataque de uremia la enfermedad sería de los riñones, pero en fin. Cuervo se pasó la vida quejándose de todo tipo de «achaques», como los llamaba él; sin embargo nunca habló de que estuviera enfermo de la vejiga o de los riñones. Su última carta, del 4 de mayo de 1911 y dirigida a Antonio Gómez Restrepo, a Colombia, termina así: «Mi salud está bien quebrantada y me cuesta mucho trabajo escribir una carta, hacer una visita, etc. Saludo a toda la familia con respetuoso afecto, y quedo de U. amigo muy de veras, cariñosísimo y agradecidísimo, R. J. Cuervo». Nada nuevo. Lo que ahí dice llevaba más de diez años repitiéndolo: que no tenía ánimos para nada. Después de la firma, a modo de posdata, dice: «U. habrá sabido la muerte del Sr. Piñeyro, que estimaba muchísimo a U. Para mí ha sido muy sensible, pues nos veíamos con frecuencia y nos tratábamos con franqueza y sinceridad. Al escribir esto recuerdo que él se había hecho nombrar Consejero de la Legación de Cuba; de modo que sus herederos no tendrán nada que padecer por parte del fisco francés. Me olvidaba apuntar que mis libros los lego a la Biblioteca de Bogotá, estipulando que todos los gastos de traslación corren por cuenta de mi sucesión».

Piñeyro, el padre de Henri F., había muerto el 11 de abril, vale decir tres meses antes de Cuervo, y lo de que se había hecho nombrar Consejero de la Legación de Cuba venía a cuento en la carta a Gómez Restrepo, quien siempre estuvo en el gobierno, cerca de lo más alto del poder, pues Cuervo buscaba para sí mismo lo mismo por parte de Colombia: «Usted sabe las leyes francesas relativas a los bienes muebles de los extranjeros que mueren aquí; en mi testamento, otorgado en nuestro consulado y protocolizado en Bogotá, designo como heredero universal, después de diferentes legados, al Hospital de S. Juan de Dios; yo tengo aquí, fuera de unos pocos francos, mis libros y muebles, contando entre aquellos las ediciones actuales o futuras de mis obras. Al morir yo, el fisco francés causará sin duda mil molestias a los que intervengan en mi testamentaria, y lo que cobre de derechos (que no puedo calcular, pues no sé cómo avaluará mis cosas) defraudará a los pobres de Bogotá de parte de lo que les corresponde. Por el momento se me ocurre como solución el solicitar un empleo ad honórem en nuestra legación que me confiera inmunidad; pero ha de ser empleo que no exija trabajo, ciencia especial ni experiencia. Yo nunca he solicitado empleo alguno, y cuando me lo han ofrecido he rehusado aceptarlo por la falta de tiempo, ciencia y experiencia: ahora me atrevería a salir de este camino para invocar una protección a favor de mis herederos, más dignos de simpatía que el tesoro de un país que nos ha sido poco favorable». Esto último lo decía porque Francia, que por décadas trató de construir el canal de Panamá sin más resultado que la gran quiebra de Lesseps, se había apresurado a aprobar su separación de Colombia cuando el zarpazo de Roosevelt. Cuervo entonces archivó la insignia de la Legión de Honor que le había dado el gobierno francés, y de paso su afecto por el país donde había vivido veintiún años y donde habría de vivir ocho más, hasta el final.

Imposible pues no tener en cuenta las palabras del hijo de Piñeyro: está enterado del testamento de Cuervo; coincide con el acta de defunción en decir que murió en una «casa de salud»; dice que fue a informarse de cómo había ocurrido la muerte. ¿Dónde fue a informarse? ¿Al consulado? Ninguno de los que podían haber consignado entonces por escrito la causa de la muerte de Cuervo lo hizo: solo él, Henri F. Piñeyro. Aunque la muerte de Cuervo me duele a mí inmensamente, quedo más tranquilo sabiendo por el hijo de Piñeyro que murió de algo y no de nada.

Habla Henri F. de que la muerte fue apresurada por el ataque de uremia «y quizás también por los bastantes malos cuidados», y de que murió «sin parientes ni amigos verdaderos cerca de él». Si malos cuidados hubo serían los de Juan Evangelista Manrique Convers, el médico, quien según noticia de *El Nuevo Tiempo* de Bogotá «lo asistió con noble abnegación hasta el último instante y condujo su duelo». ¿Y de qué sirvió que lo asistiera? ¿Y de qué sirvió que lo internaran? ¿Y lo buen médico que era? En su honor le pusieron su apellido a un barrio de Medellín, el de Manrique: en la falda de una montaña camino al cielo, muy pobre el pobre pero con linda vista de la ciudad abajo y muy divertido. En Manrique nadie muere de aburrición: muere a bala.

En cuanto a los parientes, está en lo cierto Henri F.: algunos le quedaban a Cuervo, pero en Colombia: unos cuantos sobrinos y primos en segundo grado. Por lo que a los amigos verdaderos se refiere, no sé qué pensar. ¿Quién tiene muchos? ¿Uno aunque sea? Verdaderos o no, recientes o lejanos, algunos amigos estuvieron a su lado al final, aunque no sé si en el momento mismo de la muerte: por ejemplo el francés de familia rusa Boris de Tannenberg, a quien conocía desde hacía veinticinco años; el colombiano Augusto Borda Tanco, a quien conocía acaso desde más atrás, desde Colombia; y los hermanos Agustín y Luis Eduardo Nieto Caballero, que habían venido hacía unos tres años de Colombia a París a estudiar, y que lo habían visitado alguna vez en su apartamento de la rue de Siam. Al día siguiente de la muerte de Cuervo Augusto Borda Tanco llevó a la casa de salud al escultor Marco Tobón Mejía a que le tomara la mascarilla que hoy se puede ver en Biblioteca Nacional de Bogotá. Que fue Augusto Borda quien lo llevó lo deduzco de una nota de pie de página del largo y conmovedor artículo «Cuervo intime» que escribió Tannenberg en recuerdo de don Rufino poco después de su muerte para la *Revue Hispanique*, en el que termina diciendo: «Deseo que a mi testimonio vengan a sumarse muchos otros para que se conserve íntegra la figura moral de este insigne hombre de bien, así como una mascarilla admirable nos ha conservado sus rasgos de monje a lo Zurbarán, cuyo resplandor sobrenatural he venerado piadosamente de rodillas junto a su lecho de muerte». Abajo y al final, después de la firma de Tannenberg, viene la nota de pie de página que digo referente a la mascarilla, en letras pequeñitas: «Grâce à la sollicitude de M. Borda-Tanco».

No creo que Tobón Mejía hubiera conocido a Cuervo. Entonces vivía pobremente en París. Luego el presidente Carlos E. Restrepo, su paisano de Antioquia, lo nombró cónsul en Génova, y del error en que vivía pasó a vivir en la verdad, dentro del presupuesto. Es el más grande escultor que ha tenido Colombia. Agustín Nieto Caballero conservó un dibujo suyo, en cuyo ángulo inferior derecho se puede leer: «Rufino J. Cuervo en su lecho de muerte. París, Julio 18 de 1911. M. Tobón Mejía». La caligrafía es de uno que medio sabe escribir, con las letras de las palabras separadas, como escriben los muchachos de hoy. ¡Pero qué dibujo! Doloroso, dramático, conmovedor. El de un santo que acaba de dejar el terrible drama de la vida pero no para reunirse con Dios, que era lo que ansiaba, sino para volver a la paz de la nada de la que un par de lujuriosos dañinos, hombre y mujer, en mala hora un día lo sacaron.

Volviendo al doctor Manrique, quien hasta el 15 de enero de 1910 había sido el Ministro Plenipotenciario de Colombia en Francia, fue él quien le envió al presidente Carlos E. Restrepo el telegrama que le dio a Colombia la noticia de la muerte de Cuervo: «Patria duelo, murió Cuervo». No sé por qué el ex embajador Manrique hablaba por toda Colombia desde París, pero qué remedio, así son. Al día siguiente *El Tiempo* de Bogotá publicó en primera plana su telegrama. ¡Y que había muerto un santo! Lo habían hecho ir los hijueputas y de muerto lo querían canonizar. Aquí el único que canoniza es el de la voz y hasta ahora no llevo ninguno. Vamos a ver si a don Rufino...

Del 2 de julio de 1882, en que llegó a París, al 17 de julio de 1911, en que murió, van veintinueve años más unos días: es lo que vivió Cuervo sin regresar a Colombia. Curiosamente, o mejor dicho por burlas del destino, Juan Evangelista Manrique lo acompañó en ambas fechas. Y es que don Rufino y su hermano Ángel hicieron el viaje de Bogotá a Francia acompañados por él y su hermano Pedro Carlos, entonces unos jóvenes bastante menores que los Cuervo y que venían a estudiar en la capital del mundo. Juan Evangelista se acababa de graduar de médico en Bogotá y habría de especializarse en la Facultad de Medicina de París, tras de lo cual volvió a Bogotá donde fundó el Hospital de San José, el Club Médico y la Sociedad de Cirugía, para acabar regresando veintiún años después a París de flamante Ministro Plenipotenciario de Colombia ante Francia y Bélgica. Muy imaginativo él, además de listo. Amenazaba con el bisturí pero curaba por sugestión: «Usted está bien, no tiene nada, viva feliz». A todos engañaba, todos lo querían. Fue el que inventó la leyenda de que le dibujó a Silva sobre el pecho con un lápiz dermatográfico, en su consultorio y la víspera de su suicidio, el sitio exacto del corazón, que es donde el poeta se pegó el tiro que lo mandó a descansar de sus infinitos acreedores. ¡Qué va! El que se va a matar de un tiro en el corazón se toca el lado izquierdo del pecho y ahí lo siente. Salvo que sea dextrocárdico, en cuyo caso se toca el derecho. Con Silva habían coincidido en París los Manrique, y también los Cuervo, en 1884. Nos han quedado varias cartas de Silva a Cuervo, una de ellas pidiéndole plata prestada. Era tan gran pícaro como gran poeta. Estafó a medio Bogotá y a varios en Alemania y Francia. ¡Qué importa! Algunos de sus poemas están entre los más hermosos de este idioma. Diez, mejor dicho. No hay otro que tenga tantos tan bellos.

En sus secciones de necrologías, y entre el miércoles 19 de julio y el viernes 21, una veintena de diarios franceses registraron la muerte de Cuervo. Una de ellas, la de *Le Temps* de París del martes 18, está firmada por Boris de Tannenberg. Dice que Cuervo murió el día anterior en la mañana y que las exequias tendrán lugar el 20 a las 9 en la iglesia de San Francisco Javier: «Il est mort hier matin à Paris. Ses obsèques auront lieu le 20 juillet, à neuf heures, en l'église Saint-François Xavier». Otra necrología, del viernes 21, confirma lo anunciado por Tannenberg: «Les obsèques ont eu lieu, hier matin, à neuf heures, en l'église Saint-François-Xavier».El acta de defunción dice que la casa de salud donde murió Cuervo estaba en la calle Monsieur. Si buscamos en el mapa de París veremos que la iglesia de San Francisco Javier está cerca de esa calle. No se necesita ser Sherlock Holmes para deducir por qué escogieron esa iglesia para las exequias: por la cercanía. ¿Pero quién la escogió? No sé. ¿Y quiénes fueron a ellas? No sé. ¿Y quiénes acompañaron a Cuervo hasta el Père-Lachaise? En 1969 Agustín Nieto Caballero dijo en un artículo sobre Cuervo: «De pronto se apagó callada, santamente, la vida de aquel varón extraordinario que tan honda huella había dejado y seguiría dejando en nuestro espíritu. Un puñado de colombianos acompañamos al cementerio del Père-Lachaise, con el corazón sobrecogido, el féretro de aquella gloria de la patria. Era el 17 de julio de 1911. Estaba próximo a cumplir sesenta y siete años. Había nacido en Bogotá el 19 de septiembre de 1844». A

Cuervo no lo enterraron el 17: ese fue el día en que murió. Lo enterraron el 20. Y no estaba próximo a cumplir sesenta y siete años sino sesenta y ocho, como es evidente sacando cuentas de las fechas que él mismo da. Como don Agustín nació el 17 de agosto de 1889, y su artículo es del 1º de julio de 1969, iba a cumplir ochenta olvidadizos años cuando lo escribió. ¿O también estaré yo sacando mal las cuentas? Dios libre y guarde, toco madera.

¿Y entre los colombianos que acompañaban a don Rufino a que se fuera a reunir con su hermano en esa tumba helada del Père-Lachaise iba su criada Leocadie Maria Joseph Bonté, quien le sirvió desde que llegó él de Colombia a París con su hermano Ángel, tantos, pero tantos años atrás? No sé. ¿E iba el francés de origen ruso Boris de Tannenberg que expresaba en sus artículos tan grande afecto por él y que le pedía plata prestada? No sé. ¿Y el embajador José Vicente Concha, que fue el que reemplazó a Manrique? No sé. ¿Y Manrique? Tampoco. ¿Y Augusto Borda? Tampoco. ¿Y Juan Pablo Uribe? Tampoco. ¿Y el escultor Tobón Mejía? Tampoco. ¿Y el fotógrafo Oscar Duperly Du Friez, quien les tomó en esos días unas fotos a la sala y a la biblioteca de su apartamento de la rue de Siam? Tampoco. Los colombianos entonces decían «departamento», como se sigue diciendo en México. Hoy dicen «apartamento», y por no contrariarlos lo he puesto así.

En 1905 Cuervo hizo su segundo y definitivo testamento, que empieza: «En el nombre del Padre, del Hijo y del Espíritu Santo». Como ven, don Rufino no solo creía en un Dios sino en tres: era trinitario. Y sigue así: «A fin de tener arreglados mis negocios y manifestar con toda claridad el destino que ha de darse a mis bienes después de mi muerte, hago el presente testamento, hallándome en mi entero juicio, para que sea tenido como expresión de mi última voluntad, en las cláusulas siguientes». Y siguen las cláusulas. La quinta estipula que: «Lego a la República de Colombia los impresos, libros y manuscritos que existen en mi domicilio de París, a condición de que sean colocados y conservados en la Biblioteca Nacional de Bogotá para uso público, como los demás libros que constituyen el fondo de este establecimiento. Pongo además por condición que estos libros han de conservarse siempre juntos y que las cajas en que sean remitidos no serán entregadas al Gobierno de Colombia o a la Biblioteca sino cuando estén listos los estantes en que han de conservarse. Estos libros serán cuidadosamente empacados en París por obreros entendidos en esta especie de empaque y remitidos a Bogotá, haciéndose de mis bienes los gastos que esto causare», etc. Y termina la larga cláusula así: «Por lo que hace a mi correspondencia, los paquetes que llevan el rótulo para la Biblioteca Nacional de Bogotá serán remitidos con los libros; los demás, ruego a la persona que legalmente haya de intervenir en esto que sin abrirlos ni registrarlos los destruya. Los títulos de propiedad y los papeles que los acompañan serán enviados a mis albaceas o a mi heredero universal».

¡Ah con don Rufino! Creía no solo en Dios dividido en tres sino también en la buena voluntad del prójimo y que le iban a hacer caso. Pues se lo hicieron. Colombia que tumba casas, calles, parques, árboles, que atropella y mata sin respetar a los vivos le hizo caso a un muerto. He aquí el primer milagro de san Rufino José Cuervo Urisarri. Los libros, cinco mil setecientos treinta y uno, verdaderas maravillas, llegaron. Y los papeles, llegaron. Y los estantes, los hicieron. Y hechos los estantes allí colocaron los libros y los pusieron a disposición del público conservándolos siempre juntos en sus anaqueles. El que no los ha leído es el público. En los cien años transcurridos desde que llegaron los libros solo los ha consultado Günther Schütz, un alemán bondadoso como Cuervo, riguroso como Cuervo y más terco y empeñoso que yo. Las gramáticas en veinte lenguas... Los diccionarios... Las grandes revistas de filología y lingüística del siglo XIX... Los clásicos castellanos en sus primeras ediciones y a veces en las ediciones príncipes, bellamente encuadernados... Las guías Baedeker de las ciudades y países por donde anduvo con su hermano Ángel, las de un mundo que se fue... Joyas y joyas y joyas. Bendito seas Dios que existes, uno y trino, por no permitir que la chusma infecta haya puesto sus sucias manos en semejante tesoro.

Por una serie de constancias y cartas de 1912 conservadas en el archivo interno de la Biblioteca Nacional de Colombia he podido saber qué pasó con lo que le dejó Cuervo de herencia a ese «establecimiento» como lo designó él. El diecinueve de enero el Bibliotecario Nacional Gerardo Arrubla informó al Ministerio de Instrucción Pública del testamento de Cuervo y de su cláusula quinta. El veintidós este mismo funcionario le señaló al Ministerio que había que mandar a hacer los anaqueles para los libros de Cuervo cuando llegaran. Una constancia del veintidós de abril dice que el diecisiete se mandaron desde París 60 cajas en el vapor *Martinique*. Un informe del dieciocho de mayo dice que desde la capital francesa se enviaron 28 bultos de libros en el vapor *Guadeloupe*. Otro informe del veintitrés de mayo dice que llegaron a Barranquilla las 60 cajas y los 28 bultos que venían en el *Martinique* y en el *Guadeloupe*. El seis de julio la Biblioteca designó a Javier Tobar para que presenciara la apertura de los libros cuando llegaran. El veintitrés de agosto Eladio Gutiérrez y José Ignacio Escobar, los albaceas de Cuervo en Bogotá, revisaron todas las cajas y bultos llegados de París y Barranquilla. El cuatro de septiembre la Biblioteca le entregó a Roberto Vargas cincuenta de los libros de Cuervo que venían sin empastar para que lo hiciera. El trece de septiembre el sacerdote y filólogo español Pedro Fabo Campo sacó de la Biblioteca en calidad de préstamo el epistolario de Cuervo para realizar un trabajo encargado por la Academia Colombiana, y hasta aquí llegó el milagro, aquí empezó el acabose. La infinidad de cartas que había recibido Cuervo en el curso de medio siglo y que conservó en sus sobres tal cual las recibió, las sacaron de los sobres, a los sobres les quitaron las estampillas o sellos, y sobres y cartas por igual se empezaron a desaparecer: se los llevaba fulano, se los llevaba zutano, se los llevaba mengano, porque eran familiares de Cuervo, porque eran amigos de Cuervo, porque admiraban a Cuervo… En cuanto al padre Fabo, no venía de parte de la Academia: iba a participar en un concurso sobre Cuervo convocado por la Academia, que es otra cosa. Tres tomos se escribió a la carrera, de los cuales el tercero era una selección de las cartas conservadas por Cuervo, según él unas tres mil, y ganó el concurso. Pues en ese tercer tomo están varias de las cartas desaparecidas. Por lo menos el maldito cura las transcribió y publicó.

Y con los libros y las cartas venían infinidad de documentos y papeles: el recordatorio de la primera comunión del hijito de Tannenberg; la participación del nacimiento de Alexia, la hija de Tannenberg; el billete de entrada a una conferencia en la Sorbona de Manuel González de la Rosa a la que ni siquiera asistió; el diario manuscrito de Ángel del primer viaje que hicieron a Europa; tarjetas postales enviadas por Foerster, por Meyer-Lübke, por Blumentritt; retratos de Foerster y de Lenz con dedicatorias a Cuervo; borradores de cartas escritas por Cuervo, como el de la dirigida al decano de la Facultad de Filosofía de la Universidad de Berlín Gustav Roethe, en latín, para agradecerle a la Universidad el doctorado honoris causa que le había otorgado; la invitación a participar en Alemania en las celebraciones del centenario del nacimiento de Friedrich Diez; las tortuosas cuentas de su editor, el librero Antoine Roger; un recibo del Seminario Conciliar por la pensión (colegiatura dirían en México) de medio año de estudios de los niños Ángel y Nicolás Cuervo, expedido a nombre de Luis, el hermano mayor; el nombramiento de Ángel como Capitán de las Milicias del Estado; hojas de árboles entre las de los libros; el fichero de sus libros; las papeletas de su *Diccionario...* Tesoros y más tesoros. ¡Y yo pensando que de Cuervo ya no quedaba nada, aparte de la huella que había dejado en mí! Creía que la clave para desandar sus pasos estaba en París, donde vivió los últimos veintinueve años, y que para una investigación allá no me alcanzarían los que me restaran de vida. No. La clave estaba en Bogotá, en sus libros y papeles conservados en la Biblioteca Nacional y en el Instituto Caro y Cuervo, según descubrí en uno de mis regresos de México a Colombia. La Biblioteca empezaba cuando Cuervo nació; el Instituto, cuando nací yo.

Entre 1941 y 1947 Tomás Rueda Vargas, director de la Biblioteca Nacional, publicó en cinco volúmenes las cartas recibidas por Cuervo hasta diciembre de 1895, y emprendió la ardua tarea de reunir las cartas escritas por él. En 1942 el gobierno fundó el Instituto Caro y Cuervo para preservar y continuar sus obras y las de su amigo de juventud el latinista y presidente Miguel Antonio Caro con quien había escrito una gramática latina. Por disposición del mismo gobierno, en 1956 la correspondencia y los papeles de Cuervo pasaron de la Biblioteca al Instituto, a cuyo cargo han estado hasta hoy y en cuya Imprenta Patriótica se publicó entre 1965 y 2005, en veintidós volúmenes, la correspondencia de Cuervo que ha quedado: unas mil cartas escritas por él y unas mil seiscientas de las que le escribieron. Bajo los sucesivos directores y sus colaboradores, latinistas todos ellos y profundamente católicos y patriotas unidos en la devoción a don Rufino, el Instituto llegó a ser el gran centro de los estudios filológicos de este idioma. Ya no lo es más. Gentuza de los nuevos tiempos ha venido a reemplazar a los señores del pasado. Aparte del Instituto, o mejor dicho de lo que fue, no encuentro nada más de que se pueda enorgullecer Colombia. ¡Qué importa! Colombia es un paisito más en un mundo en bancarrota; el español es un adefesio anglicado: y el cadáver del latín, que la Iglesia de Roma mantuvo insepulto durante milenio y medio, ya por fin lo enterraron.

«30. A las 2 p.m. Tomamos el camino de Halle y pasamos por Wittenberg, cuna del protestantismo donde están enterrados Lutero y Melanchton y donde el primero puso en la puerta de la iglesia sus proposiciones. A las 5½ llegamos a Halle y nos hospedamos en el hotel Hamburgo, de primera clase, como casi todos a los que hemos llegado: la ciudad es vieja en parte, con buena universidad, en la plaza del mercado una alta torre…» Es el diario de viaje que llevaba Ángel Cuervo cuando fueron por primera vez a Europa, y acaba de contar en él que salieron de Berlín después de oír misa de 7 en Santa Eduviges, y que «casi toda la gente comulgó», cosa que anota con evidente complacencia. Era un beato. Y su hermano Rufino José otro. Un par de beatos colombianos de viaje por Europa en 1878 buscando, en países protestantes colonizados por el Diablo, iglesias católicas dónde meterse a rezar. Cuando llegaron a Polonia descansaron, pero esto es algo después. Llevaban ya cuarenta y cuatro ciudades visitadas contando a Halle, y habrían de visitar treinta y siete más contando a Varsovia y a Cracovia. Ochenta y una ciudades en total de dieciocho países recorridos en el curso de un año lleno de incidencias y novedades. Y pasa el diarista viajero a describir la ciudad de Halle sin mencionar siquiera el encuentro asombroso que tuvo lugar allí, ese día 30 por la noche o en la mañana del siguiente. Pero yo lo sé. Lo he averiguado por otros lados. Porque han de saber que el diario de viaje de Ángel Cuervo no es mi única fuente de información. ¡Ni de lejos! De información, lo que se dice información, tengo más de siete mil quinientas páginas, que para mayor claridad me permito repetir en números arábigos: 7.500.

¿Y qué fue lo que pasó en Halle ese 30 de septiembre de 1878 por la noche, o el 1º de octubre por la mañana? Pues que el más grande de los filólogos de este idioma y el más noble de los colombianos, Rufino José Cuervo Urisarri, fue a visitar al lingüista más ilustre de Europa, o sea del mundo, August Friedrich Pott, el sucesor de Humboldt y de Bopp. Cuervo tenía 34 años y había escrito, junto con su compañero de escuela Miguel Antonio Caro, la gramática latina que ya dije, y solo las *Apuntaciones críticas sobre el lenguaje bogotano*. Pott tenía 75 años y acababa de terminar una obra colosal, el *Wurzelwörterbuch der indogermanischen Sprachen*, en nueve gruesos tomos, sobre esa lengua hipotética antecesora del latín, el griego, el persa, el celta, el germánico, el eslavo, el báltico y el sánscrito, lengua reconstruida con ímprobos esfuerzos y aventuradas conjeturas, y que los alemanes llaman «indogermánico» y el resto de la humanidad «indoeuropeo».

No bien llegaron a Halle los dos hermanos, Rufino José le envió a Pott (o se lo dejó personalmente en su casa, no se sabe) un mensaje escrito en latín y en que le decía: «Corvo illi bogotano, quem tu facete album dixisti», etc. «El cuervo bogotano al que graciosamente llamaste blanco tuvo el antojo de volar a tu casa. Si en las primeras horas de esta noche, o mañana antes de medio día, pudiera verte y disfrutar de tu docta compañía, sabe que habrás aumentado tu benevolencia para conmigo. Que estés bien». ¿Tuteando a Pott? ¡Qué remedio! Como le escribía en latín y el latín no tiene usted… No era falta de respeto, pues Cuervo era modesto y delicado. Es que él no hablaba alemán, ni Pott castellano. Los leían, sí, pero una cosa es poder leer un idioma y otra poder hablarlo. Además, los dos eran un poco fantasmagóricos.

El mensaje de Cuervo fue escrito en papel del Hamburg Hotel que menciona Ángel en su diario, y el original se encuentra en la Biblioteca Estatal y Universitaria de Halle. Ese Hotel Stadt Hamburg de Halle donde se alojaron los Cuervo subsistió hasta 1950 o por ahí, pero sus archivos se perdieron durante la Segunda Guerra Mundial con los bombardeos. De haber quedado, en ellos hoy podríamos encontrar registrados a los hermanos Cuervo.

Dos días después de su paso por Halle, Rufino José le escribía desde Leipzig a su amigo Caro, a Bogotá, y le contaba: «En Halle le hice una visita a Pott, viejo muy amable, que me obligó a hacerle la tertulia en latín; ya usted se figurará qué apuros para quien lleva ocho años de no ejercitarse en eso. Me contó que trabajaba en una obra sobre el simbolismo de los sonidos en el lenguaje y me explicó algunos de los puntos, cosa muy curiosa, pero que necesitará quién la comente. Para consuelo de usted le diré que estaba de trasteo y los libros andaban por el suelo». ¡Cómo! ¿Tratando de usted a un compañero de escuela y con quien había escrito toda una *Gramática de la lengua latina para el uso de los que hablan castellano?* Es que los bogotanos solo hablan de usted: al papá, a la mamá, a los hermanos, a los hijos. «Quítese de ahí, niño, que va a quebrar el jarrón». En Antioquia le habrían dicho de vos: «Quitate de ái, mocoso». Y en la Costa de tú: «Quítate de ái, pelao». Los idiomas son caprichosos, varían según la altura de las montañas y con el transcurrir de los años. Y «trasteo» es colombianismo y significa mudanza.

Muchos años después, en 1901, Boris de Tannenberg habría de aludir al encuentro de los dos sabios en el primero de los dos artículos que le consagró a Cuervo en el *Bulletin Hispanique* de París, siendo el otro la larga necrología «Cuervo intime» que ya mencioné. Dice Tannenberg que la conversación tuvo lugar en latín pues «el extranjero se expresaba con dificultad en alemán y el profesor no hablaba español». Y que Pott se asombró mucho al enterarse de que Cuervo se había formado solo, en los libros, sin la guía de nadie, y que era cervecero de profesión. Cosas de que le tuvo que haber hablado Cuervo a Tannenberg porque si no, ¿cómo las supo? Tannenberg no era Dios Padre ni novelista omnisciente, que son los que se las saben todas. Era un pobre hispanista ruso-francés que desde joven conocía a Cuervo, al que buscaba, en París, para que le diera luces sobre este idioma hermoso y de paso pedirle plata prestada.

La sorpresa que se llevó Pott durante la visita de Cuervo en realidad no era la primera que le deparaba el joven filólogo colombiano. Dos años y medio atrás ya lo había asombrado con un ejemplar de las *Apuntaciones* que le había mandado a Alemania por intermedio de un paisano y amigo íntimo, Ezequiel Uricoechea, que vivía en París. Iba con el libro una carta de la que tomo esta frase que le habría encantado a Allan Kardec: «Documento es de la experiencia de que lo que fue eso será; y por lo mismo puede asegurarse, hasta cierto punto, que lo que es eso fue». Dos meses y medio después de la carta, escrita en castellano, le contestaba Pott en latín: «In hunc terrarum angulum advolantem album, proptereaque haud dubie vel inter populares tuos rariorem Corvum mente quidem solummodo conspexi, sed non sine stupore aliquo»: «He visto con la imaginación, estupefacto, volar en ese confín del orbe el más raro Cuervo entre tus coterráneos, uno blanco». Es lo que siempre he dicho, que Cuervo no era un colombiano del común, de los que produce la tierra como cuando los montes paren un ratón. La respuesta de Pott la conservó Cuervo entre sus libros y papeles. En este instante estoy viendo el original en fotocopia. ¡Qué letra más endemoniada! Parece escritura cuneiforme. ¡Y en latín! En latín que suprime el verbo cuando puede por elegancia, que pone el sujeto al final de la oración, o en la mitad, o que también lo calla, con el resultado de que la gran frase latina no es una frase sino una adivinanza. El latín será muy bueno para epitafios, pero no para cartas.

A su regreso del viaje a Europa en que pasó por Halle Rufino José hizo en Bogotá una nueva edición de sus *Apuntaciones*, la tercera, y en ella reprodujo la carta de Pott tal cual, en latín, sin traducirla. Y en la cuarta edición, que hizo en Chartres. Y en la quinta, que hizo en París. Y en la sexta, que no alcanzó a terminar porque se lo impidió la muerte, aunque la terminó allí mismo, en París, bien que mal, su despreciable editor Antoine Roger, vendedor de libros santurrones.

Tras la muerte de Pott su biblioteca fue vendida en pública subasta y el ejemplar de las *Apuntaciones* fue a dar con ella a la Biblioteca de la Universidad de Pensilvania que la compró y donde hoy se encuentra. Günther Schütz, el alemán bondadoso y empeñoso del que ya hablé, que ha llegado a saber de Cuervo lo que nadie y que aún vive, gracias a Dios, localizó el ejemplar desde Alemania, y le pidió al profesor Arnold G. Reichenberger, coeditor de la *Hispanic Review*, que le mandara una fotocopia de la dedicatoria de Cuervo. El profesor se la mandó, y dice: «Al Sr. D. A. F. Pott, príncipe de los etimologistas contemporáneos. El Autor». Le informaba el colega gringo a Schütz que el ejemplar no estaba anotado en los márgenes, ni tenía pasajes subrayados, y que algunas páginas ni siquiera estaban cortadas. Que parecía «in nearly virginal state». ¡Como una virgen! ¡Qué va, profesor, vírgenes ya no hay, si es que alguna vez las hubo! Y el ejemplar en cuestión no podía estar virgen porque Cuervo le pidió a Ezequiel Uricoechea que se lo hiciera encuadernar en París antes de mandárselo a Pott. Y si lo encuadernaron lo refilaron. Y si habiéndolo encuadernado no lo refilaron fue por exquisitez del encuadernador, para que el lector lo abriera con un cortapapel como Casanova estrenando virgen.

Además Pott sí leyó su ejemplar, así no le hubiera abierto unas cuantas páginas, pues lo reseñó en un artículo, en alemán, en la *Göttingische gelehrte Anzeigen* del 24 de octubre de 1877. Es más, en su carta en latín a Cuervo en que lo comparaba con un cuervo blanco, o sea un individuo de excepción, le comenta varios pasajes de las *Apuntaciones*. Por ejemplo el parágrafo en que Cuervo considera igualmente legítimas las frases «yo soy el que lo afirmo» y «yo soy el que lo afirma»: «Ut exemplo utar –dice Pott–: quod pluribus abs te pag. 173 exponitur, Hispanice ad idem fere redit, sive yo soy el que lo afirmo sive, adhibita tertia persona, afirma dicas» (Para ilustrar lo que digo me valdré del ejemplo que pones en la página 173. En español casi se equiparan las expresiones *yo soy el que lo afirmo* y, con el empleo de la tercera persona, *yo soy el que lo afirma*. Si sometemos a la lógica la solución del problema, concluimos que son legítimos ambos giros). Que es lo que sostiene Cuervo. ¿Pero no es cosa de locos estar comentando un asunto propio de una lengua viva, el español, en una lengua muerta, el latín, y para colmo del absurdo su madre, pues de ella venía? Le hubiera escrito a Cuervo en alemán, así como Cuervo le había escrito en español… El uno leía el idioma del otro. Y es que una cosa es hablar un idioma y otra escribirlo. Y uno puede leer un idioma y no entenderlo cuando lo oye hablado. O puede entenderlo hablado y no hablarlo. No me imagino a Cuervo hablando en una lengua extranjera, pese a que leía en muchas, en diez o en veinte, sabrá Dios.

Terminaba Pott su larga carta a Cuervo diciéndole: «Amicus tuus Uricoechea significavit literis ad me datis imaginem meam senis jam provectioris aetate radiorum solis opera expressam non inexoptatam tibi fore donum» (Me dijo tu amigo Uricoechea en su carta que querías una imagen mía en esta edad provecta plasmada por los rayos del sol). Y que con la carta se la enviaba. Para decir «foto» en latín tenía que recurrir Pott a la perífrasis «una imagen plasmada por los rayos del sol». Mil quinientos años la Iglesia de Roma arrastró para sus torcidos fines el cadáver insepulto y putrefacto del latín hasta que por fin, ya en nuestros días, un papa exhibicionista (¡cuál no!), Juan XXIII, que se las daba de santo (¡cuál no!), para hacerse ver lo enterró.

De Halle siguieron los viajeros para Leipzig, de Leipzig para Dresde, de Dresde para Hamburgo, de Hamburgo para Copenhague, para Malmö, para Estocolmo, para Äbo, Helsingfors, San Petersburgo, Moscú, Varsovia, Cracovia, Viena, etc., etc., etc. Treinta y siete ciudades después de Halle, más cuarenta y cuatro que llevaban hasta allí, nos da un total de ochenta y una ciudades de Francia, Inglaterra, Bélgica, Holanda, Alemania, Dinamarca, Suecia, Finlandia, Rusia, Polonia, Austria, Hungría, Rumania, Turquía, Grecia, Italia y España, ¿y todo para qué? Para tomar la determinación de volver a Colombia a vender la fábrica de cerveza y volver a París a instalarse allí hasta que san Juan agachara el dedo, o sea hasta que Dios los llamara. Pues se salieron con la suya, así fue, lo que planearon resultó: vendieron la fábrica, volvieron a París, allí se instalaron, y allí permanecieron hasta que san Juan agachó el dedo, o sea hasta que Dios los llamó: a Ángel primero, y luego a Rufino José. Mejor planeado y logrado, ¡ni el lanzamiento de un cohete!

Este primer viaje, que podríamos llamar de prueba o exploración, les tomó un año y dos meses, contados desde que salieron de Bogotá el 18 de abril de 1878, según lo dice el diario de Ángel, hasta que regresaron a mediados de junio de 1879, según lo deduzco de unas cartas. Tres años escasos después, el 18 de mayo de 1882, emprendieron el segundo viaje, el definitivo, para no volver. La vida de los hermanos Cuervo se divide tajantemente en dos: antes del 18 de mayo de 1882, y después. El después terminó para ambos donde empezamos este relato, en el Père-Lachaise, solo que con quince años de diferencia. Ángel murió el veinticuatro de abril de 1896, y Rufino José se quedó solo, desamparado. Cuando un niño pierde a los padres, en español se dice que quedó «huérfano». ¿Y cómo se dice cuando un hermano pierde a un hermano? No hay palabra. Este es un idioma paupérrimo.

Los hermanos Cuervo eran insólitos en Colombia, y no porque ningún colombiano antes de ellos hubiera emprendido una gira igual, que eso poco más importa: por su pureza. Una pureza absoluta que se manifestaba en doble forma: en su rechazo a toda relación carnal que los libró de paso de la reproducción, que es monstruosa; y en su honorabilidad, que los alejó de los puestos públicos. Libres de reproducciones y burocracias (los pecados máximos de esta maldita raza colombiana que nace y pare para parir más y treparse a la presidencia), los hermanos Cuervo son mis dos únicos santos. Con ellos empiezo un nuevo santoral, el de la esperanza, borrando de un plumazo el de la infame Iglesia que el infame Wojtyla dejó inflado de gases como unas tripas a punto de explotar. Ah condenado travesti polaco que en mala hora te malparió tu madre, ¿ya te habrán acabado de comer los gusanos?

He dividido la vida de los Cuervo en dos partiendo de su decisión libre y deliberada, y tomada conjuntamente por ambos y cumplida a cabalidad, de marcharse para siempre de Colombia. Que el rompimiento era drástico Ángel lo sabía muy bien; Rufino José se hacía el que no, y siguió pensando hasta el final que ese país que había dejado atrás era su patria. ¡Pero si sus últimos veintinueve años los vivió en París! Patria es donde uno vive, no de donde se tiene que ir. Junto a los muchos papeles propios que guardó don Rufino quedaron los de su hermano, y entre estos varios documentos oficiales referentes a su participación en la guerra civil de 1860, cuando se alistó en el llamado ejército de la legitimidad que defendía al gobierno conservador de los liberales alzados en armas. A uno de esos documentos le agregó de su puño y letra Ángel: «Carrera política y militar del ciudadano Ángel Cuervo; faltan los recibos de las contribuciones y empréstitos que he pagado, y un resumen de las lágrimas que he vertido por las desgracias de la patria. Nunca he recibido un solo centavo del gobierno; y de la Tesorería no conozco sino la puerta por donde se entra a pagar contribuciones y a comprar la libertad por unos tantos pesos. ¡Viva la patria!»

De Ángel Cuervo quedan muy pocas cartas, entre las cuales once dirigidas a Rafael Pombo el poeta, su más querido amigo así como lo era de Rufino José. Anexo a una de ellas le mandó el programa de una misa de Liszt que acababa de oír en la iglesia de San Eustaquio de París estando presente el compositor, e iba el programa con anotaciones suyas en los márgenes y con esta aclaración en el reverso: «Me atrevo a remitirle este programa porque sé lo que usted se interesa en lo relativo al arte; con otra persona no lo haría jamás, pues allá no le dan importancia a nada que no sea la inmundicia que los rodea. Todos los días doy gracias a Dios por haber salido de esa tierra». Pero en vez de darle las gracias a Dios, que con sus curas y su infecta Iglesia es parte consubstancial de la inmundicia de esa tierra, debería habérselas dado a Ezequiel Uricoechea, quien durante veinte años según mis cálculos (desde agosto de 1860 en que le daba lecciones de alemán a Rufino José en Bogotá siendo este un adolescente, hasta su muerte en Beirut en julio de 1880), una y otra vez lo instó a que se marchara de Colombia. Y aunque Uricoechea era amigo de Rufino José y no de Ángel, puesto que a quien más quería este era a su hermano, detrás de la decisión que tomaron juntos estaba Uricoechea. Y van tres que se van. Tres con Ezequiel Uricoechea que tampoco engendró ni ocupó puestos públicos y que se marchó, para siempre, de Colombia. El mejor colombiano es el que no nace. O el que se va.

Desde Bruselas, y a pocos meses de su viaje a Beirut a su cita con la Muerte, Uricoechea le escribía a Miguel Antonio Caro que le pedía unos datos de su biografía para no sé qué publicación de escritores colombianos: «En Bogotá ya sabe U. mi vida. Hice cuanto pude por toda esa canalla de ingratos: gasté plata y lo que es peor ¡mi tiempo! para sufrir la más terrible decepción. Con la décima parte de trabajo aquí en Europa hubiera sido yo un grande hombre: hoy lo puedo decir ya con alguna experiencia y con algún conocimiento del teatro de este mundo. En 1868 le eché la bendición (entienda maldición) a mi tierra y me vine a París». Algo antes ya le había escrito al mismo corresponsal dándole un consejo: «Deploro el estado de nuestro país y le ruego a U. trate de no mezclarse en la política militante, que según pienso y entiendo no puede menos de deshonrar a cualquiera, sea de uno u otro partido: ¡es tan baja!»

Ningún caso le hizo el corresponsal: quince años después estaba instalado en el Palacio de San Carlos deshonrándose, despachándose con el cucharón. Antes de él, una guerra civil; después de él, otra; y mientras gobernó, otra. Seis años desgobernó cerrando periódicos, acallando voces, como el peor autócrata pero siempre en aras de la civilización cristiana. Burócrata y reproductor nato, tuvo nueve hijos. Del segundo, Alfonso, fue padrino Rufino José. «Me tiene Ud. de Vicepresidente –le escribía a este ya a un paso del bien supremo–, y dentro de pocos días de Encargado del Poder Ejecutivo, la cosa más contraria a mi carácter y a mis hábitos. Pero Dios lo quiso y Él dará las fuerzas. Se efectúan en política fenómenos raros, que desde lejos deben de parecer incomprensibles. Yo rehusé tenazmente la candidatura, que me había propuesto antes el doctor Núñez, hasta que tuve que aceptarla para evitar un desastre. Recomendó luego el doctor Núñez, sin comprender el peligro, la del general Vélez, que ha soñado con ser nuevo reformador y amenazaba con volverlo todo al revés. Mi nombre era el único que podía hacer retroceder al doctor Núñez, y he aquí la necesidad del sacrificio. No necesito decirle que en este nuevo cargo estoy enteramente a las órdenes de Uds». Pero ocho años antes, escribiéndole también a Cuervo, se refería así al mismo Núñez: «No le he enviado fondos porque el cambio está muy alto, con tendencia a bajar mucho si Núñez hace empréstito. Aguardo, pues, a la venida próxima o desaparición definitiva de este misterioso personaje, que se halla hoy en Curazao». El misterioso personaje no desapareció: se convirtió en el hombre fuerte de Colombia pero acabó por hartarse de la altiplanicie de Bogotá y se fue de vuelta a su ciudad natal de Cartagena dejando a Caro el remilgado en su lugar. Llegado Caro a la presidencia no se volvió a acordar de su compadre y viejo amigo con quien escribiera en sus años mozos la *Gramática de la lengua latina para el uso de los que hablan castellano*. Un día, sin que hoy se pueda decir por qué, la amistad entre ellos se acabó. Indebidamente ha puesto Colombia a este bribón de la política (y perdón por el pleonasmo) al lado de su amigo de juventud al llamar al centro de estudios filológicos de que ya he hablado Instituto Caro y Cuervo, con el nombre de ambos.

Eran siete los hijos de Rufino Cuervo Barreto y María Francisca Urisarri. Dos murieron de niños y ni los nombro porque que yo sepa Cuervo nunca los mencionó. De los que sobrevivieron el mayor era Luis María, seguido por Antonio Basilio, Ángel Augusto, Carlos Nicolás y Rufino José. En sus cartas Cuervo evita los nombres propios: si cuenta que ha ido a asistir a un amigo moribundo, no dice a cuál amigo. Si cuenta que una cuñada suya murió, no dice cuál cuñada. Si habla de su criada, no dice cómo se llama. A Luis María y a Antonio Basilio alguna vez los menciona, pero en respuesta a cartas de pésame cuando murieron. Solo en los dos testamentos que hizo menciona el nombre de su hermano Carlos Nicolás y el de su criada, Leocadie Maria Joseph Bonté, pero porque no le queda más remedio: a Carlos Nicolás porque le compró su parte en la casa familiar que recibieron de herencia cuando murieron los padres, compra que quedó asentada en la escritura número 2.172 otorgada el nueve de diciembre de 1869 ante el Notario Segundo del Circuito de Bogotá según informa el primer testamento; y a Leocadie Maria Joseph Bonté porque le deja de herencia el arrendamiento de esa casa más los muebles del apartamento de París. Aunque no dudo del amor de don Rufino por todos sus hermanos, al que más quiso fue a Ángel, cuya muerte el veinticuatro de abril de 1896 le destrozó la vida. En la segunda cláusula del segundo testamento, por la que le deja al Hospital de San Juan de Dios de Bogotá otra de sus casas en esa ciudad, dice: «Dueño hoy absoluto de esta propiedad y constándome que igualmente tenía mi hermano la determinación de que el Hospital pasase a ser dueño de ella, cumplo con un deber sagrado al hacer mi primera donación en memoria de mi finado hermano don Ángel Cuervo como testimonio del entrañable cariño e identidad de sentimientos con que vivimos unidos, y encarezco a los directores del Hospital que cuenten entre los benefactores del establecimiento el nombre de él y no el mío, así como espero en Dios que el bien que de esta obra resulte a los pobres sea para alivio del alma de mi incomparable hermano». ¿Y de la suya no? ¿No necesitaba don Rufino de rezos para irse al cielo sin pasar una estadía larga en el purgatorio? Mi querido don Rufino: aquí el único que canoniza soy yo, y el que decide si necesitaste o no de rezos para irte derechito a la Gloria de Dios donde hoy te encuentras, intercediendo por los que solicitamos tu intervención en nuestro favor ante el Susodicho. Por decisión propia la vida de Rufino José y Ángel Cuervo se divide en dos: antes y después de Colombia. Por decisión del destino la de Rufino José se divide en tres: sin su hermano, con su hermano y sin su hermano otra vez, pero ahora para siempre. ¡Ah con don Rufino, dejándoles su plata a los pobres! Los pobres son unos hijueputas que lo único que hacen es pedir y reproducirse.

De sus cuatro hermanos sobrevivientes Ángel es pues el único que cuenta. Le llevaba seis años y medio a Rufino José pero desconocemos la relación entre ellos en la infancia, transcurrida en la casa de la calle en pendiente de La Esperanza del barrio de La Catedral, donde nacieron todos, y en la idílica finca de Boyero, en el municipio de Serrezuela, en la sabana de Bogotá. La casa, de dos pisos y muchos cuartos, tenía un patio central empedrado con corredores de arco, un huerto con una higuera, portón claveteado, ancho zaguán, ventanas de gabinete y un balcón que daba a la calle. En Colombia los hijos de los políticos tienen una infancia feliz. Como sus padres son los que se reparten el pastel... Cuanto entra en las arcas públicas es para ellos y sus hijos: para que vivan bien y que el resto del país se joda. Leyes y leyes y leyes que lo obstaculizan todo, e impuestos y más impuestos y más impuestos con qué pagarles a estos malnacidos que se embolsan hasta el último centavo que entra pues en Colombia, país de atracadores en que el Estado es el primer atracador, con tanto impuesto nunca ha habido con qué tapar un bache. Beneficiario de la llamada Independencia como se llamó a la separación de España, el «doctor» Cuervo, el papá, abogado (allá a los abogados también les dicen «doctores»), vivió requetebién: de vicepresidente primero y luego, entre el catorce de agosto y el catorce de diciembre de 1847, de presidente interino. Por poco y no se instala de presidente definitivo un año largo después, pero por una trastada digna de los de su clase, el miércoles 7 de marzo de 1849, fecha infausta para su familia y para él, José Hilario López le salió adelante y le birló en el Congreso el supremo bien. Rufino José tenía entonces cuatro años. Ángel y Rufino José escribieron su biografía en dos volúmenes (el tercero, de documentos, se les quedó en proyecto), la *Vida de Rufino Cuervo y noticias de su época*, para glorificarlo. Ni quién les hiciera caso. Hoy nadie sabe quién fue Rufino Cuervo Barreto. Yo sí, claro, pero porque no me queda más remedio.

Entre el papelerío que dejó don Rufino de cosas suyas, de su hermano Ángel y de su familia en general, quedaron dos recibos del síndico del Seminario Conciliar de la arquidiócesis de Bogotá expedidos a nombre de Luis María Cuervo, el uno del veintiséis de mayo de 1848, de noventa pesos, «por la pensión correspondiente a la segunda mitad del año escolar» de sus hermanos Ángel y Nicolás; y el otro del quince de enero de 1850, de cien pesos, «por la pensión correspondiente a cinco meses de la primera mitad del año escolar» de los mismos niños. Los jesuitas regentaban ese seminario, que era a la vez colegio. El veinticuatro de mayo de 1850, a las 2 de la mañana, estos lacayos papales de la secta de Ignacio de Loyola salieron desterrados de la Nueva Granada (futura República de Colombia) por el presidente José Hilario López, el que le ganó la presidencia al doctor Cuervo en el Congreso. Cinco meses le cobraron a Luis María Cuervo y a los cinco meses se fueron. Muy honrados ellos, y con percepción extrasensorial. Habían adivinado que los iban a echar otra vez de esa republiquita tropical, como ya los había echado de todos sus dominios Carlos III en el siglo anterior. A la Nueva Granada habían regresado el dieciocho de junio de 1844, poco antes de que naciera Cuervo, con el beneplácito del general Tomás Cipriano de Mosquera, y se encargaron del seminario. Después de la expulsión de López regresaron una segunda vez, a principios de 1858 y bajo el gobierno conservador de Mariano Ospina Rodríguez, a quien tumbó el general Mosquera, quien cambiando de parecer el veintiséis de julio de 1861 volvió a expulsarlos. En 1884, bajo el gobierno de liberales y conservadores de la llamada Regeneración (léase Depravación) regresaron una tercera vez. Unos los echaban, otros los traían, otros los volvían a echar, otros los volvían a traer. En estos tiempos nuestros los del Opus Dei, más tortuosos que ellos, que es decir lo máximo, los desbancaron de su posición de poder en el Vaticano y hoy andan de capa caída, añorando su edad dorada. Durante la infancia y la juventud de Cuervo la historia de esta secta corre pareja con la de Colombia. Para 1884, cuando volvieron traídos por los regeneradores, ya Cuervo se había marchado para siempre a París, donde para descansar de ellos y variar un poco se entregó en cuerpo y alma, junto con su hermano Ángel, a la secta de Vicente de Paúl.

Menesteroso si ha habido alguno, fundador de la Congregación de la Misión, la de los lazaristas o misioneros vicentinos, a quien Luis XIII nombró «limosnero real», más pedigüeño e insaciable que la madre Teresa, este ex pastor de ovejas solía decir que «Los pobres son nuestros amos y señores». Ángel tenía una carta autógrafa suya, que le dejó de herencia a la catedral de Bogotá. No creo que valiera mucho, y lo digo por la simplísima razón de que san Vicente escribió más de treinta mil. Si Cuervo recibió tres mil según fray Pedro Fabo el desaparecedor de cartas, eso significa que escribió otras tantas, pues al que no contesta no le vuelven a escribir. ¿Y qué son tres mil al lado de treinta mil? Si a cartas escritas vamos, Cuervo sería un santo menor al lado de ese otro Siervo de Dios. Pero no. En santidad, lo que se dice en santidad, es estrella de primera magnitud, y aquí estoy yo para hacer que brille como Dios manda en el firmamento de sus santos.

Ha quedado también entre el papelerío de don Rufino un documento impreso de la Confederación Granadina del 24 de diciembre de 1860 por el que se nombra a Ángel como Capitán de las Milicias del Estado, esto es, del «ejército de la legitimidad» reclutado para defender al gobierno de Mariano Ospina Rodríguez del alzamiento promovido por el general Tomás Cipriano de Mosquera. El 18 de julio del año siguiente Mosquera entró triunfante a Bogotá, siendo la suya la única sublevación que ha triunfado en la historia de Colombia: de ella trata Ángel en su libro *Cómo se evapora un ejército*. Las demás rebeliones, bien fuera de los conservadores contra los gobiernos liberales o de los liberales contra los gobiernos conservadores, todas fracasaron.

Derrotado el gobierno que defendía y evaporado el «ejército de la legitimidad», Ángel montó con otros jóvenes ilusos una empresa comunitaria de ganadería en los Llanos Orientales. Pretendían hacer patria haciéndose ricos, lo cual se me hace no solo una hipocresía digna del doctor Rufino Cuervo Barreto sino una imposibilidad ontológica: o uno trabaja para uno, o uno trabaja para los demás. La patria es un cuento de ambiciosos y demagogos que buscan el poder. Nada lograron, todo fue un oscuro fracaso. A este le sumó entonces Ángel otro, el de las salinas de Sesquilé que les había dejado de herencia su padre y en las que enterró varios años de su vida tratando de explotarlas: seis según él, aunque según mis cálculos fueron menos pues ¿dónde acomoda el tiempo que pasó en los Llanos si en 1867 ya andaba en Bogotá publicando *La dulzada*? Era este un poema en ocho cantos y un epílogo sobre la lucha entre los dulces locales santafereños (de Santa Fe, como se llamaba a Bogotá) y los importados de Francia. Tema más tonto y tedioso no se le podía ocurrir a mortal alguno, colombiano o no. La que sí resultó una idea brillante fue otra suya, inspirada por la Divina Providencia: la de montar una fábrica de cerveza que los sacó de la miseria y les permitió marcharse para siempre de Colombia.

En 1900, en la Imprenta de Durand, don Rufino publicó póstumamente el último libro de su hermano *Cómo se evapora un ejército, recuerdos personales de la campaña que concluyó el 18 de julio de 1861 con la toma de Bogotá por los revolucionarios*. Para él escribió don Rufino una «Noticia biográfica de don Ángel Cuervo» como prólogo, en la que algo cuenta la aventura de cervecero de su hermano, que terminó siendo también la suya. «Vuelto a la casa paterna se encontró con que muchos días no se contaba en ella para comer sino con la miseria que producía la venta de algunas botellas de vinagre que hacía nuestra madre, y él mismo se vio varias veces imposibilitado de salir por carecer de ropa decente. Entonces se le ocurrió la idea de hacer cerveza, y aquí comienza la época de más conflictos de su vida, y aquella en que su constancia y sus talentos, favorecidos singularmente por la Providencia, como él diariamente lo reconocía, habían de alcanzar merecido premio». ¡«Sus talentos» en plural! Con perdón, don Rufino, ¡qué mal me suena! Esos plurales aumentativos que pusieron en boga a fines del siglo XIX los franceses (los Goncourt y los de la *écriture artiste*), en español son odiosos. Hoy están otra vez de moda. Ya no se dice «el dinero público» sino «los dineros públicos». Ya no se dice «la ayuda a los damnificados» sino «las ayudas a los damnificados». Y así. No los usen que suenan pésimo. En cambio, tratándose de una inundación, digan «las aguas» en vez de «el agua», que es menos fuerte. No escriban, por ejemplo, «El agua inundó la iglesia», sino «Las aguas inundaron la iglesia y se llevaron al Divino Niño y al Señor Caído, y como ambos estaban rellenos de trapo y vestidos de eso, los dejaron vueltos unos andrajos putrefactos».

¡Los hijos del que había sido vicepresidente de la Nueva Granada de cerveceros! Y en un país de bebedores de chicha, que es agua de amibas en cáscaras de piña fermentada… Sospecho que en este momento y no antes, con la familia venida a menos, la casa hipotecada, los vecinos haciendo cábalas y la madre viuda a un año escaso de su final, la vida unió a los dos hermanos. La idea de la cervecería, sin embargo, no era tan descabellada. Al fin de cuentas la chicha la hacen unos microbios y la cerveza otros. Era tan solo cuestión de cambiar de infusorios. Pusieron pues a trabajar los dos hermanos a los nobles infusorios, que no hacen huelgas ni maldicen del patrón ni le roban, y en pocos años no solo pudieron deshipotecar la casa, sino que en un país de mendigos de mano extendida ya eran ricos dadivosos. A las clarisas de Bogotá, por ejemplo, les daban religiosamente mes a mes, como por deuda de sangre, su limosna. Las manos de estas hermanitas insaciables, que se obstinaban en comer a diario, persiguieron a don Rufino durante treinta y no sé cuántos años, hasta su muerte, extendiéndose desde Bogotá hasta París por sobre el Atlántico. Denos, denos, denos. Más, más, más. Curas y monjas y obispos los mantenían asolados. ¡Eran tan buenos los Cuervo! ¡Los amaban! La Iglesia es una pandilla de pícaros limosneros que se lucran de la tal caridad cristiana, sutil forma de estafar al prójimo inventada por Pablo de Tarso, una lacra. «Pordioseros» los llaman. Y sí. Sí porque dicen y repiten: ¡Por Dios! ¡Por Dios! ¡Por Dios! Tras el éxito de la cervecería y acallado el sordo murmurar de los vecinos, siguieron juntos los dos hermanos, fraternalmente unidos, felices, hasta que la Muerte, en París, los separó. La vida los había unido, la Muerte vino a aguarles la fiesta: el 24 de abril de 1896, en el número 4 de la rue Frédéric Bastiat, aprovechándose del estado de indefensión en que se encontraba Ángel después de una pulmonía de siete días, con cinco de ellos en cama, se presentó en la mencionada dirección del octavo *arrondissement* de París, en el cuarto piso, a pedir su cuota la maldita. Por Ángel había conocido Rufino José la dicha. Por Ángel acababa de conocer la desdicha. Nunca se recuperó de la muerte de su hermano. Por eso dejó el *Diccionario de construcción y régimen de la lengua castellana*, su obra máxima, empezado: en la letra *D*.

Catorce años habían vivido juntos en Bogotá y otros catorce en París, que sumados dan veintiocho. Quince más habría de vivir solo en París don Rufino, en la rue Largillière a la que se cambió, para cambiarse luego a la rue de Siam, consolándose con la ilusión de que algún día se iba a juntar allá arriba, en las nubecitas del cielo con su hermano y a gozar de la presencia del Altísimo. Imposible. El que se muere se muere para siempre y no se puede gozar de la presencia de lo que no existe. Tan alto está el Altísimo que no está. El Altísimo, con la caridad, es el otro gran invento de los clérigos para estafar a los tontos de aquí abajo. El de los políticos es la patria. La que sí existe es la Nada, de la que nos sacaron unos lujuriosos, hombre y mujer, y a la que volveremos, *Deo volente*, de la mano de la Muerte, mi señora. En tanto, sigamos con Rufino José Cuervo Urisarri, que es como lo bautizaron.

Lo bautizó, en su oratorio de la catedral, el Ilustrísimo Manuel José de Mosquera, arzobispo de Bogotá y máxima autoridad eclesiástica de Colombia, siendo su hermano el general Tomás Cipriano de Mosquera la máxima autoridad política. Matacuras este general y enemigo declarado de la Iglesia, se inventó lo que llamó «desamortización de bienes de manos muertas» para despojarla de todos sus bienes: se los desamortizó. Y a los jesuitas, a quienes él mismo había traído de vuelta a la Nueva Granada tras los muchos años del destierro que les decretó en el siglo anterior Carlos III por pragmática sanción, ¡los volvió a echar! Hombre desinteresado el general, fue presidente de Colombia solo cuatro veces. Pero como Colombia es madre ingrata, mala patria, durante su cuarta presidencia lo derrocó y desterró. El 23 de mayo de 1867, en plena noche, se presentaron los conspiradores en palacio, lo sacaron de su lecho de baldaquín medio dormido y lo mandaron al destierro. Se fue entonces desterrado, a Lima, el general y allí, émulo de Laplace y de su *Exposition du système du monde*, se escribió una *Cosmogonía o estudio sobre los diversos sistemas de la creación del universo*. Meses antes del derrocamiento, el 19 de enero, les había concedido a Miguel Antonio Caro y a Rufino José Cuervo, de veintitrés años el primero y de veintidós el segundo, el privilegio para publicar su *Gramática de la lengua latina para el uso de los que hablan castellano*, que habían escrito juntos. Dicen que cuando los conspiradores lo despertaron la noche del derrocamiento, el general, que estaba en calzoncillos, restregándose los ojos les preguntó: «¿A cómo estamos?». «A 23 de mayo», le contestaron. «¡Santiago Apóstol!», exclamó. ¡Se sabía de memoria el santoral! Murió de ochenta años. Entre hijos legítimos e ilegítimos, conocidos y desconocidos, hombres y mujeres, alcanzó a engendrar una veintena. Aunque es impedimento insalvable para la canonización la reproducción, por la excelsitud de sus obras y por «inversión de términos» (un nuevo tipo de causal inventada por mí) canonizo aquí ipso facto a este gran colombiano. *Santo subito.*

Por la época de la gramática latina que escribió con Miguel Antonio Caro, Cuervo empezó sus *Apuntaciones críticas sobre el lenguaje bogotano,* un libro que Colombia amó y que decidió mi vida. Parecía un libro de provincialismos o de dialectología pero no, era algo más, mucho más, un libro normativo: su fin era enseñarle a hablar bien a Colombia, y Colombia, hasta donde pudo y le dio su cabecita loca, aprendió, convirtiéndolo de paso en el árbitro del idioma. Nadie, por lo demás, ha tenido un sentido tan fino de la gramática ni ha amado tanto a esta lengua como él. Cinco años, entre 1867 y 1872, se arrastró la impresión de las *Apuntaciones* en la imprenta de Arnulfo M. Guarín, durante los cuales el joven Cuervo las iba corrigiendo, descorrigiendo, cambiando, descambiando, disminuyendo, aumentando… Arnulfo M. Guarín, su impresor, era un santo. Otro.

La manía de cambiar y corregir un libro mientras lo imprimían le quedó de por vida. Es más, de edición en edición siguió corrigiendo las *Apuntaciones* y modificándolas hasta el día en que, por fin, mi señora Muerte le puso punto final a la pesadilla. La segunda edición la imprimió en 1876, también en Bogotá pero en la imprenta de Echeverría Hermanos. La tercera en 1881, también en Bogotá pero en la imprenta de Medardo Rivas. La cuarta en 1885 en Chartres, Francia, en la imprenta de Georges Durand, un francés que con ser tan malos los de su raza, vivió con él las de san Arnulfo M. Guarín pero en grande, y a quien en este punto, sin incoar proceso y saltándome la beatificación canonizo porque así me canta el que me canta: *saint monsieur* Georges Durand *santo subito*. La quinta edición se la publicaron en 1907 en París R. Roger y F. Chernoviz, quienes habían distribuido en parte la cuarta. Y la sexta, póstuma, la publicaron en 1914 estos mismos en esa misma ciudad: se fue con el mismo prólogo de las anteriores siendo que don Rufino le tenía uno nuevo listo. ¿De qué sirvieron los dos comisionados colombianos que designó el Consulado para que terminaran esa edición cuyas pruebas don Rufino alcanzó a corregir en parte? De nada. Los vivos no les sirven para un carajo a los muertos. Lo que no haga uno aquí en vida por uno, nadie lo va a hacer por uno después. La séptima edición, en fin, la publicó en 1939 en Bogotá la Editorial El Gráfico, y esta sí trae el nuevo prólogo. Es la que conocí de niño, en un ejemplar que me encontré en la biblioteca de mi padre, un libro grueso color ladrillo, pero que no lo era, ¡Dios libre y guarde!, todo lo contrario: el libro que Colombia amó y que yo sigo amando. Cuanto don Rufino proscribió en él, lo proscribo yo aquí, para la eternidad, tuviera o no tuviera él razón. Según don Rufino es galicismo (algo tan feo y reprobable como el onanismo, pecado mortal que Dios castiga con la extenuación mental y física) decir por ejemplo «Por eso es que lo digo». Este «que» de esta frase es el famoso «que» galicado al que don Rufino le declaró la guerra a muerte, tal como su hermano Ángel se la había declarado a los protestantes. Lo correcto según don Rufino es «Por eso es por lo que lo digo». Para mí ambas formas son galicadas y lo que es castellano puro, castizo, de buena ley, es «Por eso lo digo», sin el refuerzo, y basta. Pero no importa. Si don Rufino dijo que lo correcto era «Por eso es por lo que lo digo», así lo diré yo, hasta el día en que san Juan agache el dedo.

Ese ejemplar color ladrillo de la séptima edición hecha por la Editorial El Gráfico me ha acompañado hasta hoy. «Esta obra –advierte el impresor– es propiedad del Hospital de San Juan de Dios de Bogotá en virtud del legado hecho por el Autor. Prohibida la reproducción». Ya ni se puede leer. ¡Como lo imprimieron en papel ácido! Se está esfumando. ¡Qué importa! Me lo sé *par cœur* como dicen los franceses, o sea, lo traigo en el corazón, que es donde tengo lo mejor que tengo: en la mansarda de la cabeza lo que tengo es datos.

Salidas de la imprenta de san Arnulfo M. Guarín las *Apuntaciones*, Cuervo le mandó a través de Uricoechea un ejemplar a Juan Eugenio Hartzenbusch, de la Real Academia Española de la Lengua, un viejito enfermizo, quebradizo, de sesenta y ocho años. Año y medio después, desde Ávila, con una larga carta de comentarios que me ponen a pensar, le contestó el matusalénico: que en España, como en Colombia, también él había oído decir «almuada» y «desgano» y «siéntesen» y «a lo que» y «habíamos muchos» y «me andé un par de leguas» y «tauretes»… Ciegos ante el prodigio, lo que no lograban ver ni Hartzenbusch ni Cuervo en lo que juzgaban como errores era la persistencia milagrosa, tanto en España como en América y por sobre el mar y el tiempo y la bellaca historia, del alma de este idioma. Hay errores que lo parecen pero que no lo son. Son la lengua.

La larga carta de Hartzenbusch la reprodujo Cuervo como un apéndice al prólogo de la segunda edición de sus *Apuntaciones*, que aparecieron empezando enero de 1876. El 17 de marzo siguiente, Cuervo escribió tres cartas para acompañar tres ejemplares de esa edición que deberían llegar a sus destinatarios a través de Uricoechea: uno a Hartzenbusch (con su carta de comentarios reproducida en el prólogo); otro a Pott; y otro al orientalista holandés Reinhart Dozy, que era quien más sabía entonces de la influencia del árabe sobre el español. La suerte del ejemplar de Pott ya la conté. La del de Dozy es más inquietante: hacia 1955, en una venta de libros viejos en la ciudad de Leiden en cuya Universidad había enseñado este un siglo atrás, el profesor J. Terlinger compró un ejemplar de las *Apuntaciones* que llevaba la siguiente dedicatoria: «Al sabio orientalista Sr. D. R. Dozy, su admirador R. J. Cuervo», y en su interior la carta con que Cuervo había acompañado ese ejemplar, llegado a manos de Dozy través de Uricoechea.

La respuesta de Dozy, en francés, la guardó Cuervo entre sus papeles y la reprodujo, sin traducirla, en los apéndices al prólogo de las *Apuntaciones* a partir de la tercera edición. Van también como apéndices, a partir de esta edición, la carta de Hartzenbusch en español ya publicada en la segunda y la de Pott en latín. ¿No se les hace una locura poner una carta en francés y otra en latín en un libro escrito para censurar «me andé tres leguas»? El que sabe francés y latín también sabe que debe ser «anduve». Cuervo estaba loco. ¡Qué importa! Era un santo.

La tercera edición, publicada al regreso de su correría con su hermano por Europa, llevaba un cuarto apéndice, ahora suyo: dos páginas sobre los caracteres rabínicos en que se escribía el judeo-español, en las que termina diciendo: «Obtuvimos estos pormenores sobre la fonética del español de Levante de boca del ilustrado rabino D. David Fresco, durante nuestra estada en Constantinopla el año de 1878». ¿Quién era David Fresco? Nadie en este mundo lo sabe. Si alguien me contesta que era un ilustrado rabino de Constantinopla es porque lo leyó en el prólogo de las *Apuntaciones*. Pero yo sé más: editaba el periodiquito literario *El Sol* en un tabuco de esa ciudad y tenía algo menos de 30 años cuando lo conocieron allí los Cuervo.

El diario de Ángel no lo es tanto: no dice el año ni dice el mes, y solo de vez en cuando, por no dejar, anota el día, el 30, por ejemplo, así, sin más, aunque por la sucesión de las ciudades del viaje, que se van enumerando en la sucesión de las páginas, yo sé que es el 30 de septiembre en que salieron de Berlín para Halle a ver a Pott. Cuento además, para establecer las fechas, con las cartas que les escribió Rufino José durante el viaje a sus tres corresponsales de entonces: a Caro a Bogotá, a Uricoechea a París y Bruselas, y a Francisco Mariño a París, donde dejaron a este joven que los había acompañado desde Bogotá hasta allí, para emprender ellos solos su correría por Europa. Escrito con mala letra y redacción descuidada, lo que llamo aquí el diario de Ángel son más bien unos apuntes apurados sobre los museos, las ciudades y los pueblos que iban visitando, consignados en dos libretas sin una clara intención. Pero volvamos a Estambul, o si prefieren a Constantinopla como la llamaban los Cuervo haciéndose ilusiones de que todavía era una ciudad cristiana, pero no. Cuatro siglos hacía que en el Cuerno de Oro habían arriado la Cruz de Cristo e izado la Media Luna para que alumbrara, delirante, rabiosa, loca, el negro cielo de Alá cuyo lacayo número uno no era como el de Cristo un patriarca o un papa sino un sultán: el que tenían justamente ante los ojos. «El sultán –escribe Ángel en su diario– es de regular cuerpo, algo contrahecho, pálido y de barba negra: se me figuró a Carlos Urisarri. De ahí seguimos con un gendarme y nuestro ladino cicerone a la mezquita de Santa Sofía». Carlos Urisarri era un tío ateo de los Cuervo que murió confesado, nombrando a última hora albacea de sus bienes al arzobispo de Bogotá José Telésforo Paúl. ¡Imagínense! ¡Dejar uno cuidando los chorizos al gato! Y a propósito de pícaros, con ladino Ángel no quiere decir pícaro, sino sefardita: judeo-español. «Entre los vendedores hay infinidad de judíos descendientes de los expulsados de España que hablan español. Como estos judíos que escriben en hebreo son una

51

curiosidad…» Y pasa a contar que por callejuelas húmedas, hediondas y llenas de perros van a una imprenta miserable y mugrosa instalada en un cuartito hecho de tablas de cajones y que «allí estaba un joven que no llegaba a los treinta, color trigueño, escaso de barba, ojos despiertos y dulces y de semblante agradable, y que corregía unas pruebas; al vernos y saber cuáles eran nuestras intenciones quiso interrumpir su trabajo pero no lo dejamos; estuvimos poco tiempo y le compramos dos o tres cuadernos y nos suscribimos al *Sol*, periódico literario que redacta. Por su modo de ser y por sus aspiraciones se me figuró a Juan José Molina de Antioquia; y ahora que hablo de Antioquia es increíble el número de fisonomías antioqueñas que hay entre los judíos de Constantinopla; a cada paso se encuentran parecidos. Pasamos en vapor a Scutari, de aquí a pie a Kadikoy», etc. Pues ese rabino es David Fresco.

En una carta de Rufino José al joven Mariño a París fechada en Constantinopla el 14 de noviembre de 1878 le dice: «Al despertarme esta mañana estaba el aire embalsamado con los ricos aromas del otoño. Al llegar ayer nos fuimos a Scutari en Asia a ver a los derviches aulladores». ¿A Scutari? Es el lugar que menciona Ángel después de contar el episodio de la imprenta. David Fresco por lo tanto es el hombre amable de ojos dulces del diario y que «no llegaba a los treinta», el que publicaba el periódico *El Sol*. Nadie ha querido tanto a este idioma como don Rufino. Pues bien, si fueron a la imprenta del periodiquito *El Sol* el día mismo de su llegada a Constantinopla (el 13 de noviembre como deducimos por la fecha de la carta) fue porque al enterarse Rufino José, por el ladino guía que menciona Ángel, de que alguien en Constantinopla imprimía un periódico en español, le pidió que los llevara a conocerlo. «Al llegar ayer nos fuimos a Scutari», dice Rufino José en su carta. Y Ángel, en su dia-

52

rio: «Pasamos en vapor a Scutari, de aquí a pie a Kadikoy», y esto inmediatamente después de contar la visita a la imprenta miserable. «Scutari» es pues la clave. El rabino David Fresco del prólogo de las *Apuntaciones* es el mismo hombre joven «de ojos despiertos y dulces» de la imprenta.

¿Y tiene importancia quién fuera? ¡Claro! Por la dulzura de sus ojos y por la inmensa tragedia que sé que había detrás de lo que cuentan los Cuervo, pero que su catolicismo ciego les impedía ver: la de los judíos expulsados de España por los Reyes Católicos el año del descubrimiento de América. Y sí, católicos, o sea malos. Se fueron los judíos españoles expulsados de España llevándose las pesadas llaves de hierro de sus casas y en el alma este idioma, el que hablaron Nebrija, la Celestina, Colón, exactamente ese, y que de generación en generación habrían de preservar detenido en el tiempo, en Marruecos y en Constantinopla. Salieron del infame mundo cristiano para entrar en el infame mundo musulmán. A diferencia de los turcos en cuya tierra vivía, David Fresco, súbdito de segunda del sultán, tenía nombre y apellido y pagaba el impuesto de religión. Los turcos ni pagaban ni tenían. No pagaban porque ¿por qué? Y apellido solo vinieron a tener cuando Mustafá Kemal, el fundador de la Turquía moderna u occidentalizada, los obligó a ponerse uno tras la derrota de la Sublime Puerta en la Gran Guerra del 14. De la Sublime Puerta después de esa guerra no quedó ni la puerta.

En Roma, una noche de mi esfumada juventud, oí hablar el judeo-español. Solo esa vez lo he oído, esa noche inolvidable, y nunca más. Se lo oí a una muchachita judía que venía de viaje con un grupo de jóvenes músicos de Israel. El recuerdo no me lo borrará del alma sino mi señora Muerte. Estábamos la niña y yo en un corredor del segundo piso de una residencia de estudiantes, un corredor de altos arcos que daba sobre un gran patio. Ella y yo solos, bañados por la luz de una luna delirante, como de Estambul. Nos pusimos a conversar, en español, que según me dijo se lo había enseñado su abuela. En un principio no entendía en qué lengua me hablaba. Me trataba de vos, pero no era el vos de mi abuela, el vos mío, el vos de Antioquia (el de esa Antioquia nuestra sin tilde de que hablaba Ángel en su diario): era otro, muy extraño, muy lejano. No decía los muchachos, decía los «mancebos»: los que venían con ella de Israel. ¿O sería los «mancebicos»? Ya ni sé. Poco a poco fui entendiendo que la niña me hablaba desde el pasado, en sefardita. Que viene de *Sepharad*, España en hebreo. Nos fuimos acercando, ella a mí y yo a ella, y fui sintiendo su corazón contra el mío. En el milagro de ese instante único, palpitando ella y yo al unísono en la irrealidad de esa noche prodigiosa, el Tiempo que desde hacía quinientos años nos separaba ahora nos unía. La Luna, la Celestina, se sonreía viendo a ese par de ridículos que hablaban de vos. ¡Se le hacía tan raro! Gente del siglo XX hablando como la del XVI…

Y los católicos reyes después de echar a los judíos siguieron con los moriscos: para quitarles sus acequias, sus naranjales, sus azahares, sus limoneros, sus abalorios y las palabras que los designaban: acequia, adoquín, adalid, adarga, azar, azahar, ataúd, azul, azucena, naranja, abalorio… Acequia: as-saqiya, la zanja o reguera. Adoquín: ad-dukkan, la piedra escuadrada. Adalid: ad-dalil: el guía o caudillo. Azahar: al-azhar, la flor del naranjo. Naranja: naranya, la fruta del árbol. Ataúd: at-tabut, la caja o el arca. Zahareño: zahra, el pájaro blanco. Abalorio: al-balluri, la cuenta de vidrio. Azul: lazurd, el cielo sin nubes. Zaguán: ustuwan, la entrada o el pórtico. Azar: az-zahr: el dado del juego. Aljibe: al-jubb, la cisterna o el pozo. Alféizar: al-fasha, el espacio vacío. Azúcar: as-sukkar, cristal del carbono. Azotea: as-sutaiha, cubierta de casa. Azafrán: az-zafaran, la planta iridácea. Azucena: as-susana, el lirio de flores muy blancas. Zagal: zagall, el mozo gallardo…

En 1505 se publicó en Granada el *Vocabulario arábigo en letra castellana* de fray Pedro de Alcalá, el primer «arabista». Como «romanista» e «hispanista», la palabra «arabista» es de finales del siglo XIX, pero él fue el primero. En tiempos de Cuervo el más grande de los arabistas era Reinhart Dozy, etimologista holandés que escribía en francés pero que tenía las claves mágicas de esas palabras árabes entradas en el castellano antes del último abencerraje y la caída de Granada, las más hermosas, flores de Andalucía trasplantadas desde los jardines de Alá a los huertos de Mío Cid. Pero Dozy no quería a España. Cosa entendible porque España, o mejor dicho Castilla, es plato difícil de digerir. Ya lo dijo Antonio Machado el poeta, hijo de Antonio Machado el folclorista, que fue amigo epistolar de don Rufino: «Castilla miserable, ayer dominadora, envuelta en sus andrajos desprecia cuanto ignora».

Sospecho que Cuervo supo de Dozy (como de tantas cosas) por Ezequiel Uricoechea que pensaba escribir (entre tantas cosas) un tratado de mineralogía, por lo que necesitaba conocer el origen de las voces árabes de la alquimia, empezando por «alquimia» y por «azogue». El Destino, humilde criado de la Muerte, se valió de la mineralogía para llevar a Uricoechea al árabe, del árabe a Bruselas y de Bruselas a Beirut donde se lo entregó a su imperiosa señora. Uricoechea era un hombre de alma grande, Colombia un país de alma chiquita. Se fue y volvió para volverse a ir, pero en el regreso, que se prolongó por once años, conoció a Cuervo en Bogotá. Cuando regresó Uricoechea a Colombia, en 1857, Cuervo era un niño. Cuando las lecciones de alemán de 1860 que he mencionado, el niño ya era un adolescente. Ezequiel Uricoechea, como Cuervo, nació en Bogotá, pero diez años antes: en 1834 cuando el poblacho no llegaba ni a las veinte mil almas. Veinte mil almas sucias que ni se bañaban y que de inodoro habían habilitado el huerto («el solar»), donde a la intemperie se entregaban entre los higuerillos a sus quehaceres.

La madre de Ezequiel le enseñó a leer y a escribir, tras de lo cual murió, dejándolo a los cinco años huérfano pero alfabetizado; a los siete el padre le completó la orfandad. Huérfanos de padre y madre los cuatro hermanos, el mayor, Sabas, de diecinueve años, se hizo cargo de los pequeños: Máximo, Filomena y Ezequiel, el menor. A los once años Ezequiel entró a estudiar al Seminario de los jesuitas y a los trece había reemplazado allí como profesor de trigonometría al padre Ignacio Gomila, un jesuita de los que había traído Mosquera y que le hizo la vida imposible. Se fue entonces Ezequiel a los Estados Unidos a estudiar en una escuela de Flushing, de la que pasó al Yale College de New Haven donde se graduó de médico a los dieciocho años con una tesis sobre los usos medicinales de la quina. Durante su estancia en Yale publicó en el *New York Herald* un artículo que me pone a soñar con su solo título: «The golden mines of New Granada».

A los diecinueve años estaba en Gotinga, Alemania, donde se graduó de doctor en filosofía y maestro de artes con una tesis sobre química y mineralogía: *Über das Iridium und seine Verbindungen, Inaugural-Dissertation zur Erlangung der philosophischen Doctorwürde von Ezequiel Uricoechea aus Bogotá*, Göttingen, Druce der Universitäts-Buchdruckerei, Von E. A. Huth, 1854. Este mismo año publicó en Berlín una «Memoria sobre las Antigüedades Neogranadinas» en la Librería de F. Schneider & Cía, y un artículo en el *Journal der Chemin* sobre un nuevo cuerpo que él descubrió, el otobil; más otro en el *Pharmaceutical Journal* de Londres:

«On the cinchonas of New Granada». Y no sigo porque no acabo. Su «Memoria sobre las Antigüedades Neogranadinas» se considera el comienzo de la arqueología en Colombia, lo cual visto desde fuera de Colombia tal vez sea poco, pero visto desde dentro es mucho.

En 1857 cometió «el gran error de su vida» (palabras suyas): volver. Once años se quedó enterrado en Colombia durante los cuales vendió la parte que le correspondía de la inmensa hacienda Canoas que les dejó su padre de herencia, fue profesor de química en el Colegio Mayor de Nuestra Señora del Rosario, escribió unos *Elementos de mineralogía* para sus discípulos, fundó la Sociedad de Naturalistas Neogranadinos con unos sabios criollos y la revista literaria *El Mosaico* con unos criollos costumbristas, publicó la *Mapoteca colombiana* («colección de los títulos de todos los mapas, planos, vistas, etc. relativos a la América Española, Brasil e islas adyacentes»), y lo que más importa y por lo que lo estoy recordando aquí: le empezó a enseñar alemán a Rufino José, y a mostrarle lo que era la vida. Alemán aprendió. Lo que es la vida no pues fue un santo y los santos prácticamente no viven.

Entre los papeles de Cuervo ha quedado un cuaderno de escolar en cuya primera página escribió, con bella caligrafía: «Lecciones de Alemán dictadas por E. Uricoechea. Rufino J. Cuervo. Bogotá 20 de agosto de 1860». Rufino José estaba por cumplir dieciséis años. Uricoechea tenía veintiséis. El alemán era entonces el gran idioma de la lingüística y Cuervo siguió imbuido de él el resto de su vida: un número considerable de sus libros está en alemán y muchos de sus corresponsales eran austriacos, suizos y alemanes. Entre los libros que le dejó Cuervo de herencia a la Biblioteca Nacional de Bogotá hay dos gramáticas para aprender alemán que le envió su hermano Antonio Basilio desde Londres: la

Grammaire théorique de la langue allemande de A. Scheler con la dedicatoria «A mi querido Rufino, Antonio B. Cuervo, London, 29 novbre. 1861»; y las *Analogies des langues flamande, allemande et anglaise* de E. J. Delfortrie con la dedicatoria «A mi amigo i hermano Rufino J. Cuervo, A. B. Cuervo, Londres, 29 novbre. 1861». La fecha, igual en ambas dedicatorias, es la que me interesa pues no son muchas las que se pueden precisar de la infancia y la juventud de Cuervo.

Mucho se ha dicho que Cuervo enseñó de joven latín en el Colegio de Nuestra Señora del Rosario y en el Seminario Conciliar. Varios indicios indican que sí, y además en la Universidad Nacional recién fundada. La primera edición de la *Gramática de la lengua latina para el uso de los que hablan castellano* que escribió con Caro trae la indicación siguiente: «Obra adoptada como texto en el Seminario Conciliar y en el Colegio Mayor de Nuestra Señora del Rosario de Bogotá». Esa primera edición es de 1867. En la segunda edición, de 1869, la indicación ha sido cambiada por esta: «Obra recibida como texto de enseñanza en la Universidad y el Seminario de Bogotá». La Universidad en cuestión es la Nacional, fundada en 1868 y en cuyos *Anales* de 1870 se dice que Samuel Bond fue nombrado catedrático de griego y Rufino José Cuervo suplente de esa asignatura. Por lo que al Colegio de Nuestra Señora del Rosario se refiere, cuando murió Cuervo la Academia Colombiana de la Lengua acordó «Disponer en la Capilla del Colegio Mayor de Nuestra Señora del Rosario, en el cual explicó humanidades el señor D. Rufino José Cuervo, la celebración de un oficio fúnebre y misa de réquiem en memoria del sabio académico que llevó ejemplar vida cristiana y a quien distinguieron singulares virtudes». Cuervo era el último sobreviviente de los doce fundadores de la Academia Colombiana de la Lengua, entre los cuales estuvo Caro. En cuanto al Seminario Conciliar que mencionan los subtítulos, acaso sea el mismo en que habían estudiado Ángel y Nicolás de niños y que cerró José Hilario López, en cuyo caso lo habrían vuelto a abrir, si bien ya no regentado por los jesuitas. Un pariente de Cuervo, el cura, político y futuro obispo Indalecio Barreto Martínez, fue rector de ese Seminario en 1868. Quedan tres cartas de este cura a Cuervo, dos de 1873 y una de 1874, esta referente a su consagración de obispo de Pamplona: «Como me llegaron las bulas –le dice a Cuervo– i ellas me imponen el deber de prestar el juramento de fidelidad a la Santa Sede, le incluyo mi carta a Su Santidad para que me la vierta al latín i que sea puesta en el paquete inmediato, con la formula del juramento, que también le incluyo». Tenía pues a Rufino José de traductor al latín y de criado que le pusiera las cartas. Así son estos travestis de cayado y báculo. En fin, la prueba irrefutable de que Cuervo sí enseñó latín es un artículo de Rafael Torres Mariño sobre Rufino José y Ángel Cuervo, aparecido en el *Registro Municipal* de Bogotá en 1944, en el que evoca sus clases de latín y recuerda que «el texto era la *Gramática latina* que él mismo había compuesto en asocio de don Miguel Antonio Caro. Nos llevaba, además, ejercicios escritos en forma de preguntas y respuestas que debíamos copiar y aprender de memoria».

Leyendo la correspondencia de Cuervo se cruza uno aquí y allá con algunos que fueron sus maestros, sus condiscípulos o sus discípulos. Maestros como el cura ecuatoriano José Manuel Proaño, «mi venerado maestro» como lo llama Cuervo en una carta a Belisario Peña. Condiscípulos como Lorenzo Codazzi, Eugenio Ortega y Miguel Rivas. Y discípulos como Clímaco Calderón, quien llegó a ser presidente encargado; como Cecilia Arboleda, la esposa de Jorge Holguín quien también llegó a lo mismo, y dos veces; o como el cura Manuel María Camargo, que visitó a Cuervo en París por 1908 y que aparece mencionado en una carta suya a Rafael Pombo: «He tenido muchísimo gusto en ver a los Dres. Cortés y Camargo y conversar con ellos. El último fue mi discípulo muy querido, y me ha asombrado recordándome los cuentos que yo les echaba en la clase y fuera de ella» (donde don Rufino escribe «doctores» léase curas). Solo que en las cartas en cuestión nunca se dice en qué colegios ni cuándo fueron maestros, condiscípulos o discípulos suyos. ¡Qué más da! Ni los maestros tuvieron peso alguno en su vida, ni los discípulos, ni los condiscípulos. Lo que aprendió Cuervo lo aprendió solo. Y lo que enseñó se lo llevó el viento.

Queda una carta de Santiago Pérez, quien también habría de ser presidente de Colombia (de los que ya van unos ochenta hijueputas, catorce de los cuales pasan por la vida de don Rufino): «Señor Rufino Cuervo. Bogotá, 13 de junio de 1868. Mi querido Rufino, con la mayor pena pongo en su conocimiento que el 15 de este mes, día en que termina el semestre escolar, cierro el colejio por no haber podido allanar los inconvenientes que para continuar se me han presentado. Doi a Ud. las mas cordiales gracias por la bondadosa cooperación que me ha prestado. Su affmo. amigo S. Pérez. P. D. Le mando lo correspondiente al último mes». La ortografía era la de la época, el colegio era el de Pérez Hermanos, y por la posdata se ve que don Santiago, quien alcanzaría el supremo bien poco después, todavía era gente decente. De joven escribió un *Compendio de gramática castellana* y figura, junto con Cuervo y con Caro, entre los doce fundadores de la Academia Colombiana de la Lengua, la primera en América, establecida en noviembre de 1871 con la bendición de la Real Academia Española. Instalado Caro en la presidencia, a fines de 1893 lo desterró y Santiago Pérez el ex presidente (en Colombia un «ex» no es nada) se fue a París donde murió siete años después. ¿En esos siete años en París se vería alguna vez, una siquiera, con don Rufino? Aparte de la misiva citada quedan otras dos suyas, más breves todavía, una sin fecha y otra fechada en «Stbre. 11» pero sin año. Mi sospecha es que estas dos, como la primera, son de cuando vivían ambos en Bogotá. De la infinidad de cartas que le escribió Pombo a Cuervo no han quedado los originales porque alguien los destruyó. Pero Pombo guardaba los resúmenes de sus cartas, y así nos han quedado ciento sesenta y ocho resúmenes de las enviadas a Cuervo, que llegan hasta fines de 1903 (los resúmenes de las de los años que siguen hasta 1911 también se perdieron). Oigan de uno de estos resúmenes, por no dejar, lo que le dice a Cuervo el trece de septiembre de 1893 referente a Santiago Pérez Triana, el hijo de don Santiago el ex presidente a quien por esas fechas iban a mandar al exilio: «La luna nueva fue esa misma mañana a las 2.8 minutos a. m. [viene contándoles de un temblor de tierra en Bogotá que coincidió con la luna nueva]. Les hablo del grande escándalo llamado el *Panamá chiquito*: gasto hecho por la casa de Punchard y Co., de Londres, de £ 60.000 en cohechar personajes nuestros por conducto de Santiago Pérez Triana para lograr los contratos del Ferrocarril de Antioquia y Santander; descubrimiento hecho el 3 de este mes buscando papeles de conspiración política en casa de Santiago Pérez el padre. El Gobierno mismo autorizó indirectamente el escándalo y luego ha tratado de apagarlo, de suavizarlo», etc. Esa era Colombia, esa es Colombia, los países no cambian. Pombo detestaba a Caro, y de paso lo odio yo que heredo odios ajenos. Si don Rufino se vio con don Santiago en París por esas fechas, estoy segurísimo de que su bondad y discreción le impidieron decir una sola palabra sobre el cohecho de Santiaguito.

Queda también otra carta, una joya, que tiene que ver con el paso fugaz de don Rufino por el magisterio: «Señor Rufino Cuervo: El joven Gregorio Tobías Díaz no asistió ayer a la clase de U. por motivo de la muerte de una persona de la familia y se ocupó en hacer varias diligencias muy necesarias. Por lo cual lo aviso a U. para que tenga la bondad de dispensarle la falta. Soy de U. atenta servidora, Seferina G. De Vela, Bogotá, Agosto 25 de 1870». ¿Qué tenía que ver doña Seferina G. de Vela con el joven Gregorio Tobías Díaz para que estuviera intercediendo por él? No era ni su mamá ni su pariente, como se ve por los apellidos. ¿Entonces por qué se metía en lo que no le importaba? ¿Y qué clase daba don Rufino? ¿De latín acaso? ¿Y en qué colegio? Y sobre todo: ¿para qué guardó don Rufino esta cartica hermosa? ¿Para que la transcribiera aquí yo?

En una carta a Antonio Gómez Restrepo del veinticuatro de febrero (Miércoles de Ceniza) de 1909, o sea ya muy cerca de su final, don Rufino le cuenta que en la escuela de Ricardo Carrasquilla y Mariano Ortega había «aprendido a hacer los números hará más de cincuenta y ocho años». Sería entonces por 1850, cuando él tenía seis y cuando todavía vivía su padre, quien murió el veintiuno de noviembre de 1853. Don Rufino le dejó de herencia a la Biblioteca Nacional de Colombia cinco mil setecientos treinta y un libros. Son los que se conocen allí como el Fondo Cuervo, que en estos días del centenario de su muerte andan desempolvando. De ellos unos cuantos fueron heredados de su padre, otros de Ángel, y otros fueron los que usó en su infancia como textos de estudio, por ejemplo el *Resumen de la jeografía histórica, política, estadística i descriptiva de la Nueva Granada para el uso de las escuelas primarias superiores*, obra de juventud de su hermano Antonio Basilio, publicada en Bogotá en 1852. En el ejemplar que conservó don Rufino hay varias anotaciones suyas escritas de niño. Una, con lápiz, dice: «Rufino José Cuervo, Liceo de Familia, en Bogotá». Otra, con tinta: «Rufino J. Cuervo, Bogotá, 14 de feb. /854». En las últimas páginas hay unos dibujos a lápiz de tres cabezas, y otro, con tinta, de un hombre barbado con lanza y que dice: «Yo soy un romano, Bogotá, 20 de setiembre /854». El día anterior Rufino José había cumplido diez años.

Don Rufino llevaba un fichero en que anotaba las características principales de los libros más consultados de su biblioteca: dónde los compró, a quiénes pertenecieron, si valían la pena o no… En la referencia al ejemplar de esta obra de su hermano, entre paréntesis y después de enunciar el título anotó: «Ejemplar que sirvió en el colegio á R.J.C.» El colegio era el Liceo de Familia que había fundado Antonio Basilio junto con el venezolano Antonio José de Sucre, sobrino homónimo del famoso mariscal de Ayacucho al que en las montañas de Berruecos, a traición, había asesinado la Gran Colombia, ese paisucho altanero que de grande no tenía sino el territorio y el nombre y que por las fechas del asesinato se fragmentó en tres más insignificantes todavía: Colombia, Venezuela y Ecuador. Ah, y un zancudero que era una especie de apéndice del primero: Panamá. En una carta a otro venezolano, Gonzalo Picón Febres (del 6 de febrero de 1907), Cuervo le menciona a Sucre: «D. Antonio José de Sucre, varón insigne por sus talentos como por sus grandes cualidades morales, me enseñó la *Gramática* de D. J. V. González, que fue, a pesar de algunos defectos, preparación para el estudio de la de Bello, que igualmente puso en mis manos aquel ilustre compatriota de U. Al mismo debí librarme de las garras del pseudo Nebrija, y estudiar latinidad en dos libros publicados en Caracas: la *Gramática* de Burnouf y los Ejercicios de Vérien». El venezolano Juan Vicente González había publicado en 1855 su traducción del *Método para estudiar la lengua latina* de Burnouf; y de su gramática, el *Compendio de gramática castellana según Salvá i otros autores*, se habían hecho ya seis ediciones en Venezuela cuando la estudió Cuervo y luego se hizo una en Bogotá. Quedan en el Fondo Cuervo ejemplares de la sexta edición de Caracas y de la de Bogotá, y también del pseudo Nebrija como lo llama don Rufino, sobre el cual anotó en su fichero: «Es el famoso Nebrija del P. La Cerda, que todavía en 1858 me hicieron aprender en Bogotá. R. J. C.». Queda también un ejemplar del *Catecismo de la doctrina cristiana* del padre Astete con una iglesia dibujada a tinta en la página del título y las indicaciones «1855» y «27 de setiembre», sobre el cual don Rufino anotó en su fichero: «En este ejemplar aprendió la doctrina R. J. C. en la Escuela de D. Lubín Zalamea». En otras páginas de ese ejemplar hay garabatos hechos a lápiz y la indicación «Bogot Ruf R. J. Cuervo Urisari» (por «Urisarri»).

De los libros heredados de su padre hay uno que debió de tener importancia decisiva para Cuervo pues de él le habló a Tannenberg, quien lo menciona en el retrato que hizo de don Rufino en su página «Siluetas contemporáneas» del *Bulletin Hispanique* de febrero de 1901, faltándole todavía a Cuervo diez años para salir de esto: «Preocupado el doctor Cuervo por enseñarles a sus hijos la más pura lengua castellana solía leerles un librito sin mayor valor científico pero escrito con gracia y amenidad titulado *Observaciones curiosas sobre la lengua castellana*. El autor, Ulpiano González, se había propuesto corregir un buen número de expresiones populares. Ese libro, que se leía en familia, le dio a don Rufino la idea de emprender un estudio similar pero más metódico y enriquecido con ejemplos tomados de los mejores escritores del idioma. Así nacieron las *Apuntaciones críticas sobre el lenguaje bogotano*». El libro está en el Fondo Cuervo: *Obser-*

vaciones curiosas sobre la lengua castellana o sea Manual práctico de la Gramática de dicha lengua, Bogotá, 1848, y trae esta dedicatoria: «Al Exmo. Señor Vicepresidente de la República Dr. Rufino Cuervo, tiene el honor de presentar este librito El autor».

En carta a Antonio Gómez Restrepo del 7 de enero de 1911, vale decir ya muy cerca de su final, don Rufino le dice: «Anoche en El Hogar Católico vi que el Sr. D. Ruperto había pasado a mejor vida, y esto me ha afligido mucho pues siempre tuvimos finas relaciones. Sería por los años de 59 o 60, había una *Escuela literaria* a la cual pertenecían dos de mis hermanos, y yo iba a las sesiones como muchacho aficionado. Allí conocí al Sr. D. Ruperto (y al Sr. Montenegro, que también nos ha dejado), y supe estimar la laboriosidad y porte distinguido, no menos que sus talentos». Y que lo acojan la Divina Justicia y la Divina Misericordia. Estoy seguro de que esto mismo se lo contó de viva voz diecinueve años atrás cuando el joven Antonio se presentó en su apartamento de la rue Bastiat con una cartita de presentación de su padre, don Ruperto, para don Rufino, fechada el 14 de agosto de 1892 en Bogotá. Cuando la «Escuela literaria», Cuervo tenía quince o dieciséis años, don Ruperto siete más. La impresión de la primera edición de las *Apuntaciones críticas sobre el lenguaje bogotano* tomó cinco años: de 1867 a 1872, durante los cuales don Ruperto le salió adelante a don Rufino publicando sus *Ejercicios para corregir palabras y frases mal usadas en Colombia,* Bogotá, Imprenta de Medardo Rivas, 1870. Pero Colombia no le hizo caso a don Ruperto mientras que a don Rufino sí. Lo que don Rufino decía era como palabra de Dios. ¿Decía él que esto estaba mal? Mal estaba. ¿Qué estaba bien? Bien estaba. Lo convertimos en el árbitro del idioma. Mejor decisión nunca hemos tomado.

Y esto es cuanto sabemos de la infancia de Cuervo y sus estudios. Mi conclusión es simple: Cuervo se enseñó solo, aprendió en los libros. Para aprender no se necesitan maestros: libros sí. ¿No aprendió pues en ellos Ángel a hacer cerveza? ¿Por qué no podía entonces Rufino José aprender latín y gramática? Cuando se empezaban a imprimir las *Apuntaciones* y Ángel aprendía a hacer cerveza, Uricoechea se marchó de Colombia. De esos años de su amistad con Rufino José en Bogotá queda este mensaje: «Mi querido Rufino: Muy agradecido le quedaré si usted tiene la bondad de mandarme con el portador el libro en que está el cuadro filosófico de los tiempos del verbo, y más aún si le agrega, de su propio hacer, una sinopsis de los que son (y de los que no existen, los tiempos que pudieran ser) y sus equivalentes en cualquier "romance". Es que no comprendo el futuro, pasado, etc. Suyo siempre, Ezequiel». ¡Pero no le puso fecha!

Lo que sí puedo asegurar de este mensaje sin fecha es que lo de los tiempos del verbo tenía que ver con la *Gramática* de Bello, que Cuervo adoptó como su Biblia personal y que habría de publicar algo después, en 1874, con notas suyas: «*Gramática de la lengua castellana destinada al uso de los americanos* por Andrés Bello, nueva edición hecha sobre la novena de Valparaíso (1870) con *Notas* y un copioso *Índice alfabético* por Rufino José Cuervo», según rezaba el título de la primera edición bogotana, impresa en la imprenta de Echeverría Hermanos. Era un título aumentado para una gramática aumentada. Ciento veinte *Notas* tenía esta primera edición de Cuervo. En las sucesivas reimpresiones y ediciones que hizo en Bogotá y en París fue aumentando las *Notas*, hasta que esa *Gramática* prácticamente quedo siendo de ambos: de Bello que estaba muerto, y de Cuervo que seguía vivo. La edición de 1898 impresa en París por Antoine Roger tenía ciento cincuenta y una notas. Esta edición la siguieron reimprimiendo sin cambios los sucesores del mencionado mercachifle hasta 1936, veinticinco años después de la muerte de Cuervo. La *Gramática* de Bello es espléndida. Las *Notas* de Cuervo son espléndidas. La que sí no es espléndida es la gramática en sí que es una falsa ciencia. Como la astrología, la teología, la metafísica, el psicoanálisis, la alquimia… ¡El tiempo que perdí en mi infancia y en mi juventud con ese embeleco! No importa. Yo a Cuervo y a su Bello los quiero. Son santos.

Cincuenta y nueve cartas quedan de Uricoechea a Cuervo contando la tarjetita de Bogotá sin fecha y otra que le dejó años después en París en el Hôtel Saint-George. De Cuervo ni una. Las de Uricoechea han quedado porque Cuervo las conservó. Las de Cuervo se perdieron por la muerte repentina de Uricoechea en Beirut. Si las había guardado (en los cuartitos que le arrendaban en Bruselas y en París) ¡a quién le iban a importar! No importa. En las palabras sin réplica de ese diálogo convertido en soliloquio vamos viendo tramarse el drama de Ezequiel Uricoechea en su desmesura: cómo se le va enredando la vida, cómo se le va viniendo la Muerte, a lo Manrique, tan callando… Conmovedor. Termina uno amando al personaje. Ezequiel Uricoechea Rodríguez fue el único colombiano de alma grande que tuvo Colombia antes de Cuervo. ¿Y después de Cuervo quién? Ninguno. En ellos se agota la tierrita.

Cuando en 1868 Uricoechea se volvió a Europa para no regresar más a Colombia algo de dinero le quedaba. En sus primeras cartas a Cuervo lo sentimos entusiasta, confiado, próspero, con mil proyectos y hablando de millones. «Yo me he metido antes de los libros a comisionista y he mandado ya unos 70,000 francos a los amigos. Si el negocio que tengo entre manos y que es de mucha importancia para la América (y vale más de cuatro millones de pesos) no se lleva a efecto, me quedaré de comisionista en alguno de estos países. Si se lleva a efecto, me vuelvo a recorrer toda la América y dentro de dos años estaré desahogado». Tan arrevesada la sintaxis como los planes. ¡Qué miedo! Cuando alguien se pone a hablar así es de dar miedo porque la realidad con sus baños de agua fría enfría hasta al más caliente. Lo citado es de una carta de agosto de 1869, o sea de recién salido de Colombia. Seis años después ya no tenía un quinto: «Por desgracia tenía yo algunos fondos impuestos en renta turca y con la inesperada quiebra del gobierno y suspensión de pagos, me veo privado de una suma en mis entradas sin la cual me es imposible continuar mi vida de rentista en Europa», le escribía al escritor argentino Juan María Gutiérrez, de Buenos Aires. Y que le consiguiera allá colocación.

Colocación no le consiguió Gutiérrez, pero Uricoechea en cambio le consiguió que la Real Academia Española de la Lengua lo nombrara miembro correspondiente, entonces un inmenso honor. ¿Y saben qué hizo Gutiérrez con el inmenso honor? Lo rechazó. Y a un amigo chileno le escribió: «¿Qué le parece a Vd. mi cohete a la Academia? Tenemos un *Syllabus* y un concilio en Roma; tendremos un *Diccionario* y una Academia que nos gobernará en cuanto a los impulsos libres de nuestra índole americana en materia de lenguaje, que es materia de pensamiento y no de gramática. Tendremos una literatura ortodoxa y ultramontana, y no escribiremos nada sino pensando en nuestros jueces de Madrid, como los obispos que sacrifican los intereses patrios a los intereses de su ambición en Roma». Muy bien dicho salvo lo de los intereses patrios pues la patria, que con la religión ha sido siempre la justificación de las más cínicas infamias, hoy es una antigualla reducida a un equipo de fútbol y a un himno que les saca lágrimas a los intonsos. El *Syllabus* era el de Pío Nono, una sarta de proposiciones obtusas que indignaron entonces a medio mundo; y el concilio aludido, el Vaticano I, que había convocado ese engendro para que lo declarara infalible.

En fin, Gutiérrez, que no creía en la Academia ni en la gramática, creía en Rufino José Cuervo, mi santo. De poco después de su carta al chileno, queda otra suya a Cuervo en que le dice: «He leído todas las páginas de las *Apuntaciones* con gusto y provecho, y las considero lo mejor que conozco como gramática práctica de la lengua castellana. Mas diré a V., sin que en este juicio entre para nada mi mala voluntad a los españoles europeos: no hay uno solo de ellos, incluso el valetudinario que escribió a V. desde Ávila el 13 de agosto de 1874, que sepa lo que V. sabe sobre la ciencia del lenguaje en general, y en particular sobre el habla castellana, ni que tenga mejor oído, ni mayor gusto, ni tan copiosa erudición y lectura». Y que los argentinos eran unos insurgentes en materia de lenguaje y que no necesitaban de una Academia que se empeñaba «en fijar como Josué al sol». La carta escrita en Ávila a que aludía era la de Hartzenbusch que traían como apéndice las *Apuntaciones*. Atinado criterio el de Juan María Gutiérrez. Así como Dios es el árbitro del Universo, Cuervo era el árbitro del idioma. De este idioma en el que caben, para empezar, Dios y el Universo; y para continuar, lo que quieran. En cuanto al valetudinario Hartzenbusch, resultó siendo una desgracia para Cuervo, según habremos de ver en este relato cuando tratemos de la obra cumbre de don Rufino, el *Diccionario de construcción y régimen de la lengua castellana*, la máxima locura de esta raza y para su autor su gran tragedia.

Pero volvamos a Uricoechea y a la Academia Española. Antes de que le consiguiera desde París el nombramiento de miembro correspondiente a Gutiérrez, Uricoechea se había ido a Madrid y mediante Hartzenbusch y otros académicos de los que se hizo amigo se lo había conseguido para sí mismo. Y como se lo había conseguido él mismo y no otro, no se puso como Gutiérrez de remilgado a rechazarlo: se lo agregó a su currículum. Salió pues Uricoechea de París para Madrid como un común mortal, y volvió como un emperifollado académico de la lengua. Terminó viviendo en un cuartito. Pero eso sí, en el faubourg Saint-Honoré por aquello de que vaca vieja no olvida el portillo. ¿Quién le alquilaría el cuartito? No se sabe. Ni se sabrá. Lo que sí sé es que pocos años después andaba de catedrático de árabe en Bruselas, a la que se fue a vivir en otro cuartito con sus libros. En ese cambio de vida andaba cuando llegaron los Cuervo a París en su primer viaje, el de exploración. Rufino José fue testigo del comienzo de su final pues a él le tocó ver de cerca cómo su amigo de tantos años y de tantas cartas ganaba por concurso la cátedra de árabe de la Universidad Libre de Bruselas, preámbulo de un soñado viaje a la ciudad de Damasco a la que no alcanzó a llegar porque en Beirut lo estaba esperando Nuestra Señora la Aguafiestas.

Traía Uricoechea a su regreso de Colombia a Europa en 1868, para venderlas como pudiera, las joyas de la madre de los Cuervo, doña María Francisca Urisarri, que habría de morir poco después, el 23 de marzo de 1869, dejando a su familia venida a menos y a sus dos últimos hijos de cerveceros. Exceptuando la misiva sin fecha de Bogotá en que le pedía «el cuadro filosófico de los tiempos del verbo», todas las cartas de Uricoechea a Rufino José fueron escritas en Europa. He aquí el comienzo de la primera, de París, fechada el 6 de agosto de 1869: «Querido y muy apreciado Rufino: Por el correo pasado tuve el gusto de escribirle y la pena de tenerlo que hacer en circunstancias tan aflictivas para usted a quien tanto he estimado. Hoy me da el placer de leer una carta suya que si he de decir lo que pienso, mucho, mucho se había hecho aguardar». Las circunstancias tan aflictivas eran la muerte de la señora Urisarri. Y pasa a mencionar, en unas frases confusas, a un señor Heap, joyero de Londres para quien ha comprado cuarenta mil francos en joyas y a quien le habría podido vender las de la señora pero que la ocasión se perdió.

En el «Libro de cuenta y razón de la sociedad conyugal del doctor Rufino Cuervo y la señora María Francisca Urisarri y apuntamientos varios abierto en 1º de agosto de 1840» está la lista de las joyas: un aderezo de oro y esmeraldas compuesto de collar, zarcillos y dos anillos; un aderezo de oro compuesto de zarcillos en forma de almendras, un anillo y un hermoso prendedor; otro aderezo compuesto de zarcillos y prendedor de mosaico; un hilo de perlas, etc. Y además de la lista de las joyas otra, más valiosa (si es que valen más unos hijos que unas joyas): la de los hijos del matrimonio con las fechas de sus nacimientos, que paso a completarles con las de defunción: Antonio María, nacido el 9 de abril de 1827 y muerto el 2 de septiembre de 1828; Luis María, nacido el 21 de junio de 1829 y muerto el 11 de enero de 1885; Ángel María, nacido el 2 de octubre de 1831 y muerto el 2 de marzo de 1837; Antonio Basilio, nacido el 13 de junio de 1834 y muerto el 19 de febrero de 1893; Ángel Augusto, nacido el 7 de marzo de 1838 y muerto el 24 de abril de 1896; Carlos Nicolás, nacido el 4 de noviembre de 1840 y muerto por 1870 en Londres; y Rufino José, nacido el 19 de septiembre de 1844 y muerto el 17 de julio de 1911. Siete. Pocos para la Colombia de entonces que era una gallina ponedora (hoy no tanto, con el calentamiento planetario se le ha ido enfriando la ponedera). De los siete, todos hombres, dos Ángeles, dos Antonios y tres Marías como pueden ver. Rufino Cuervo Barreto, el padre, llegó a vicepresidente y a encargado, por unos meses, de la presidencia. Antonio Basilio, el cuarto hijo, igual: encargado, por unos días, de la presidencia siendo ministro de Gobierno de Caro. Quitando a esos dos presidentes interinos, el resto de la familia fue honorable.

A varias de esas joyas que enumera el «Libro de cuenta y razón» alude Uricoechea en sus primeras cartas: vendió algunas, y las restantes supongo que se las devolvió a Colombia a Rufino José «aprovechando el regreso de algún compatriota seguro» según le había anunciado. Doña María Francisca viuda de Cuervo, a quien le tocó hasta hacer vinagre, murió pues sin joyas. ¡Ni las necesitaba! Para irse a reunir con su marido en el cielo no le hacían falta joyas. Allá lo que necesita uno es aprender a cantar con los angelitos bien instalado en un mullido cúmulo de nubes pero eso sí, sin resquicios no se vaya a caer.

A fines de mayo de 1878, cuando llegó con Ángel de Colombia a París en el primer viaje, allí se reencontró Rufino José con su viejo amigo Uricoechea. Y en París se siguió viendo con él durante el mes de junio. A principios de julio los dos hermanos emprendieron su correría por Europa y Uricoechea se fue a Bruselas a su cátedra de árabe. Se volvieron a ver hacia el 10 de abril del año siguiente, cuando Uricoechea regresó de Bruselas a París a despedirse de Rufino José que ya estaba por regresar a Colombia con su hermano. No sé qué día se despidieron, ni dónde. Sé que fue para siempre. Una de las últimas cartas de Uricoechea está fechada el 4 de junio de 1879 en Bruselas. En ella le dice a Rufino José: «Les mando a usted y a Ángel las cartas que a última hora les dirigí a bordo del vapor y que me fueron devueltas con la nota al dorso *partis hier par la Ville de Brest*». La redacción es anfibológica, pero puesto que Uricoechea escribía desde Bruselas hay que entender que los que iban «a bordo del vapor» eran los Cuervo. Entonces se tardaban las cartas mes y medio entre Bogotá y París o Bruselas. La carta de Uricoechea estaría llegando pues a Bogotá, aunque en otro barco, al mismo tiempo que los Cuervo. Ellos llegaron, puesto que murieron años después; y la carta también, puesto que la estoy citando. Siempre me ha asombrado que una carta llegue. Pero hay algo que me asombra más: que Colombia haya conservado las de Cuervo. Ya las tirará.

Un año escaso después, el 2 de junio de 1880, Uricoechea le escribió a Cuervo su última carta: «Sí amigo mío, ¡salí de la impresión de la gramática árabe, qué descanso! Encima de mi mesa está su ejemplar aguardando que acabe estas líneas para poner en él mi firma y enviarle como decía el poeta Abd el-Rahman "Una parte de mi alma a otra parte que allí habita". No está mal empastado, pero tal vez abusó algo el empastador de la recomendación de "serio" que fue como le califiqué el estilo. Yo mismo lo llevaré a París y se lo daré a Roger para que lo envíe cuando haya ocasión. Entre mañana y pasado compondré los dos baúles y llenaré hasta donde pueda la bolsa. El viernes salgo de aquí, me estaré en París dos días en correrías, para poder llegar a Marsella el miércoles después y ponerme a bordo el jueves a las 10 de la mañana, pues a medio día, si Dios quiere, saldremos a sufrir mareo. De ahí voy a Alejandría por unas pocas horas y luego directamente a Beirut. Allí consulto con los conocidos y dos días después tomo la diligencia para Damasco. Por ahí en febrero volveré, si vuelvo. Mil recuerdos afectuosos a los hermanos, y usted no olvide a su amigo de corazón, E. Uricoechea».

No volvió, ni alcanzó a llegar a Damasco. El 28 de julio de 1880, a los cuarenta y seis años, Ezequiel Uricoechea murió de un ataque de apoplejía en el Hospital de los Joannistes de Beirut. Su cadáver fue inhumado en el cementerio de Zeitouni de la parroquia de San Luis, y en 1970 Colombia lo repatrió. Colombia es buenísima para echar a sus hijos y regresarlos en cenizas. Los del Instituto Caro y Cuervo, unos santurrones, inventaron entonces, a noventa años del suceso, que Uricoechea había muerto «con los auxilios de la religión y en el seno de la Santa Madre Iglesia». Bien sabían que no, que estaban interpretando torcidamente un documento reciente del cementerio en cuestión, un formulario actual impreso, de rutina, llenado por un cura en el momento en que el embajador colombiano en el Líbano recibía los restos de su paisano. No sabemos cómo murió Uricoechea porque nadie lo contó, ni había quién lo contara. Lo que sí es muy curioso, cosas de Dios, es que el 2 de agosto, vale decir cinco días después de su muerte y por lo tanto sin haberse alcanzado a enterar de ella, murió en Bogotá su hermana Filomena.

El viaje a Siria era una ilusión que desde hacía años le encendía la esperanza. En su última carta habla de «arrendar una casita» en Damasco, e irse luego a vivir un mes «con alguna tribu en el desierto», para volver a Bruselas hablando el árabe sirio. La *Gramática árabe* que le mandó a Cuervo a través de Antoine Roger era la alemana de Caspari, modificada y traducida al francés por él, y que imprimió en París Maisonneuve. El ejemplar, que se encuentra en el Fondo Cuervo, tiene esta dedicatoria: «Al eminente filólogo colombiano Rufino José Cuervo, gloria de su patria y de sus amigos, en prenda de profunda estimación, E. Uricoechea». No sé qué sintiera Cuervo por Uricoechea pues las cartas que le escribió se perdieron tras su inesperado final. Lo que se siente en las de Uricoechea por él es un gran afecto, como bien lo dicen los versos de Abd el-Rahman citados en su última carta: «Una parte de mi alma a otra parte que allí habita».

En carta del 4 de julio de 1876 escrita en París le informaba Uricoechea a Cuervo: «He recibido y enviado a sus destinos los ejemplares de las *Apuntaciones* que Ortiz trajo, uno a César Guzmán y otro a Gutiérrez de Buenos Aires, reservando para mi uso el que U. tuvo la bondad de enviarme con tan honrosa dedicatoria». En 1968 Guillermo Hernández de Alba, del Instituto Caro y Cuervo, se enteró de que ese ejemplar estaba en la Argentina y que pertenecía a Luis Ledesma Medina, director general del Archivo de la provincia de Santiago del Estero. Gracias a los buenos oficios del embajador argentino en Colombia, el señor Ledesma le envió el ejemplar de regalo al Instituto: está anotado por Uricoechea y trae la siguiente dedicatoria, que es a la que alude en su carta a Cuervo: «Al eminente naturalista y filólogo, y más que todo bondadoso y fino amigo D. Ezequiel Uricoechea. Recuerdo afectuoso de R. J. Cuervo». El ejemplar venía acompañado de un cuadernito de observaciones de Uricoechea sobre el libro: las que le hizo a Cuervo en varias de sus cartas, y que conocemos. Tanto el ejemplar como el cuadernito habían pertenecido, antes del señor Ledesma, al historiador argentino Adolfo Saldías. Imposible saber, sin embargo, por qué camino llegaron hasta él.

Después de su hermano Ángel, que es a quien más quiso, nadie tuvo mayor influencia en la vida de Rufino José que Ezequiel Uricoechea. Ante la imposibilidad de saber los sentimientos de Cuervo hacia él por no haber quedado las cartas que este le escribió, diré que a quien más quiso después de su hermano fue al poeta Rafael Pombo, católico como él, solterón como él y sin hijos como él. Sus manchas burocráticas como secretario de la Legación de Colombia en Washington y de la Cámara de Representantes en Bogotá inhabilitan sin embargo todo intento de canonización. Me acompañan desde niño unos versos suyos que conservo en la memoria:

El hijo de Rana, Rin Rin Renacuajo
Salió esta mañana muy tieso y muy majo,
Con pantalón corto, corbata a la moda,
Sombrero encintado y chupa de boda.

«¡Muchacho, no salgas!» le grita mamá.
Pero él hace un gesto y orondo se va.

Halló en el camino un ratón vecino
Que le dijo: «¡Amigo, venga usted conmigo
Visitemos juntos a doña Ratona
Y habrá francachela y habrá comilona».

A poco llegaron y avanza Ratón.
Estírase el cuello, coge el aldabón.
Da dos o tres golpes, preguntan: «¿Quién es?»
«Yo, doña Ratona, beso a usted los pies».

Y arman una fiesta los ratoncitos y vienen los gatos y se los comen. Ahí está retratado él. Y en sus cartas. O más exactamente, en los resúmenes de sus cartas como ya he dicho, pues las que les escribió a los Cuervo desaparecieron tras la muerte de don Rufino, pese a que estoy seguro de que este las conservó. He aquí, por ejemplo, el resumen de la carta del 18 de octubre de 1884: «Ángel y Rufino Cuervos, París. Carta de abrazo y visita que les envío con José Asunción Silva, perla destilada y aquilatada de Ricardo Silva». O este otro, de una carta del 25 de mayo de 1896: «Ángel y Rufino J. Cuervos, París. Dos plieguitos y medio. Suicidio ayer o antenoche de José Asunción Silva, según unos por el juego de $ 4000 de viáticos de Cónsul para Guatemala; por atavismo en parte, mucho por lectura de novelistas, poetas y filósofos de moda. Tenía a mano el *Triunfo de la muerte* por D'Annunzio y otros malos libros. Ignominioso, dejando solas una madre y una linda hermana, Julia».

Este poeta Silva, el más grande de Colombia, era de paso un pícaro. Tras asolar a Bogotá se fue de secretario de la Legación colombiana a Caracas, desde donde le mandaba al pobre Cuervo, a París, sus sablazos transoceánicos: «El giro es por una suma insignificante, 1.700 francos. El señor Bonnet me conoce y es amigo de mi familia desde hace muchísimos años, pero a pesar de eso estoy en la angustia de que pueda no aceptar y pagar la letra. Previendo eso y acordándome de usted y de su bondad, le suplico a usted que tenga la bondad de mandarle esa suma para que recoja la letra». La suma no era tan insignificante pues la criada de Cuervo, Leocadie Maria Joseph Bonté, ganaba 125 francos mensuales. O Cuervo la estaba explotando, o Silva le estaba pidiendo un platal.

Y como el colombiano Silva desde Caracas, el ruso-francés Tannenberg desde París: «Contra mis previsiones, me faltaron estas vacaciones dos lecciones que esperaba; ¿podría prestarme hasta fines de octubre la suma de trescientos francos? Contésteme con la sinceridad de que yo le doy el ejemplo, y excúseme de acudir a usted para una cosa tan despreciable y vil que el dinero». Y un año después, sin que avanzara mucho su español afrancesado: «Acudo pues a usted como a amigo verdadero, siempre tan benévolo por mí y los míos, a usted quien me conoce bien y sabe que no me falta actividad y valor para llegar a una situación honrada y segura. Ya me ha prestado usted una suma que todavía no le he devuelto por una multitud de causas, siendo la principal el que el año pasado estuve obligado de adquirir una infinidad de cosas para mi casa, en muebles y cosas así. Ahora está la casa bastante bien arreglada y no falta lo principal. Puedo pues asegurarle que le devolveré la precedente cantidad antes de agosto de este año, aunque no tenga más lecciones de las que tengo ahora. Si quiere y puede añadirme seiscientos francos, yo le ofrezco devolvérselos el año que viene en pequeñas cantidades, que sería lo más cómodo para mí». Que su mujer iba a parir otra vez y que lo sacara de apuros.

Y como el ruso-francés Tannenberg desde París, el peruano Manuel González de la Rosa desde la misma: «Las calamidades me vienen juntas. Aparte de lo que le he contado y algo más que le contaré verbalmente, me encuentro sin un real, por no haberme llegado los fondos que debía remitirme mi hermano por el correo que se repartió aquí ayer. Así es que su carta no me llegará sino por el vapor del 22. En tal conflicto no sé qué hacer, y no se me ocurre otra solución que suplicar a usted avergonzado se digne prestarme el señalado servicio de procurarme unos 100 francos hasta el 23 del presente, en que indudablemente le serán devueltos con un millón de gracias». ¡Y Cuervo guardaba estas cartas! ¿Como pagarés? Imagínense que por prestar tan solo 100 francos le iban a pagar en intereses un millón de gracias. ¡Así quién no vive en París! El «indudablemente» del peruano en desgracia es sublime. Como para levantar de admiración a Borges de su tumba.

Ya sabemos que el que pide prestado pide dado. El mendigo también, pero menos. Salvo que sea mendigo de religión, como curas y monjas, que son insaciables y que desde hace dos mil años –desde san Pablo, gran organizador de colectas– perdieron la vergüenza. «No echen en olvido la ofertica para mis chinos de las Escuelas, ¿oyen? Fundaré otra, no muy tarde, porque así conviene y Dios como que quiere, porque donde menos pienso me vienen refuercitos para esto». Carta del Ilustrísimo José Benigno Perilla Martínez, obispo de Tunja, a los Cuervo, a París, del 27 de junio de 1884. «Chinos» es bogotanismo y quiere decir «niños». ¿Sería este Ilustrísimo un precursor de la pederastia moderna? ¿Una fruta madura fuera de estación?

«Señores Doctores Ángel María [sic] y Rufino Cuervo, Asilo de Clarisas, abril 24 de 1882: Mis siempre distinguidos hermanitos de nuestro mayor aprecio. Tengo el mayor gusto al dirigirles esta para saludarlos muy afectuosamente y al propio tiempo manifestarles la grande pena y tribulación que nos acompaña por la ausencia de ustedes y quién sabe hasta cuándo regresarán a esta ciudad, pues todas sus Clarisas siempre los hemos querido mucho, y también estamos profundamente agradecidas por la ardiente y constante caridad que abrigan sus nobles y generosos corazones para con nosotras, Dios Nuestro Señor los premiará en esta vida y en la otra, y nosotras jamás olvidaremos sus finezas», etc., etc. Y firmado Cerebeleón de las Mercedes, Abadesa. ¿Cerebeleón? ¿No suena a nombre de hombre? ¿Y abadesa? ¿O sea superiora o madre? Ha debido de haber sido la lesbiana mayor, la que llevaba la batuta. Y no era Ángel María: era Ángel Augusto.

Y oigan esta joya de otro ensotanado, uno que ni conocía a Cuervo pero que le suplicaba desde Bogotá, a París, por carta del 13 de marzo de 1897: «En vista de todo esto y de otras muchas consideraciones que, sin duda, ocurrirán a V., vivamente interesado por el principio y desarrollo de esta santa obra en Bogotá, me tomo la libertad, pidiendo a V. mil perdones, de hacerle la siguiente pregunta-súplica. ¿No podría ser V. el designado por Dios para llenar esta necesidad, proporcionándonos alguna de las casas que usted tiene aquí, teniendo la seguridad de recibir en retorno tanta gracia del Señor como se pediría al cielo en su favor? Una comisión de respetables Señoras de esta capital quería firmar la anterior súplica, para interesar más a V., pero les he significado que no era preciso». Y firmado fray Santiago Matute, religioso recoleto de la Orden de San Agustín. Ni siquiera conocía a Cuervo y ya le estaba pidiendo casa. ¡Ni que se estuviera acostando con él el recoleto!

Y oigan al Ilustrísimo Roberto María del Pozo, obispo defenestrado de Guayaquil que anduvo unos meses por París asolando a don Rufino y haciendo de las suyas. Le escribe desde Nueva York el 27 de mayo de 1889, acabando de dejar la ciudad del pecado y habiendo tocado puerto: «Ayer llegué a esta con toda felicidad, dando muchas gracias al Arcángel S. Rafael, que nos ha librado de alguna colisión, que yo tanto temía. No he tenido más contradicción que la muy pesada que me causó mi buen secretario la noche en que salí para París. El señor Torrents no habiendo podido seguir en la Compañía debía volverse a su patria desde Nápoles. Quiso él espontáneamente acompañarse conmigo, a pesar de que yo le previne que no podía darle renta ninguna porque tenía otro buen sacerdote que debía volver a América y se me había ofrecido a acompañarme. Él me rogó que le hiciera conocer París, y si fuera posible también Nueva York, porque deseaba mucho ver estas ciudades. Me dijo que solo necesitaba 100 francos para volverse de París a Barcelona, ni le faltaba dinero para todo lo demás. Yo por no comprometerme, le respondí que no podía pagarle sus viajes y alimentos sino el tiempo que estuviera conmigo. Pero en París en atención a los servicios que me había prestado le di los 100 francos que me había pedido en Nápoles, además de pagarle los gastos que había hecho en la casa, no solo de alimentos sino de vestidos. Mas cuál fue mi admiración cuando me dijo que tenía que darle no solo los 100 que me había pedido en Nápoles sino 200 más, y que si no, hablaría contra mí».

¿Que el arcángel san Rafael nos ha librado de alguna «colisión»? ¡Y yo que creía que «colisión» era neologismo! No hay nada nuevo bajo el sol. ¿Y qué es eso de conocer París y también Nueva York? Le quedó faltando la preposición *a*, pues la exigen en acusativo ciudades y países. Debe ser: «conocer a París y también a Nueva York», como está muy claramente explicado en las *Apuntaciones críticas sobre el lenguaje bogotano*. ¿O es que no las leyó este marica? ¡Qué habrá pensado don Rufino! «Si algo hubiere dicho el Sr. Torrents contra mí en casa de Ignacio Gutiérrez o de Mallarino –termina diciendo en su carta el defenestrado marica–, espero que U. les hará conocer la verdad. Me encomiendo en sus oraciones y me suscribo su afectísimo padre en J. C. Roberto Obispo de Guayaquil». Y antes del nombre una crucecita.

¡Pero si ya no era obispo de Guayaquil! Fue. Pero lo que fue ya no es. «Fue» es pretérito; y «es», presente. Son dos tiempos del verbo muy distintos. ¡Ay, y «hubiere»! ¡Tan sofisticadito él, usando el futuro de subjuntivo! Ese tiempo, Ilustrísimo, hace mucho que murió. Ya-no-se-u-sa. Ya-no-ex-is-te. ¿Y qué era eso de «padre en J. C.»? ¿J. C. sería Jesucristo? Parece que sí, porque W. C. es *water closet*. ¿Pero Jesucristo no es pues el Hijo? No me queda claro el parentesco. Y oigan esto, del mismo, en carta del 24 de julio de 1887, de cuando andaba en París: «Por el amor de Dios pase la cuenta al P. Unzueta no sea que yo muera antes de haber pagado las deudas que tengo con V. de dinero, de servicios, de cariño y de gratitud. Deseándole toda clase de bendiciones espirituales y temporales me suscribo de V. afmo. padre y amigo, Roberto Obispo de Guayaquil», y la crucecita. ¡Y dele con el padre! Se marchó de París el padre sin pagarle a su hijo don Rufino, mínimo, que yo sepa, «la cuenta del papel y demás objetos que me ha comprado», carta del 11 de mayo de 1889 firmada por el pedigüeño de la crucecita.

Con razón Uricoechea, que en paz descanse, le advertía al joven Rufino José: «Todo me parece muy bien, menos la Escuela de Cristo. Yo no creo que U. necesite estar en esas reuniones, ni por U. ni por los demás. Como cosa espiritual no creo que U. gane nada, y como cosa social –y de ilustración o estudio– U. pierde mucho: créamelo. Si es bueno entretener a gentes ociosas y que poco piensan con prácticas religiosas repetidas, los hombres como U. pierden en ellas tiempo que emplearían de otro modo con más ventaja para el bien moral de la humanidad, y el roce con esas gentes de oficio beatos tiene muy malas consecuencias para el alma y para el bolsillo. No entro en el fondo de la cuestión porque el punto es delicado, pero socialmente hablando, le ruego que se retire un poco de esas gentes.

»Ya otros me han dicho que U. estaba muy dado a la iglesia. Que un pobre lego, con hábitos o sin ellos, pase la vida rezando el rosario se concibe, porque ese es su oficio; el hombre estudioso debe cumplir con sus creencias pero no servir de apoyo y de bandera a los que especulan con la santidad. Y ahora punto en boca, que puedo "desjarretarme" como lo tengo de costumbre». Y acto seguido, con palabras sutiles, cuasi poéticas, le aconsejaba que para que se le distendiera «el arco que fatiga los brazos del guerrero», se fuera de putas. Ningún caso le hizo. Murió dando limosna y ansiando irse a unir con su Cristo. Con su J. C. Pobre don Rufino, asolado por clarisas, agustinos, recoletos, sablistas, curas, obispos… Estos mendigos no tienen remedio. Siempre con la mano extendida como unos insaciables Vargas Llosas. Duodécima cláusula del testamento de don Rufino: «Declaro que a nadie debo cantidad alguna porque desde mi niñez me acostumbré a pagar de contado todo lo que compro, sin dejar que se me abra cuenta, y en caso de hacer negocios a plazo, a pagar exactamente el día de su vencimiento». ¡Qué iba a deber don Rufino! ¡Le debían a él! Si a este no me lo canonizan ipso facto como a Wojtyla, me salgo de la maldita Iglesia.

¿Con quién sigo? ¿Con Ignacio Gutiérrez? ¿Con Mallarino? ¿Con la Escuela de Cristo? La simultaneidad del omnisciente es espantosa. ¡Cuánto no habrá sufrido Balzac! Vuelvo a la carta de Pombo de 1896 en que les daba la noticia del suicidio de Silva a los «Cuervos» en plural como los llamaba, para hacer notar que esa carta solo le llegó a uno: a Rufino José, pues Ángel murió el 24 de abril, y la carta de Pombo era del 24 de mayo. Todavía el 8 de abril le había escrito Ángel a Pombo: «Mi queridísimo Rafael: Sin ninguna suya a que contestar (estilo mercantil) paso a decirle que aquí lo suponemos a U., lo mismo que a los demás bogotanos, envuelto en la más complicada chispería [chismes, rumores], pues ya no es Caro el que deja el mando a Quintero Calderón, sino Quintero Calderón el que se lo vuelve a entregar a Caro, y a la fecha no sabemos en qué manos andará el monigote», etc. Solo a una persona honorable como él se le ocurre llamar monigote al poder. Fue la última carta que escribió. El 17 le empezó una pulmonía, el 19 cayó en cama y el 24 murió. No alcanzó pues a saber del suicidio de Silva. Tampoco Silva alcanzó a saber de la muerte de Ángel. A Silva lo habían conocido los Cuervo de diecinueve años en París, en el apartamento de la rue Meissonier a donde el joven poeta iba a visitarlos. «Siempre recuerdo con placer nuestras noches de su casa y la acogida cordial y encantadora que encontré en ella», le escribía a Rufino José desde Bogotá poco tiempo después. Un año exacto estuvo el taimado joven en París de representante de los negocios de su papá, don Ricardo, viendo a ver a quién tumbaban.

Pombo les debió de haber escrito a los Cuervo (conjuntamente a ambos mientras vivía Ángel y luego a Rufino José solo) unas doscientas veinte cartas según mis cálculos, que don Rufino ha debido de haber conservado pero que misteriosamente no han quedado. En cuanto a los resúmenes que hacía Pombo de esas cartas y que archivaba, tampoco han quedado todos: solo los de ciento sesenta y ocho, que van del 6 de marzo de 1884 al 24 de diciembre de 1903. De las cartas escritas por los Cuervo a Pombo quedan once de Ángel y cuarenta y cuatro de Rufino José, siendo la última del 24 de noviembre de 1909. Cuervo murió en julio de 1911 y Pombo en mayo de 1912. Faltan pues también muchas cartas de los Cuervo a Pombo, de quien fueron amigos entrañables toda la vida. Y un misterio más que se quedará sin resolver: no solo todas las cartas que recibió Cuervo de Pombo han desaparecido, sino todas las que recibió posteriores a diciembre de 1908 de todos sus corresponsales, que para decirlo como el Evangelio eran legión.

En 1905 Cuervo hizo su segundo y definitivo testamento, cuya quinta cláusula estipula: «Por lo que hace a mi correspondencia, los paquetes que llevan el rótulo para la Biblioteca Nacional de Bogotá serán remitidos con los libros; los demás, ruego a la persona que legalmente haya de intervenir en esto, que, sin abrirlos ni registrarlos, los destruya». Y si eran para destruir, ¿por qué no los destruyó él mismo? Por lo que a las cartas de Pombo se refiere, ¿por qué no han quedado las correspondientes a los ciento sesenta y ocho resúmenes que conocemos si en estos no hay nada íntimo ni comprometedor? Y las cartas de los corresponsales lingüistas y filólogos posteriores a diciembre de 1908, en las que menos podía haber, ¿por qué desaparecieron también?

La historia del regreso de los libros y papeles de Cuervo a Colombia en 1912 ya la he contado: que en ochenta y ocho «cajas» o «bultos» llegaron a Barranquilla en los vapores *Martinique* y *Guadeloupe*; que la Biblioteca Nacional designó a Javier Tobar para que presenciara su apertura cuando llegaran a Bogotá; que los albaceas de Cuervo en Colombia Eladio Gutiérrez y José Ignacio Escobar lo revisaron todo; y que habiéndose acomodado todo en la Biblioteca el cura y filólogo español fray Pedro Fabo se llevó de allí, «en calidad de préstamo», el epistolario, «para realizar un trabajo encargado por la Academia Colombiana». ¿A cuál de los mencionados le echo la culpa de la desaparición de las cartas de Cuervo que me están faltando? ¿O es que las cartas que faltan se perdieron en el viaje porque las cajas o bultos en que venían cayeron al mar? ¿O las destruyeron los testamentarios de Cuervo en París? ¿Pero por qué habrían de destruir unas cartas inocentes ajenas a todo acto indebido y a toda pasión amorosa? Cuervo sí estaba enamorado, ¡pero de Dios! Entre 1905 en que Cuervo hizo el testamento y 1911 en que murió pasaron seis años. ¿Se habrá olvidado Cuervo durante esos seis años de que tenía que destruir no solo unas cartas anteriores a 1905 según rogaba en la mencionada cláusula sino todas las posteriores? O sin haberlo olvidado, ¿no alcanzó a distribuir a última hora todas las cartas en sus correspondientes paquetes, apurado como había de estar por irse a reunir con Dios? ¿Pero un santo destruyendo cartas? Sería la dicha en este proceso de canonización para el abogado del Diablo, el vándalo quemador de libros de Alejandro Ordóñez que me puso la Curia para torpedeármelo. El problema de los hagiógrafos es que no somos omniscientes como Balzac. O como Dios, que tendría que ayudarnos pues trabajamos para Él, para su Gloria enalteciendo la vida de sus santos. Pero está tan alto el Altísimo que ni nos ve. ¿Quién ve una hormiga desde la Luna? Primer milagro de una carta: que llegue. Segundo milagro: que la conserve el destinatario. Tercer milagro: que habiéndola conservado no le dé por destruirla viendo cerca su final, o que le encargue a otro que lo haga. Quinto milagro: que vuelva a llegar, si es que la vuelven a mandar, como por ejemplo de París a Bogotá por Barranquilla, puerto de aguas turbias infestadas por los tiburones de la Aduana colombiana que no sacia el vasto mar. Sexto milagro: que no habiendo sido destruida hoy a alguien le interese. Juro por Dios que me ve que fray Pedro Fabo fue el que sacó las cartas de los sobres en que venían, pues así las guardaba Cuervo, y no las volvió a su lugar. Hoy mi amigo el historiador Juan Camilo Rodríguez Gómez conserva 287 de esos sobres, que le dejó de herencia su padre el historiador Horacio Rodríguez Plata, a quien se los regaló el historiador Luis Augusto Cuervo, sobrino de don Rufino. ¿Y por qué los tenía este sobrino? Por derecho de familia.

En el Instituto Caro y Cuervo han quedado también otros sobres vacíos. A mí todos estos sobres, algunos sin las estampillas y muchos con los matasellos ilegibles, me han servido sin embargo para resolver varias cosas. Por ejemplo, los pisos de las cuatro direcciones en que vivió Cuervo en París. Cuervo solía fechar todas sus cartas y ponía en ellas debajo de la fecha su dirección, pero sin el piso, con el solo número exterior de la calle tal vez por ser el número del piso innecesario pues los edificios de entonces, que no tenían ascensor, constaban de muy pocos, cuatro o cinco. Sin embargo en algunos de los sobres vacíos tres de sus cuatro direcciones están anotadas así: «3 rue Meissonier 3», «4 rue Fréderic Bastiat 4» y «2 rue Largilliére 2». El segundo número repetido indica el piso, si bien no lo pusieron con el ordinal francés (*3ème* por ejemplo, «tercero») sino con el cardinal. La coincidencia del número de la calle y el piso es explicable por lo ya dicho, porque los edificios tenían pocos pisos: simplemente don Rufino vivía al comienzo de las tres calles. En cuanto a la cuarta dirección, «18 rue de Siam», ningún sobre indica el piso, pero Max Grillo, quien había visitado allí a Cuervo en 1910, cuenta en un artículo: «En un día de Marzo fui a hacerle una visita. Me acompañaba el doctor Juan E. Manrique, admirador cariñoso del insigne polígrafo. Subimos por la escalera, porque ascensor no tenía el edificio, hasta el cuarto piso, donde habitaba Cuervo un cómodo departamento. Había salido el sabio. Volví otro día solo. Mientras yo viva en este valle de amores y de lágrimas recordaré aquella visita en que conocí y traté al hombre que me ha dejado la más pura y más noble impresión de grandeza entre los muchos con quienes he departido». El misterio que no logro resolver es: ¿cómo sabían los que le enviaban cartas indicando el número del piso, si Cuervo no lo ponía en las suyas (solo la calle y el número de la fachada) ni tampoco en los sobres que las llevaban pues entonces no se acostumbraba escribir en ellos el remitente? Tal vez en mi último momento mi Señora Muerte Dios me ilumine y lo llegue a saber.

Hay una carta a Cuervo escrita en papel con membrete del Grand Hôtel de Bade del Boulevard des Italiens en que el general Joaquín F. Vélez le dice: «Al llegar a París, complemento de mi veraneo, mi primer cuidado fue ir a saludar a Ud., respetado y querido amigo. Desgraciadamente mis piernas están cada día más débiles; y en la imposibilidad de subir escaleras tuve que conformarme, a despecho mío, con dejarle una tarjeta. Después he pasado de nuevo por el sentimiento de que Ud. no me encontrase. […] Con que me volveré a Roma dentro de pocos días. Allí estaré como siempre muy a sus órdenes, si la nueva administración me reelige». Como la carta es del 11 de octubre de 1898, la dirección a que fue el general Vélez es el 2 de la rue Largillière, y el piso el segundo. Muy jodido debía de estar el general de las piernas para no poder subir dos miserables pisos. ¿Y un general de la República cojo? ¿Cómo podía defender así a la patria? ¡Con razón nos quitaron los gringos el departamento de Panamá! No tuvimos quién nos defendiera. El general Vélez, cojo. Y el general Reyes, traidor. ¿Saben qué le contestó el general Rafael Reyes al presidente Marroquín cuando lo escogió en 1904 para que armara un ejército de cien mil voluntarios que se habían ofrecido a marchar contra Panamá? Le contestó, por telegrama, desde Washington a donde lo habían mandado a ver si podía arreglar algo: «22 diciem bre. Debe evitarse todo conflicto armado con americanos, no ocupar territorio Panamá. Reuniranse aguas Panamá 40 vapores guerra. Búscase ocasión llevar guerra Cali, Medellín, Bogotá… Situación pésima». La armada colombiana no podía enfrentar a la norteamericana para desembarcar en Panamá a los cien mil voluntarios colombianos como él decía, bien fuera por el Caribe o por el Pacífico, pero bien los habría podido llevar por tierra, así hubieran tenido que ir abriendo la selva del tapón del Darién a machete. Traidor a Colombia, también lo fue a don Rufino, pero de esto ya luego hablaré. Lo que el traidor Reyes quería era la presidencia y lo logró: sucedió a Marroquín en el bien supremo.

Y en este punto paso a enumerar, en el orden en que se encaramaron a esa porquería que llaman «el solio de Bolívar», tan ansiado por los bípedos colombianos, a los catorce malnacidos que se cruzaron por la vida de don Rufino y que lo lograron: dos de ellos son sus parientes cercanos, cuatro figuran junto con él entre los doce fundadores de la Academia Colombiana de la Lengua, y otros tres pertenecieron luego a ella. Van así: José Ignacio de Márquez, suegro de su hermano Luis María y prócer de la Independencia. Rufino Cuervo Barreto, su padre. Manuel María Mallarino, uno de los doce fundadores de la Academia y padre de Gonzalo Mallarino ante quien, como encargado que era de los negocios de Colombia en Francia en julio de 1896, don Rufino hizo en París su primer testamento. Salvador Camacho Roldán, su inquilino de una casa suya que le alquilaba en 1865 en Bogotá. Santiago Pérez, otro de los fundadores de la Academia y dueño del Colegio de Pérez Hermanos del que ya hablé, donde enseñó Cuervo de joven. Clímaco Calderón, su discípulo. Carlos Holguín, su amigo (si es que se puede ser amigo de uno de estos) y académico de la lengua. Miguel Antonio Caro, el de la *Gramática latina* y el Instituto Caro y Cuervo y otro de los fundadores de la Academia. Antonio Basilio Cuervo, su hermano, que reemplazó a Caro en la presidencia los días 16 y 17 de enero de 1893, para morir el 19 de febrero, o sea muy poco después de haber probado en vida a qué sabe el néctar de los ángeles. José Manuel Marroquín, otro más de los fundadores de la Academia y el que dejó perder a Panamá; a don Rufino lo nombró Embajador ante el Vaticano, pero ad honórem, siendo así que a él le pagaban el sueldo entero. Rafael Reyes, el Judas colombiano. Jorge Holguín, hermano del Carlos de esta lista y testigo del segundo testamento de don Rufino en París. José Vicente Concha, dependiente de Caro en la Librería Americana que vendía en Colombia los libros de Cuervo, y también de la Academia; era el embajador colombiano en Francia cuando murió don Rufino. Marco Fidel Suárez, otro académico y uno de los dos copistas que tuvo en Bogotá cuando empezaba su *Diccionario*.

El que sí no alcanzó el bien supremo fue el general Joaquín F. Vélez. Estuvo a un paso. En las elecciones presidenciales de 1904, esto es, acabándose de consumar el robo de Panamá por los norteamericanos, compitió con el traidor Reyes pero perdió. Había sido dos veces embajador de la minusválida Colombia ante el Vaticano y el papa León XIII lo había premiado con la Gran Cruz de San Gregorio Magno y la Encomienda de Pío IX, léase «Pío Nono», no Pío Noveno, y sépase que en honor de este estulto papa se hacía el pionono, un bizcocho enrollado de yemas de huevo y cubierto de crema, más empalagoso que Vicario de Cristo recién subido al trono de Pedro.

Pero volviendo a Pombo, a Silva, a Ángel Cuervo y a las bromas macabras del destino y el correo, por los extractos que dejaba Pombo de sus cartas sabemos que Rufino José le escribió el 8 de mayo del aciago año de 1896 en que murió su hermano informándole de su muerte. Esta carta de Cuervo no ha quedado pero sí la siguiente, del 26 de junio: «Queridísimo Rafael: Tengo a la vista las exquisitas cartas de U. de 25 y 13 de mayo, y tiemblo de pensar que serán ya las últimas que vienen dirigidas a sus queridísimos Ángel y Rufino. Afortunadamente si el nombre de mi incomparable Ángel falta en los sobres, no faltará en su corazón. El 27 de mayo, al mes cabal de las exequias, trasladé los restos a la sepultura definitiva, en que si Dios quiere que yo muera aquí, iré a acompañarle, pues hice construir un espacio para mí. Para que no se noten tanto los efectos del olvido cuando yo falte, el monumento es tan sencillo cuanto cabe; sobre un zócalo una lápida con una cruz en relieve, del largo de la sepultura. Bajo el brazo derecho de aquella:

Ángel Cuervo
* en Bogotá el 7 de Marzo
de 1838
+ en París el 24 de Abril
de 1896

»La soledad cada día se aumenta, y como se van alejando los que al principio me acompañaban, bajo cara indiferente (para no acusar el abandono) me siento devorar de tristeza. Pero todo hemos de aceptarlo como Nuestro Señor nos lo envía. Mucho me ha apesadumbrado la muerte de J. A. Silva. Era de maneras cultísimas, ingenio muy delicado (como U. dice), y tuvo todo lo que puede hacer la vida buena y útil. Tengo para mí que la atmósfera de familia y de relaciones (le oí citar como oráculos sandeces de Ancízar) fue lo que primero vició su espíritu y comenzó la sequedad de su corazón; luego las lecturas de los novelistas y poetas novísimos acabaron sin duda con su moralidad. El estaba muy al cabo de todos ellos, según lo que yo le oí aquí; y me han contado que había dado en la gracia de escribir versos obscenos. Esto lo supe hace años, y lo dí por perdido. Recuerdo algunos versos de él muy bonitos, en particular los "Maderos de san Juan"».

La estrella y la cruz para indicar las fechas de nacimiento y defunción de Ángel ya se esfumaron de la tumba. Viendo la inscripción como está hoy pensé que la habían puesto en una mezcla torpe de francés y español pero no, es que en parte la borró el musgo de más de un siglo. Dice Cuervo «bajo el brazo derecho» de la cruz pero se equivoca, ha debido poner «bajo el brazo izquierdo». Para que fuera el brazo derecho uno tendría que mirar la tumba desde el lado opuesto, y desde este no se podrían leer las inscripciones. Muy doloroso el tono con que habla de la muerte de su hermano. En cambio el párrafo consagrado a Silva, inevitable pues fue Pombo quien le dio la noticia del suicidio, es de total incomprensión. Los versos obscenos a que se refiere no lo son: son tontos, los de un conjunto de malos poemas titulado «Gotas amargas» en los que aparece, para escándalo de los beatos de su tiempo, la fea palabra «blenorragia». ¡Si supiera don Rufino que en estos tiempos míos el mayor insulto en Colombia ha sido «gonorrea» (del griego «gonos», esperma, y «fleo», fluir), que no solo ya empezó a perder su fuerza semántica sino que se cura con un benzetacil! «Los maderos de san Juan» es un poema hermoso: la abuela arrullando al niño sin saber qué le depara el destino. Y Silva tiene nueve poemas más de igual belleza. No sé de ningún poeta de este idioma que tenga tantos tan bellos. Ni fray Luis, ni san Juan, ni Rubén Darío.

Termina Cuervo su carta con un párrafo «desbarrando», como dice, sobre política, del cual tomo estas frases: «Fuimos criados para esclavos y vivimos como esclavos bajo la colonia, y no tenemos otra idea de gobierno que el despotismo. Nuestros padres pudieron medio gobernar porque tenían la tradición española, que sirvió de base en todas las oficinas». Hoy «el despotismo» lo cambiaría yo por «la bellaquería». En cuanto a «nuestros padres», estaba incluyendo en ellos muy especialmente al suyo, Rufino Cuervo Barreto, quien había sido vicepresidente de la Nueva Granada: prócer de la segunda generación de criollos rapaces que les quitaron los puestos y las tierras a los peninsulares y que llamaron a su movimiento sanguinario y vándalo «Independencia». Bolívar es tan despreciable como el Borbón que reemplazó. Y como Bolívar sus sucesores. No sé si don Rufino soliera recordar que su padre tenía esclavos. Tampoco creo que le hubiera remordido mucho la conciencia pues estaba dentro de lo aceptado y solapado por su católica Iglesia. Que lo perdone Nuestro Señor.

De las cartas de Pombo la primera dirigida solo a Rufino José y ya nunca más a los «Cuervos» (con el apellido en plural, cosa que no le gustaba a don Rufino) es del 1º de junio de ese año de 1896, y por lo tanto no es de respuesta a la que acabo de citar pues esta fue escrita el 26 de junio y debió de llegar a Bogotá hacia mediados de agosto. El extracto de la de Pombo empieza: «Va el día 8. Pésame por la muerte de mi queridísimo Ángel, hermano de mi alma, ocurrida el 24 de abril en París. Dolor y vacío espantoso para mí. Mi única ambición e ilusión era pasar con Uds. mis últimos años. Daría cualquier cosa por estar a su lado llenando con mi cariño una mínima parte de su vacío. Persisto en mi viejo deseo. Recuerdos de cartas de Ángel. Conservo todas sus cartas. Tengo aquí el mejor retrato de mi padrino, excelente de Rufino al pie del Caldas del Dr. Cuervo, los de ellos dos de niños». No está muy clara la redacción pero no importa. El padre de los Cuervo fue el padrino de Pombo, y ha quedado un retrato al óleo de Ángel y Rufino José de niños que ha de ser al que se refiere: uno de esos retratos de niños que se compraban a principios del siglo XIX en Ecuador a medio hacer, con los cuerpos y los fondos pintados pero sin las cabezas, para que se las pusieran en Colombia. Pombo conocía a los Cuervo de toda la vida. Él nació en 1833, Ángel en 1838, y Rufino José en 1844. Eran vecinos de calle. Ahí quedan, todavía, las dos casas, en la calle de La Esperanza del barrio de La Catedral, hoy Calle 10 del barrio de La Candelaria, preservadas por milagro de la fiebre destructiva de Colombia. Se escaparon, y ya no las tumbarán. ¡Como ese país desmemoriado y vándalo resolvió que tenía Historia!

El diario de viaje de Ángel empieza diciendo: «Esta cartera es obsequio del señor Manuel Pombo, la mañana del 15 de abril de 1878, día de nuestra partida para Europa; y el lápiz con que esto escribo es un bellísimo lapicero de plata que me regaló el doctor Pío Rengifo en la tienda del señor Pombo cuando buscábamos un lápiz para la cartera. Salimos de nuestra casa a la una después de un fuerte aguacero». La «cartera» en cuestión, o libreta, junto con otra que compró durante el viaje para continuar el diario cuando aquella se le acabó, hoy se encuentra en una vitrina del despacho del director de la Biblioteca Nacional, una amplia sala de techos altos y paredes cubiertas de retratos, entre los cuales uno de don Rufino que me mira desde las lejanías de su tiempo irremediablemente concluido. «Don Rufino –le dije la mañana en que fui a consultar las libretas y se cruzaron mis ojos con los suyos–, de tu Colombia no quedaron sino los vicios: los de tu amigo Caro. Si alguna virtud hubo en ese erial del alma, se ha esfumado». Entonces advertí que desde otra pared me miraba el mencionado Caro, olímpico señor que durante seis años presidió nuestro destino violentándose a sí mismo,

93

pues la presidencia era «la cosa más contraria a su carácter y a sus hábitos». A punta de latinajos y avemarías manejó el rebaño. Y cuando las avemarías y los latinajos no le funcionaban con las ovejas descarriadas, a bala y a destierro. El Manuel Pombo que menciona Ángel en su diario era hermano de Rafael. Este y Cuervo, aunque no se diga, acabaron por tomarle una profunda animadversión a Caro, que me contagiaron. No lo puedo ver ni en pintura.

Salieron pues los dos hermanos de Bogotá a la una de la tarde después de un fuerte aguacero, y luego, a caballo, fueron rezando el rosario de las estaciones: Facatativá, Funza, Villeta, Guaduas, Pescaderías y Caracolí donde tomaron un vaporcito que los llevó por el río Magdalena hasta Barranquilla donde se embarcaron para Europa en un trasatlántico, el *Amérique*, el mismo en que empezando 1895 habría de naufragar Silva a su regreso de Caracas. Un año y unos meses después del naufragio, del que se salvó, Silva se pegó el tiro en el corazón, del que no.

Pasa fugazmente por la vida de los Cuervo un joven bogotano, Francisco Mariño, ingeniero recién graduado, de veintidós años, que los acompañó desde Bogotá hasta París en el primer viaje, y al que Rufino José le escribió varias cartas que han quedado. Por caprichos del destino, cuando se iban de nuevo de Colombia los dos hermanos para su segundo viaje se lo volvieron a encontrar en Facatativá, por donde habían pasado con él tres años atrás cuando el primero. Ahora el joven trabajaba en ese pueblito en la construcción del Ferrocarril de la Sabana. Venían con los Cuervo Rafael Pombo y otros amigos que los acompañaron hasta allí para despedirlos. Pombo les compuso a los viajeros una décima de despedida, que quedó en un papel firmado por él y por el joven Mariño y con la fecha: 18 de mayo de 1882. El día anterior, en Bogotá, Pombo les había dedicado a los Cuervo una copia de un retrato suyo en cuyo reverso escribió: «A mis más que amigos Ángel y Rufino J. Cuervo, siempre suyo, Rafael Pombo, Bogotá, mayo 17, 1882 (copia, aunque mala, del retrato por Felipe S. Gutiérrez. N. York, 1872)». No se volverían a ver. A Pombo le escribió Rufino José durante lo que le restó de vida, veintinueve años. En cuanto a Francisco Mariño, se casó en Bogotá y Rufino José fue su padrino de matrimonio por poder. Luego lo volvieron a ver los Cuervo, fugazmente, cuando pasó por París camino de Londres a tratar asuntos relacionados con la constructora de ferrocarriles para la que trabajaba. Regresó a Colombia y poco después murió, en 1886, a los treinta años. Le esculpieron en la tumba una locomotora.

Gracias al diario de Ángel, a las cartas de Rufino José dirigidas al joven Mariño, a Caro y a Uricoechea, más las guías Baedeker que usaron y anotaron y los muchos papeles que guardaron, de una ciudad y otra, el primer viaje de los Cuervo desde Bogotá a París y su correría por Europa los puedo reconstruir paso a paso, y a veces día a día y hasta con las horas, como novelista que inventa. Del segundo viaje en cambio, el definitivo, sé muy poco: lo que acabo de contar de la despedida en Facatativá, lo que cuenta en su libro *En viaje* el argentino Miguel Cané, y la breve información de un periódico.

Miguel Cané fue el cuarto o quinto argentino en llegar a Colombia en lo que esta llevaba de historia. Tenía treinta y un años y venía como primer embajador de su país, acompañado de un joven secretario, Martín García Merou. Lo que vieron estos argentinos europeizados no lo podían creer: un país de latinistas entre indios y mestizos y con Academia de la Lengua, que no tenía Argentina. Llegaron a Bogotá, con los ojos saliéndoseles de las órbitas, el viernes 14 de enero de 1882, «día de mercado», según anota Cané en ese libro

En viaje que lo habría de hacer célebre. Cuatro meses después, el jueves 18 de mayo, se marchó dejando a su joven secretario de encargado de negocios. Varias cosas cuenta en ese libro de los Cuervo y su cervecería, y del *Diccionario* de Rufino José quien por entonces lo empezaba, pero lo que me importa ahora es su partida. «Hay que partir; el carruaje espera a la puerta y los buenos amigos que van a acompañarme hasta el confín de la Sabana están listos». Las despedidas consistían entonces en acompañar por un tramo a los viajeros: dos o tres pueblos. ¡Hoy yo no acompaño ni a mi santa madre al aeropuerto! Y a desandar Cané el camino por donde había llegado: Los Manzanos, El Alto del Roble, Agualarga, Chimbe, Villeta, Guaduas… En Guaduas se encontró con los Cuervo, que emprendían su segundo viaje a Europa y que habrían de seguir con él hasta Barranquilla, por el Magdalena. Pero los Cuervo no llegaron a Guaduas por la ruta de Cané: llegaron por Facatativá, donde los despidieron Rafael Pombo y el joven Mariño según acabo de contar. El domingo 21 de mayo, en Bodegas, Cané y los Cuervo tomaron el vapor *Confianza*, que los llevó a Barranquilla. El nombre del barco lo sé porque el *Diario Oficial* de tres días después lo dijo, y enumeró los pasajeros: los hermanos Cuervo, Pedro Carlos y Juan Evangelista Manrique, Mariano Tanco y sus tres hijas, Miguel Cané… Y otros que no cito no porque no los conozca pues Bogotá entonces era muy chiquito y nos conocíamos todos, sino por no abrumar al lector. Dos apellidos encuentro en esa lista que hacen palidecer a la prosaica novela frente a la irrealidad de la vida: el de las Tanco y el de los Manrique.

Cuatro años atrás, en el primer viaje, las señoritas Leonor y Teresa Tanco iban con los Cuervo en el *Amérique* rumbo a Francia: las menciona Ángel en su diario. En alta mar, yendo de Guadalupe a las Azores, Teresa Tanco, que era pianista de música clásica, dio un concierto en el barco y tocó unas variaciones sobre *La sonámbula,* «con tal destreza y sentimiento que arrancó numerosísimos aplausos» según Ángel. A Teresita Tanco la conozco desde hace mucho pues pasa por la vida de Silva, que él vivió y que yo escribí, y que me rezo como el rosario. ¿Quién dentro de 130 años le podrá seguir la pista a uno que tomó hoy un avión? ¡Qué chiquito era entonces el mundo! Nos conocíamos todos. Con la abolición de las distancias esto se ha agrandado mucho. En cuanto a los Manrique, Juan Evangelista también me persigue desde Silva. ¡Con eso de que le pintó sobre el pecho el sitio del corazón para que ahí se pegara el tiro! ¡Qué se lo iba a pintar! Y sin embargo ahí va en ese vapor *Confianza* por el Magdalena con los Cuervo rumbo a Francia… Y sin embargo habría de estar cerca de don Rufino cuando moría… Y sin embargo condujo su duelo… De suerte pues que Juan Evangelista Manrique acompañó a Cuervo en sus dos más decisivos momentos: cuando se iba de Colombia y cuando se iba de esta vida.

Graduado de médico en Colombia, Juan Evangelista revalidó el título en la Facultad de Medicina de París con una tesis que publicó dedicada a sus padres y a los hermanos Cuervo: *Étude sur l'opération d'Alexandre (racourcissement des ligaments ronds) précédée de quelques considérations sur les déviations et les déplacemnts de l'utérus par* Juan E. Manrique, *Docteur en Médecine et en Chirurgie de l'Université de Colombie, Ancien interne de la Clinique de Bogotá, Membre de la Société Zoologique de France, Docteur en Médecine de la Faculté de Paris* –Paris, G. Steinheil– 1886, 161 pp. Por lo visto a Juan Evangelista Manrique no le gustaba el «Evangelista», que dejaba en una E, así como a José Asunción Silva no le gustaba el «Asunción», que dejaba en una A. Sobre la graduación de Manrique don Rufino escribió un artículo que publicó *La Nación* de Bogotá y que empieza: «El 20 de febrero de 1886 tuve la satisfacción íntima de concurrir, en la Facultad de Medicina de París y junto con varias personas respetables, al acto en que presentando la tesis de estilo coronó su carrera médica el Dr. Juan E. Manrique». Del artículo de Cuervo tomo también lo siguiente: «Compañero de viaje del Dr. J. E. Manrique y de su no menos inteligente y estimable hermano D. Pedro Carlos, cuando vinieron a perfeccionar sus estudios, he sido testigo de la asiduidad infatigable (cualidad por desgracia no frecuente en extranjeros venidos con el mismo fin a París) con que el uno se ha consagrado a las ciencias médicas y el otro a las jurídicas y a las bellas artes».

En la primera mitad de 1893, siete años después de la graduación de Manrique, Ángel publicó su libro *Curiosidades de la vida americana en París*, recopilación de ciento catorce cuadros de costumbres o artículos moralistas suyos que ya había publicado en su columna «Etnografía» de la revista *Europa y América* de esa ciudad. El undécimo trataba de los extranjeros que venían a estudiar en la Facultad de Medicina. En la «Noticia biográfica» sobre su hermano, hablando de este libro y en especial de este artículo dice don Rufino: «En Bogotá, cosa natural, no faltaron ataques: unos inspirados por enemistades personales, y otros puros desahogos de médicos nuevos que se creyeron injuriados al leer de un mozo que después de recibirse de doctor en América tiene que hacer aquí sus estudios porque no distingue el toronjil del laurel, y de otro que abandonado a su suerte, solo y sin sanción alguna, en el barrio más peligroso para la moralidad, no piensa en estudiar, se pervierte, agota sus recursos, y al volverse compra una tesis (que el hacerlas para los estudiantes es por acá profesión conocida) y luego se titula de médico en la Facultad de París. Que esta censura, viniendo de quien venía, no podía extenderse a todos los médicos de Bogotá que han venido a París a perfeccionar sus estudios, era patente, como que yo mismo después de haber asistido al grado de uno que es hoy insigne profesor en esa ciudad, di público testimonio del brillante éxito que obtuvo». Pues en Colombia la censura la hicieron extensiva a todos y la tomaron como una afrenta nacional. No bien llegaron las *Curiosidades* a Bogotá, recién salidas de la imprenta de Durand, el periódico *El Telegrama* publicó en su número del 30 de junio de ese año de 1893 una «brutal censura» (palabras de Pombo) contra ellas. Para empezar, que el título del libro era muy largo y que *Etnografía* habría sido mejor (todavía no se conocía *La increíble y triste historia de la cándida Eréndira y de su abuela desalmada*). Que en él no había tales *curiosidades* y que las extravagancias allí pintadas pudieran ser de americanos en el Congo. Que a juzgar por el prólogo de su novela *Jamás* publicada el año anterior, el autor era aficionado a observar las costumbres humanas, pero que la observación así como él la entendía no servía para nada y se hacía cargante. «Ferocidad sí hay en el libro pero es una ferocidad inocente. Entre líneas va uno viendo que hay un fondo oscuro de rencores, de pasiones violentas, a cuyo encono le debemos esa producción literaria, solo que, al mismo tiempo, la manera anodina, uniforme, descolorida, la ausencia de ideas generales, van mostrando la incapacidad en que están aquellos afectos vivísimos de manifestarse como el autor lo quisiera. El libro hace, sin duda, parte de una *curiosa* autobiografía moral». Colombia, pues, en toda su hijueputez. ¡Y yo que pensaba que este defectico era de ahora! ¡Qué va, los países no cambian! País hijueputa lo seguirá siendo, por empecinamiento ontológico, mientras dure la eternidad del Altísimo.

Resultado inmediato del artículo de *El Telegrama*: se vendieron todos los ejemplares que había mandado Ángel de París. Y que empiezan a salir sueltos y artículos, a cuál más indignado y denigrante, en los restantes periodicuchos del poblacho: *El Relator, El Heraldo, El Contemporáneo, El Correo Nacional, El Sol, La Época*... ¿Y era posible que un caserío que ni llegaba a los cien mil habitantes tuviera tantos periódicos? Es que no eran periódicos: eran plataformas de lanzamiento a la presidencia de sus propietarios. La lista de esos pasquines salidos en los doscientos años de *curiosa* independencia de ese país inefable da para llenar un libro. Surgían de la tierra como hongos venenosos. Manuel Antonio Pérez Orrantia, joven médico que acababa de pasar por la Facultad de Medicina de París, publicó en *El Heraldo*, periódico de su papá Lázaro María Pérez, la segunda diatriba contra el libro de Ángel. A esta siguieron dos de *El Relator*: «El libraco de Ángel Cuervo» y «Por el honor del nombre». Y una de *El Sol*, en que José Cornelio Borda llamaba a Ángel «Monsieur de l'Ange et Corbeau». Emilio Cuervo Márquez, sobrino de don Rufino, le recordó a este José Cornelio en el mismo periódico que su hijo Juan había llevado a París cartas de recomendación para los Cuervo. El artículo de Manuel Antonio Pérez Orrantia de *El Heraldo* es del 7 de julio de 1893: el 8 de octubre el indignado joven estaba muerto. Murió de tisis a los veintiséis años. En la nota necrológica que le consagró *El Telegrama* se dice que publicó «un estudio crítico de un libro impreso en París, original de un compatriota nuestro, en el cual se ultrajó, con erróneo criterio, a la Facultad de Medicina Nacional». ¿Sería por lo del toronjil? *El Heraldo* del 30 de noviembre da la lista de los doctores colombianos que «cursaban» en la Facultad de París en octubre de 1891: siete, entre los que figuran el difunto hijo del director, más Indalecio Camacho y Rafael Barreto, a los que el articulista llama sobrinos de don Ángel Cuervo, para terminar diciendo: «Nos complace, sin embargo, el asegurarnos de lo que siempre habíamos creído, es a saber: que el libro del Sr. Cuervo no abriga dañada intención contra su Patria o contra sus institutos que tanto la honran». No sé por qué pusieron «Patria» con mayúscula. Debe ser con minúscula, máxime tratándose de un país tan insignificante y envilecido como el de ellos.

No he podido averiguar qué parentesco tuviera el doctor Indalecio Camacho con Ángel. En cuanto al doctor Rafael Barreto, de segundo apellido Venegas, era hijo de un primo hermano de los Cuervo al que estos querían mucho, Benigno Barreto Cuervo, diecinueve años mayor que don Rufino. Rafael Barreto Venegas se graduó de médico en Bogotá el 28 de mayo de 1887. El 21 de julio Pombo les mandó a los Cuervo con él varios cuadros de su colección para que vieran en París si valían algo. Hacia noviembre de 1891 Rafael Barreto se marchó de París para México, donde habría de vivir hasta el final de su vida. En carta del 8 de enero de 1892 a Benigno Barreto, Rufino José le comentó lo siguiente de su hijo: «Ayer recibimos una carta de nuestro querido Rafael, escrita ya de México, y antes habíamos tenido otra de La Habana. Lo sustancial, por ahora, es que con el cambio de clima ha desaparecido el mal de la boca, y según nos dice, espera no vuelva a presentarse. Seis días no más llevaba de estar en la capital. Rafael, como ya hemos dicho a Ud., tiene excelentes cualidades de cultura, discreción y delicadeza. En cuanto a conocimientos, aunque es doloroso que no se haya graduado aquí, creemos que sí adelantó bastante. Ud. sabe que la manera como aquí se hacen los estudios no permite comprobar la asistencia de los alumnos y casi ni el que viva con ellos puede saber si siguen puntualmente sus cursos. Todos los domingos veíamos a Rafael, y nunca dejamos de preguntarle por sus estudios, por sus exámenes, y llegamos a pedirle varias veces nos dijese cuándo habían de verificarse estos, para concurrir a ellos y poder informar a Ud. Era, a lo que creemos, suficiente esto para un joven de la edad y de las circunstancias de Rafael; vinieron luego los achaques de la boca, y con ellos se alejó la posibilidad de grado». Entre mediados de 1887 y fines de 1891 van cuatro años y medio, que son los que Rafael Barreto Venegas vivió en París y durante los cuales no se graduó por los achaques de la boca. ¿No sería Rafael uno de esos doctores americanos retratados en las *Curiosidades* de Ángel, que so pretexto de perfeccionar sus estudios en la Facultad de Medicina de París se iban a andar calles y a ponerse en grandes riesgos morales en la ciudad de las putas, más conocida como la Ciudad Luz? Pudiera ser... ¿Pero entonces por qué no se mandó a hacer su buena tesis y se graduó?

Juan Evangelista Manrique en cambio sí se graduó, y con tesis suya, propia, muy alabada, y volvió a Bogotá en 1886, para acabar regresando a París en 1907, aunque esta vez ya no de humilde estudiante de medicina como la primera sino de flamante Ministro Plenipotenciario de Colombia ante Francia, Bélgica y España, nombrado por el presidente, el general Rafael Reyes, nuestro Judas Iscariote. En Internet lo pueden ver en foto, en casaca de embajador: la que le prestó en Madrid a Rubén Darío el poeta, que era más borracho y más pobre que Nicaragua, para que pudiera presentar las credenciales de Ministro Plenipotenciario de su Patria con mayúscula ante el zángano de Alfonso XIII. En París andaba el fatuo Manrique de recepción en recepción y de banquete en banquete con su mujer Genoveva Lorenzana. Entre los ciento ochenta y seis que figuran en la libreta de direcciones de don Rufino solo él y «Borda W.» tienen teléfono. Entre tanto Borda bogotano disperso por el mundo no he logrado saber cuál sea este W. Con suerte me lo encuentro un día en el Père-Lachaise. A Manrique lo anotó así don Rufino: «Manrique (Dr. J. E.) 5 rue Mesnil, Paris,

Téléphone 692-07». Cuando tome la máquina del tiempo que inventó Wells para volver al pasado, lo llamo. Según mis cálculos la libreta la empezó por marzo de 1885 (o sea no mucho después de llegar a París), y a Manrique lo anotó en 1907. Si alguno cambiaba de dirección, don Rufino la tachaba, y arriba o abajo del nombre, donde hubiera espacio, ponía la nueva. Tannenberg, por ejemplo, tiene cinco direcciones en la libreta, ¡y yo le conozco cuatro más! De los ciento ochenta y seis anotados algo sé de algunos, y de muchos mucho. Nada he logrado saber, sin embargo, de los encuadernadores, talabarteros y dentistas que en ella figuran. Será porque un encuadernador, un talabartero y un dentista no son personas: son oficios.

Volviendo al que le pintó a Silva en el pecho el sitio del corazón. En carta del cinco de enero de 1884 Cuervo le dice a Luis Lleras: «U. notará que yo no le doy noticia alguna de por acá; pues sepa que es porque no las sé. Vivo más lejos del mundo que allá, y se comprende, porque allá tenía mis amigos viejos, con quienes echaba mis ratos de charla, y aquí, aunque tengo algunos amigos paisanos, no los veo con la frecuencia que deseara. La única noticia buena que tengo que darle es la de la *lucida* que se ha dado J. Evangelista. Con la esperanza de poder escribir largo, lo obligué a que me relatara el caso en una carta, que es la que le remito; yo pensaba redactarlo a mi modo, para hacerlo publicar allá; pero no me alcanza el tiempo. Confío en que U. me haga este oficio de amistad, por supuesto no refiriéndose a la carta de Evangelista, sino como si yo se lo escribiera a U. Perdóneme lo tonto de la advertencia. Si le es posible, devuélvame la carta». La carta de Manrique la publicó Luis Lleras el 18 de febrero en su periódico *La Industria*, y es tan extensa como inmodesta. Termina diciendo: «Dos horas duró la conferencia ante la Sociedad de Zoología, durante las cuales se le oyó, a nuestro entender, con marcado interés, no obstante la dificultad con que naturalmente se expresa quien está hablando un idioma que no es el patrio. Antes de levantar la sesión le preguntó el presidente si quería presentar su candidatura, porque la Sociedad aceptaba la conferencia como memoria de oposición a una plaza vacante. Leído después el informe de los doctores Marcus y Gazagraire sobre el mérito de la conferencia, fue nombrado Manrique miembro de la Sociedad Zoológica de Francia». Manrique hablaba de sí mismo en tercera persona, como César. De modestia e inseguridad no se iba a morir. Tan seguro estaba de su ciencia, que curaba con solo hablar. No se alcanzó a curar sin embargo a sí mismo este galeno en San Sebastián, España, donde murió el 13 de octubre de 1914, a los cincuenta y tres años. Dos días después, el 15, en Bogotá, mataron a su compadre y compinche el general Rafael Uribe Uribe saliendo del Capitolio. Más dañino que su tocayo Rafael Reyes y que la malaria, fue este Uribe al cuadrado el gran instigador del alzamiento contra el gobierno de Marroquín que encendió la más devastadora de las contiendas civiles colombianas, la guerra de los Mil Días, preludio de la secesión de Panamá. El Uribe doble salió derrotado en esa guerra, pero para el Senado, a mamar. Un día mientras bajaba las gradas del Capitolio en pleno usufructo de su bellaco puesto, dos carpinteros justicieros se encargaron de él y lo despacharon a hachazos a la eternidad. En alguna plazoleta de Medellín ha quedado, vaciada en bronce, su efigie bigotuda para que lo caguen eternamente las palomas. Ofuscada Colombia por la muerte del mártir, ni cuenta se dio de la de su compadre Juan Evangelista Manrique, y el cadáver del ilustre médico se les quedó en San Sebastián, y ahí sigue, sin repatriar. Ya en vida de don Rufino, en París, José Vicente Concha lo había desbancado de su puesto de embajador. Manrique lo desafió a un duelo: que le mandara sus padrinos. ¡Qué padrinos le iba a mandar! Concha no estaba entonces para duelos ni quebrantos, iba detrás de la presidencia. Y poco después la logró. Ajeno a todo rencor sin embargo, uno de los primeros papeles que firmó como presidente fue la Ley 81 del dieciocho de noviembre de 1914, por la cual se decretaban honores «a la memoria del Señor Doctor Juan E. Manrique». Así se les fue la Ley, sin el «Evangelista», con la mera «E».

Se fueron para siempre de Colombia los hermanos Cuervo y con sus libros, lo más precioso que tenían. A Miguel Antonio Caro le dejaron los de tema colombiano para que los vendiera en su Librería Americana, y los demás se los llevaron. Y lo sé no porque alguien lo haya dicho sino porque lo deduzco, de unas cartas y unos libros. De las cartas que le habían escrito hasta entonces, 1882, a Rufino José (ciento treinta y nueve exactamente, de las cuales cincuenta y nueve de Uricoechea), y que regresaron en 1912 entre sus infinitos papeles. Y de los varios centenares de libros del Fondo Cuervo que al igual que estas cartas fueron y volvieron. Por ejemplo, los de su infancia como el *Catecismo* del padre Astete, la *Gramática* de Burnouf y las *Observaciones curiosas sobre la lengua castellana* que había pertenecido a su padre… Más los muchos volúmenes de la *Biblioteca de Autores Españoles* de Rivadeneyra de los que, en su juventud, sacó la mayoría de los ejemplos para las fichas o papeletas de su *Diccionario*. Y las obras que cita en las *Apuntaciones*, como las *Lectures on the Science of Language* de Max Müller, el *Grundzüge der griechischen Etymologie* de Curtius, la *Grammatik der romanischen Sprachen* de Diez, el *Glossaire des mots espagnols et portugais dérivés de l'arabe* de Dozy y de Engelmann, *Les origines indo-européennes* de Pictet… Por una factura de la Casa Thorschmidt & Co. de Bogotá expedida a su nombre el 7 de agosto de 1869 y referente a una caja de libros traída desde Hamburgo para él, sabemos que encargaba libros de Europa. Por esos libros conseguidos en Colombia o traídos de afuera, Cuervo, que estaba destinado a ser un burócrata más en un país de burócratas, resultó siendo un hombre extraordinario. A su muerte esos centenares de libros que se había llevado de Bogotá regresaron sumados a los miles que había conseguido en París durante los veintinueve años que allí vivió. Una de sus primeras cartas a Caro desde París me confirma lo que digo: «Cuando le escribí a U. el mes pasado todavía no había desocupado las cajas de libros». ¡Claro, se los llevaron de Colombia porque no pensaban volver!

No sé qué barco tomaron en Barranquilla en este segundo viaje ni por qué puerto llegaron a Francia. «Van cuatro letras en calidad de fe de vida y de la afectuosa memoria que siempre tenemos de ustedes —le escribía Rufino José a Caro acabando de llegar a París—. Hemos tenido, a Dios gracias, un buen viaje; bueno en cuanto no hemos naufragado ni tenido accidente particular, pero para mí tengo que ningún viaje es bueno en el sentido de agradable. Si se suman la mula, el calor del Magdalena y el mareo, ¿qué resultará?» Y algo después, a su amigo de juventud y compadre Luis Lleras Triana le decía: «Hemos tenido un buen viaje y sobre todo agradable por los buenos compañeros. Los Manrique son jóvenes excelentes, hemos hecho muy buenas migas, y cada día lamentamos que por las exigencias de sus estudios hayan tenido que separarse de nosotros; pues ha de saber que después de llegados a París seguimos viviendo juntos unos días. Ahora nos vemos con frecuencia y charlamos largo y sabroso».

De la fábrica de cerveza de que se acababan de librar poco se sabe: lo que contó don Rufino en la «Noticia biográfica» sobre su hermano, y lo que dicen unas crónicas y unos avisos de periódico. La «Noticia biográfica» cuenta los comienzos de la fábrica: cómo aprendió Ángel a hacer cerveza en los libros y experimentando y cómo se ocupaban de todo: de comprar la cebada, de llenar los tanques, de embotellar, de encorchar, de vender, de cobrar haciéndoles antesala a los tenderos para que les pagaran. La anunciaban en los periodiquitos de Bogotá con ocurrencias y anuncios ingeniosos: «Roque Roca y Roquete certifica que la *Cerveza Porter* que se vende a dos reales cada botella en la confitería del señor don Agustín Nieto es tan exquisita y confortante como la mejor inglesa», etc., anuncio de una página del 4 de diciembre de 1871 en *El Bien Público*. Y seis días después P. P. de P., en carta pública en el mismo periódico, pone en duda que en Bogotá se fabrique *Cerveza Porter* como dice Roque Roca y Roquete. Roque Roca y Roquete era Ángel Cuervo, y P. P. de P. su amigo José Manuel Marroquín, quien veintiocho años después, ya septuagenario y siendo vicepresidente de la República, habría de derrocar con un golpe de Estado al octogenario presidente Manuel Antonio Sanclemente, puesto por Caro. Le cupieron así en suerte a Marroquín la guerra de los Mil Días y la separación de Panamá. En honor a la verdad, Marroquín era un presidente insólito. No había ocupado antes puestos públicos ni ambicionaba ninguno. A Rufino José le llevaba diecisiete años. Era miembro, como él, de la Academia Colombiana de la Lengua y de la Sociedad de San Vicente de Paúl, la cual presidía cuando lo eligieron vicepresidente de la República. En sus catálogos en verso Colombia aprendió ortografía. Dos patrias dejó, donde le habían entregado una: Colombia y Panamá, repúblicas soberanas. Más un bello libro, *El Moro*, cuyo protagonista es un caballo. El golpe de Estado a Sanclemente se lo tuvo que dar porque este viejito, que de santo no tenía sino el nombre, andaba muy brumoso y achacoso y Colombia se le estaba desintegrando en las manos, en sus temblequeantes manos. Retiro a Marroquín del inventario de los presidentes de Colombia que acabo de levantar, mi catálogo de la infamia. No puede estar ahí. Era un hidalgo. Un santo. Lo voy a canonizar.

Por las fechas de los anuncios en *El Bien Público* los Cuervo mandaron a imprimir en París un aviso mural que se conserva en la casa natal que luego fue fábrica de cerveza y que hoy es, entre nido de burócratas y especie de museo, la sede del Instituto Caro y Cuervo: «Cerveza de Cuervo, Marca de Fábrica, Bogotá, Diploma de Honor en la Exposición Nacional de 1871». No creo que en un país de bebedores de chicha y sin una industria cervecera fuera mucho honor ganar un diploma así pero en fin, un diploma es un diploma. A juzgar por dos cartas de Uricoechea, el éxito de la Cerveza de Cuervo fue muy rápido: «No sé qué haga usted –le escribía a Rufino José el 30 de abril de 1871 desde Bruselas–, pero siento que haya dejado la enseñanza» (¿en el Seminario Conciliar, o en Nuestra Señora del Rosario?). Pues bien, año y medio después, el 1º de noviembre de 1872, desde Madrid, ya le estaba aconsejando: «Sus propiedades están sin enredos, sus rentas son suficientes para vivir decentemente en cualquier parte, su vida por estos mundos se pasaría con felicidad y sería provechosa a usted, a la patria y a las letras. Busque usted a persona que le encargue del recaudo de arrendamientos y véngase de paseo, dejando todo preparado para levantar velas, al menos por muchos años. Si le gusta la vida por aquí, se queda; si no le gusta, se vuelve y siempre habrá ganado. Creo firmemente que aquí se hallaría usted bien. Ya nada le detiene allá –por desgracia–, y sí lo empujan para acá los sinsabores que otros le causan». Cinco años largos habrían de pasar para que Rufino José, en compañía de su hermano, se decidiera a emprender el viaje de paseo a que lo instaba Uricoechea, y cuatro más para que lograran vender la fábrica y se instalaran en París; pero lo que está claro es que en muy corto tiempo, entre esas dos cartas de Uricoechea, los Cuervo habían arreglado sus vidas. El «por desgracia» supongo que tenga que ver con la muerte de la madre. Nada retenía pues a los Cuervo en Colombia y podían marcharse. Ahora estaban instalados en París, en el 3 de la rue Meissonier. Atrás quedaban catorce oscuros años de lidiar con tenderos y rufianes. A la fábrica de cerveza, sin embargo, le debían el no haberse tenido que manchar en los puestos públicos, y el haberse librado, para siempre, de Colombia y sus miserias.

De las treinta y dos cartas que han quedado de Luis Lleras a su compadre Rufino José solo dos son anteriores al viaje definitivo de este a París, y fueron enviadas desde el pueblito de Vélez a Bogotá. Las restantes, escritas en Bogotá o Barranquilla y enviadas a París, abarcan un lapso de tres años y van de mediados de 1882 a mediados de 1885, cuando lo mataron en una sublevación contra el gobierno de Núñez y su cadáver fue a dar al río Magdalena. «Resultó, querido Rufino –comienza diciéndole en su segunda carta de las escritas a París, el 6 de agosto de 1882–, como se lo anuncié en mi anterior, que la compañía entre el Sr. Mamerto Montoya y Luis Herrera no se llevó a cabo por las exigencias bastante exageradas del primero. Según se me ha asegurado, Herrera ofreció a Montoya tomar la mitad de la empresa dándole una prima de 6.000 pesos; pero Montoya pretendió que aunque Herrera hiciera la mitad de los gastos no tuviera la mitad de las utilidades. En fin, este es asunto que ni a U. ni a mí nos importa. No irían Uds. por Honda cuando ya el público decía que la cerveza había desmejorado, y aunque esto al principio no tenía fundamento ninguno puesto que aún no se había agotado la cerveza fabricada en tiempo de Uds., sí llegó a tenerlo después por haberse hecho alguna modificación en la fórmula o el procedimiento. Según me informa José, las cosas han vuelto ya a su carril acostumbrado. Pero Herrera entró en compañía con los Londoños para el establecimiento de otra fábrica».

Pero poco antes, en carta del 18 de julio, Miguel Antonio Caro le decía a Rufino José: «Sabrán Vds, de mejor fuente que Luis Herrera se separó de la compañía con Montoya. Las ventas en lugar de disminuir han aumentado considerablemente. Por este lado la fábrica va bien. Pero al mismo tiempo entiendo que Montoya se empeña en introducir novedades en la fabricación, y esto podría ocasionar algún descrédito. Yo creo que él debiera continuar por el camino seguro que ha encontrado abierto. Se lo indico a Vds. para su gobierno, como amigo, y reserven mi nombre». Según Luis Lleras, la fábrica iba mal pero bien; según Caro, iba bien pero mal. Se equivocaron ambos. La fábrica iba pero muy bien, y en prueba que el comprador les siguió pagando por años a los Cuervo el arriendo de la casa de la calle de La Esperanza, donde siguió funcionando el negocio. Bogotá, la «Atenas suramericana» como la llamó Cané, la ciudad de los periódicos y las imprentas, se empezó a llenar entonces de fábricas de cerveza.

En diciembre de 1884 los liberales radicales se alzaron en armas contra el gobierno de Rafael Núñez, la máxima alimaña entonces de Colombia. Uno de los sublevados, el general Pedro José Sarmiento, presidente del Estado Soberano de Boyacá, era cuñado de Luis Lleras. Entonces el paisito llamado Colombia se dividía en estados soberanos dirigidos por presidentes, una buena fórmula para irle calmando las ansias de gloria a tanto malnacido. Aquileo Parra, otra de las alimañas de la época y quien no hacía mucho había dejado la presidencia, le confió a Luis Lleras una misión en Boyacá ante su cuñado el general, y en este punto empieza la desgracia del compadre de don Rufino: junto con dos de sus hermanos y otros dos cuñados, y con la misma facilidad con que había fabricado con su mujer ocho hijos, se unió al ejército de los sublevados. Seis meses después él y sus tres cuñados descansaban en tierra caliente, en la paz de Satanás que es de la que iban a gozar entonces los radicales de Colombia (los conservadores se iban a tierra fría, al cielo). La última carta de Luis Lleras a su compadre Rufino José se la escribió en Barranquilla el 11 de junio de 1885, seis días antes de que lo mataran, para agradecerles a él y a Ángel su ofrecimiento de acogerlo en París y salvarlo de una tragedia que los Cuervo veían inminente, generosa propuesta que no podía aceptar: «Compadre, la guerra es un vértigo, es una locura, una insensatez, y los hombres más benévolos se vuelven bestias feroces; el valor del guerrero es una barbaridad. Pero cuando uno toma las armas no puede, no debe dejarlas en el momento del peligro, no puede volver la espalda a amigos, enemigos y hermanos, sin cometer la más baja de las acciones, sin ser un cobarde y un miserable». Por lo visto no se consideraba traidor a los ocho hijos que había fabricado con su mujer y a los que había dejado abandonados en Bogotá.

Han quedado diecinueve cartas de Rufino José a Luis Lleras. Salvo una, de la juventud y escrita en Bogotá, las restantes están fechadas en sus tres primeros años de París. La última es del 16 de julio de 1885 y la escribió cuando aún no le llegaba la última de su compadre, a quien para entonces ya habían matado en la guerra. Comienza así: «Queridísimo compadre: Las noticias que con respecto a U.U. han publicado aquí los periódicos son tan alarmantes que tiemblo al poner a U. estas cuatro letras, pensando en la situación en que puede hallarse, si es cierto lo que se ha dicho. Confío en que la Divina Providencia, en cualquiera suerte, próspera o adversa, le habrá favorecido». Lo favoreció con la muerte. Con lo cual la carta de Cuervo resultó siendo al llegar la carta de un vivo a un muerto. Se repitió esta vez, pero al revés, lo ocurrido con Uricoechea, quien murió en Beirut el 28 de julio de 1880 y cuya última carta a Cuervo, desde Bruselas, es del 2 de junio, por lo que resultó siendo, al llegar a Colombia, la carta de un muerto a un vivo. El correo entre Colombia y París o Bruselas tardaba cuando menos mes y medio, pero si el caudal del Magdalena bajaba o si estallaba una revolución (como la de los radicales de Luis Lleras), podía tomar meses.

A Luis Leras lo mataron de un bayonetazo por la espalda en el combate de La Humareda, una refriega entre tantas de tantas revoluciones colombianas de las que hoy ya nadie se acuerda. Dicen que lo mató uno que había sido su discípulo. Tenía cuarenta y tres años. Cuando lo llevaban a enterrar en El Banco, puerto del Magdalena, el barco en que iba, el vapor *María Emma*, se incendió y explotó, y el cadáver fue a dar al río. «¿Se acuerda de Londoñito el menor –le decía a Rufino José en esa última carta suya que he citado–, aquel muchachito tan simpático, hermano de Vicente, el que murió? Pues ese quedó herido y prisionero en Cartagena: dícese que le han cortado una pierna, y algunos aseguran que morirá. Muchas, muchas son las desgracias que hay que lamentar. De Rosarito y los muchachos nada he sabido desde el primero de enero. Los muchachos no deben ser ya ocho sino nueve, o diez si ha habido mellizos; pero no sé si lo último es varón o hembra, o si vive o se ha muerto». La carta es del 11 de junio, lo cual quiere decir que llevaba seis meses sin saber de su mujer y los ocho hijos que trajo a este mundo, más el que venía o los que venían en camino, y a los que por ponerse al servicio de ambiciones ajenas so pretexto del bien de la patria iba a dejar seis días después en el abandono.

Esto es lo que en español castizo, que tan caro le era a don Rufino, se llama un solemne hijueputa. Para Colombia era un buen colombiano.

Entre los huérfanos de este héroe de pacotilla estaba Agustín, el ahijado de don Rufino: lo mataron en 1909, en San Fernando de Apure, Venezuela. Dos cartas quedan de «su amantísimo padrino» al ahijado, una de 1907 y otra de 1908. Y dos al hermano de este, Ricardo, la segunda de ellas del 23 de agosto de 1909, enviada desde el Hôtel National de Engelberg, donde veraneaba entonces don Rufino, y en que le habla del «pesar que U. y yo sentimos por la indecible desgracia de mi querido ahijado Agustín. Calcule U. lo doloroso que fue para mí el saberla. Recibí juntas dos cartas, una de mi ahijado, cariñosa como eran siempre las suyas, en que me contaba noticias de su vida y de la familia y me preguntaba mi parecer sobre algunas cosas de lenguaje; mientras abría la otra, estaba pensando en lo que había de contestarle; esta era de Luis, con fecha de cuatro días después, en que me refería las circunstancias de infame alevosía con que Agustín fue sacrificado. No acierto a decirle a U. la emoción que sentí, y que aún me dura». Más bromas de la Muerte y el correo, más cartas de muertos que les llegan a los vivos como la luz de esas estrellas extinguidas hace mucho pero que por un tiempo siguen brillando en la Tierra. Luis era hermano de Ricardo y Agustín, hijos de ese hombre irresponsable y tonto que habían matado hacía ya tantos años en esa oscura refriega de una oscura revolución de una oscura patria.

En el apartamento de la rue Meissonier se instalaron los Cuervo a fines de agosto de 1882 o principios de septiembre, como se deduce de la segunda carta de Rufino José a Caro desde París, del 5 de este mes: «En el primer correo después de mi llegada a esta escribí a usted para decirle que no me había ahogado, y que por lo mismo siempre lo recordaba cariñosamente. De entonces acá apenas ha habido lugar para buscar cuartos y ver donde instalarnos. Hoy por primera vez escribo en la nueva habitación –3, rue Meissonier– adonde es probable que permanezcamos algún tiempo, y así puede usted dirigir sus cartas directamente a esta casa». El «algún tiempo» fueron ocho años y siete meses, que es lo que vivieron allí. Luego se mudaron a la rue Frédéric Bastiat, donde habría de morir Ángel. Luego, ya solo, don Rufino se mudó a la rue Largillière, y de esta a la rue de Siam, donde murió.

De cómo empezaba la vida de los Cuervo en el apartamento de la rue Meissonier nos podemos dar una idea por una de las cartas de Rufino José a Luis Lleras: «Confío que el conocimiento de causa con que U. ha entrado al nuevo empleo le evite molestias, y más que todo en que, habiendo paz, tenga U. con menos fatiga un mejor sueldo, y que tenga la satisfacción de poner clavos, tapar puertas en casa propia. Yo no sabía lo que era esto; ahora a cualquier golpecito que se oye en una puerta, se me figura que el propietario va a reclamar los daños». ¿El propietario, don Rufino? ¡Los vecinos! Esos burgueses franceses que no toleran, deje usted que uno clave un clavo: que se ría. Francia será grande, pero está formada de hijueputas de alma pequeña. Sartre lo dijo: «El infierno son los demás». Con sus millones de asesinos, jamás Colombia la vesánica habría llegado a decir tanto con tan poco.

Atrás habían dejado, para siempre, la casona de la calle en pendiente de la calle de La Esperanza donde habían nacido todos, con sus ventanas de gabinete y su balcón sobre la calle, sus muchos cuartos en los dos pisos, el patio central cercado de corredores y al fondo el huerto de la higuera, donde en algún momento de la infancia había soplado el viento de la felicidad… Bueno, digo yo que soy iluso. Rufino José tenía dos años cuando nombraron a su padre vicepresidente: en los cuatro años que siguieron el doctor Cuervo iba a ser uno de los personajes más importantes de Colombia. Diez años después de haberse instalado los Cuervo en París, habrían de publicar, en dos volúmenes y en la editorial de A. Roger y F. Chernoviz (pero pagado el libro por ellos), la *Vida de Rufino Cuervo y noticias de su época*, que escribieron juntos. El tercer volumen, de documentos, se les quedó en proyecto, por dos razones: una, la muerte de Ángel; y dos, el desinterés de Colombia por el personaje y en general por todo su pasado. Lo cual habla bien del país. Lo único esperanzador de la infame Historia de Colombia es que hoy a nadie le importe. ¡Si no la trajeran grabada en los genes!

Poco antes de salir de Bogotá Cuervo le escribió por primera vez, a Austria, al lingüista alemán Hugo Schuchardt, con quien habría de mantener una correspondencia de veintinueve años, si bien nunca llegaron a conocerse. De la primera de las ciento diez cartas que Cuervo le escribió a Schuchardt, y que hoy se conservan en la Biblioteca de la Universidad de Graz, tomo dos frases reveladoras: «Dentro de mes y medio estaré en París, donde pienso residir algún tiempo» y «Pretendo empezar a publicar una cosa que llamo *Diccionario de Construcción y Régimen de la Lengua Castellana*». Lo del «mes y medio» lo decía calculando lo que tardaría en partir y en llegar y poco importa, pero lo de que iba a residir allí algún tiempo era simple desconocimiento de su destino: se iba de Colombia de por vida. En cuanto a lo del *Diccionario*, su anuncio de que pensaba empezar a publicarlo significa que lo tenía muy avanzado, con la mayoría de las papeletas hechas y los artículos de las primeras letras redactados. El *Diccionario* de Cuervo era único: las monografías de las palabras que presentan alguna peculiaridad sintáctica, como son todas las preposiciones y los verbos y adjetivos que las rigen. Con él intentaba una obra de malabarismo científico:

volver al diccionario gramática y a la gramática diccionario. Y lo logró. Los enterró a ambos. Y es que al idioma no lo apresa nadie, es un río que se va. Ahora bien, si uno se mete a hacer un diccionario, sintáctico o no, no va reuniendo en papeletas o fichas los ejemplos de la letra A primero, luego los de la B, luego los de la C, sino los de todas las letras, de la A a la Z, según le vayan resultando en la revisión de los textos de donde decidió tomarlos. En el caso de Cuervo, de las ediciones de los clásicos castellanos publicados en la *Biblioteca de Autores Españoles* de Rivadeneyra, colección tan ambiciosa cuanto negligente pero que fue la primera de su tipo y que circulaba entonces en todo el mundo hispánico.

La siguiente carta de Cuervo a Schuchardt, del 31 de julio, ya está fechada en París: «He tenido la gratísima sorpresa de recibir por conducto de la Legación de Colombia la amable carta de V. fha. 15 del presente, aunque con algún retardo porque habiéndome visto precisado a mudar de casa, no sabían a donde dirigírmela». ¿A qué casa se refiere? ¿A donde llegó con su hermano y los Manrique? No lo sabremos. Al final de la carta, tras la firma dice: «Aux soins de MM. Juan N. Uribe & Cie. 5 passage Saulnier, París». Este señor Uribe, Juan Nepomuceno, empieza a aparecer en la vida de los Cuervo cuando el primer viaje a Europa. Va y viene por la correspondencia de Rufino José junto con el joven Mariño, Caro y Uricoechea, sus corresponsales de entonces. Era un traficante en letras de cambio, o sea banquero, o sea pícaro, pero sin banco, o sea doblemente pícaro, y con domicilio cambiante. En 1878 tenía instalado su tráfico de letras en el 35 de la rue d'Hauteville, que era también la sede o casa, no se sabe, de Miguel Vengoechea & Cía, otro pícaro, que tenía negocios con Silva, otro más. En 1882, a juzgar por la carta en cuestión, Uribe se había cambiado al 5 del passage Saulnier. Mes y medio estuvieron varados los Cuervo en Barcelona a principios de 1879 por su culpa: «porque se le olvidó poner la dirección, y como iba la carta certificada, no aparecía en la lista y costó no poco trabajo encontrarla y sacarla», según le escribía Rufino José al joven Mariño. Además de pícaro Uribe era pues un irresponsable.

Empezando su diario nos dice Ángel que en Villeta «estaba Lázaro Pérez quien nos dio una carta para Torres Caicedo. No hemos solicitado ninguna de las muchas que llevamos. Con libras esterlinas no hay necesidad de cartas». No necesitaría cartas de recomendación el jactancioso, pero sí letras de cambio pues no podían llevar en el bolsillo, y para tan largo viaje, todo el dinero. Han debido de llevar también letras de cambio compradas en Bogotá, y a costos altísimos, supongo que a nombre de Uribe, para que este se las hiciera efectivas, en dinero, en París. Ese era su negocio. Y el de varios otros colombianos bandidos que vivían a lo grande instalados en las capitales del mundo —París, Londres y Nueva York— dándoselas de honorables, pero traficando con el dinero de sus paisanos: si les iba bien, se parrandeaban la plata ajena; si les iba mal, los clientes eran los que quebraban. Jamás dejaban que se trasluciera que estaban al borde de la bancarrota, manteniendo siempre sus finanzas en el mayor secreto. Y mientras más mal anduvieran, más gastaban para dar confianza. Papa malo, médico charlatán y banquero ladrón: tres de las escasas verdades que he sacado en claro en esta larga vida.

Carta de Caro a Cuervo del 18 de marzo de 1884: «Mi querido Rufino: Tengo a la vista su amable de 5 de enero. Desde que aquí se supo el desastre de Uribe & Co. estoy pensando en ustedes. Sé la confianza que ustedes hacían de esa casa (y aun recuerdo que alguna vez le hice yo alguna indicación sobre esto); así que me temo mucho que ustedes hayan experimentado alguna pérdida. Sáqueme de esta inquietud». No lo sacó de la inquietud. En la carta de respuesta a Caro, que ha quedado, Cuervo no le dice ni una palabra de Uribe. Como si el otro no le hubiera preguntado nada. Tras la quiebra, san Juan Nepomuceno Uribe, patrono de la usura, se fue a montar su negocito en Panamá para especular con el futuro canal, y estoy hablando de 1887, ¡un visionario!, a ver si podía traficar con dos mares. Desde allí le escribía a Ángel felicitándolo por su libro *Conversación artística,* en que el autor aprovecha las múltiples observaciones sobre pintura hechas en sus correrías por los museos de Europa cuando su primer viaje y que consignó en su diario.

Entre las cartas que guardó Cuervo quedan dos tarjetas en que sale a relucir el nombre de Uribe: una de un señor Evrad en papel membretado de la *Brewing Trade Gazette,* revista de los cerveceros, dirigida a los dos hermanos y al Hôtel Saint-Georges de París donde se alojaban al final del primer viaje a Europa y ya a punto de emprender el regreso a Colombia, para ofrecerles un pegamento de pez de Inglaterra (*des colles de poisson d'Angleterre*), me imagino que para sus botellas de cerveza, y en cuya posdata les dice que le había enviado a Mr. Uribe el barril de bisulfito que le habían encargado, me imagino que para su fábrica. Y otra del defenestrado obispo de Guayaquil Roberto María del Pozo, compinche en Panamá de Uribe, de quien traía el encargo de conseguirle en París un colegio de curas (¿pederastas?) para su niño: «He averiguado sobre el Colegio a donde puede ir el niñito de J. Nepomuceno. En Namur tienen los P.P un excelente Colegio donde hay algunos españoles. La dirección es la siguiente». Y se la daba a don Rufino para que se la mandara a Uribe. ¿Y por qué no se la mandaba él? ¡Cuándo han visto ustedes a un obispo de mitra y báculo en una oficina de correos! Había conseguido este mitrado en don Rufino un banquero que le prestara dinero (del que no se paga), y un criado que se ocupara de sus cartas. Y si se encuentra uno con uno de estos maricas, extiende la mano para que le bese uno el anillo (que le robó sabrá Dios a qué viuda), y luego voltea la mano para que se la unte uno de plata.

Para terminar con Uribe y volver a la rue Meissonier, lo vuelve a mencionar don Rufino en carta del 6 de diciembre de 1889 a su apoderado y agente en Bogotá Federico Patiño: «Recibimos una letra por Frs. 2.969.10 girada a cargo de los Sres. Fould Frères & Cia. de París por el Banco de Bogotá; suma con que queda saldada la obligación suscrita por D. Julio D. Mallarino a favor de los Sres. Juan N. Uribe & Cía de París, y cuyo valor tenían Vds. orden de remitirnos. Ya la hemos enviado a la aceptación». Sé quiénes son los Fould Frères de París; sé quién es don Julio D. Mallarino; sé qué es una letra; sé qué son francos; soy magnífico para desenredar cuentas fogueado como he sido en las de Silva el tramposo durante años; pero juro por Dios que me ve que no entiendo qué le quiso decir don Rufino a su apoderado. Me da gusto, eso sí, que la cantidad sea grande porque si era suya, de ahí le podía prestar a Tannenberg y darles a las clarisas de Bogotá. ¿Y cómo es eso de que «Juan N. Uribe & Cía de París», si la carta es de 1889? En 1889 ¿no estaba pues Juan N. Uribe & Cía de París en Panamá, haciendo de las suyas con su obispo privado Roberto María del Pozo? Que estuviera Uribe en Panamá horqueteado entre dos mares que casi se juntan en ese estrecho istmo medio lo entiendo. ¿Pero de lado a lado del Atlántico?

La rue Meissonier es una callecita perdida en el decimoséptimo *arrondissement* de París, y va de la rue de Prony a la rue Jouffroy, con una ventaja enorme: iglesia cerca: la de San Francisco de Sales en la rue Bremontier, a tiro de piedra, ¡para que fueran los Cuervo a misa de 5 madrugados! Que Cuervo iba a misa diaria lo he oído desde niño. Ahora bien,

¿no sería este un lugar común como el de su «paciencia de benedictino» que le acomodaban cada vez que hablaban de su *Diccionario*? En el diario de Ángel sí van a misa los dos hermanos, pero solo los domingos. Aunque claro, todos los días no podían porque iban viajando, ¡y por países protestantes! No me imagino yo a los Cuervo oyendo misa en una iglesia protestante, sin santos y en vez de cura con un pastor. Los Cuervo eran del Concilio de Trento. ¡Lo que descansaron al llegar a Polonia! En fin, por iglesias católicas en París no iban a sufrir. Las hay.

Y he aquí que buscando y buscando que me encuentro la confirmación, donde menos me lo esperaba, lo de la misa diaria: en Boris de Tannenberg, en su hermosa necrología titulada «Cuervo intime», que publicó en el *Bulletin Hispanique* recordando a Cuervo poco después de que muriera. Aunque la escribió en francés, me voy a permitir citarla en español confiado en que a estas alturas el lector jamás pensará que acomodo para mis fines al traducir. Mi único fin es servir, según mi leal saber y entender y con humildad devota, en esta causa de canonización que he de sacar adelante, queriendo Dios y si no me la torpedea la Curia con su malnacido abogado del Diablo. Dice Tannenberg: «Dentro de unos años se ignorará tal vez al admirable ser humano que fue el señor Cuervo si los que lo conocimos y quisimos no nos apresuramos a señalarlo. En 1885 tuve la suerte de anunciar en la prensa francesa antes que nadie la muestra del *Diccionario* que el señor Cuervo acababa de publicar, y que había repartido entre los romanistas. Arsenio Darmesteter me la recomendó elogiándomela mucho, y yo me limité a reproducir en la *Revue du Monde latin,* tan exactamente como pude, el juicio de tan competente maestro. Días después recibí del autor una carta llena de esa gentileza tradicional española, tan meticulosa, en la que tras complicadas fórmulas de admiración y de respeto se acaba con la obligada serie de abreviaturas cabalísticas. Estaba yo entonces muy joven y no podía aceptar sin cierto sonrojo semejante homenaje, por lo que candorosamente resolví ir a donde el señor Cuervo a decirle que yo no era sino un modesto e imberbe estudiante de letras castellanas. Y ese fue el principio de nuestra amistad».

En 1885 Tannenberg tenía veintiún años, veinte menos que Cuervo, y el artículo a que alude y que escribió después de que Arsène Darmesteter le diera a leer el Prospecto del *Diccionario* se titula *Un Littré espagnol,* y efectivamente apareció en la *Revue du Monde Latin* el año señalado. La primera carta de Tannenberg a Cuervo lleva la fecha completa (cosa no sistemática en él como vamos a ver) y es del 11 de marzo de 1885; está en francés, si bien en los primeros tiempos de su relación con Cuervo alterna el francés con el español. «Monsieur –empieza–, Une longue absence m'a empêché de publier jusqu'ici l'article que je vous avais promis. D'autre part la lettre que vous aviez jointe à l'exemplaire de votre Diccionnaire a été égarée», etc. Que por estar fuera no había podido publicar el artículo que le había prometido, y que la carta de Cuervo con que iba el ejemplar del *Diccionario* se perdió. Y que le contestara algunas preguntas para poder escribir el artículo. Una, que si escribió la obra sin colaboradores. Dos, que si la continuación iba a aparecer pronto. Y tres, que cuántos volúmenes iban a ser. No sé qué le contestó Cuervo porque Tannenberg murió sin poner a buen recaudo las cartas que don Rufino le escribió, pero puedo contestar por él. Uno, la obra la escribió solo. Dos, la continuación, que en realidad era el primer volumen porque de lo que hablaba Tannenberg era de una muestra o prospecto, iba a salir pronto (de hecho el primer volumen salió al año siguiente). Y tres, solo Dios sabía cuántos volúmenes iban a ser, pongámosle ocho o diez.

La segunda carta de Tannenberg está fechada un 9 de junio escueto, así, sin año, ¿y saben por qué? Porque la escribía en español, y cuando Tannenberg se cambiaba al español cambiaba de alma. Sus cartas en francés llevan la fecha entera; las suyas en español, un simple esbozo: 9 de junio, 8 de marzo, 26 de abril, Domingo, Jueves 11½ de la noche, o nada. Una *nonchalance hispanique*. Las cartas francesas llevan el encabezado *Monsieur* o *Cher Monsieur*, las españolas, Mi querido amigo, Mi estimado amigo, Amigo mío... La que empieza con el «Amigo mío» termina con las cabalísticas abreviaciones S. s. s. q. b. s. m.: «su seguro servidor que besa su mano». Leyendo alguna carta de Cuervo había aprendido. No creo, sin embargo, que ya supiera que si le hubiera escrito a una mujer, la última *m* del abracadabra la habría tenido que cambiar por *p*: «su seguro servidor que besa sus pies». El buen políglota es el que es capaz de cambiar de alma, y el hombre limpio se cambia a diario de calcetines. Uno o dos años después, pero es imposible saberlo exactamente porque como cuando escribe en español Boris no pone el año, ya le componía a don Rufino «Doloras» a lo Campoamor, y cuartetos endecasílabos, que le mandaba con los sablazos en sus cartas:

En una de esas horas, cuando ¡ay triste!
Fiero dolor el corazón aprieta,
Y se llora, y se exclama: «¡Dios no existe!»
Leí tus versos, y te amé, ¡oh poeta!

¿Novecientos francos le pedía prestado? ¡Don Rufino habría tenido que darle diez mil! Boris era un amor. Y fiel. Quiso a don Rufino hasta su muerte. Quiero decir, la de don Rufino, porque él murió después, aunque no mucho, en 1914 como Manrique y el Uribe doble. Pero volvamos a la necrología a ver cómo es que dice lo de la misa diaria que ya se me estaba olvidando: «M. Cuervo était installé à Paris…». ¡Ah no! Quedamos en que iba a traducir. Además «Cuervo» en francés suena a Cuervó: «Monsieur de l'Ange et Corbeau», como le decían en Bogotá a Ángel los hijueputas; y a José Asunción Silva, «José Presunción». La envidia le retorcía las tripas a ese país de burócratas. «El señor Cuervo —escribe Tannenberg— se había instalado en París con su hermano don Ángel desde hacía unos dos años, en un apartamento espacioso de la rue Meissonier. Llevaban una vida de estudio pero a la vez alegre, abierta al mundo de afuera. Don Ángel había montado la casa con elegancia y se encargaba de todo. Su única preocupación era que su hermano, al que adoraba y cuidaba como una madre, no tuviera preocupaciones y sí la paz monacal necesaria para sus trabajos. Culto él también y con talento artístico, le encantaba París por cuanto hay allí de hermoso. Visitaba museos, no se perdía exposición, compraba de cuando en cuando un cuadro en las subastas, iba a los Conciertos *Lamoureux*, al Collège de France y a la Sorbona, y de vuelta a casa le gustaba contar durante la comida, en un relato chispeante, lo que había visto y oído, eco alegre del mundo exterior tan necesario para distraer a don Rufino. Lo principal de la casa y único fin de la vida de los dos hermanos era el *Diccionario*, al que don Rufino se había entregado en cuerpo y alma desde hacía quince años, y que pensaba publicar en París. En Bogotá había examinado exhaustivamente la *Biblioteca* de Rivadeneyra en busca de ejemplos con laboriosidad cotidiana. Durante años, sin desfallecer, vivió solo para esa obra a la que le consagró la vida. Ayudaba al prójimo, tenía al día su voluminosa correspondencia, hacía la caridad a domicilio pues fue siempre sincero amigo de los pobres, e iba a buscar, en fin, cada día en los altares, «les grâces nécessaires à la vie chrétienne intégrale et les joies spirituelles dont avait soif son âme mystique» (las gracias necesarias para la vida cristiana integral y las alegrías espirituales de que tenía sed su alma mística). Qué entendía Tannenberg por «vida cristiana integral» no lo sé. En español «integral» solo lo he oído unido a pan. ¿Tendría que ver con el pan integral del alma? En fin, este artículo necrológico de Boris de Tannenberg, «Cuervo íntimo», publicado en el tomo 13 del *Bulletin Hispanique* de 1911, es lo más revelador que se haya escrito sobre la vida de Cuervo hasta hoy: ahí está él, en pretérito y copretérito según la nomenclatura de Bello de los verbos, o en perfecto e imperfecto según la de la Academia: lo que fue y lo que hacía. Si algo supimos en Colombia de Cuervo tras su muerte fue por ese artículo. Lo que escribió Tannenberg es lo que me enseñaban de niño en las clases de Literatura Colombiana. Lo que nunca me dijeron fue la fuente: que lo había contado él.

Durante los veintinueve años que vivió en París Cuervo mantuvo correspondencia con numerosos lingüistas europeos, en especial con los hispanistas franceses Alfred Morel-Fatio y Raymond Foulché-Delbosc, con el romanista y políglota alemán Hugo Schuchardt y con el sanscritista y políglota italiano Emilio Teza, quienes se interesaron, estos dos últimos, en tantas cosas dispersas y de dudosa utilidad como Ezequiel Uricoechea. Teza era trece años mayor que Cuervo, Schuchardt dos, Morel-Fatio cinco años menor y Foulché-Delbosc diecinueve. Morel-Fatio le escribió casi siempre en español y ocasionalmente en francés; Foulché-Delbosc siempre en español; Hugo Schuchardt durante diez años en español y en adelante en alemán; y Teza siempre en italiano. He aquí, traducido, el final de una de esas cartas de Schuchardt a Cuervo en alemán: «El alemán es por desgracia una lengua muy difícil, pero nosotros solos no podemos llevar el peso del poliglotismo. Disculpe estas meditaciones de año nuevo; solo han de servir de disculpa a quien, como yo, le escribí antes en mal español». A Schuchardt le pasó lo que a Tannenberg, quien después de escribirle muchas cartas en español se cambió a su idioma, el francés, diciéndole: «Mon cher ami, Je vous écris en français parce que décidément je trouve qu'on a bien assez des difficultés de sa propre langue sans prétendre, par une imprudente coquetterie, écrire en une langue étrangère». Que bien difícil era escribir en la lengua propia para ponerse, por una «coquetería imprudente», a escribir en una extranjera… A todos les contestó Cuervo en español, y que yo sepa, exceptuando una breve carta y dos mensajes en latín, nunca escribió en una lengua extranjera pese a que podía leer en muchas. Signo este no solo de timidez y de respeto por los idiomas de los otros, sino de sensatez. Por un fenómeno que aún no entienden las neurociencias (y que acaso nunca llegarán a entender) el hombre solo puede hablar bien las lenguas que aprendió en la infancia, sea una sola o varias, cuatro o cinco a lo sumo pero no más. Eso de que alguien sabe diez, veinte, treinta idiomas significa que los puede medio leer o medio entender o medio hablar. Bastantes son los mitos que venimos perpetuando para que sigamos con este. En fin, entre las cartas enviadas a Cuervo por estos cuatro corresponsales y sus respuestas, quedan seiscientas cincuenta: la cuarta parte de las dos mil seiscientas en total que, entre enviadas y recibidas, son las que han quedado y que conocemos de su correspondencia con más de doscientos corresponsales. Morel-Fatio, Foulché-Delbosc, Teza y Shuchardt ocupan pues un lugar importante en la vida de Cuervo por el tiempo que les dedicó, y no solo escribiéndoles: copiándoles a veces documentos enteros en la Biblioteca Nacional de París para sus estudios ociosos, o resolviéndoles problemas de español que solo él, en este vasto mundo, podía dilucidar.

Foulché-Delbosc fue discípulo de Morel-Fatio, el fundador del hispanismo y quien a su vez había sido discípulo de Gaston Paris, el introductor en Francia de la romanística o estudio de las lenguas romances o surgidas del latín, un nuevo campo de la lingüística que había fundado en Alemania Friedrich Diez, su maestro y asimismo el de Schuchardt. Algo antes de Diez otro alemán, Jacob Grimm, había fundado la germanística o estudio de las lenguas germánicas, las surgidas del gótico y el sajón. Y antes de Grimm, Franz Bopp, también alemán, había fundado la gramática comparada o comparatismo o estudio de las lenguas indoeuropeas. Si la gramática empieza en la India, Grecia y Roma hacia los comienzos de la era cristiana, la lingüística y el conjunto de ciencias que englobamos bajo este nombre empiezan a principios del siglo XIX en Alemania con el descubrimiento (atribuido indebidamente hasta hace poco al inglés Ernest Jones) de que el latín, el griego, el sánscrito, el celta y los idiomas germánicos, eslavos y bálticos provienen todos de una antigua lengua madre, el indoeuropeo. De buena parte de los idiomas indoeurpoeos tenía conocimiento Cuervo, así como del árabe, el hebreo y el arameo, que son lenguas semíticas. En prueba la infinidad de gramáticas y diccionarios de muchos idiomas en varios otros (en especial en alemán, latín y francés) que se encuentran en su biblioteca; por ejemplo, gramáticas alemanas de treinta y dos idiomas. Y en prueba también el que en las *Apuntaciones* se citen sesenta y seis comparatistas, romanistas o hispanistas alemanes, que Günther Schütz, que es alemán, se tomó el trabajo de contar. Por lo demás en el siglo XIX el alemán era el gran idioma de la lingüística, seguido de lejos por el francés y el inglés. En cuanto al español, era objeto de estudio pero no lengua de los estudiosos, exceptuando a don Rufino, que es el primer filólogo de este idioma: el primero en el tiempo y el más grande.

Fue Morel-Fatio quien hacia 1880 acuñó la palabra *hispanisant*, que en un comienzo se tradujo al español como «hispanizante» aunque pronto se cambió a «hispanista», para señalar a los eruditos de lengua extranjera que se ocupan de este idioma, y más en concreto, del restablecimiento riguroso de las primeras ediciones de los clásicos castellanos. «Hispanófilos» los llamaban Cuervo y otros por esos años, pero esta palabra hoy designa a los turistas que van a ver procesiones de Semana Santa y corridas de toros en la España de pandereta. En cuanto a la disciplina del hispanista, era el hispanismo, así como la del romanista era la romanística. Gaston Paris, Auguste Brachet y Morel-Fatio tradujeron al francés la *Grammatik der romanischen Sprachen* (Gramática de las lenguas romances) de Friedrich Diez, que junto con el *Etymologisches Wörterbuch der romanischen Sprachen* (Diccionario etimológico de las lenguas romances) de este mismo autor dio comienzo a la lingüística románica. En 1872 y en asocio con Paul Meyer, Gaston Paris fundó la revista *Romania*, la máxima publicación de lingüística en Francia, que habría de dirigir hasta su muerte en 1903, y cuyo tema era el mismo de los estudios de Diez: la formación en la Edad Media de las lenguas romances, las surgidas del latín. En esa revista trabajó Morel-Fatio casi desde su comienzo, y Cuervo colaboró con unos cuantos artículos, a partir de 1883, su segundo año en París, cuando publicó allí sus «Tentativas etimológicas». En 1894 Raymond Foulché-Delbosc, de treinta años entonces, fundó la primera publicación consagrada exclusivamente al hispanismo, la *Revue Hispanique*, a la que seis años después se le vino a sumar el *Bulletin Hispanique* de su maestro Morel-Fatio.

Las publicaciones de Schuchardt, entre libros, artículos y folletos, rondan el millar, y tratan de los idiomas más disímiles: lenguas romances, caucásicas, camito-semíticas, del vasco, el celta, el húngaro, el antiguo egipcio, el árabe, el hebreo, el papiamento, el *créole*… Las de Teza, profesor de sánscrito en las universidades de Bolonia, Pisa y Padua sucesivamente, son seiscientos cincuenta y cuatro ensayos sobre filología eslava, la lengua armenia, las Cántigas alfonsinas, los romances de Castilla, la vida de Alfieri, un tratado de fisiognomía en francés antiguo, un catecismo de los misioneros católicos entre los algonquinos, traducciones al italiano de poesías serbocroatas y noruegas, de proverbios lituanos, cantos búlgaros y rusos, canciones populares estonias… Pese a su dispersión Teza era un filólogo riguroso, y aunque sus cartas a Cuervo están escritas en italiano es evidente en ellas su gran conocimiento de la lengua española. Era amigo de Schuchardt, con quien compartía esa dispersión de intereses en los más disímiles temas. En una de sus cartas a Cuervo le decía: «Mi diverto a battere l'acqua, molta acqua, e raccolgo nella palma la schiuma» (Me divierte agitar el agua, mucha agua, y recoger con la palma de la mano la espuma). Schuchardt a su vez, escribiéndole a Cuervo en francés, se describía así: «Je suis un vrai Donquichotte; je cours le monde, j'apprends assez de choses curieuses, et je ne sais faire rien de tout cela» (Soy un verdadero Don Quijote; recorro el mundo, aprendo cantidad de cosas curiosas y no sé qué hacer con todo ello). En cambio las bibliografías de Morel-Fatio y de su discípulo Foulché-Delbosc, de medio millar de títulos una y otra, se centran en la lengua española, la gran pasión de ambos, a la que le consagraron sus vidas y las revistas que fundaron, y por la que se pelearon como si fuera una moza rozagante de las del Marqués de Santillana:

> Moza tan fermosa
> Non vi en la frontera
> Como una vaquera
> De la Finojosa.

Para fines del siglo XIX la moza era una vieja ajada y fea de novecientos años. Hoy ya pasó de los mil y es aun más fea, si cabe, un solemne adefesio anglicado. Mayor horror que el castellano actual solo el de Teresa Ahumada, alias santa Teresa de Ávila, esa monja correcaminos que iba por el mundo fundando centros de vicio, conventos, y que escribió miles y miles de leguas de una prosa cocinera digna de la mujer de Sancho Panza, pero eso sí, consagrada toda a Dios, su amante. «La Santa» le decían en Ávila cuando pasé por allá de muchacho, con el artículo definido como si fuera la única. «¿Cuál de todas?» preguntaba yo. «Pues la de aquí». Y sí. Cuando uno habla da por supuestas muchas cosas, no así cuando escribe. Hoy pocos sabrán quién fue «la santa», creo que ni en Ávila. Todo cambia, no va a cambiar el idioma que es movedizo, huidizo, fugitivo… Morel-Fatio le llevaba catorce años a su discípulo Foulché-Delbosc, quien le salió adelante fundando la *Revue Hispanique* en 1894, seis años antes que el *Bulletin Hispanique* del otro. Se disgustaron y no se volvieron a hablar ni a mencionar. La vaquera de la Finojosa, que un día los unió, acabó separándolos.

Pese a que mantuvo una correspondencia de veintinueve años con Schuchardt, Cuervo no lo conoció. A finales de agosto de 1887 veraneaba con Ángel en Bad Ems, cerca de la desembocadura del Lahn en el Rin, y Schuchardt estaba en París; a fines de septiembre los Cuervo estaban de vuelta en París y Schuchardt se había ido a Bad Ems. En agosto del año siguiente los Cuervo volvieron a Bad Ems, donde veraneaba entonces la madre de Schuchardt, a quien conocieron en esa ocasión pero no a su hijo que por una indisposición no pudo ir a reunírseles allí. Hay una carta de Cuervo a Schuchardt enviada de Bad Ems en que le dice: «Temo pues mucho que no se realicen mis vehementes deseos de saludar a Vd. personalmente, cosa que lamento. Mi hermano, que está aquí, y yo nos habíamos figurado que en esta semana o a principios de la otra llegaría Vd. Si en esta ocasión no nos vimos, confío en que el Cielo deparará otra más propicia». Como cuantas veces invocaba Cuervo al Cielo, no pudo ser. En el encabezamiento de la carta ha quedado el nombre del hotel de Bad Ems en que se alojaba con Ángel, el Darmastädter Hof.

A Teza lo vio en dos ocasiones, brevemente, y de ello queda testimonio en las cartas de ambos. La primera tuvo lugar hacia mediados de octubre de 1890 (a los tres años y medio de iniciada la correspondencia), cuando Teza, que había ido de Italia a París con su mujer, fue a visitarlo a la rue Meissonier. La segunda dos años después, el viernes 19 de agosto de 1892 en Suiza, en el Lago de los Cuatro Cantones. Cuervo veraneaba entonces con Ángel en Brunnen, y se hospedaban en el Hôtel de l'Aigle d'Or. El sábado 13 le había escrito Teza anunciándole que al día siguiente, domingo, salía de Italia con su mujer para Lucerna, a donde llegarían el lunes entre las 5 y las 6 de la tarde: que con suerte se podían estrechar la mano en la estación de ferrocarril de Brunnen. Esta carta no debió de haberle llegado a tiempo a Cuervo pues el domingo 14 le escribía a Teza desde Brunnen proponiéndole que se encontraran en Vitznau y que decidiera el día y la fecha. Entre los papeles de Cuervo quedó un telegrama de Teza del 18, jueves, puesto en Lucerna: «J'arrive à 8 heures ½. Nous parlerons»: que llegaba a las 8 ½ y que hablarían. Entre los muchos sobres vacíos que han quedado en los papeles de Cuervo que hoy están en el Instituto Caro y Cuervo hay cuatro de 1892 que llevan la inscripción «Poste restante, Brunnen»: dos de ellos dirigidos a Rufino J. Cuervo, con sellos postales del 1º y del 23 de agosto; uno dirigido a Ángel y Rufino J. Cuervo, con sello postal del 27 de julio; y otro dirigido a Ángel Cuervo, con sello postal de Estocolmo del 2 de agosto. Y una carta anterior a Teza está encabezada así: «Suisse, Brunnen 4 de agosto Poste Restante 44». Que el encuentro tuvo lugar lo confirma una carta de Cuervo a Teza del 22 de agosto desde el mismo Hôtel de l'Aigle d'Or, en la que empieza diciéndole: «Mi venerado y querido amigo: Suponemos que el mal tiempo haya estorbado a U. su viaje al Rigui, y tanto mi hermano como yo deseamos mucho volver a ver a U. antes de dejar este sitio, lo que, según pensamos, será al fin de esta semana. Ambos le rogamos a U. nos diga qué día y a qué hora podemos encontrar a U. en Lucerna». Está muy claro, dice «volver a ver». A lo cual respondió Teza el domingo 28, aunque no sé desde dónde: «Sono stato disgraziato. Partendo da Lucerna scrissi a Brunnen e vedo adesso che la mia lettera andò perduta: la vostra del 22 mi raggiunge qui oggi, il 28!» (He tenido mala suerte. Saliendo de Lucerna escribí a Brunnen y veo ahora que mi carta se perdió: la suya del 22 me llegó aquí hoy 28). Y entre los sobres vacíos que tiene mi amigo el historiador Juan Camilo Rodríguez hay uno que fue enviado de Suiza (aunque no está claro desde qué ciudad) el 22 de agosto, y que Cuervo recibió en Brunnen en el Hôtel de l'Aigle d'Or. Y es cuanto sé de esta historia de encuentros y desencuentros en una región de ensueño, a la orilla de un lago y entre montañas, y cuando tanto Teza como Rufino José eran felices: el uno tenía a su esposa, que era a quien más quería, y el otro a su hermano, igual. Lo que no sabían el uno ni el otro era que les quedaba poco tiempo de dicha. Ángel murió en 1896, la esposa de Teza en 1899. Teza era un hombre «bueno, afable, cordial y modesto», para decirlo con palabras de Pier Gabriele, uno de sus discípulos en la Universidad de Pisa, y a los cuarenta y cinco años se había casado con Annunziata Perlasca, el amor de su vida.

De los veintinueve años que vivió en París, salvo en el primero, 1882, y en el último, 1911, don Rufino se fue todos los veranos a algún sitio: con Ángel mientras este vivía, luego solo. En 1882 no fue posible porque llegaron a mediados de año a buscar casa, y en 1911 porque la muerte se lo impidió. Por las cartas que envió o que recibió don Rufino, y por los matasellos de los sobres de las cartas recibidas (bien sea los que están en el Instituto, o bien los que conserva Juan Camilo Rodríguez), es fácil establecer por dónde andaban los Cuervo en el verano de tal o cual año. En 1883 fueron a Saint-Michel y a Saint-Malo. En 1884 fueron a Dinard y se alojaron en el Hôtel du Casino. En 1885 fueron a Evian y se alojaron en el Hôtel des Bains. En 1886 fueron a Bagnères de Luchon. En 1887 fueron a Bad Ems. En 1888 volvieron a Bad Ems. En 1889 estuvieron en Fontainebleau y Vichy. En 1890 en Plombières. En 1891 en Glion-sur-Territet y se alojaron en el Hôtel du Righi Vaudois. En 1892 fueron a Brunnen, se alojaron en el Hôtel de l'Aigle d'Or; y fue en esta ocasión cuando se encontraron con Teza. En 1893 fueron a Weggis y a Lucerna. En 1894 volvieron a Weggis y luego fueron a Aix-les-Bains donde se les reunió Antonio Gómez Restrepo. En 1895 fueron a Mont-Dore. En 1896 murió Ángel y don Rufino, ya solo, volvió a Mont-Dore y luego se fue a Bellevue y a Fontainebleau. En 1897 fue al sur de Inglaterra, al mar; luego a Saint-Valéry-sur-Somme donde se alojó en el Hôtel de Famille; y luego a Dieppe. En 1898 fue a Luc-sur-Mer donde se alojó en el Hôtel du Soleil Levant, y a Bourron-Marlotte donde se alojó en el Hôtel Mallet. En 1899 fue a Aix-les-Bains donde se alojó en el Hôtel des Bains Romains y donde se lo encontró Aurelio Bermúdez muy enfermo; en ese «verano de perros» (como lo llamó en una carta a Morel-Fatio) estuvo también en Monnetier-Mornex donde se alojó en el Hôtel Bellevue. En 1900 volvió a Luc-sur-Mer donde se alojó en la Maison Bernadotti «près de la gare» y donde coincidió con su amigo cubano Piñeyro. En

1901 estuvo en Trouville-sur-Mer durante tres meses, en el 11 rue du Moulin. En 1902 estuvo en Yport y volvió a Brunnen. En 1903 volvió a Yport donde se quedó tres meses, con su criada. En 1904 estuvo tres meses en Neuchâtel, en una pensión donde conoció a Gustav Gröber, el romanista alemán a cuya revista *Zeitschrift für romanische Philologie* se había suscrito desde sus inicios en 1877, estando todavía en Colombia de cervecero. Gröber nació y murió en los mismos años que Cuervo, coincidencia que no puedo dejar de señalar pues además de hagiógrafo soy tanatólogo (*cónfer* mis *Hazañas de Nuestra Señora Muerte* en Alfaguara). «En el verano tuve la buena suerte de encontrarme en una misma casa durante algunas semanas con el Sr. Gröber» le escribió don Rufino en el invierno a Schuchardt. En 1905 estuvo en Lourdes con su criada, por entonces muy enferma, pidiéndole curación a la Virgen (que no los escuchó), y en Barèges. En 1906 volvió a Barèges. En 1907 estuvo en Lourdes por segunda vez, y por tercera vez en Barèges donde se alojó en el Hôtel Richelieu. En 1908 estuvo en Engelberg y volvió a Lucerna. En 1909 volvió a Engelberg y se alojó en el Hôtel National. En 1910 solo sé que estuvo «a orillas del mar». Entre comienzos de noviembre de 1899 y fines de abril de 1890, durante el invierno, estuvo además con Ángel en Mónaco y se alojaron primero en la Villa de Léopold y luego en el Hôtel de la Condamine de la rue Grimaldi.

Del paso de don Rufino y su hermano por buena parte de estos sitios y hoteles dio cuenta Günther Schütz hace mucho en su artículo «Los veraneos europeos de Rufino José Cuervo». No supo de todos pues no consideró todas las cartas ni contó con todos los sobres vacíos al no disponer de los que fueron a dar a manos de Juan Camilo Rodríguez. Así, hoy sé más de don Rufino que el alemán Günther Schütz y que monseñor Mario Germán Romero, lo cual es decir lo máximo. Claro que Rafael Pombo supo infinidad de cosas de don Rufino que yo no sé, pero yo sé muchas que no llegó a saber Pombo. Para agarrar a un fantasma se procede así: primero hay que determinar por dónde anduvo y cuándo. Luego pasa uno a considerar lo que escribió y lo que leyó. Y finalmente empieza uno a oír el arrastre de las cadenas, signo este de que va bien: o uno se está acercando al fantasma, o el fantasma es el que se le está acercando a uno. La cosa es engorrosa y toma tiempo. Años. Tantos cuantos vivió el difunto, si fue hombre simple. Si fue complejo como Cuervo, diez veces más. Cuervo vivió sesenta y siete años y fue complejísimo. Para reconstruir plenamente una vida así necesitaría yo, pongámosle mínimo unos quinientos. Dios dirá.

Un interludio en este punto sobre el correo a fines del siglo XIX. Para empezar, no se acostumbraba anotar en los sobres el remitente. Así, ninguno de los sobres vacíos de que vengo hablando lo trae. Muchos de ellos, por lo demás, tienen la dirección de los apartamentos de don Rufino tachada y escrita encima la del lugar en que veraneaba. Por ejemplo, uno de los sobres vacíos enviado al 3 de la rue Meissonier fue puesto en España el 22 de agosto de 1884, según nos lo informa el matasellos, pero han tachado en él esta dirección y escrito encima «Hôtel du Casino à Dinard, Ille-et-Vilaine», que es justamente donde veraneaban y se alojaban los Cuervo por esa fecha. Revisando el archivo de don Rufino veo que el sobre corresponde a una carta de Alejandro Guichot fechada en Sevilla el día anterior, 21 de agosto de 1884. Nada importante en ella. Este Guichot había encontrado en don Rufino un bobo que le recorriera gratis las librerías de París buscándole dónde vender las publicaciones de su Biblioteca del Folklore Español que él editaba en Sevilla. ¿Nada importante digo? Mucho para el proceso de canonización que aquí estamos adelantando. Solo un santo como don Rufino se ponía a recorrer librerías y librerías para hacerle un favor a un desconocido. Terminó, de buena fe, recomendándole a su editor (o distribuidor mejor dicho) Antoine Roger. No sé cómo le iría a Guichot con este pícaro.

En los sobres vacíos que fueron reenviados, los lugares de veraneo han sido anotados con cuatro diferentes caligrafías: son las de los cuatro porteros de las cuatro diferentes direcciones que tuvo don Rufino en París, y lo digo porque las fechas de los matasellos de los cuatro grupos de sobres corresponden a los años en que vivió en cada una de ellas. La *concierge* recibía las cartas, tachaba la dirección de París, ponía encima con su mala letra (reflejo de su alma) la del lugar de veraneo, iba a la tabaquería más cercana donde había buzones y vendían estampillas pues los expendios de tabaco funcionaban también como sucursales del correo, compraba unas estampillas nuevas, se las ponía al sobre viejo y lo echaba al buzón. ¿Y por qué no sacaba la carta y la metía en un sobre nuevo? ¿Por tacaña? No. Los franceses sí son tacaños, pero yo lo que digo es que a lo mejor los Cuervo les indicaban a sus porteras que no lo hicieran para que no les leyeran las cartas. ¿No tenía pues Uricoechea un curioso que le abría las suyas como si fueran novelas de folletín? Nunca lo logró agarrar: se le esfumaba como un fantasma. Yo digo que era su portera. ¿Y cómo sé que eran porteras las de don Rufino y no porteros? Porque así se usaba entonces, y se siguió usando hasta mis años mozos (véanse *Los caminos a Roma* de mi autoría, episodio de las chocolatinas envenenadas). Ya no se estilan, ay, las *concierges* en Francia, las descontinuaron. Eran más malas que una lesbiana de hoy con poder. Además, en prueba de que era portera la de don Rufino, y no portero (por lo menos cuando vivía en la rue Meissonier), la carta que le escribió Carlos Holguín desde el Hôtel des Capucines de París el 11 de agosto de 1887, en que le dice: «A mi regreso de Madrid quise verle a Ud. pero me dijeron que estaba fuera y cuando unos días después supe que no era cierto y fui a su casa (ayer jueves hizo 8 días) me dijo la portera que Uds. habían partido la víspera. Me agregó que no tenía señas, pero que Ud. había dicho que se las mandaría al instalarse en alguna parte». ¿Ven? Era portera. Un año después Carlos Holguín se había encaramado a la presidencia, en la que lo habría de suceder su cuñado Miguel Antonio Caro. Figuran estos cuñados en mi catálogo de la infamia o lista de los hijueputas que les hice arriba. Una carta local llegaba a su destino en un día pues el correo de París era neumático: iba, *sensu stricto*, por entre un tubo. Entre París y Sevilla tardaba tres días. Entre París y Bogotá, mes y medio. Partían las nobles cartas de El Havre, Saint-Nazaire o Burdeos en trasatlántico, desembarcaban en Sabanilla, Colombia, donde tomaban un vapor que las llevaba por el Magdalena hasta Honda, donde tomaban mula para subir a la altiplanicie y listo, aquí nos tienen en Bogotá la Atenas suramericana. Mes y medio. ¡Cómo no iban a guardar las cartas con semejante viaje!

De los doscientos ochenta y siete sobres vacíos que tiene mi amigo Juan Camilo Rodríguez, el de fecha más lejana es del 30 de septiembre de 1882 y fue puesto en la Place de la Bourse, según nos informa el matasellos. «¿Y quién crees que lo puso, Juan Camilo?», le pregunto. Como no trae el remitente, no sabe. Yo sí sé porque tengo en la mano todas las cartas de la baraja. «Lo puso Morel-Fatio». Y lo digo porque ha quedado una carta suya a don Rufino del 29 de septiembre de 1882 con membrete de la «Bibliothèque Nationale», donde trabajaba por entonces como encargado del Departamento de Manuscritos. Pues resulta que la Biblioteca Nacional de París está situada en el 58 de la rue de Richelieu, a un paso de la Place de la Bourse. Conclusión, la carta de

Morel-Fatio es la del sobre: la escribió el día 29 y la puso el 30 en la sucursal de correos de esa plaza. Muchos años después, en 1912, fray Pedro Fabo la sacó del sobre, y la carta tomó por un lado, y el sobre vacío por otro. El que no sepa del correo antiguo porque es de la era del *e-mail*, no se meta a perseguir fantasmas que de pronto agarra un oso.

A Morel-Fatio lo conoció don Rufino poco después de su llegada de Colombia, justamente por los días de esa carta. Además de empleado de la biblioteca, Morel-Fatio colaboraba casi desde su fundación en la revista *Romania*. La última carta de Uricoechea a Cuervo, de la que ya he hablado, trae después de la firma esta nota: «He olvidado decirle que en el periódico Romania que se publica en Paris, tomo VIII, salió un artículo sobre las *Apuntaciones*, corto pero muy honroso para Ud.». El tomo VIII es el de 1879 y el artículo lo escribió Morel-Fatio y fue el primero que se publicó en Francia sobre Cuervo y el segundo en Europa: algo antes, en 1877, Pott había publicado una reseña del libro en el *Göttingische gelehrte Anzeigen* de Alemania. Aunque Morel-Fatio era un hombre frío y distante nadie se ocupó tanto de la obra de Cuervo como él. Todavía en 1907 reseñaba la quinta edición de las *Apuntaciones* en *Romania* y en su *Bulletin Hispanique*. Y a la muerte de don Rufino publicó un artículo necrológico en el *Bulletin*, y otro en el *Journal des Débats politiques et litteraires*. Anunciando en 1884, en la *Revue critique d'histoire et de littérature*, la aparición del Prospecto del *Diccionario de construcción y régimen de la lengua castellana* decía: «Sin hacer agravio a nadie puede afirmarse rotundamente que hoy por hoy no hay en España nadie capaz de intentar semejante empresa. Es muy honroso para la América del Sur, y en particular para Colombia, que uno de sus hijos sea el encargado de volver a enseñar a la antigua madre patria la historia de su lengua». Él fue el primero en darse cuenta de que Cuervo era quien más sabía de este idioma, y a quien había que recurrir para resolver los pasajes más abstrusos de los clásicos castellanos, cosa que después expresó muy bien el hispanista francés Léo Rouanet en una de sus cartas a don Rufino: «Il est certain que ce que vous a semblé obscur le semblera à tout le monde»: Es evidente que lo que le haya parecido a usted oscuro lo será para todos. Para los hispanistas franceses Cuervo se convirtió en «el maestro venerado de la filología española», palabras de Georges Cirot. Después, en el panorama desértico de estos estudios donde solo había florecido él apareció el español Ramón Menéndez Pidal, gran filólogo si quieren pero en última instancia un simple hijo de vecino. Yo a don Ramón no le rezo. A don Rufino, todas las noches.

Ya he hablado de Gaston Paris, el fundador de *Romania*, maestro de Morel-Fatio y primer romanista de Francia, en el tiempo y en la importancia. En carta suya de agradecimiento a don Rufino por unas informaciones que le había dado sobre las palabras españolas *huerco* y *huergo* (que provienen del *Orcus* latino y que están emparentadas con el *ogre* u «ogro» francés, el de los cuentos de Perrault), termina diciéndole que ellas son «une nouvelle preuve et de votre extrême obligeance et des trésors incomparables dont vous êtes le maître»: una prueba más de su gran amabilidad y del incomparable tesoro de que es dueño. El tesoro eran la infinidad de papeletas que durante diez años había reunido en Bogotá sacándolas pacientemente de la *Biblioteca de Autores Españoles* de Rivadeneyra, en las noches con luz de vela, y en el día en los ratos libres que le dejaba la fábrica de cerveza. Ese tesoro llegó a ser el faro de los hispanistas de Europa. Por él Cuervo se convirtió en el *incomparabile philologiae hispanicae praesuli*, el «príncipe incomparable de la filología hispánica», como se le llama en el diploma del doctorado honoris causa que le dio la Universidad de Berlín ya al final de su vida.

A los veintiocho años no cumplidos, el sábado 29 de junio de 1872, fiesta de san Pedro y san Pablo, Cuervo empezó en Bogotá su *Diccionario de construcción y régimen de la lengua castellana*. En un viejo cuaderno inglés escribió: «Eternae Sapientiae lumine implorato, Petro et Paulo Apostolis auspicibus, opus hoc coepi: si, Deo volente, feliciter absolvam non nobis, non nobis, sed nomini tuo da gloriam. Bogotae III Kal. Jul. MDCCCLXXII. R. J. C.» O sea: «Implorando la luz de la Sabiduría Eterna, y bajo los auspicios de los apóstoles san Pedro y san Pablo, comienzo esta obra. Si con la voluntad de Dios la llevare a feliz término, que no sea para mí la gloria, Señor, que no sea para mí sino para tu nombre». La gloria no fue ni para él ni para su Señor ni para san Pedro ni para san Pablo pues el *Diccionario* se le quedó empezado, en la letra D, a kilómetros de la Z. Cada vez que don Rufino le pedía algo a Dios, no le salía. Pero no aprendía. Era más terco y empecinado que mi abuelo materno Leonidas Rendón.

La mayoría de los ejemplos del *Diccionario* los sacó de la *Biblioteca de Autores Españoles* de Rivadeneyra. En carta de 1877 Uricoechea le advertía: «Tenga cuidado con la edición de Cervantes por Rivadeneyra, yo la he hallado defectuosa y según entiendo otros también». No sé si para entonces Cuervo se hubiera dado cuenta de ello. En el fichero de los libros de Cuervo hay una anotación autógrafa suya sobre uno de los tomos de esa colección: «Esta obra es el monumento más insigne del atraso en que se halla España en materias de crítica y filología». Donde puso «España» hubiera podido agregar a Hispanoamérica. En un escrito inédito de sus últimos años, «Indicaciones para el trabajo crítico y análisis de la *Biblioteca de Autores Españoles*», escribió:

«No hemos de cerrar este capítulo sin advertir que el crédito de que hace algunos años gozaba la *Biblioteca de Autores Españoles*, que varias veces hemos citado, ha decaído muy notablemente, desde que se han cotejado las obras que contiene con las ediciones originales. Muchos de sus volúmenes, y no de los menos importantes, son trabajos de cargazón hechos al parecer sin otro esfuerzo que el de adquirir un ejemplar vulgar y darlo a la imprenta, sin recelar que pueda ser defectuoso y sin quebrarse los ojos para corregir los errores; no siendo raro que el editor mismo se haya complacido en adulterar los textos. Esta colección será acaso de alguna utilidad a los que quieran tener idea de nuestra literatura, pero en general no puede servir de base para estudios históricos sobre nuestra lengua. Siendo graves estos cargos y severo el juicio, quiero probar que digo la verdad, dando algunas muestras, ya que hacerlo sobre cada obra detenidamente sería tan largo como ocioso. El tomo de Cervantes es vergonzoso: en la primera página de *La gitanilla* hay trece divergencias con la edición príncipe y otras ediciones de la primera mitad del siglo XVII», etc. Evidentemente en Colombia Cuervo no tenía la posibilidad de consultar las primeras ediciones de *La gitanilla*, pero sí en las grandes bibliotecas de París. Solo que cuando Cuervo llegó a París, a mediados de 1882, ya llevaba diez años exactos en esto, sacando citas para sus *Apuntaciones*, sus *Notas a la Gramática de Bello* y su *Diccionario* de esa colección indolente. Su título completo era *Biblioteca de Autores Españoles desde la formación del lenguaje hasta nuestros días*, y la empezó a publicar en 1846, en Madrid, el editor e impresor catalán Manuel Rivadeneyra. Cuando este murió (en abril de 1872, o sea por las fechas en que Cuervo empezaba a tomar apuntes para su *Diccionario*) su hijo Adolfo y los hijos de este continuaron la colección, que fue concluida en 1888. Es que Manuel Rivadeneyra y sus descendientes eran negociantes de libros, no filólogos como don Rufino imbuidos del amor a este idioma. En 1863 Rivadeneyra publicó en cuatro volúmenes el *Quijote*, «Edición corregida con especial estudio de la primera por D. Juan Eugenio Hartzenbusch», muy famosa en su tiempo. Para hacerla Rivadeneyra trasladó una prensa a Argamasilla de Alba, el pueblo donde la leyenda dice que escribió Cervantes su gran libro. De los noventa y un volúmenes de la colección de Rivadeneyra diez llevaban prólogos y notas de Hartzenbusch, el viejito de la larga carta a Cuervo que este transcribió como un apéndice al prólogo de sus *Apuntaciones*. No bien llegó Cuervo a París y pudo comparar las ediciones de Rivadeneyra de los clásicos castellanos con las antiguas existentes en las grandes bibliotecas de París (como la Nacional y la Mazarina), descubrió que durante diez años había trabajado en vano, sobre textos espurios que tenía que volver a consultar, esperando horas a que se los trajeran los empleados de las bibliotecas, para después emprender la endemoniada tarea de corregir sus miles de papeletas. Dice Tannenberg en su necrología del *Bulletin Hispanique* que don Rufino le contaba que le había tomado dos años reunir los ejemplos de Cervantes, a dos grandes páginas de texto por día, y que para ese enorme trabajo de revisión no disponía de más ayuda que la de dos jóvenes que copiaban los pasajes y los clasificaban por orden alfabético a medida que él los señalaba en sus lecturas. Y en sus «Siluetas contemporáneas» del mismo *Bulletin* cuenta que los cuatro volúmenes de Lope de Vega en la edición de Rivadeneyra le habían tomado un año entero a razón de una hora diaria.

En el Prólogo definitivo a las *Apuntaciones* (publicado póstumamente) Cuervo escribió: «Pudiera creerse que este prurito de acomodar los libros al lenguaje y gusto actual no podía caber en hombres doctos de nuestro tiempo; si no fuese por el deseo de no ofender a personas vivas, citaría el caso de obra del siglo XVI que ha sido refundida en estos últimos años de la misma manera que las *Guerras de Granada* [de Diego Hurtado de Mendoza]; pero la arbitrariedad con que Hartzenbusch trató el *Quijote*, alterándolo en una edición de un modo y en otra de otro, basta para probar que en el presente siglo este género de estudios no ha adelantado mucho entre nosotros. El mismo escritor (eminente en otros conceptos) dejó en nuestra *Biblioteca* rastros de su funesta manía de corregir, que debió de pegársele de los refundidores a la francesa, para quienes Lope y Calderón eran bárbaros mientras no estaban vestidos como ellos. Veamos cómo trató a Tirso, comparando dos pasajes de *Los tres maridos burlados*, según se hallan en los *Cigarrales de Toledo* (Madrid, 1630) y en el tomo XVIII de la *Biblioteca*, que reproduce el texto dado por Hartzenbusch en 1845», etc. En cuanto a la edición de Hartzenbusch del *Quijote* impresa en Argamasilla de Alba, la registra en su fichero así: «Detestable como todas aquellas en que metió la mano Hartzenbusch: véase para prueba la página XXXI del prólogo». Al joven Antonio Gómez Restrepo, quien por entonces iniciaba su insaciable carrera de burócrata como secretario de la Legación de Colombia en Madrid, le escribía en noviembre de 1894: «En cuanto a la *Diana*, he cotejado aquí las ediciones de Amberes, 1574, Bruselas, 1613, y París, 1611: todas son loístas. En la de Cerdá y Rico, 1778, no hay sino *le*. Estos días he cotejado la *Guerra de Cataluña* de Melo en las ediciones antiguas y en la que publicó Sancha, 1808, y seguida servilmente por Ochoa y Rosell: resulta también modernizada en cosas importantes. Fíese U.; yo he tenido que hacer una rectificación, porque asenté que este autor había usado siempre las formas modernas *hiciéreis, halláreis* por *hiciéredes, halláredes*. Está pues demostrado que para estas materias o se consultan las ediciones antiguas, o se renuncia a tratarlas». La *Diana* de Jorge de Montemayor, cuyas primeras ediciones se hicieron hacia 1559 en Valencia y en Milán, inició en España la novela pastoril; y lo del loísmo y el leísmo ya lo expliqué. La edición crítica de textos la había fundado Karl Lachmann a principios del siglo XIX en Alemania, pero para don Rufino el respeto a los textos ajenos, más que de rigor científico, era cuestión de honradez personal, cosa rara en un país tan deshonesto como el que le cupo en suerte. A cien años de su muerte siguen sin querer aprender. De nada sirvió su ejemplo.

Los dos jóvenes ayudantes de Cuervo de que habla Tannenberg son Marco Fidel Suárez y Ernesto León Gómez. Del primero se supo siempre por ser muy conocido pues llegó a la presidencia (otro más, Dios nos bendice); al segundo me lo encontré en una de las últimas cartas de don Rufino, del 20 de febrero de 1911, a Adolfo León Gómez, a Colombia: «Evoca usted en su carta el recuerdo de mi buen amigo D. Ernesto (q. e. p. d.) hermano de usted. Siempre he deseado que se me ofrezca ocasión de manifestar mi agradecimiento por sus servicios, en apariencia modestos, pero en realidad para mí de suma importancia. Encargado de poner en orden alfabético no sé cuántos millares de apuntes, no recuerdo haber hallado un solo error en su trabajo, lo que demuestra no solamente una atención inteligente, sino escrupulosa conciencia del deber». Y algo más adelante: «Hace meses escribí a un amigo proponiéndole la idea de formar una *Liga de Educación Social* cuyos miembros, cualesquiera que fuesen sus ideas, se comprometieran a inculcar a los niños hábitos de veracidad, lealtad, respeto a lo respetable. Muy difícil es curar a los viejos. Todos los esfuerzos han de enderezarse a los niños, en la casa, en la escuela, en la sociedad».

Respecto a Marco Fidel Suárez, fue «por breves días en 1882 uno de sus tres escribientes en esta ciudad», según él mismo contó. Y contó también que al regresar Cuervo de misa por la mañana, «se sentaba durante cinco minutos sobre el abrigo de trabajo para calentarlo» y que, entretanto, anotaba algo en algún libro para aprovechar el tiempo. Si fue en 1882, tuvo que haber sido en la primera mitad del año, cuando los Cuervo preparaban su viaje definitivo a París. A la muerte de don Rufino, Marco Fidel Suárez se deshacía en elogios de su antiguo patrón, pero monseñor Mario Germán Romero (revolvedor de papeles viejos como yo) escribió que revisando un ejemplar del *Diccionario* de Terreros que fuera propiedad de Suárez, y en cuyos márgenes este anotaba referencias bibliográficas y observaciones gramaticales, frente a la palabra *cebadero* se encontró, escrito de puño y letra del prohombre: «Cebadero: plata que se deja olvidada para tentar o probar a algunos (así los Cuervos conmigo)». Y en otro lugar: «Señores Cuervos (don Ángel y don Rufino). El dinero que dejaban por ahí como olvidado cuando yo les servía. V. cebadero p. 389». Si esto fue verdad, yo digo que el del cebadero fue Ángel, no Rufino José. ¿Se imaginan semejante argumento en manos del pirómano Ordóñez que me puso la Curia de abogado del Diablo? Fue Suárez quien introdujo en Colombia el impuesto sobre la renta: para pagarse su sueldo de la presidencia y los de sus paniaguados burócratas que lo encaramaron ahí. El sueldo lo hipotecó y lo tumbaron. Muy honrado él.

En diciembre de 1883 Cuervo le envió a Schuchardt un pliego suelto de doce páginas a doble columna con las monografías del adverbio *acá* y del verbo *acabar* de su *Diccionario*, impreso «por vía de ensayo tipográfico» en Bourloton, *Imprimeries réunies*. Al año siguiente, entre septiembre y noviembre, ya les estaba enviando a la Academia Española de la Lengua, a sus amigos Schuchardt y Morel-Fatio y a otros que no conocía (como la novelista española Emilia Pardo

Bazán, el poeta español Ramón de Campoamor y el romanista alemán Wendelin Foerster) las primeras 160 páginas del *Diccionario*, en diez pliegos, que abarcaban desde la monografía de la preposición *a* hasta la del verbo *acrecentar*. Iban encuadernadas con una presentación de cuatro páginas, en un folleto que traía la indicación «París, A. Roger y F. Chernoviz, Libreros Editores». Con este par de mansas palomas, y muy en especial con el primero, Antoine Roger, habría de cargar Cuervo, como Cristo con su cruz, hasta el final de sus días.

Volviendo un poco atrás, en agosto de 1883 le escribía a Luis Lleras, a propósito de su *Diccionario*: «Mis trabajos van despacio; quizá pronto empiece a imprimir un tomo. Tengo más de cuatro miedos: v. gr. miedo de que no sea bueno; miedo de que no siendo malo cueste mucho la impresión; miedo de que no siendo malo no sea obra de consumo y por lo mismo no se venda, etc., etc. Por eso decía a U. que ensayaré con un tomo: si tiene aceptación, se sigue; si no, la pérdida no es mucha». Aceptación entre los eruditos sí la tuvo el Prospecto del *Diccionario*: el secretario de la Academia Española Manuel Tamayo y Baus le escribió felicitándolo por su «vasto saber y casi increíble perseverancia» (yo le habría quitado el «casi»); Morel-Fatio publicó en la *Revue Critique* el elogioso artículo que ya mencioné; y Wendelin Foerster otro, en la *Literarisches Centralblatt für Deutschland*, en que comparaba a Cuervo con Littré. ¡Y el que lo comparaba era el sucesor de Diez en su cátedra de Bonn! La acogida favorable movió a Cuervo a continuar la impresión del Tomo I, que en marzo de 1885 iba en la página 400 y en el verbo *amainar* (lo sé por una carta suya a Cané), y que salió en noviembre de 1886: 531 monografías de las letras *A* y *B* en un volumen en cuarto de 922 páginas de texto a dos columnas compactas más 68 de prólogo para un peso total de dos kilos exactos, lo máximo que permitía el correo como paquete postal. ¡Qué cálculo el de don Rufino, ni que lo hubieran iluminado de Arriba! Salió el flamante Tomo I de la imprenta de Bourloton en noviembre de 1886, año de la Constitución de Colombia que los degenerados de la Regeneración de Núñez, inspirados por Caro, en mala hora emitieron. Yo nací bajo su oscuro manto. Reentronizó en nuestra Carta Magna el nombre de Dios que la Constitución de Rionegro, obra de los liberales radicales, había expulsado de ese papel. Así nos fue. Dios no le sirve al que le pide, y al que no le pide tampoco. Ni al conservador, ni al liberal, ni al de la derecha, ni al de la izquierda, ni al rico, ni al pobre, ni al sabio, ni al tonto. Es una entelequia tautológica, vacía, inútil, una perversión mental. Abarca tanto que no abarca nada. No pierdan el tiempo con semejantes bobadas como don Rufino, que yo sé lo que les digo. Mula vieja pisa firme y si va de salida más.

La corrección de pruebas era una prueba a la que lo sometía Dios, como a Job, para evitarle el paso por el purgatorio con entrada expedita al cielo. «El trabajo del *Diccionario* va muy lentamente —le escribía Rufino José a su primo Benigno Barreto en agosto del 84—. Como la parte material tiene tantos detalles menudos, la corrección de las pruebas es muy delicada y fastidiosa. De la imprenta me envían la primera prueba acompañada del original, después de cotejada allá, para que no se haya omitido nada. Por supuesto que yo no quedo contento con tal cotejo y lo hago yo mismo otra vez, lo cual es asunto de unas ocho horas en cada pliego de 16 páginas. Hecho esto lo devuelvo; dan segunda prueba que corregimos Ángel, un joven bastante inteligente e instruido que me trabaja tres horas por día, y yo, cada uno por separado, y reunidas todas las correcciones vuelve a la imprenta; Ángel y yo corregimos otra vez por separado la tercera y a veces la cuarta prueba hasta dar el visto bueno. Cada lectura de estas exige cuatro o cinco horas y por tanto no se puede hacer de un tirón. Ahí tiene Ud. la causa de la tardanza, la cual sería igual o mayor en cualquier parte del mundo. Lo peor del caso es que obra sin erratas aún no la hay: ojalá el único defecto del libro este consistiera en una que otra *s* al revés o una coma mal puesta. Le he contado a Ud. todas estas menudencias que para otro serían impertinencias, porque ellas constituyen ahora mi vida y el interés que Ud. tiene en esto lo disculpará». Dos meses antes, en carta en que le hablaba de lo mismo a su compadre Luis Lleras, decía: «No hay duda, nuestra jornada va muy adelante; muchos, de nuestros tiempos, la van venciendo, y yo hasta estos días no he reparado en que la vejez ha comenzado. Algo me ha apesadumbrado el descubrimiento, pero he resuelto no hacer mala cara y entretenerme trabajando mientras llaman mi nombre». Esto se lo escribía el 5 de junio de 1884, ¡cuando todavía no cumplía los cuarenta años! Le faltaban tres meses. El *Diccionario* iba a acabar con él. ¿Que don Rufino se fue derechito al cielo? ¡Claro! ¡Pero con Ángel!

¿Quién sería el joven inteligente e instruido que les ayudaba en la corrección de pruebas? ¿El mismo corrector de que le hablaba a Teza años después, en abril de 1888? «Muy a mi pesar –le decía– he dilatado el contestar a Vd. a causa de haber enfermado la persona que me ayuda en la corrección de pruebas, lo cual me ha ocasionado considerable recargo de trabajo». Este empleo del verbo «dilatar» en el sentido de «tardar» sigue vigente en México. ¡Cuánto hace que desapareció en Colombia! Allá en remozamiento del idioma vamos mucho más adelante que aquí. Unos cien años. Y veinte en narcotráfico. En abril de 1888 ya andaba pues don Rufino imprimiendo el segundo tomo de su *Diccionario*, en tanto el primero se había ido a recorrer mares. Los doscientos ejemplares de la primera remesa a la Librería Americana de Caro, que partieron de Francia rumbo a Bogotá en el vapor *La France*, se quemaron junto con el barco en Martinica. Sesenta y seis años después el Instituto Caro y Cuervo mandó imprimir los dos tomos del *Diccionario* por segunda vez, ahora en edición facsimilar, en la Editorial Herder de Friburgo donde imprimía el papa (los del Instituto eran más católicos que él), e igual: la primera remesa, acabada de llegar a Colombia de Alemania, se quemó en las bodegas de Buenaventura.

El 29 de marzo de 1887 *La Nación* de Bogotá informaba que la Librería de los señores Bethencourt e hijos de Curazao ya había recibido una nueva remesa del primer tomo del *Diccionario*, y el 21 de abril le llegó un ejemplar a Pombo. El 23 de julio este les informaba a los Cuervo, como la gran cosa, que del «gran *Diccionario*» de Rufino ya se habían vendido ochenta ejemplares. Conclusión: tan difícil como escribir el *Diccionario de construcción y régimen de la lengua castellana* era distribuirlo y venderlo. Si en Bogotá había ochenta gramáticos, no había cien. Ochenta mil habitantes tenía la ciudad, que divididos por ochenta nos da mil, a razón de un gramático por cada mil habitantes, ¿qué más quieren? El temor de don Rufino de que no siendo mala su obra no se vendiera estaba justificado, y no contaba con los incendios. Las que sí empezaron a proliferar en Bogotá, como maleza en jungla, fueron las cervecerías. Por las fechas del Prospecto ya tenían cervecería en la ciudad, amén de otros de menor cuantía que no nombro, Montoya, Herrera, Sayer, Guzmán, Londoño, Alford y dos Cuervo distintos de los que gracias a la primera, la que señaló el camino, andaban muy orondos en París publicando y cazando erratas. Allá todo lo copian, y lo que no copian se lo roban, y al que no se deja lo matan. Por eso son tan felices, los más felices del planeta. La Atenas sudamericana se les estaba convirtiendo en una ciudad de cerveceros.

No bien salió el primer tomo del *Diccionario* de la imprenta y que se entrega don Rufino en cuerpo y alma, como ya había hecho con el Prospecto, a mandarlo gratis y en encuadernación de lujo a diestra y siniestra: a la Academia Española, a la Mexicana, al padre Mir, a Gaston Paris, a Tobler, a Schuchardt, a Merchán, a Castelar, a Pi y Margall, a García Icazbalceta… ¿Y todo para qué? De este montón de indolentes solo escribió un artículo el romanista suizo Adolf Tobler. Los demás, si acaso, una corta carta de agradecimiento por el envío y la paciencia benedictina. ¿Saben qué le contestó desde España Leopoldo Alas «Clarín» cuando le mandó don Rufino el Prospecto? Que se iba a ocupar de hacerle «propaganda» a su «meritoria empresa», aunque «dificultaba» su «buen propósito» su «constante empeño de dejar para otros la crítica de libros puramente didácticos, concretándome yo siempre a la de arte bella, a los meramente literarios en rigor». Que cuando hubiera «leído despacio la actual entrega» le daría su «franca y leal opinión». ¡Ay, qué miedo! ¿Y si no la había leído por qué la llamaba «meritoria empresa»? Este Clarín, asturiano (de los que hablan bable como las ovejas), se consideraba el *arbiter elegantiae* de la «arte bella». Escribió un cuento de título feo, «Adiós cordera», y una novela fea, «La Regenta» (a la francesa, a lo Flaubert, toda galicada), que gozó en su tiempo de indebida fama y que termina con el beso de un seminarista feo a una mujer desmayada: «el beso de un sapo», dice él. ¡Cabrón! ¡Comparando a un batracio hermoso con el bípedo humano! ¿Pero saben qué le comentó don Rufino, años después, a mi paisano de Antioquia Enrique Wenceslao Fernández, sobre ese gachupín alzado? «Tal vez no sabía U. que Alas nos detesta a los americanos en globo e individualmente; no sé si sea envidia o caridad, pero para mí tiene la ventaja de la franqueza. Otros españoles tienen los mismos sentimientos que él, pero los disimulan y nos lisonjean para que les compremos sus libros y sus aceitunas».

Para más fue el secretario de la Real Academia Española de la Lengua Manuel Tamayo y Baus que el 5 de enero de 1886 le escribió: «Mi de veras respetado y querido amigo y compañero: le conocía a Ud. por sus obras literarias cuando tuve el gusto de tratarle personalmente, y si antes admiraba en Rufino José Cuervo al literato de gran saber y de perseverancia casi increíble [¡y dele con el "casi"!], después amé en Ud. al hombre sencillo, modesto y bondadoso. Me precio de buen conocedor del corazón humano, y ocupar en el de Ud. un puesto, por pequeño que sea, me llena al par de vergüenza y alegría». Y luego: «¿Y cuándo veremos el primer tomo del *Diccionario de construcción y régimen*? Ya le he dicho a Ud. que no quisiera morirme antes de haber disfrutado esta obra que será, a no dudar, el mayor monumento levantado en este siglo y en todos los demás a la lengua castellana». ¡Lo hubiera escrito en algún periódico o revista! Propaganda privada a lo Clarín no sirve: es coba. Don Rufino tenía que vender, cuando menos, mil ejemplares. ¿Me creerán que con todo lo que sé no sé cuántos imprimió? Calculo que mil quinientos de cada tomo, de los cuales se le quedaron embodegados, y en su mayoría en pliegos sin encuadernar, cerca de cuatrocientos cincuenta del primer tomo y novecientos del segundo.

La navidad de 1886 Manuel González de la Rosa le escribió a Cuervo, con la su mano izquierda (posesivo con artículo como en los tiempos de Mío Cid), que acababa de leer en los diarios de la mañana «la fausta noticia de la presentación de la obra monumental de V. al Instituto de Francia». De este clérigo peruano, asiduo visitante como don Rufino de la Biblioteca Nacional de París donde iban a revolver vejeces, ya hice mención arriba a propósito de un préstamo. Se me olvidó decir que era zurdo. En abril del año siguiente salió el artículo de Tobler, en la *Deutsche Literaturzeitung* de Alemania: una entusiasta reseña (que por lo demás don Rufino solo vino a conocer años después cuando se la mandó el autor a través de Roger) con alabanzas a la «abnegada asiduidad, fiel escrupulosidad, agudeza de observación, juicio despierto, paciente clasificación, profundidad y amplitud» de Cuervo. En resumidas cuentas pues, ni un palmo avanzó en prestigio don Rufino en Europa desde el Prospecto hasta el primer tomo de su *Diccionario*. La verdad es que para apreciar un diccionario basta una entrada cualquiera. Digamos la de la preposición «a» con que se inicia el de don Rufino y que ocupa en él, con su tipo pequeñito, apeñuscado, y a dos columnas compactas, ¡veintinueve páginas en cuarto! El que escribe semejante monografía, que da ella sola para un tratado, sobre la primera letra y palabra de este idioma, es capaz de llegar hasta el verbo «zozobrar» sin irse a pique. ¡Qué hermosa palabra! Viene del latín, de *sub* «abajo» y *supra* «arriba». ¿Un verbo que proviene de dos preposiciones? Exacto. Un milagro etimológico de los que de vez en cuando hace Dios.

Por las fechas del artículo de Tobler el peruano Gabino Pacheco Zegarra, a quien Cuervo había conocido por Uricoechea en París en 1878 cuando su primer viaje a Europa, le escribía desde España contándole que la casa editorial Montaner y Simón de Barcelona había incorporado en su Enciclopedia, sin mencionarlo siquiera, artículos enteros del primer volumen de su *Diccionario*. Y unos días después, para alegrarle más la vida a don Rufino, esa misma ave peruana de mal agüero le contaba que se acababa de encontrar, en el Casino Toledo, a un viajante de Montaner y Simón vendiendo subscripciones del «*Diccionario Enciclopédico Hispano Americano,* que tal ha sido el título de la enciclopedia que reproduce el libro de Ud. Haciéndome ajeno al asunto, le hablé del *Diccionario de Construcción y Régimen* y me sorprendió que el maldito se hallara al tanto de lo que pasaba sobre el particular, pues no le cogieron de nuevo mis observaciones sobre la inserción apócrifa de la obra. "Para evitar reclamaciones tontas (dijo literalmente) se han omitido las letras griegas que hacían engorroso el *Diccionario* de Cuervo, y además los ejemplos en verso se han puesto como deben ir, separando los versos, y por último se reproduce de cada artículo solo lo más importante". Pasmado me dejó semejante lógica que por cierto me guardé mucho de rebatir, y vi, eso sí, que efectivamente su *Diccionario* de Ud. estaba tasajeado de lo lindo. Sé que el *Diccionario Enciclopédico* cuenta con más de 25.000 suscriptores», etc. ¡Veinticinco mil ejemplares! ¡Y Pombo diciéndole que en Bogotá se habían vendido del suyo ochenta! Ese Pacheco Zegarra era un borracho y terminaba las cartas así: «Su amigo después de un trago, G. Pacheco Zegarra». Una buena noticia más de esta ave negra: «Mi amigo el librero López me decía hace días que sus numerosas ediciones de la *Gramática* de D. Andrés no tenían salida casi en España, que eran para América». «Don Andrés» era Andrés Bello, y las «numerosas ediciones» de su *Gramática* eran las que había hecho Cuervo completándola con Notas suyas. Para terminar, quería el ave negra, el borracho, que Cuervo le escribiera un artículo elogioso sobre su distinguida persona: «Dispongo —le informaba— de tres periódicos que tienen gusto de publicar cuanto les envío». Por eso tanta carta.

Después de haberse resistido mucho a partir de Europa, en abril de 1899 Pacheco Zegarra hubo de volver a Lima, desde donde le escribía a don Rufino y le mandaba, para rematar, un interminable poema de Vicente Holguín (un colombiano guasón que se había radicado en el Perú, hermano de Carlos y Jorge los presidentes) con cuarenta quintetos octosílabos de rimas consonantes (las difíciles), dedicado a él. Aquí les van unos cuantos de muestra:

¡O filólogo ilustrado,
honor de los granadinos!
¿Cuánto tiempo has empleado
en revolver pergaminos?
¡Cómo te habrás empolvado!

A todos con grande acierto
les has pasado revista,
desde Moratín y el tuerto
Arraiza hasta don Alberto
Lista y no acaba la lista.

Los estudiaste y juzgaste
con criterio recto y sano,
y en su autoridad fundaste
las faltas que censuraste
del lenguaje bogotano.

Tú sabes cómo cantaron
los persas y los asirios,
cómo los celtas hablaron
y en qué lengua se insultaron
los troyanos y los tirios.

Y en griego, latín, inglés,
alemán o japonés,
donde dices: *es así,*
¿quién podrá probarte a ti
que así la frase no es?

Entre el ave negra peruana y el guasón colombiano, ¿con cuál me quedo? En fin, la impudicia de Montaner y Simón no acababa en el atropello y pasó al cinismo. Tiempo después de lo del robo descubierto por Pacheco Zegarra, Severiano Doporto, uno que trabajaba para esos mercachifles del libro, le escribía a don Rufino: «Muy señor mío: La casa Montaner y Simón, de Barcelona, publica una obra extensa titulada *Diccionario Enciclopédico Hispano-Americano*. En esta obra escribo la parte biográfica, sección en la que se concede especial importancia a la biografía de los hombres del Nuevo Mundo. De un momento a otro remitiré a Barcelona el original correspondiente a la sílaba *Cu*, y le suplico que, con la brevedad de tiempo que sus ocupaciones le permitan, me facilite los datos de su vida. Tengo a la vista dos de las obras escritas por Ud.: las *Apuntaciones críticas sobre el lenguaje bogotano* y el *Diccionario de construcción y régimen de la lengua castellana*. Una y otra han sido adquiridas por la casa editorial, que también ha puesto a mi disposición el *Diccionario biográfico* de Cortés y otros libros escritos por americanos. Tengo, pues, algunos materiales para escribir la historia de la vida de Ud. pero me falta mucho para poder hacer un trabajo digno del biografiado». ¿Habían «adquirido» los de Montaner y Simón los derechos de las *Apuntaciones* y el *Diccionario* para poder tomar de ahí a destajo? No. Habían comprado dos ejemplares: uno de unas y otro de otro. En cuanto al *Diccionario biográfico* de Cortés, confundían ahí a Rufino Cuervo Barreto, el vicepresidente, el papá, con Rufino José Cuervo Urisarri, el hijo, el santo.

Mes y medio después de la carta de Doporto, don Rufino recibía en Mónaco, en la Villa de Léopold donde pasaba con Ángel el invierno, la siguiente carta fechada en Barcelona el 13 de febrero de 1890: «Muy Señor Nuestro: Ha sido en nuestro poder su atenta 11 corriente, que incluye otra para el Sr. Doporto, la cual enviaremos a Madrid a la Redacción de nuestro "Diccionario Enciclopédico", a fin de que la entreguen al citado Sr., en cumplimiento de los deseos de Vd. Se ofrecen atentos S. S. S. Q. S. M. B.». Y firmado «Montaner y Simón». De colaborador saqueado de Enciclopedia don Rufino había pasado a entrada de ella, a protagonista de la Historia. ¡A mí así que me saqueen cuanto quieran! Con tal de andar de tú a tú con Bolívar y Napoleón… Además los diccionarios se fagocitan unos a otros, y también las enciclopedias. Es más: los diccionarios se fagocitan a las enciclopedias, y las enciclopedias a los diccionarios. Esta es una lucha despiadada, como en la selva. Esto es como pájaro vivo comiendo gusano y gusano comiendo pájaro muerto. ¿No le pasó pues a Oudin? A Cesar Oudin, el más grande hispanista cuando ni se conocía la palabra; el primer traductor del *Quijote* al francés y segundo a una lengua europea (habiendo sido el primero, al inglés, Thomas Shelton); el de la *Grammaire Espagnolle expliquée en François*, que fuera el modelo de la infinidad de gramáticas para enseñar este idioma hermoso a los bárbaros. Pues bien, Oudin compuso además un *Tesoro de las dos lenguas francesa y española*, un diccionario bilingüe del que se sirvieron para los suyos John Minsheu, Franciosini, John Stevens y los autores de los diccionarios hispanoflamencos. El italiano Girolamo Vittori fue más allá: en su *Tesoro de las tres lenguas española, francesa e italiana* se lo apropió entero, aunque eso sí, la verdad sea dicha, ampliándolo con tres mil voces nuevas, de su propio esfuerzo. ¿Y saben qué hizo Oudin? En el «Advertissement aux lecteurs» de la segunda edición de su *Tesoro* se quejó amargamente del plagio perpetrado por el italiano, pero en el texto le agregó al suyo dos mil de las tres mil adiciones de este. El plagiado se volvió plagiario, el gusano se comió al pájaro. Yo amo a Oudin. Y también lo ama-

155

ba don Rufino. Y sacaba de él. Pero en este caso estaban ya tan lejos en el tiempo el uno del otro (el segundo *Tesoro* de Oudin se publicó en 1616) que el plagio ya no era plagio sino simple arqueología lingüística: don Rufino examinaba en Oudin el fósil del castellano del Siglo de Oro, lo que había sido, su cadáver prestigioso. *Quisiéredes, hubiéredes, dijéredes*... ¡Cómo cambian con el tiempo los idiomas! Y también se fagocitan unos a otros. ¿No se está tragando pues hoy el inglés al español? Nadie se da cuenta porque el pez que vive en el agua no puede ver el desierto del Sahara. Del «Sájara», como pronuncian los gachupines, que no pueden decir «Atlántico», «atleta», «Hitler» juntando la te y la ele. Pronuncian así: At-lántico, at-leta, Ít-ler. ¡Y estos periféricos todavía se creen los dueños del idioma!

Siete años después de que saliera el primer tomo del *Diccionario* de la imprenta de Bourloton, en noviembre de 1893 se concluyó allí mismo la impresión del segundo: 722 monografías, las de las letras *C* y *D*, en 1.348 páginas a doble columna y con un peso bruto de 2,72 kilos: había que partirlo en dos para que lo aceptaran como paquete postal en el correo. La sola preposición *de* ocupaba cuarenta páginas u ochenta columnas (veintidós más que la *a*), o sea cinco mil quinientos renglones (Piñeyro los contó). De solo hojearla se me corta la respiración. ¿Quijotitos a mí? ¡Qué Quijote ni qué Quijote! España con todo y lo loca que es, en locos al lado de Colombia es un terregal yermo. ¿Qué recepción tuvo el segundo tomo? La del primero. Mucho elogio en carta y poco artículo: uno injusto y otro encomiástico. El injusto era una reseña de los dos volúmenes del *Diccionario* por Pedro de Mugica, natural de España, país que inventó la envidia, y apareció en la *Zeitschrift* de Gröber. El encomiástico era de Gottfried Baist, salió en el *Kritischer Jahresbericht*, y en él decía su autor que el singular proyecto de un *Diccio-*

nario sintáctico no se lo habría recomendado a nadie, pero que con Cuervo había resultado «la obra más importante de la lingüística española». Y terminaba Baist así su artículo: «Una reseña sin comprensión y confusa de Mugica en la *Zeitschrift für romanische Philologie* echa de menos una serie de cosas que no son propias para figurar en el *Diccionario* o que están ahí; Cuervo protesta con razón contra esa clase de crítica».

¿Que si protestó? Le dio un ataque de ira santa. Escribió una réplica a Mugica en plena ofuscación, y le pidió a su amigo Morel-Fatio que la publicara en *Romania*. Morel-Fatio, que era duro y frío como riel del Transiberiano, le recomendó que se la mandara a Gröber para que la publicara en su revista, que era lo que procedía pues en ella había salido la reseña de Mugica; y que si no aceptaba ya se vería. Don Rufino se calmó, morigeró el tono, y Gröber aceptó publicar la réplica, aunque con una contrarréplica del agraviante. Y efectivamente así salió, ¡pero en junio de 1896! cuando el planeta Tierra ya había dado una vuelta entera en torno al astro rey, quien para entonces ya había secado en el pavimento el agua del chaparrón. Si hubiera sabido Gröber que Cuervo estaba suscrito a su revista desde el primer número y que lo seguía fielmente desde Colombia, un paisito salvaje perdido en el mapamundi; si hubiera sabido que el destino los habría de juntar en 1904, en el verano, en una pensión de Neuchâtel donde se conocieron y tuvieron tanto de qué hablar; si hubiera sabido que don Rufino nació el mismo año que él y que habrían de coincidir en el de la muerte; si hubiera sabido todo esto Gröber en 1894, a Mugica lo habría echado de la *Zeitschrift* de una patada en el ce.

En tanto don Rufino adelantaba su *Diccionario*, don Ángel se dedicaba como loco a publicar: artículos de lo uno y de lo otro en la revista *Europa y América*, de París, que salía en español: El perro diletante, El retrato, El primero de mayo, El cardenal Newman, Beethoven, Lamartine, Una sociedad útil, El arte en España, La fiesta en Suiza, La primavera en París… Una reseña de las *Traducciones poéticas* de Miguel Antonio Caro, un Estudio antropológico, Stanley, Los Eddas, Dimes y diretes, Literatura y ciencias americanas, Sidera minora, Amor espiritual, Almoneda Drouot… Y sobre pintores: Millet, Delacroix, Rosa Bonheur, Courbet, Manet, Troyon, Meissonier… Cuando escribió el artículo sobre Meissonier, ¿saben en qué pensó? Pensó en su calle. En la rue Meissonier donde vivía con su hermano Rufino José y a donde iban en peregrinación los colombianos que llegaban a París, entre los cuales el joven José Asunción Silva, tal como años después los provincianos que viajaban a Bogotá habrían de ir a conocer, visitas obligadas para poder después jactarse de que estuvieron en la capital, el cerro de Monserrate y la tumba de este poeta que se suicidó dejándonos a todos traumatizados: lo enterramos en el Cementerio Central, en el pabellón de los suicidas, al que dejábamos entrar los perros a orinar.

Publicó también don Ángel en la revista *Europa y América*, en su sección «Etnografía», los artículos que juntó después en el libro *Curiosidades de la vida americana en París* del que ya hablé y que tan gran polvaredón habría de levantar en el cotarro. Más tres novelas por entregas, a saber: *Jamás*, *Dick* y *En la soledad*, que se le quedó interrumpida porque la revista se suspendió. *Jamás* apareció en libro en la Biblioteca de *Europa y América*, y luego de nuevo por entregas, pero en francés, traducida por Marguerite du Lac, en la *Revue du Monde Latin et du Monde Slave*. Y *Dick* también salió en libro, en la Imprenta de la Viuda de Victor Goupy. Ya antes Ángel había publicado, en las *Imprimeries réunies*, su *Conversación artística* que después fue despiezando en *Europa y América* en su sección sobre pintores que llevó el mismo título. Y todo, claro, pagado por él. Los hispanoamericanos que vivían entonces en París eran ricos (no como los de hoy que son limpiapisos, electricistas y plomeros), pero los había de dos clases: los rastacueros, ricos vulgares que llegaban de la Argentina con su vaca para ordeñarla madrugados y tomar leche fresca; y los refinados, como los Cuervo y dos cercanos amigos de don Rufino, Enrique Piñeyro y Francisco Soto y Calvo, quienes viajaban todos a la capital del mundo a publicar, lujo máximo. Y en este punto ya saben ustedes de Ángel Cuervo tanto como yo, los felicito. Se me olvidaba decir que escribía mejor que casi todos los colombianos de ayer y de hoy, incluyendo a su hermano don Rufino. El «casi» lo pongo en honor a Manuel Tamayo y Baus, secretario «perpetuo» de la Real Academia Española de la Lengua así como Pombo lo era de la Colombiana, aunque sin el «real». No tenía un real la Academia Colombiana de la Lengua, ni sede propia: era pobre, funcionaba en el edificio del Congreso o cueva de Alí Babá. Se llamaban a sí mismos estos secretarios «secretarios perpetuos» por disimular, pues lo que eran los melindrosos, en plata blanca, era sus «presidentes vitalicios». Ambos secretarios perpetuos querían a don Rufino. Amaban de él su ciencia y su santidad. Los emplazo al juicio de Dios para que atestigüen en su favor de mi lado y contra el pirómano Ordóñez, el abogado del Diablo, al que hay que quemar.

¿Y de qué hablaban los Cuervo en París con el poeta Silva, la «perla destilada» de don Ricardo su papá y quien entonces apenas si empezaba a cantar? No se sabe. Yo digo que el primer día, cuando llegó el joven con la carta de presentación de Pombo, Ángel le habló de su abuelo paterno José Asunción Silva Fortoul, a quien habían asesinado en su hacienda de Hatogrande de la sabana de Bogotá, en abril de

1864, una noche de antes de que naciera el poeta, una cuadrilla de malhechores, a culatazos. Sobre ese crimen publicó entonces Ángel una crónica espeluznante pero muy bien escrita, en el periodiquito bogotano *La Opinión*, y es de lo primero suyo que salió en letra impresa. ¡Qué asesina era entonces Colombia! ¡Menos mal que cambió! Antonio María Silva Fortoul, hermano del asesinado y quien lo acompañaba esa fatídica noche en la hacienda, resultó gravemente herido en el asalto pero sobrevivió. Se fue entonces para siempre de Colombia, a París, y nunca más quiso saber del paisito: le puso la cruz. Cuando le llegaba una carta de allá, ni la abría: la arrumbaba, como me contó doña Elvira Martínez de Nieto que le habían contado en París. Antonio María Silva Fortoul murió a los 74 años, el 5 de octubre de 1884 a las 8 de la noche en su apartamento del 3 de la rue Lafitte y lo enterraron en el Père-Lachaise. Un día de estos que amanezca despejado voy y lo busco. El 30 de ese mismo mes, sin saber que acababa de morir su tío abuelo, José Asunción partió de Bogotá rumbo a París con la esperanza de contar allá con su protección de rico. En el cuadro famosísimo *La muerte del general Santander* de José María Espinosa, que se puede ver en el Museo Nacional de Bogotá, aparece el doctor Antonio María entre los médicos, familiares y amigos que rodean al gran leguleyo de Colombia en su lecho de muerte. Entre la herencia que dejó Santander estaba esa hacienda de Hatogrande, la más grande, para los Silva Fortoul. A nosotros nos dejó deleznable papel: leyes y leyes y leyes que se reproducen en más leyes y más leyes y más leyes como la maleza produce más maleza. Antonio María Silva Fortoul está enterrado pues en la Historia de Colombia y en el Père-Lachaise. Como Rufino Cuervo Barreto el padre de los Cuervo, era heredero directo de la Independencia y sus despojos: rico. Rico en un país de pobres. Los Cuervo llegaron a París en julio de 1882; don Antonio María Silva Fortoul murió en octubre de 1884 en la misma ciudad, donde residía desde hacía veinte años. Eran de la clase alta los tres, patriotas, ricos, paisanos, herederos de Bolívar y Santander, ¿se verían allí? Nadie lo ha contado y se me hace que nunca se sabrá. Las coincidencias de los fantasmas en el pasado a mí me inquietan. Como ven, además de hagiógrafo y tanatólogo soy cazafantasmas: los oigo arrastrando las cadenas a kilómetros de distancia, y corro, los alcanzo, los agarro, pero se me esfuman por entre las manos, se me van. Son más escurridizos que un chorro de agua.

En enero de 1886 empieza a aparecer en la correspondencia de los Cuervo su proyecto de escribir la biografía de su padre, idea más de Ángel, su principal autor, que de Rufino José, su colaborador. En carta del 16 de ese mes y año, Caro le escribió a Rufino José: «He mandado copiar lo relativo al doctor Cuervo para pasarlo al doctor Barreto, quien acá *inter nos*, está bastante trasnochado y chocho. Me alegro mucho de que ustedes piensen en una biografía, y tendré el mayor gusto en buscarles los datos que les falten». Datos les faltaban muchísimos y se dieron a pedirlos a familiares y amigos de Colombia y Ecuador; y los doctores en cuestión no eran médicos sino abogados-vicepresidentes y primos hermanos al revés: Rufino Cuervo Barreto y Benigno Barreto Cuervo: el primero ya estaba muerto; el segundo, «trasnochado y chocho» según el otro vicepresidente, Caro, pero yo digo que no porque «chocho» significa con las facultades mentales debilitadas por efecto de la edad, y el doctor Barreto, a juzgar por sus cartas, estaba muy lúcido, y tenía entonces tan solo sesenta y un años, que serán muchos para un niño de diez, pero pocos para un viejo como yo. Lo que pasa es que Caro era un mal bicho. De todas formas les mandó copiado lo que le pedían, por intermedio del doctor Barreto; y por intermedio del doctor Patiño, Federico, otro abogado y encargado de los negocios de los Cuervo en Bogotá, la infinidad de gacetas, periódicos y demás impresos colombianos que habían dejado con él en su Librería Americana y que necesitaban para la biografía: *El Día*, *La Civilización*, *El Catolicismo*, *El Mensajero*, *El Papel Periódico Ilustrado*... Estos periódicos y gacetas después se los dejó de herencia don Rufino a la Biblioteca Nacional de París. Entre los muchos encargos a Caro y otros amigos y familiares referentes a este proyecto de amor filial estaba el que pusieran avisos solicitando los periódicos *Libertad y Orden* de 1840 y *El Progreso* de 1848 y 1849, cuando el doctor Cuervo era vicepresidente y aspiraba a la presidencia, la cual el miércoles 7 de marzo de 1849, en una turbulenta sesión del Congreso, se le fue de las manos cual una palomita blanca que voló y voló. La hoja periódica *El Progreso* solo salió esos dos años, y de sus dos redactores uno era José María Torres Caicedo, quien gozó de cierto prestigio en un comienzo, aunque acabó loco en París. Allí los Cuervo cargaron un tiempo con el pesado fardo de su amistad, que no les causó sino engorros, pero cuando a Ángel se le ocurrió escribir la vida de su padre, ya Torres Caicedo estaba de atar. Lo ataron y murió en el manicomio. Que yo sepa, nunca consiguieron los Cuervo los ansiados ejemplares de *El Progreso*. Y ni forma había ya de preguntarle a Torres Caicedo pues los locos desvarían y los muertos ni eso.

En un principio Ángel trabajó solo en la biografía y en algún momento esta se iba a llamar «El Dr. Rufino Cuervo. Recuerdos de su vida y de sus tiempos». No bien salió de la imprenta el primer tomo del *Diccionario de construcción y régimen* Rufino José se le unió a su hermano en el proyecto. El libro terminó llamándose «Vida de Rufino Cuervo y noticias de su época»; el segundo tomo incluía algunos escritos del doctor Cuervo y algunos documentos; los dos tomos sumaban 1082 páginas, salieron de la imprenta a comienzos de julio de 1892 (vale decir después de seis años y medio cuando menos de trabajo) y se me hace que les costó un platal. ¿Y todo para qué? El italiano Emilio Teza, a quien le mandaron a Padua los dos volúmenes les contestó que eran muy buenos hijos: «Bravi e buoni figliuoli» son sus palabras exactas. José Miguel Guardia, un ateo comemierda, español, que vivía en París, les acusó recibo de «los dos hermosos tomos». Que ya había leído el prólogo, la introducción y los dos primeros capítulos, y que iba a seguir «leyendo con mucha curiosidad y con no poco gusto, pareciéndome que lo han hecho Vds. como era de esperar de su acendrado amor a tan esclarecido padre, a la madre patria y a las buenas letras, caminando con pie firme por el áspero sendero de la verdad, donde más son los abrojos que las flores, obrando en todo como piadosos hijos, honrados patriotas, historiadores y literatos de la sana tradición». O sea, en plata blanca, libre de polvo y paja, mondo y lirondo: nada. ¡Qué les iba a importar a un italiano y a un español la Historia de Colombia y que el 7 de marzo ese no hubieran nombrado al doctor Cuervo presidente! El presbítero Antonio José de Sucre, venezolano pero cercano amigo de la familia Cuervo en su juventud en Bogotá les decía, desde Santiago de Chile: «El libro de VV. es un monumento de piedad filial y de amor patrio». Y que el doctor Cuervo descollaba «por el feliz equilibrio de sus altas prendas intelectuales y morales: bastan y sobran los documentos para retratarlo de cuerpo entero como un gran patriota y un gran cristiano». ¡Como Guardia, pues! Y más abajo: «Debo confesarles cordialmente que considero como la desgracia de las desgracias para la N. Granada, el escándalo del 7 de marzo de 1849, menos por la magnitud inconmensurable del crimen y sus incalculables frutos de ruina y muerte que por el rudo hecho de haber arrebatado inicuamente el poder de las manos de un hombre de Estado tan cuerdo, tan ilustrado, tan probo y tan desinteresado como el Dr. Cuervo». ¡Cuál crimen! A nadie mataron ese día. Pura coba a los hijos del muerto, que no murió en esa sesión del Congreso sino años después, en su cama, de muerte natural. Cualquiera que lea esto del presbítero creería que ese 7 de marzo el globo terráqueo se paró en seco y lanzó al vacío interestelar a toda la progenie bípeda porque el Congreso de la Nueva Granada no eligió presidente al doctor Cuervo sino al general José Hilario López. Nada habría cambiado el destino de Colombia, entonces Nueva Granada, si hubieran elegido al doctor Cuervo, y se lo digo yo que abarco el pasado, penetro las brumas del porvenir y leo en la superficie quieta y tersa de los lagos.

A Pedro María Ibáñez, secretario de la Academia Nacional de Historia, le escribía Rufino José a Bogotá: «De la Vida de nuestro padre hicimos tirar algunos ejemplares en papel de mejor calidad para nuestra familia y para algunos, poquísimos, amigos, entre los cuales de derecho está U.», y le anunciaba el envío de los dos tomos. Ibáñez los recibió y escribió una reseña bibliográfica en *El Celaje*, periodiquito de Bogotá que ya iba en su quinto número. ¡Cuánto esfuerzo para tan poco! Agradeciéndole el envío del quinto número, don Rufino le decía al historiador Ibáñez: «Nuestro pensamiento ha sido hacer amables y simpáticos a los fundadores de la Nueva Granada, de nuestra patria, recordando su laboriosidad, su honradez y su patriotismo». Honrados y laboriosos quién sabe, y patriotas sí, ¡pero desde la presidencia! Yo también quiero mamar ahí de mi patria. ¡Y no les cobro un centavo! Ad honórem, gratis, por el solo placer de hablar y hablar, de perorar y pontificar, llueva que truene, en seco o sobre mojado. Pero eso sí, que me toquen con banda de guerra el himno cuando entre a los teatros y salga de ellos. Me quitaré entonces el sombrero de copa y les diré, enarbolándolo en alto, a cuantos me aclaman, al pueblo que me quiere y al que quiero: «¡Salve!»

Solo el capítulo 17 del primer tomo era de recuerdos familiares, y el resto de la extensa obra, pura Historia, historia patria, en la cual el doctor Cuervo brillaba como protagonista y con sobrada razón pues para eso pagaban sus dos hijos parisienses el libro. El primer tomo concluye con la misión del doctor Cuervo en el Ecuador, donde conoció al dictador Flores, equivalente al Páez venezolano o al Santander neogranadino de sus tiempos; el segundo trata de su paso por la vicepresidencia y el capítulo 15 de este es la cima del largo relato pues está consagrado a su elección fallida a la presidencia en la tremebunda sesión del Congreso del 7 de marzo de 1849, cuando la infamia se consumó: se la birlaron y se la dieron al general José Hilario López, que arde hoy en los profundos infiernos de Satanás el eterno. El capítulo en verdad es muy dramático. Yo digo que lo escribió Ángel solo porque está muy bien y él escribía mejor que don Rufino. El lector quiere que el doctor Cuervo salga elegido presidente de la Nueva Granada porque era el bueno y el otro el malo, pero el mal triunfó. Tres eran los candidatos, a saber: el doctor Rufino Cuervo Barreto, de cuarenta y siete años, conservador, con una pasado burocrático que va así: jefe político de Bogotá, secretario de Hacienda, embajador en el Ecuador, vicepresidente y durante cuatro meses encargado de la presidencia por ausencia del presidente titular el general Tomás Cipriano de Mosquera quien en esos instantes mismos de la elección, mientras se debatía la suerte de la patria en el Congreso, se abstenía de intervenir en las votaciones y las seguía desde palacio indiferente, como todo un Júpiter tonante pero sin tronar. Segundo candidato: el

165

general José Hilario López, de cincuenta y un años, soldado desde los catorce, había participado en varias de las batallas de la Independencia y lo había ascendido a teniente nadie menos que el venezolano Bolívar el ambicioso, el hijo de su mala madre contra quien se alzó en armas tras la conspiración de la noche septembrina en que el cobardón salió huyendo; liberal, jefe militar de Bogotá, gobernador de Cartagena, ministro de Guerra y de Marina, embajador ante la Santa Sede, secretario de Relaciones Exteriores, consejero de Estado, senador, ¡qué sé yo! Tercer candidato: el doctor Joaquín José Gori, un quídam. El Congreso, que no tenía sede propia, sesionaba en el templo de Santo Domingo. A las diez de la mañana abrieron la sesión, que habría de durar siete horas encendidas, tormentosas, eternas. En una primera votación el doctor Cuervo obtuvo treinta y siete votos, el general López igual y el doctor Gori diez, con lo que el quídam quedó descartado. Segunda votación: cuarenta votos por el doctor Cuervo, igual por el general López y dos votos en blanco. López les ofreció puesto a dos o tres goristas y vino la tercera votación: cuarenta y dos votos por López, treinta y nueve por el doctor Cuervo y tres en blanco. López fue elegido presidente y gobernó sus cuatro años religiosamente, durante los cuales estableció la libertad de prensa, abolió la esclavitud, separó la Iglesia del Estado, expidió la ley agraria, estableció el federalismo y expulsó una vez más a los jesuitas. Con perdón de los hermanos Cuervo, que eran santos, ¡cómo no iba a ser el general José Hilario López el mal menor! El 7 de marzo de 1849, exactamente ese día aciago para su familia, Ángel Cuervo cumplió once años; Rufino José tenía cuatro y medio. Ellos no fueron testigos pues de la tempestad en el Congreso. La reconstruyeron muy bien en su libro, con dramatismo, pero amañadamente y con procedimientos de folletín, para satanizar al general López y a los artesanos y sus Sociedades Democráticas que lo apoyaban. «Los diputados conservadores atravesaron impávidos la muchedumbre hasta llegar a sus puestos sin que se les ocurriera mirar por su seguridad o reclamar contra la violencia que anunciaban las miradas amenazadoras que les clavaban», escriben los Cuervo. Y en la segunda votación «los amotinados hacen ademán de apercibir las armas, y con miradas de furor ansioso parecen convenirse para obrar». ¿Quién le contaría a Ángel lo de las miradas de furor ansioso? Porque él no estaba ahí. Estaría jugando en su casa con un monigote de trapo... Voy a descanonizar a Ángel por fantasioso.

He aquí cómo concluyen los Cuervo su relato del tormentoso día: «Apenas supo el general Mosquera en qué había parado la elección, quiso que se desconociera lo que no era sino efecto de la coacción y que el doctor Cuervo, como Vicepresidente y con el título que le daba su mayoría en el Congreso, se encargase del poder, y nombrase al mismo general Mosquera jefe supremo de la fuerza armada para sostener tal determinación. El doctor Cuervo, que, si hubiese sido electo, hiciera rostro a cualesquiera peligros para cumplir con su deber, se negó a pie firme a dar semejante paso, enteramente contrario a los principios que había profesado toda su vida. Oída esta resolución, juzgó el Presidente que no quedaba otro camino que dar por legítima la elección de López, y saliendo a la plaza lo vitoreó entre la muchedumbre». Sobre la palabra «vida» hay una llamada a una nota de pie de página de los autores que dice: «De este hecho se conservó memoria en nuestra familia, y al momento de narrarlo aquí nos lo corrobora en carta particular persona de alta respetabilidad, a quien lo refirió el general Mosquera, siendo senadores ambos el año de 1855». Don Rufino, no eran «senadores» con ese, que no existen: eran cenadores con ce. Y el cenador con ce de alta respetabilidad era el primo del doctor Cuervo, Benigno Barreto Cuervo, y su carta particular, del 1º de enero de 1887, a sus «muy queridos Ángel y Rufino», dice: «No sé si Ángel conoce el hecho siguiente: El 7 de marzo de 1849, al tener conocimiento el P. E. de la coacción hecha al Congreso para evitar que fuese declarado Presidente electo el doctor Cuervo y poner en su lugar a López, el general Mosquera quiso que se desconocieran los hechos consecuencia de la coacción, que el Vicepresidente se encargase del poder como tal funcionario y con el título que le daba la mayoría de los miembros del Congreso supeditado; y que nombrase al mismo Mosquera Jefe supremo de la fuerza armada para sostener tal determinación. Nada de esto se llevó a efecto porque el doctor se opuso a ello, según me lo refirió a mí al día siguiente de haberlo hecho. Esto mismo me contó dicho general el año de 1855 aunque agregando varias cosas. Ignoro si en el archivo del doctor o en otra parte se habla de esto». El «P. E.» es el Poder Ejecutivo; en 1849 Benigno Barreto Cuervo tenía veinticuatro años; y desde los sucesos del Congreso hasta la carta habían pasado treinta y ocho. No dudo de la palabra del senador Barreto, ni de su memoria, ni creo que estuviera chocho como pensaba Caro, y le envidio que el general Mosquera, a quien de vez en cuando le rezo, le hubiera dirigido la palabra para contarle grandezas o infidencias. ¿Pero de dónde sacaría el historiador Ángel Cuervo las «miradas de furor ansioso»? En fin, ¡qué buenos colombianos eran el general López y el doctor Cuervo! Peleándose por servir a la patria… Les dan una lección a los avorazados del presente.

Según las detalladas cuentas de los libreros A. Roger y F. Chernoviz «que obran en mi poder» como dicen, entre junio de 1895 y junio de 1896, de la *Vida de Rufino Cuervo y noticias de su época* en dos volúmenes se vendieron tres ejemplares; de junio de 1896 a junio de 1897, doce más; hasta diciembre, otro más; desde diciembre de 1897 hasta junio de 1898, ninguno; a junio de 1899, ídem, cero; a diciembre de 1899, cero; a septiembre de 1899, cero; a junio de 1900, cero; a diciembre de 1900, cero; a junio de 1901, cero; a diciembre de 1901, cero; a junio de 1902, cero; a diciembre de 1902, cero; a junio de 1903, uno; a junio de 1904, cero; a diciembre de 1905, cero; a septiembre de 1906, cero; a junio de 1907, cero; y a diciembre de 1908, uno. ¡Los Roger se iban a hacer ricos con don Rufino! Y yo llamando a *monsieur* Antoine, el papá, «mercachifle de libros». Lo que era era un gran vendedor de letra impresa. Estoy que lo canonizo. Ángel no alcanzó a revisar ninguna de estas cuentas pues murió en abril de 1896. Se lo llevó la compasiva Muerte que lo priva a uno de la contabilidad, que es tan hermosa. El que quiera escribir una Vida de su papá y que tenga éxito, que sea para insultarlo: para pedirle cuentas al lujurioso, y de paso a la mamá, su compañera de cópula, ¡y van a ver cómo venden!

El alemán Günther Schütz, que se dedicó a buscar los libros de los Cuervo en las bibliotecas de Alemania, Austria y Suiza escribiéndoles a todas, encontró 18 ejemplares de la *Vida de Rufino Cuervo y noticias de su época,* y 16 de *Cómo se evapora un ejército,* en las de Aquisgrán, Berlín, Dresde, Erlangen, Gotha, Jena, etc., etc. Y en el Instituto Caro y Cuervo, dos cartas de agradecimiento a Cuervo por los libros obsequiados a dos de ellas. Como en la colección de sobres vacíos que nos dejó el vándalo de fray Pedro Fabo varios traen los sellos de otras bibliotecas de los tres países en cuestión, no necesita uno ser Sherlock Holmes para saber que contenían cartas similares. Los Cuervo se dedicaban pues a mandar sus libros gratis a las bibliotecas germánicas. Al que esté por graduarse y se quiera escribir una tesis apasionante, le recomiendo que revise las de Francia y Bélgica: algo encontrará.

En carta de 1905, el año del testamento definitivo, a uno de los Barreto (pero no sé a cuál pues empieza solo con «Queridísimo»), le dice don Rufino: «Bien pensadas las cosas, veo que la única resolución que corta las dificultades sin guardar molestias para lo venidero, con respecto a los papeles y a los ejemplares de la Vida de mi padre, es la siguiente: De los ejemplares que existan en su poder, tomarán U. y Manuel de Jesús los que quieran, y el resto sin excepción ni consideración alguna, los quemará U. antes de irse para el campo. Los papeles, que no sé cuáles sean, me hará U. el favor de remitírmelos por el correo certificado, cargándome en cuenta el porte». Benigno Barreto había muerto en 1903. Sospecho que esta carta fue dirigida a su hijo Pedro Ignacio, y que además era este quien le manejaba entonces a don Rufino sus asuntos en Colombia, enigma mayor de esta biografía. Federico Patiño fue el apoderado de los Cuervo desde que se fueron en 1882 hasta julio de 1898 en que murió (para entonces ya había muerto Ángel), y jamás tuvieron una queja de él. Era un hombre decente. En adelante don Rufino, siendo rico, empezó a tener problemas de dinero. Pedro Ignacio, el menor de los hijos de Benigno, tenía una oficina de abogado con Juan Evangelista Trujillo. Hay dos cartas de don Rufino en que se menciona a este abogado, ambas de agosto de 1908. Una es del 24, a Pombo, en que le dice: «Tendría el mayor gusto en que el Dr. Baquero, nuestro excelente amigo, ocupara la casa de S. Victorino, y así se lo escribiré al Dr. Trujillo mañana; pero no sé si él tendrá algún compromiso». Y otra al doctor Baquero mencionado, Rafael, del día siguiente: «He escrito al señor doctor Trujillo manifestándole el deseo de U. y el mío que si no tiene compromiso anterior, en caso de ser desocupada la casa de S. Victorino, sea U. el inquilino preferido. Sé que no encontraré yo otro mejor». Rafael Baquero era médico, muy amigo de Pombo en Bogotá, pero de don Rufino solo por carta: lo tenía de buscalibros en París, aunque por lo menos se los pagaba.

Años después de aparecida la *Vida de Rufino Cuervo*, en mayo de 1897 el periódico bogotano *El Progreso*, de Carlos Tanco, publicó un artículo del director titulado «Algo de historia» sobre la muerte del coronel Mariano París en tiempos en que el doctor Cuervo era jefe político de Bogotá y en el cual mancillaba su memoria. *El Correo Nacional* defendió al doctor Cuervo, y don Rufino, por su parte, le mandó de París a su amigo Carlos Martínez Silva, de la Academia colombiana, un artículo con el mismo título, «Algo de historia», para que lo publicara en su periódico *El Repertorio Colombiano*. En él salió en septiembre. Cuando iba un ejemplar del periódico en camino a París con el artículo publicado, Martínez Silva recibió un telegrama de don Rufino en que le daba la orden de suspender su publicación. ¿Por qué? Sabrá Dios. Y no es que esté dudando de la rectitud del doctor Cuervo, es que simplemente no sé qué pasó. En la carta a don Rufino en que le habla del telegrama y de que *El Repertorio* ya va camino de París, Martínez Silva le dice que los de *El Progreso* «se quedaron como muertos» con su artículo. Tres años después don Rufino publicó el libro de Ángel *Cómo se evapora un ejército*, y como apéndice, y sin venir a cuento, le puso este escrito y otro suyo en respuesta a otros agravios contra la memoria de su padre debidos ahora a la pluma del deslenguado jesuita de Medellín Rafael Pérez, y los tituló «Rectificaciones históricas». En fin, a Soledad Acosta de Samper le escribía en octubre de 1908 diciéndole que al libro de su hermano Ángel le había añadido «algunas páginas sobre la muerte de don M. París, obligado por el deber de rebatir infames embustes». Perseguido por la memoria fantasmagórica de su padre, a quien apenas si conoció pues lo perdió a los nueve años, ¡todavía en 1908 don Rufino seguía con eso! Ya en Colombia a nadie le importaba el doctor Cuervo. Ni el siglo XIX. Ya estaban en el XX, con teléfono y luz eléctrica, montando en carro y a un paso de oír radio y de volar en avión. A mí si me quieren insultar en el 2021 y despedazar mi memoria, bien pueden, los autorizo, que más vale muerto insultado que olvidado. Doña Soledad por lo demás, inspirada por los Cuervo, había hecho lo mismo que ellos y escrito la vida de su padre: la *Biografía del general Joaquín Acosta, prócer de la Independencia, historiador, geógrafo, hombre científico y filántropo.* El general Acosta era un «hombre científico», y su hija doña Soledad, una «mujer literaria». Otro que se inspiró en los Cuervo, como doña Soledad, fue el exitoso médico y amigo de ambos en Bogotá y en París Ignacio Gutiérrez Ponce, quien publicó, ocho años después de que saliera en esta última ciudad la *Vida de Rufino Cuervo y noticias de su época,* la correspondiente a su respectivo papá, pero en Londres: la *Vida de don Ignacio Gutiérrez Vergara y episodios históricos de su tiempo.* ¡Cuánto buen hijo daba Bogotá! ¡Y qué originales!

Desde hace años llevo una «Libreta de los muertos» en que anoto los que vi al menos una vez en persona (no en el periódico ni en la televisión) y que sé que murieron. Voy en ochocientos cincuenta y espero llegar a los mil cerrados antes que una mano caritativa se sirva anotarme a mí en ese inventario luctuoso, para que me lo cierren con broche de oro. Además de mi libreta de muertos últimamente me he puesto a adelantar la de don Rufino, los que hubiera podido anotar él, y voy en trescientos cincuenta y tres. He aquí los de su familia acaecidos después de su llegada con Ángel a París. Primer muerto, en junio de 1883, Eladio Urisarri, el tío Eladio, juez de distrito de la capital, ministro fiscal en Antioquia, magistrado de la Corte Suprema de Justicia, diputado a la Cámara, gobernador de la provincia de Bogotá, encargado de negocios ante la Santa Sede y luego ascendido a ministro plenipotenciario, y finalmente, perla de su corona, candidato a la vicepresidencia de la República. Retirado a la vida privada, la muerte llamó a su puerta con patada perentoria cuando había alcanzado la provecta edad de setenta y siete años. ¿Lo lloraron sus sobrinos parisinos? No parece. A Luis Lleras, que fue el que les dio la noticia, le contestó Rufino José: «Mucho le hemos agradecido sus cariñosos recuerdos con motivo de la muerte del Dr. Urisarri, nuestro respetado tío. Todos se van, todos nos iremos. U., que tiene hijos a quienes tanto ha querido y que tanto lo quieren, vivirá en ellos siempre; pero quien es solo, ¿en quién confiará para el cariño póstumo?» En mí, don Rufino, ¿en quién más?

Segundo muerto, en septiembre de 1884, Gabriel Cuervo Amaya, sobrino de don Rufino e hijo único de Antonio Basilio Cuervo Urisarri y María Luisa Amaya. No sé quién les anunciara este muerto a los Cuervo, pero Luis Lleras, en carta de octubre, le decía a don Rufino: «Yo recibí una invitación al entierro momentos antes de que este se verificara, y por no tener traje negro y estar para salir a clase, tuve la pena de no cumplir con ese deber sagrado de la amistad. Perdóneme la culpa».

Tercer muerto, en enero de 1885, Luis María, el hermano mayor y el único que dejó descendencia que haya llegado hasta nosotros. Fue educador y fundó el Colegio de San José, donde estudió el poeta Silva de niño. Sus hijos fueron Carlos, Rufino, Luis, Julio y Emilio. Como estos cinco sobrinos murieron después que don Rufino, no los pongo en la libreta de sus muertos. Carlos Cuervo Márquez, el primogénito, fue general, ministro de Relaciones, Gobierno, Guerra e Instrucción Pública, y embajador ante la Santa Sede y los gobiernos de Venezuela, Cuba, Argentina y México, donde murió ahito de la tibia leche del presupuesto nacional. A don Rufino lo fue a visitar a París, al apartamento de la rue de Siam, con su mujer y un montón de hijas, en noviembre de 1908, en días de frío y niebla. Hombre polifacético nos dejó varios libros, entre los cuales unos *Estudios arqueológicos y etnográficos* y un *Tratado elemental de botánica*.

Segundo hijo de Luis María, Rufino Cuervo Márquez, periodista y director de *El Correo Nacional*, se batió en duelo a pistola, en las inmediaciones del cementerio, con su colega Juan Antonio Zuleta, director de *La Época*: no hubo muerto qué lamentar ni cadáver qué enterrar pues las balas de los duelistas se fueron por las ramas a espantar pájaros. ¡Qué papelón! Su rastro se pierde en 1911 (el año de la muerte de su ilustre tío y tocayo don Rufino), cuando se marchó de Colombia a Centro América huyendo de quién sabe qué enredo y desapareció. El tercero de los Cuervo Márquez fue Luis, médico y representante a la Cámara, senador, ministro de Gobierno y embajador en Gran Bretaña. Murió ahogado a los setenta y ocho años al intentar cruzar el Zulia, un río del departamento del Norte de Santander. Cuarto de los Cuervo Márquez y segunda oveja negra de la familia, Julio, se sabía el nombre de Dios en cuarenta lenguas; murió en 1904 a los treinta y ocho años de edad abandonado de su familia y devastado por una enfermedad incurable de nombre impronunciable. Como don Rufino no se enteró de su muerte, no lo anoto en su libreta. Quinto y último de los Cuervo Márquez, Emilio, cercano amigo del poeta Silva, fue periodista, novelista, crítico, historiador y filósofo, alcalde de Bogotá y autor de las novelas *Phinées* y *La ráfaga* y de un libro de viajes, *Tierras lejanas*. En septiembre de 1897 (vale decir año y medio después de la muerte de Ángel) visitó a su tío don Rufino en París, donde terminó viviendo, pero mucho después de la muerte de este. Allá se suicidó, con su amante, en 1937, dejando abierta la llave del gas y bien cerradas la puerta y las ventanas de su cuarto, donde los encontraron asfixiados junto con un canario. En mi biografía de Silva dije que dejó arreglados todos sus papeles y que hasta le pagó el último quinto al fisco francés. Me equivoqué. Murió pobre. El rico por lo general no se suicida, aguanta más. Y que se jodan los burócratas franceses.

La madre de los Cuervo Márquez fue Carolina de Márquez, hija de José Ignacio de Márquez, prócer de la Independencia y primer presidente de la República de Nueva Granada, o noveno contando desde lo que comenzó llamándose la Gran Colombia, impredecible país de destino incierto y nombre cambiante. Doña Carolina murió tiempo después que su marido, en 1919 y a los ochenta y cinco años, por lo cual tampoco se la puedo anotar en esta lista a don Rufino. Los Cuervo eran pues unos «oligarcas», como diría el demagogo Jorge Eliécer Gaitán, quien nació en el lumpen de Bogotá pero que quería ser como ellos. ¡Qué digo «oligarca», que significa uno entre los pocos que se reparten la marrana! Lo que quería ser Gaitán era un «monarca», que significa el que manda solo. Tal es la vocación del redentor de pueblos: tumbar al rey para reinar él. Y sin embargo este ambicioso verborreico que se moría por alcanzar la presidencia, cuando ya era ministro de Educación (o sea justamente un oligarca), fue quien fundó el Instituto Rufino José Cuervo, precursor del Instituto Caro y Cuervo actual. Jorge Eliécer Gaitán, muerto a bala en aciago día para Colombia frente al café El Gato Negro y que en el infierno estás, desde aquí te perdono. ¡Sal de la paila mocha de Satanás y asciende al cielo del Altísimo!

De las cartas que se cruzaron Cuervo y el lingüista alemán Hugo Schuchardt quedan doscientas dos (y fueron muchas más), y sin embargo nunca se vieron en persona. En cambio del colombiano Nicolás J. Casas, cercano amigo de los Cuervo, quien acompañó a Ángel en un viaje a Italia, a quien ayudó enormemente don Rufino consiguiéndole varios puestos oficiales en Colombia y en la diplomacia, y quien era el secretario de la Embajada colombiana en París cuando don Rufino murió, solo queda una carta suya a este, y ni una de este a él. Así pasa. La carta de Nicolás José Casas a don Rufino es del 17 de septiembre de 1887, fue enviada desde Bogotá, y en ella le da la noticia de la muerte de otro tío, Carlos Urisarri, hermano de Eladio, y al que por lo demás aquí ya he mencionado. ¿Se acuerdan que les conté que el sultán de Constantinopla le recordó a Ángel a Carlos Urisarri, y que este ateo jacobino murió confesado y dejando de albacea al arzobispo de Bogotá José Telésforo Paúl? ¡Qué se van a acordar con tanto nombre y tanto muerto! Pero qué puedo hacer, si por la vida del cristiano que vive mucho pasa un gentío… En su carta, Nicolás José Casas le dice a don Rufino: «El modo como Dios dispensa sus gracias es verdaderamente inescrutable. Hará cosa de unos dos meses merced a una entrevista casual del Sr. Arzobispo con el señor D. Carlos Urisarri, este resolvió mudar de vida confesándose acto continuo. Desde esa fecha ha practicado los sacramentos con frecuencia, y anteayer pasó a mejor vida». Pues este Carlos Urisarri es el segundo tío muerto y el cuarto de los familiares de los hermanos Cuervo a quienes Dios les dispensó sus gracias en Colombia después de que ellos se marcharan a Francia, y con el permiso de don Rufino se lo voy a agregar en este punto a su libreta, en la U: Urisarri Carlos.

Quinto muerto, su cuñada María Luisa Amaya de Cuervo, esposa de su hermano Antonio Basilio y madre de Gabriel, muerta en febrero de 1892. «Se me pasaba decir a U. –le escribe don Rufino el 8 de marzo a su amigo epistolar Belisario Peña, al Ecuador– que hemos tenido la pena de saber la muerte de nuestra cuñada, la mujer de Antonio, lo que nos ha afectado mucho, no solo por lo que ella era, sino por la soledad en que queda su marido, ya algo achacoso y acostumbrado a los cuidados y abnegación de ella. Confiamos en que U. le dará una partecilla en sus oraciones». Belisario Peña era un beato colombiano engendrador de hijos que había estudiado con los jesuitas y se había radicado en el Ecuador, de donde lo expulsó un tiempo el matacuras de Eloy Alfaro. De joven había conocido a Rufino José de niño en Bogotá en algún colegio donde el uno enseñaba y el otro estudiaba y no se volvieron a ver desde entonces, nunca más, pero con el correr del tiempo, y cuando don Rufino ni lo recordaba, se hicieron entrañables amigos epistolares, yendo y viniendo las cartas entre Francia y el Ecuador, unidos como estaban los dos beatos por sus convicciones políticas y religiosas: ambos eran del partido conservador y católicos recalcitrantes. Por eso lo de la «partecilla en sus oraciones».

Sexto muerto de don Rufino, su hermano Antonio Basilio, el esposo de María Luisa Amaya y el padre de Gabriel. General de la República y ministro de Gobierno de Miguel Antonio Caro, era nueve años mayor que este y diez mayor que Rufino José. Murió el 19 de febrero de 1893. Los días 16 y 17 de enero de ese año, estando ya muy enfermo, hubo de encargarse de la presidencia por ausencia del presidente Caro de la capital, y le estalló entonces en las manos una asonada de opositores al gobierno de la que resultaron varios heridos y muertos. La turba asaltó la casa del general y le despedazó los muebles y objetos de arte y hasta la ropa de su esposa muerta que el pobre guardaba con devoción. Estos hechos fueron el preludio de su muerte, acaecida un mes después. En su carta de pésame a Ángel y Rufino José, el presidente Caro les dijo: «Aunque siempre me trató Antonio con afabilidad y cariño, desde que vino a acompañarme como ministro de Gobierno se estrecharon nuestras relaciones y parece como que concentró en mí sus afectos, después del aislamiento en que quedó por la muerte de la señora y las decepciones políticas que experimentó en los últimos tiempos. No eran meras atenciones de cortesía las que me prodigaba, sino verdaderas finezas del corazón, desviviéndose por tomar para sí las molestias que en estos cargos se proporcionan, y evitándomelas a mí, lo que muchas veces vine a saber casualmente por otros conductos. Paréceme como que veía en mí un representante de las antiguas amistades de su extinguida casa y de sus hermanos ausentes, y yo le miraba a él de la misma manera. Era el mejor amigo de la familia toda, así es que para Anita y para los niños ha sido su muerte irreparable pérdida». Los hermanos ausentes eran Ángel y Rufino José; Anita era Ana Narváez, la esposa de Caro; los niños eran sus hijos, y uno de ellos, Alfonso, ahijado de don Rufino. Téngase presente que esta carta es del 8 de mayo de 1893, y que aparte de un telegrama de pésame por la muerte de Ángel ocurrida en abril de 1896 y una carta escrita por igual motivo y enviada a través de Gonzalo Mallarino y que no ha quedado, Caro se olvidó de su antiguo amigo de la juventud. ¿Por sus ocupaciones como presidente? ¿Porque el correo se afectó grandemente con la guerra civil de los Mil Días? ¿O porque algo pasó entre los dos y se disgustaron? La siguiente y última carta de Caro a don Rufino es del 24 de abril de 1906 y empieza: «Mi querido amigo: Hace algunos años quedó interrumpida nuestra correspondencia epistolar, no sé por qué causa». Y que le diera buenos consejos, cuando pasara por París, a su hijo Roberto, quien iba a darse una vuelta por el viejo mundo con un puestecito de «escasa remuneración» que le había dado «este Gobierno» (el de Rafael Reyes). Pues si Caro no sabe por qué quedó interrumpida la correspondencia entre ambos yo menos, aunque algo sospecho. Don Rufino tuvo siempre ásperas palabras contra los gobiernos de la Regeneración, invento de Núñez y Caro y en los que, sin embargo, participó su hermano Antonio Basilio como embajador en Inglaterra y España y como ministro de Gobierno.

Además de lo dicho, Antonio Basilio Cuervo fue presidente del Estado del Tolima y gobernador de Cundinamarca. Entre 1871 y 1877 anduvo por Francia, Alemania, Egipto, Brasil e Inglaterra metido en empresas comerciales y agrícolas. Su carrera de militar la empezó peleando en las guerras patrias y la siguió en las ajenas: en los Estados Unidos participó en la guerra de secesión; en Alemania, en la batalla de Sadowa; y en el Brasil, en la insurrección de los esclavos negros del Pará. De vuelta a Colombia anduvo por el alto Magdalena buscando fortuna en el tabaco, la ganadería y el comercio. De joven escribió un *Resumen de la geografía histórica, política, estadística y descriptiva de la Nueva Granada* y fundó en Bogotá un colegio, el Liceo de Familia, donde dicen que estudió don Rufino. ¡Dónde no estuvo, qué no hizo Antonio Basilio Cuervo! De él sí se puede decir que cuando murió, a los cincuenta y nueve años no cumplidos, descansó. En diciembre de 1886 pasó por París proveniente de Londres y camino de Madrid en sus diplomacias, y entonces se reencontró con sus hermanos Ángel y Rufino José. No he podido establecer si se alojó en el apartamento de ambos de la rue Meissonier o en un hotel, pero lo que sí les puedo asegurar es que fue la última vez que se vio con ellos.

Para dejar este enfadoso asunto de los muertos y antes de anotar en la libreta de don Rufino al que más quiso, a Ángel, cuya muerte le destrozó la vida, mencionemos en bloque los que le mandaron de regalo, por carta, de Colombia, Luis Triana primero y luego en su reemplazo, cuando este murió, Rafael Pombo, los dos grandes recaderos de Nuestra

179

Señora Muerte o Thánatos que tuvo don Rufino. Veintiocho muertos le regaló Luis Lleras y cuarenta y nueve Pombo, contando en los de este ocho debidos a la guerra de 1885 y tres suicidados. Doña Muerte es femenino y don Thánatos masculino, y son dos distintos pero uno solo: la Santísima Dualidad de la Muerte, a la que invoco y rezo y pido y ruego con devoción.

El 24 de abril de 1896, a los cincuenta y ocho años recién cumplidos y después de catorce escasos de vivir en París, en el apartamento del cuarto piso del número 4 de la rue Bastiat, el segundo de los que habían tenido en esta ciudad, murió Ángel Cuervo tras una breve enfermedad. El 8 de mayo don Rufino le escribió a su primo Benigno Barreto dándole cuenta de la tragedia: «Queridísimo Benigno: Al ver Ud. el luto de esta carta comprenderá la amargura con que le escribo. Una pulmonía de siete días, con cinco apenas de cama, arrebató a mi amadísimo Ángel, el 24 del pasado, entre siete y ocho de la mañana. Hacía días que se sentía cansado y débil, y todos los cuidados fueron estériles para salvarlo. Nuestro Señor lo quiso: ¡bendito sea!». El luto de la carta a que se refiere es el papel blanco con recuadro negro que se usaba entonces en las cartas en casos como este, y que don Rufino siguió usando en adelante en las suyas hasta su final. Un mes después, el 8 de junio, en el mismo papel luctuoso le contaba aproximadamente lo mismo a Belisario Peña: «Quiso nuestro Señor dejarme en completa soledad llevándose a mi querido Ángel, nombre que cumplió él siempre para conmigo por su compañía, a todas horas dulce, abnegada y prudente. Hacía días que se sentía cansado de espíritu y de cuerpo, cuando el 17 de Abril le sobrevino un resfriado, de que al principio no nos inquietamos, tanto que no hizo cama hasta el Domingo 19; llamado el médico, vio declarada la pulmonía que le causó la muerte el 24, sin haberse mostrado el peligro inminente sino la víspera por la noche. El fervor con que recibió los auxilios espirituales, la ternura con que mientras pudo hablar pronunciaba los nombres de Jesús, María y José y con que después modulaba por ellos su aliento, me hacen esperar que la Divina Misericordia le habrá recibido en su seno».

Exceptuando a Rafael Pombo, su amado amigo y ahijado de su padre y a quien le escribía con regularidad, Ángel no era muy dado a la correspondencia con nadie. La última carta que escribió fue a él, el 8 de abril, poco antes de que le empezara la pulmonía y sin sospechar la cercanía de la Muerte. De ella tomo estas frases de nostalgia por Colombia: «Bogotá es un ágora donde arden sin cesar las pasiones políticas; por consiguiente sería cosa tonta y tontísima el querer aquí en Europa seguir con la imaginación lo que en Bogotá hacen y deshacen. Hay muchos que no viven sino pensando en lo de allá. Como no es posible desprenderse uno de los recuerdos y de las ilusiones que crea la patria, yo suelo gozarme en fantasear cosas útiles para ella, o hasta boberías como la siguiente…» Y se entrega a imaginar una fiesta en el barrio de Las Nieves de Bogotá con gritos de niños, idilios de amor, dulces, matachines, cohetes, repique de campanas y procesión solemne con acompañamiento de banda militar. Como el correo entre París y Bogotá se tardaba cerca de mes y medio, cuando Pombo leyó esta carta ya Ángel había muerto. Sobre Pombo, asimismo, fue su último artículo, aparecido el miércoles 15 de abril en la revista *El Mundo Diplomático y Consular*, continuación de la desaparecida revista parisina *Europa y América* en la que tanto había colaborado. Dos días después, el viernes 17, le empezó la pulmonía, y el siguiente viernes, el 24, entraba en la gloria de Dios, o sea en la Nada, dejando para siempre el infierno de los vivos.

Entre los papeles de don Rufino se encuentra el borrador de la invitación a las exequias de Ángel y dice: «Rufino

José Cuervo, en su propio nombre y en el de la familia, y la Legación de Colombia, ruegan a Ud. se sirva asistir a las exequias del Señor Don Angel Cuervo, fallecido hoy con los auxilios espirituales de la Religión (Iglesia), las cuales se verificarán el día... a las... en la Iglesia de San Philippe du Roule. París, Abril 24 de 1896, 4 rue Fréderic Bastiat». La iglesia de San Felipe de Roule donde iban a tener lugar las exequias de Ángel estaba en las inmediaciones de la rue Bastiat, así como la iglesia de San Francisco Javier, donde habrían de tener lugar las de don Rufino quince años después, estaba cerca de la casa de salud de la calle Monsieur donde este murió.

Acompaña al borrador una lista de treinta y dos personas a las que se les habría de mandar la invitación, siete de las cuales figuran en la libreta de direcciones de don Rufino, como Augusto Borda, que vivía en Roma; como Julio Betancourt, que vivía en Madrid; o como el hispanista Alfred Morel-Fatio y la traductora al francés de la novela de Ángel *Jamás*, Marguerite du Lac, que vivían en Francia, el primero en París y la segunda en La Gauphine, cerca a Cazouls-lès-Béziers. Se invitaba también al cónsul de Colombia en Génova A. González Toledo; a Rafael Parga, que vivía en Londres; a Hernando Holguín y Caro, que estaba de paso en Madrid; a un vizconde y a un médico... Salvo el periodista Emilio Bobadilla que era cubano, o mejor dicho español pues Cuba todavía no se separaba de España, todos los invitados eran colombianos o franceses. De algunos sé mucho, de otros algo y de otros nada. Veo que no figura en la lista Boris de Tannenberg, sin que sepa por qué. Tampoco figuran Gonzalo Mallarino y Nicolás J. Casas, pero su falta se explica porque al ser funcionarios de la Legación colombiana estaban entre quienes invitaban junto con don Rufino. Por lo demás en su carta del 8 de mayo a Benigno Barreto don Rufino le dice: «En esta tribulación no me ha faltado el consuelo de verme acompañado por algunos buenos amigos, muy particularmente por el Sr. Mallarino, el Sr. Isaza y el Sr. Casas». El señor Isaza era Emiliano Isaza, autor de una *Gramática práctica de la lengua castellana* que tuvo incontables ediciones (muchas más que las *Apuntaciones* de don Rufino), y quien entonces vivía en París y trabajaba para las casas de Bouret y de Garnier, las dos principales editoriales francesas que publicaban libros en español para Hispanoamérica. El primer testamento de don Rufino, que es del 4 de julio de 1896 (o sea de poco después de la muerte de Ángel), fue levantado ante el Encargado de Negocios de Colombia que era justamente Gonzalo Mallarino, y en él figuran como testigos Edmundo Cervantes y Hernando Holguín y Caro, «transeúntes en París y con domicilio en Bogotá», y Emiliano Isaza, «domiciliado en París en la casa número treinta y seis de la calle del Colisée».

Por un aviso sin fecha del Inspector del Servicio de Inhumaciones de la Prefectura del Departamento del Sena que conservó don Rufino, «destinado a facilitarle la verificación de las cuentas que le serán presentadas por su comisionado», sabemos que el entierro de Ángel (el *convoi* o cortejo fúnebre como lo llama el inspector) tuvo lugar el 27 de abril, que cayó en lunes. Por las cuentas y el presupuesto que le pasó a don Rufino el día siguiente, martes 28, la Maison Admant Père, Entreprise Générale de Sépultures, los sepultureros de la rue de la Roquette que se encargaron de enterrar a Ángel, sabemos que lo enterraron en una tumba provisional alquilada, en tanto le preparaban la definitiva. Los gastos hasta el 28 eran de diez francos por la preparación de la tumba provisional el 26, y otros diez por esperar el cuerpo, meterlo en la tumba provisional y cerrarla después de la ceremonia el 27. Y el presupuesto: tumba en *meulière* o cantera de piedra moleña: trescientos cincuenta francos; con piso en losa de roca dura de Champignelles, instalación y empotramiento: cuarenta y siete francos; más el perpiaño, un canalillo y la losa de piedra marmórea de las canteras de Loraine con cruz grabada en relieve según el modelo elegido e inscripción: quinientos francos; exhumación de la tumba provisional: diez francos; cierre de la tumba provisional, traslado del cuerpo a la definitiva o *caveau de famille* y cierre de esta: veinte francos; saneamiento reglamentario de la tumba provisional exigido por la Ville de Paris: cinco francos, quedando por definir el arrendamiento de esta a razón de un franco por día. Y firmado «Admant», con el apellido solo y sin nombre, como si fuera Bolívar. Ni siquiera se tomaba el cabrón el trabajo de sumar las cantidades, tarea que le dejaba a don Rufino, el del problema.

El 22 de mayo Admant le comunicaba a don Rufino que el Conservador del Cementerio había fijado como fecha para la exhumación el miércoles 27 a las 10 de la mañana. Que pasara por él ese día a su casa donde lo estaría esperando. Con «exhumación» significaba la exhumación de la tumba provisional más la inhumación inmediata en la tumba definitiva, pues el cadáver no lo iban a dejar a la intemperie. El 9 de junio un empleado de la Maison Admant de firma ilegible le informaba a don Rufino que los trabajos estaban completamente terminados y que le anexaba una factura. Y el 13 de junio, en fin, en respuesta a una carta de don Rufino del día anterior, el mismo empleado le escribía que no tuviera temor de que por las intensas lluvias de los últimos días el agua inundara la tumba, dado el grueso de sus muros y el material que emplearon: que ellos respondían por el trabajo que él les había confiado. Y que respecto al título definitivo de la concesión, don Rufino recibiría de la Prefectura del Sena una carta de aviso: que se la enviara no bien le llegara y que ellos harían lo necesario para que don Rufino tuviera pronto el título a su disposición. Si de lo que le estaban hablando era del título de la tumba por una determinada duración, que es lo que creo, anotemos entonces en este punto que la tumba no era a perpetuidad y que la concesión ya se venció. Esperemos que Colombia la repatriadora no meta sus sucias manos en esto y se empeñe, ahora que don Rufino cumplió cien años de muerto, en repatriarlo junto con don Ángel. Si ellos decidieron morir allá, que se queden allá. Que los saquen de su tumba, si quieren, los burócratas del Père-Lachaise, y que los manden de abono al Jardin des Plantes o adonde les cante el ce. Pero no a Colombia. Defensor como soy de los animales y del derecho del hombre a no nacer, también defiendo a los muertos de los atropellos de los vivos.

El mismo 8 de mayo en que don Rufino le escribió a Benigno Barreto su acongojada carta dándole la noticia de la muerte de Ángel, le escribió también a Rafael Pombo, según sabemos por el copiador de cartas de este, pero esta carta no ha quedado. La que sí ha quedado es la siguiente carta de don Rufino a Pombo, del 26 de junio, en que le dice: «El 27 de Mayo, al mes cabal de las exequias, trasladé los restos a la sepultura definitiva, en que si Dios quiere que yo muera aquí, iré a acompañarle, pues hice construir un espacio para mí». Así pues, don Rufino pasó la mañana del miércoles 27 de mayo señalado por el señor Admant y se fueron al Père-Lachaise a cambiar de tumba a Ángel. No puedo dejar de recordar ahora el día en que fui de muchacho a sacar los restos de mi abuelo del cementerio para pasarlos a la cripta de una iglesia y que mi abuela, que es a quien más he querido, se había quedado esperándome, a que volviera, en su finca de Santa Anita con su tristeza desolada. A quien más quería don Rufino era a Ángel; tras su muerte le quedaban, en

Colombia, su primo Benigno Barreto, y su amigo de toda la vida y ahijado de su padre, Rafael Pombo. Y nadie más. Benigno Barreto murió en 1903 a los setenta y ocho años; Pombo, a la misma edad en 1912, a menos de un año de la muerte de don Rufino.

Por la correspondencia de don Rufino con Benigno Barreto y Federico Patiño, más el borrador de una carta suya al ministro de Instrucción Pública de Colombia Nicanor Insignares que quedó entre sus papeles, sabemos que Ángel murió intestado. Redactó su testamento, sí, pero no lo alcanzó a legalizar, lo cual es como tener madre pero muerta. En la carta del 8 de mayo a Benigno Barreto que he citado, también le decía don Rufino: «Como Ud. sabe, estábamos a punto de arreglar nuestras cosas: el único dato que faltaba para ello llegó la víspera de la muerte, cuando ya no se podía pensar en nada de eso. No he podido menos de ver en esto una disposición de lo Alto: no sé yo si esto me acarreará molestias; pero lo que sé es que Nuestro Señor me ha enseñado que los más avisados somos ciegos y que todas las previsiones y cálculos humanos son temerarios. Solo Dios sabe lo que nos conviene, solo Él sabe lo que es justo y necesario. Yo adoro humilde sus disposiciones, teniéndolas por las mejores, y si se ofrecieren dificultades, le ruego (y UU. le rogarán) que me dé consejo y fortaleza para llevarlas conforme a los designios de su sabiduría y su amor». ¡Valiente consuelo! En los mil millones de trillones de años que lleva girando en torno a sí misma esa entelequia obtusa como un trompo borracho en la Nada del Vacío nunca ha querido a nadie. Dios no es más que un invento de la clerigalla para sus fines, un engendro de estos degenerados de la calamorra. Llore, si quiere, por Ángel, don Rufino, pero no se empendeje. Si a lo que se refiere en su carta a Benigno Barreto es a los bienes de su hermano, que murió intestado, se ha debido quedar usted con todos, pues exceptuando los objetos que él le quiso dejar al Museo Nacional de Bogotá –chucherías, bibelots– el resto en justicia le pertenecía a usted y a nadie más. Pero usted, por nobleza o pendejez (que se dan la mano), les dio a sus sobrinos, a los hijos de Luis María, la parte que por ley les tocaba del tío intestado pero no por justicia. Yo me habría quedado hasta con los bibelots, y los habría tirado al Sena como basura por darme el gusto.

Cuando murió Ángel don Rufino tenía en Bogotá o en sus afueras las siguientes propiedades: una casa con tres tiendas (locales) en la parte baja y una casatienda, en la sexta cuadra de la Calle 10, herencia de sus padres; una casa en la quinta cuadra de la Calle 9, que le compró de joven a Lucas Madero; y la finca Boyero en el municipio de Serrezuela, también herencia de sus padres. Y en compañía con Ángel, por mitades, la casa familiar con tres tiendas en la parte baja, en la séptima cuadra de la Calle 10, heredada en parte de los padres y en parte comprados los derechos de sus restantes hermanos, Luis María, Antonio Basilio y Nicolás; más otras dos casas y cuatro lotes de terreno, estos en el barrio de San Victorino, compradas unas y otros estando ellos en París, a través de su apoderado en Colombia Federico Patiño: una de estas dos casas lindaba con la casa familiar y se la compraron a Manuel Pombo, hermano de Rafael; y la otra, que tenía dos almacenes en la parte baja y estaba situada en la cuadra doce de la Calle 13, se la compraron a los hermanos Esguerra. Según la causa mortuoria protocolizada en Bogotá el 15 de noviembre de 1897, don Rufino quedaba siendo dueño en su totalidad de los bienes anteriores con excepción de la finca Boyero, de los lotes de San Victorino y de la casa de la cuadra sexta de la Calle 10, propiedades que debieron de venderse para pagarles a los hijos de Luis María sus partes en los bienes de Ángel, o que pasaron directamente a ellos, habrá qué ver. Le dejo este trabajo a algún estudioso que tenga buena vista y tiempo qué gastar en el enmarañado archivo notarial de Bogotá. Yo ya me gasté lo que me quedaba de la una y del otro.

El abogado Federico Patiño, discípulo en su niñez de Belisario Peña en el Instituto de Cristo, miembro de la Sociedad de San Vicente de Paúl como los Cuervo y de la edad de don Rufino, era el apoderado de ambos en Bogotá y el administrador de sus bienes: un hombre decente, de los que siempre han escaseado; jamás tuvieron los expatriados hermanos una sola queja de él. El 7 de noviembre de ese fatídico año de 1896 don Rufino le escribió: «Muy estimado Señor y amigo: Aunque en nuestra correspondencia consta que han sido aprobadas por mi hermano muy querido y llorado y por mí todas y cada una de las cuentas semestrales que U. nos ha remitido desde que salimos de Bogotá, en cumplimiento del convenio que con U. hicimos al confiarle nuestros intereses, me es muy grato renovar a U. esta declaración». Y terminaba agradeciéndole por «la solicitud verdaderamente amistosa» con que había manejado dichos intereses, y que el Cielo con mayúscula le correspondiera a todas sus bondades. El 25 de enero siguiente le decía: «Con respecto a los fondos que U. tiene allá, todos nos pertenecían a Ángel y a mí, lo mismo que las fincas que están a nuestro nombre, es decir por mitad, y lo propio digo de los productos de estos fondos y de los arrendamientos de dichas fincas. A Ángel correspondían las acciones del Banco de Colombia, que están en su nombre, y que las compró, si bien recuerdo, por medio de D. José Miguel de Paz; las del Banco de Bogotá son mías, y están en mi nombre. Cuando Ángel vivía, jamás hicimos distinción, y los fondos que U. nos remitía se ponían indiferentemente en nombre del uno o del otro, y cada cual gastaba lo que quería. Creo pues que en el inventario que se haga allá no debe hacerse distinción sino a partir de la muerte de Ángel, o si se quiere desde el 1º de mayo próximo pasado. Para inventariar los fondos que existen aquí, presentaré las dos cuentas, de Ángel y mía en el Comptoir d'Escompte y los libros de cheques; allí aparecerá lo que teníamos en común, y los gastos hechos hasta el 1º de mayo. De ahí se deducirán los gastos de entierro y sepultura, que siempre corresponden al difunto, la mitad del arrendamiento de la casa hasta el 15 de Abril próximo, cuyo contrato estaba firmado por ambos, y una suma que me pagaron los Sres. Roger & Chernoviz, como arreglo final de cuentas de mis libros en varios años, de la que daré los comprobantes del caso. En esta conformidad, la letra de 10.000 francos depositada en el Comptoir d'Escompte el 23 de marzo de 1896 y hecha efectiva el 1º de Julio, nos corresponde por mitad. Para liquidar la recibida en Agosto (1.000 frs) y cobrada en 16 de Noviembre, así como la de 7.000 que me envió U. el 24 de Diciembre y que hoy haré presentar a la aceptación», etc. ¿Letras de diez mil y de siete mil francos? ¡Por Dios! ¡Pero si don Rufino estaba rico, qué alegría! Lástima que no mucho después habría de morir el honorable Federico Patiño y de estallar la guerra de los Mil Días con sus ríos de sangre y avalanchas de papel moneda que a tanto rico volvieron pobre y que a don Rufino, aunque lo dejaron con sus propiedades intactas en Bogotá, puesto que no le volvieron a mandar dinero de allá sus nuevos apoderados, lo pusieron a contar centavos en París.

Por lo pronto, sopésense estas palabras de don Rufino a Federico Patiño en carta del 25 de abril de 1897, escrita desde el apartamento de la rue Largillière al que se acababa de pasar del de la rue Bastiat, y en pleno desorden de la mudanza: «La indicación que U. me hace relativa a pagar en dinero a mis sobrinos lo que monten sus derechos en las dos casas compradas a D. M. Pombo y a los herederos del señor Olaya Esguerra, me parece acertadísima; pero temo que no tenga yo fondos suficientes para la operación. En este caso será menester deshacerse de una de ellas, acaso de la de S. Victorino. Sé que U. hará lo mejor». No había ningún señor Olaya Esguerra: lo que había era los Esguerra Olaya. Con tanto trámite y tanta burocracia de enterradores y abogados don Rufino, que era buenísimo para las cuentas desde que lo doctoraron en su juventud los taberneros de Bogotá a los que les vendía su cerveza, ya de mayor se estaba enredando: la casa de San Victorino a que se refería era la de la cuadra doce de la Calle 13 y se la habían comprado, él y Ángel y a través del doctor Patiño, a los herederos del matrimonio de don Joaquín Esguerra con doña Faustina Olaya, según consta en escritura número ciento cuarenta y siete otorgada ante el Notario Cuarto del Circuito de Bogotá el 8 de febrero de 1890. Con las biografías de Cuervo y de Silva voy a salir graduado, honoris causa, de contador y abogado. Este mundo sufriente está atestado de herederos y de muertos. Por lo que se refiere a don Rufino, le dejó la parte sustanciosa de sus bienes al Hospital de San Juan de Dios de Bogotá, su heredero universal. Lo cual ni quita ni pone en esta causa de canonización por una simple razón: porque los muertos no se pueden llevar nada a la tumba. Si don Rufino le hubiera dado sus bienes a dicho Hospital en vida, sí contaría; como no, no. Y que no me oiga el pirómano Ordóñez o me torpedea esto. En fin, ni la casa que fuera de los hermanos Esguerra Olaya, ni la que fuera de Manuel Pombo se usaron para pagarles su parte a los Cuervo Márquez, según ya expliqué. ¡Cómo es posible que Ángel se haya muerto intestado dejando a su hermano en puro lío burocrático! Tampoco él puede estar en el cielo: Ángel anda todavía, y andará por siglos, pagando purgatorio. Y las cartas que recibió don Rufino del doctor Patiño, ¿qué se hicieron, dónde están? ¿Las destruyó acaso don Rufino? Sin ellas no puedo resolver a cabalidad los problemas contables de esta historia, siendo la contabilidad, después de mi odio por presidentes y papas, mi gran pasión. ¡Con la vida de Silva me di un banquete de pesos y centavos y fracciones de centavo! Quince años han transcurrido desde el banquete y todavía me lo saboreo.

Entre el papelerío de don Rufino ha quedado el borrador de una carta suya del 24 de septiembre de 1897 al ministro de Instrucción Pública de Colombia, Nicanor Insignares, referente a la quinta cláusula del proyectado testamento de Ángel, que como dije se quedó en proyecto. El testamento no lo conocemos. ¿Le habría dejado Ángel a su hermano sus mitades en las tres casas de que eran dueños ambos, pero que al no haberse legalizado el testamento don Rufino tuvo que repartirse con los sobrinos, por ley, y por eso la carta a Benigno Barreto pidiendo la ayuda de Dios? Ni siquiera conocemos la quinta cláusula porque don Rufino no la copió en su borrador, pero sabemos que tiene que ver con los objetos «históricos y artísticos» que Ángel le dejó de herencia al Museo Nacional de Bogotá: un cuadro atribuido a Ribera o a Murillo (pintores que nada tienen qué ver); otro del pintor mexicano Felipe Gutiérrez, protegido de Pombo; otro del pintor venezolano Arturo Michelena pintado en París no hacía mucho; «un fragmento de pan amasado con arena y aserrín» hecho por Julio Ferri durante el sitio de París de 1870; varias monedas y medallas; la capucha de una capa de Bolívar que le regaló al doctor Cuervo Manuelita Sáenz, la querida del venezolano ese; un busto en mármol del general Antonio Basilio Cuervo y su espada; un camafeo de don Ángel hecho por Pío Giotto en Roma; un medallón con cabellos del general Neira; una figurilla de loza verde vidriada; una carta autógrafa de san Vicente de Paúl… Chucherías, baratijas, como para museo de una Atenas suramericana. «Suplicaba» don Rufino «a Vuestra Señoría» que se sirviera «aceptar la donación en nombre del Gobierno de Colombia y designar la persona que haya de recibirla en París, en Sabanilla o en Bogotá. Todos los gastos de empaque y transporte hasta Bogotá corren por mi cuenta, y el Gobierno no tendrá que desembolsar un centavo». Un año largo después el director del Museo, Fidel Pombo, hermano de Rafael y Manuel, recibía las cinco cajas en que venía el legado de Ángel: todo intacto, «sano y salvo –según el parte triunfal que le daba a don Rufino desde Bogotá–, con excepción de un cristal de la preciosa caja para colocar la capucha del Libertador, que se partió junto a la cerradura».

La verdad es que don Rufino quedó deshecho con la muerte de su hermano, y se lamentaba con quien lo quisiera oír. Al ministro Insignares, por ejemplo, un desconocido, le empezaba diciendo en su carta: «Mi llorado hermano D. Ángel Cuervo escribió de su puño y letra el borrador de su testamento, cuya cláusula quinta copio en seguida. La violencia de la enfermedad que lo llevó a la tumba no le permitió otorgar este testamento en la forma legal. Pero para mí que le debí el más vivo y generoso afecto y una solicitud apenas comparable a la de una madre [no de la mía, ¿eh?, don Rufino, que fue insolícita], para mí que debo a su inquebrantable laboriosidad el desahogo con que he podido llegar a ser "no indigno sucesor de un nombre ilustre" [endecasílabo de Leandro Fernández de Moratín], como que él ahuyentó de nuestra casa la miseria, para mí digo, el cumplimiento de su voluntad es un deber sagrado, por amor, por gratitud, por justicia».

Y a Emilio Teza, a quien en el curso de los años vio tan solo dos veces (en París la primera y la segunda en Brunnen o por ahí cerca, donde lo conoció Ángel): «No puedo pintar a U. la soledad y el vacío que me ha dejado la separación de mi incomparable hermano. Su abnegación y generosidad, sus costumbres ingenuas y sencillas, y todas las virtudes cristianas y sociales, eran mi encanto y mi admiración. Vivimos siempre unidos en la desgracia y en la prosperidad, y siento que ha muerto la mejor parte de mí. Dios le habrá acogido en el seno de su misericordia, y espero nos veamos en la resurrección». Don Rufino se olvidaba de que no les estaba escribiendo a sus paisanos beatos de Belisario Peña, Benigno Barreto y Rafael Pombo, sino a un italiano ateo que no creía ni en la dura terquedad de la piedra. Teza le contestaba, con tono de folletín: «La vostra lettera mi commuove. C'è costà una casa deserta, e un cuore deserto, e per sempre; ma voi avete belli e potenti conforti di religione che v'invidio. Al solo vederlo ho creduto indovinare la bontá, la dolcezza, la semplicità nel fratello vostro, degno di voi, e che non vi doveva esser tolto»: «Vuestra carta me conmueve. Hay en ella una casa desierta y un corazón desierto para siempre; pero vos tenéis un bello y poderoso consuelo en la religión que os envidio. Con solo verlo he creído adivinar la bondad, la dulzura y la simplicidad en vuestro hermano, digno de vos, y al que no debían haberos quitado». Exactamente lo que digo yo, pero con Dios uno nunca sabe. En fin, ¿recuerdan al impertinente peruano Gabino Pacheco Zegarra que solo abría la boca (o mejor dicho empuñaba la pluma) para darle malas noticias a don Rufino? ¿Saben cómo termina su carta del 14 de mayo de 1896, o sea de poco después de la muerte de Ángel, la decimoquinta y última que le escribió a don Rufino, desde Lima? Termina así: «Con saludo de distinción para su Sr. hermano Dn. Ángel, me despido, ofreciendo corregirme de mi silencio y con las seguridades de mi invariable admiración y afecto». ¡Mandándole saludos a un muerto!

Varias cartas de pésame recibió don Rufino por la muerte de Ángel: de Antonio Gómez Restrepo desde Madrid, del hermano Miguel desde Quito, de Schuchardt desde Graz, de Marguerite du Lac desde La Gauphine, de Rafael Pombo desde Bogotá, de Enrique Álvarez Bonilla desde Bogotá, de Rafael Salillas desde Madrid, de Miguel Antonio Caro desde Bogotá, de Augusto Borda desde Roma, de Miguel Samper desde Bogotá, de Enrique Barreto desde Bogotá… Rafael Salillas le aconsejaba resignación; Enrique Álvarez Bonilla le recomendaba el alma de Ángel a Nuestra Señora del Carmen; Marguerite du Lac, la traductora al francés de *Jamás*, le decía que la vida no era alegre para nadie y que le mandara un retrato de Ángel, a quien no alcanzó a conocer en persona, solo por carta; el hermano Miguel, lasallista y gramático ecuatoriano beatificado por Pablo VI y canonizado por Juan Pablo II, le decía que no podía mostrarse indiferente «en la prueba con que N. Señor se ha dignado visitar a Ud.» Maravilloso lo que le dice el hermano Miguel, pero don Rufino le gana en santidad y en gramática: al mexicano Joaquín García Icazbalceta, que lloraba la muerte de un sobrino, le escribió: «Mi venerado y querido amigo: Con la mayor pena he visto en la afectuosa carta de U. que la Divina Providencia ha visitado a U. enviándole otra desgracia». Esto se lo escribía don Rufino el 10 de noviembre de 1893; pues el 24 de abril de 1896, entre las siete y las ocho de la mañana, la misma amable Señora lo visitaba a él en la rue Bastiat enviándole lo mismo que al mexicano.

En respuesta al pésame de su primo segundo Enrique Barreto don Rufino le escribía a Bogotá: «Queridísimo Enrique: La cariñosa carta de U. me ha traído a la memoria con nueva viveza aquellos tiempos ya algo distantes en que U. iba todavía muy joven a nuestra casa con su padre, mi amado Benigno, y nos acompañaba en nuestras inolvidables conversaciones, todas sinceridad y con aquel agrado que da la perfecta conformidad de ideas y sentimientos. La vida que U. vio que entonces llevábamos Ángel y yo se hizo más íntima con los años y la soledad, de modo que al final estábamos identificados, y puedo decir que al dejar él esta vida se llevó mi mejor parte. Con suma razón ha considerado U. mi soledad y el vacío inmenso en que me veo abismado. Cuando vivíamos juntos, lo que el uno veía, o leía o imaginaba, luego lo comunicaba al otro; ahora, a cada paso voy a buscar a mi compañero y me hallo solo, hablo y todo es silencio». Lo anterior se lo escribía el 8 septiembre del año nefasto desde Fontainebleau donde ya había estado con Ángel años atrás y adonde ahora volvía solo, en su primer verano sin él, perseguido por su recuerdo. Sabemos que en esta segunda estancia en Fontainebleau don Rufino se alojó en el Hôtel de la Chancellerie, pues en la colección de sobres vacíos que nos dejó fray Pedro Fabo después de haberlos vaciado de sus cartas hay uno que trae el matasellos del 11 de septiembre de 1896, dirigido a él y a ese hotel de ese lugar de veraneo situado no lejos de París. Queda una carta más de don Rufino escrita desde allí el 18 del mismo mes, a Belisario Peña, a Bogotá, a donde este pobre hombre acababa de llegar de Quito desterrado por el matacuras de Eloy Alfaro (si es que a un colombiano lo pueden desterrar a Colombia, que tal vez sí). Le decía don Rufino: «En meses pasados escribí a U. contándole la muerte de Ángel y las amarguras que su Divina Majestad se ha dignado enviarme. No sé si alcanzaría U. a recibir esa carta». La carta sí la recibió pero no la contestó sino hasta casi un año y medio después ya que tras su destierro del Ecuador estuvo al borde de la muerte en Panamá, donde le administraron los «últimos Sacramentos», y cuando por fin iba de regreso a Quito, por la vía de Popayán, dos días antes de llegar recibió la noticia de que no hacía mucho había muerto Carmen, su amadísima esposa. ¡Otro al que su Divina Majestad le hizo la visita, dejándolo a él viudo y a sus hijos huérfanos de madre! De todos modos su amadísima Carmen no era su máximo amor, a juzgar por otro párrafo de la carta, en que le dice a don Rufino: «Después de Dios, la Patria ha sido el amor más grande de mi alma y el objeto de mis anhelos». ¿A cuál patria se refería? ¿A Colombia o al Ecuador? ¡Pues a Colombia! ¡Cómo va a querer un colombiano tener por patria a ese otro país tan pequeño en extensión y tan atrasado en industria! Los colombianos vemos al Ecuador como los gringos nos ven a nosotros.

El 1º de junio de ese *annus horribilis* don Rufino estaba en París, pues desde allí está fechada una carta suya a Antonio Gómez Restrepo, a Madrid. Para el 9 del mismo mes ya había dejado la ciudad y se encontraba en Mont-Dore, según sabemos por otro sobre vacío enviado a su nombre y a la *poste restante* de esa estación termal conocida por sus aguas que tenían fama de servir para las afecciones respiratorias. Era su segunda estancia en Mont-Dore ya que el año anterior había pasado allí con Ángel dos meses del verano. Entonces acababa de salir de una bronquitis que lo tuvo encerrado «semanas y semanas» en su apartamento de París, y en la que recayó a su regreso, según sabemos por cartas suyas a Emilio Teza y a Miguel Luis Amunátegui, un gramático chileno. Fue el último verano que pasó con Ángel; ahora volvía a Mont-Dore sin él, con su recuerdo. Tras unos días en Mont-Dore don Rufino se fue a Bellevue, un pueblito cercano a Versalles, y se alojó en el Hôtel de la Gare, de la calle del mismo nombre. Allí estaba el sábado 25 de julio cuando a contracorriente de la Divina Providencia, que no trae sino desgracias, el presidente de la República Francesa firmó el decreto que le otorgaba la Legión de Honor por «sus trabajos notables en filología románica». Los periódicos vespertinos de ese día y los matutinos del siguiente dieron la noticia. Por ellos ha debido de haberse enterado don Rufino, o bien días después por las cartas que le enviaron desde París Elías Zerolo el 25 y Foulché-Delbosc el 26 contándoselo. El 28 Morel-Fatio le escribía, en su español afrancesado, desde París: «Acabo de leer en los periódicos que ha sido Vd. condecorado de la Legión de Honor. Aunque no debe Vd. tener gran cuenta con los títulos y crucecitas, pienso que agradecerá este testimonio de grandísima consideración que le otorga hoy el gobierno francés, cuando sabrá que el decreto le propuso al Ministro el señor Gaston Paris. No solo sus eminentes méritos científicos, sino también el hecho de haber publicado en Francia la mayor parte de sus admirables trabajos filológicos le hacían merecedor de esta condecoración pocas veces mejor empleada». De Gaston Paris recibió la siguiente tarjeta de felicitaciones, sin fecha: «Gaston Paris de l'Académie Française et de l'Académie des Inscriptions et Belles Lettres très heureux de la distinction si méritée accordée par la France à l'éminent philologue son hôte. Collège de France». No bien recibió don Rufino las misivas anteriores le escribió a Gaston Paris: «Al mismo tiempo que recibo la benévola felicitación de U. por la altísima distinción que acaba de otorgarme la Francia, sé por un amigo común que a propuesta de U. debo este honor que ella solo concede a los mejores de sus hijos. Tal benevolencia de parte de U. realza tanto a mis ojos la generosidad de esta gran nación, que no acierto a hallar términos propios para expresar mi agradecimiento; y solo puedo asegurar a U. que si antes amaba a Francia y veneraba a sus sabios, ahora me une a ella un nuevo vínculo que solo con mi vida se desatará, como que puedo compararlo a un afecto en cierto modo filial; y a ellos el reconocimiento de ir a descubrirme en mi oscuridad para ensalzarme de manera tan inmerecida. Reciba pues la íntima expresión de mi gratitud y cuénteme U., como siempre, entre los más adictos de sus admiradores». Este afecto habría de apagársele algunos años después, cuando Francia dio su beneplácito a la separación de Panamá de Colombia. Entonces don Rufino archivó la condecoración.

Por la correspondencia con Antonio Gómez Restrepo sabemos que con este joven que había tomado el camino firme y seguro de la burocracia oficial y que regresaba por Francia a Colombia de su cargo diplomático en España, se vio don Rufino en Bellevue. No bien llegó a Bogotá Gómez Restrepo le escribió a don Rufino: «Deseo que su permanencia en el campo le haya aprovechado mucho. Ni un momento he cesado de pensar en Ud. recordando los malos informes que nos dio sobre su salud el día que nos vimos en Bellevue». Se me hace que este «nos vimos» no es un plural mayestático de obispo o de vendedor de almacén sino que lo incluye a él y a su cercano amigo Hernando Holguín y Caro, sobrino del presidente Miguel Antonio Caro, quien a los pocos días del regreso a Colombia de Gómez Restrepo lo nombró subsecretario de Relaciones Exteriores, según se lo informaba el flamante subsecretario a don Rufino en su carta. De Bellevue don Rufino regresó por unos días a París, desde donde el 21 de agosto le escribió a Caro justamente, y luego se fue a Fontainebleau a pasar lo que restaba del verano.

La carta a Caro del 21 de agosto de 1896 empieza: «La primera prueba de cariño que recibí de Bogotá en mi triste soledad fue el telegrama de usted…» En un pasaje de esta carta don Rufino se refiere al disgusto que tuvo con el ministro de Instrucción Pública de Caro, Liborio Zerda, motivado por unos ejemplares del *Diccionario de construcción y régimen* que el gobierno le iba a comprar a través de ese Ministerio, incidente que acabó de enfriar la amistad entre los dos viejos amigos. Don Rufino termina su carta diciendo: «Con las penas y fatigas de estos meses crueles, he estado lleno de achaques, que me impiden todo trabajo. He estado algunos días en el campo pero aún no estoy bueno. He vuelto unos días a casa, y volveré a salir para ver si cobro algunas fuerzas para el invierno. Con Gómez y con Hernando le he mandado un estrecho abrazo. Difícilmente se encontrarán jóvenes más dignos de elogio y de próspera fortuna. Saludo con el más vivo afecto a mi comadre y le ruego que no se olvide de mi querido Ángel. Mil cariñosos recuerdos a mi ahijado y a toda la familia. Suyo de corazón, R. J. Cuervo». Fue la penúltima de las cartas que le escribió don Rufino. Nueve años y ocho meses después Caro le escribió la que resultó siendo su última carta, para anunciarle el viaje a Europa de su hijo Roberto. Tres años después de esta carta de Caro, y habiendo transcurrido doce años y ocho meses de la última de don Rufino que acabo de citar, el 8 de mayo de 1909 este le volvió a escribir a su distante amigo (distante en el tiempo y en el espacio sin duda, aunque nunca lograré saber si también en el sentimiento) para darle el pésame por la muerte de su esposa Anita, quien a su vez era su comadre. Tres meses después murió Caro.

Hay una carta más de don Rufino de las escritas desde Bellevue: del 7 de agosto de 1896 y dirigida a su sobrino Carlos Cuervo Márquez para agradecerle alguna misiva de pésame por la muerte de Ángel. En su carta le informa don Rufino de su salud: «Hace días que me he venido a este lugarcito inmediato a París aquejado por achaques de *surmenage* que me sobrevinieron el año pasado y se han renovado con las penas y fatigas de estos tristes días. Estoy dándome duchas, que algún provecho me hacen, y sobre todo obedeciendo al médico, que me ha ordenado un reposo absoluto. Por eso solo escribo a U. cuatro letras, condensando en ellas el más vivo afecto para U., Elena y los niños. Escribiré también a Julio y a Luis hoy; a Carolina le volveré a escribir después. Lo abrazo estrechamente y quedo suyo de corazón R. J. Cuervo». Esta es la única mención que conozco por parte de don Rufino de sus sobrinos Julio y Luis Cuervo Márquez, hermanos de Carlos y de quienes ya hablé. En cuanto a Carolina Márquez, era la madre de los tres y la viuda del hermano de don Rufino Luis María Cuervo Urisarri. Ni a sus sobrinos Julio y Luis ni a su cuñada Carolina los veía don Rufino desde que se habías marchado con Ángel de Colombia en 1882. Ni los volvería a ver. A Carlos y a su esposa Elena en cambio los volvió a ver cuando fueron a visitarlo a París, con sus niños (que en realidad eran niñas), en noviembre de 1908.

El otorgamiento de la Legión de Honor está relacionado con el primer testamento de don Rufino, hecho ante el cónsul de Colombia en Francia el 4 de julio de 1896, o sea cuando la sucesión intestada de Ángel, quien había muerto hacía poco, todavía no se ponía en marcha y no le había sido asignada por lo tanto la parte de los bienes de su hermano que le correspondía por ley. La novena cláusula de este primer testamento (años después don Rufino hizo otro) estipulaba que su albacea colombiano debía situar en Francia cuarenta mil francos en oro francés para que se colocaran en renta del Estado a nombre de su criada Maria Joseph Bonté. Y la décima estipulaba que al morir esta el dinero pasara al Instituto de Francia, el cual debía dar con sus réditos, a través de la Academia de Inscripciones y Bellas Letras, un premio trianual en memoria de su padre el doctor Rufino Cuervo para el mejor libro sobre historia de la América Española publicado en los últimos seis años. El 7 de junio de 1896, o sea un mes escaso antes de la protocolización del testamento, Morel-Fatio le escribía a don Rufino, en su español incorrecto: «He enseñado las dos cláusulas cuya copia me mandó Vd. a un primo mío consejero de estado, el cual, por su oficio, examina y revisa diariamente todo género de mandas a establecimientos públicos: dice que la redacción de estas cláusulas le parece jurídicamente muy clara y que no podrá motivar ninguna contestación por parte de los llamados a beneficiar de sus generosas intenciones. De la segunda cláusula di también cuenta al señor Gaston Paris, ya que se trata de la Academia de Inscripciones y de un legado que interesa en parte la filología neo-latina. Después de haber manifestado su admiración por el desprendimiento de Vd., puso el señor Paris algunos reparos a la redacción de la dicha segunda cláusula». Más que reparos eran sugerencias de aclaraciones que don Rufino aceptó e incorporó en la versión final de su testamento. Gaston Paris, una de las grandes personalidades francesas del momento, pertenecía al Colegio de Francia y a la Academia de Inscripciones y Bellas Letras, como él mismo lo decía en su tarjeta de felicitaciones a don Rufino; y ya sabemos por Morel-Fatio que fue él el que propuso el nombre de don Rufino al gobierno francés para que le dieran la Legión de Honor. Pesó pues en su ánimo al hacerlo el desprendimiento que le atribuye a don Rufino, aunque yo no veo cuál pudiera ser pues los muertos no se llevan nada a la tumba. Si el dinero se lo hubiera dado en vida don Rufino a su criada o a la Academia de Inscripciones y Bellas Letras, entonces sí habría habido desprendimiento. Pero como no fue así… De lo único que se desprende un muerto es de la vida. De suerte que las cláusulas novena y décima del primer testamento de don Rufino no se tomarán en cuenta en esta causa de canonización.

Volviendo a Caro a quien por las ramificaciones del relato he tenido que matar antes de tiempo como si fuera posible salir de golpe y porrazo de un personaje como él, vamos a dejarlo que se describa con palabras suyas tomadas de sus cartas a don Rufino. Carta del 12 de junio de 1884: «No le he enviado fondos porque el cambio está muy alto, con tendencia a bajar mucho si Núñez hace empréstito. Aguardo, pues, a la venida próxima o desaparición definitiva de este misterioso personaje, que se halla hoy en Curazao». Carta del 23 de noviembre de 1884: «A *La Luz* enviaré el artículo que me ha pedido el doctor Núñez; será más filosófico que literario». Carta del 31 de agosto de 1885: «El doctor Núñez me llamó a la Secretaría de Relaciones Exteriores, pero a pesar de sus instancias y las de algunos amigos, yo me mantuve firme en rehusar, por mil razones, y la principal de todas porque ese no es mi puesto, y los hombres no deben salir de su esfera. El resultado del triunfo del gobierno será la reforma de la constitución en sentido conservador. Se acabará la soberanía de los estados, el período presidencial será de seis años, y confiando en Dios tendremos paz por algún tiempo». Carta del 27 de diciembre de 1886: «Yo he estado todo el año envuelto en cuestiones y debates políticos. Ya habrán visto ustedes la Constitución. He sido nombrado consejero de Estado, y tendré que trabajar en codificación de leyes». Carta del 16 de julio de 1887: «El doctor Núñez me ha escrito una carta en que me dice que esa obra [el *Diccionario* de don Rufino] "alegra y pasma"». Carta del 12 de noviembre de 1888: «José Vicente Concha, hijo del doctor Concha, joven honrado y cumplido, ha recibido de su madre unos seis o siete mil pesos que quiere dedicar al negocio de libros, y he hecho con él un arreglo por el cual quedará como dueño principal de la Librería Americana». Carta del 7 de diciembre de 1889: «Los radicales no se conforman con la pérdida del poder. Yo he venido a ser el principal blanco de los odios e injurias de estos despechados. Mi falta absoluta de ambición, mi resistencia a ir al Gobierno, mi vida más que modesta, la pobreza en que vivo… nada ha podido apaciguar a estos encarnizados enemigos, a quienes ningún mal he hecho». Carta del 24 de julio de 1892: «Me tiene usted de Vicepresidente, y dentro de pocos días de Encargado del Poder Ejecutivo. Pero Dios lo quiso y Él dará fuerzas», etc., principio de un párrafo glorioso de abnegación sin límites que ya he citado a propósito de quién sabe qué.

Núñez pasó pues en el curso de estas cartas de un quídam o «misterioso personaje» al respetado «doctor Núñez». Y el que las escribió, de un humanista cristiano del partido conservador, librero y latinista, pasó a ser la sombra del otro, el caudillo ateo y liberal que le imponía su voluntad a Colombia. Sin querer pero queriendo, Miguel Antonio Caro se había trepado hasta el tope del poder. Gobernó seis años, como un autócrata, desterrando opositores y debelando a bala sublevaciones, y si no continuó otros seis fue porque no encontró la forma: la sartén que tenía agarrada por el mango se le había calentado tanto que la tuvo que soltar. Sacando cuentas, Núñez era mejor persona que él. Cuatro veces lo eligieron para la presidencia, y cuatro veces la dejó en manos de otros. Acabó por hartarse de Bogotá y se marchó a la Costa, a Cartagena, su ciudad, con su querida, doña Soledad Román, no sin antes habérsela impuesto a la católica cuanto despreciable sociedad bogotana empezando por su arzobispo, José Telésforo Paúl, primera autoridad eclesiástica de la nación. En el banquete que le dieron en palacio por su sexagésimo cumpleaños, se dio el gran gusto de hacer que el ilustrísimo Paúl llevara al comedor de la mano a doña Soledad. Por conveniencia mutua, Núñez, que era ateo, aceptó a la Iglesia; y la Iglesia, que es puta, aceptó al ateo. Hasta firmaron concordato. La Regeneración se llamaba el movimiento de Núñez formado por liberales independientes y conservadores nacionalistas, opuestos a los liberales radicales y a los conservadores históricos. Ya habiendo muerto

Núñez, don Rufino le escribía a Pombo: «El clero ha tenido condescendencias indebidas, si he de juzgar por lo que me cuentan de haber dado el Arzobispo el brazo a la manceba del Presidente (hablo como católico); no sé qué se haya hecho por el mismo clero para rectificar o corregir la política dominante; y perdóneme la temeridad, si ha fruncido el labio, quizá no ha sido tanto en signo de improbación del sistema, sino por despecho de no tener más parte en él. No sé quién decía que en Bogotá había mucha devoción y poca religión; lo que está pasando lo comprueba. Perdóneme V. estas impiedades que me sugiere la amarga situación en que todos estamos». Y en este punto se interrumpe la carta de don Rufino porque alguien la mutiló, sin que haya forma de saber quién y por qué.

Muchas son las palabras amargas de don Rufino sobre la Regeneración de Núñez y Caro. Habiendo muerto Núñez, pero cuando todavía gobernaba el otro, le escribía a su sobrino Carlos Cuervo Márquez: «Desde que apareció la Regeneración comprendí que llevaba en sí gérmenes de muerte. Núñez era un hombre corrompido y maquiavélico que manteniendo ese dualismo quería asegurar su dominio personal, enervar la idea conservadora y acabar con nuestro partido. Para igualar la balanza produjo la escisión de los adictos, y puso como chupa de dómine a Holguín y a Caro, y si no muere en los momentos en que murió, hubiera hundido al último en un muladar». Y a Pombo, habiendo estallado la guerra de los Mil Días: «En ninguna época los tres cínicos que han ejercido el poder, cada uno por su lado, han carecido más absolutamente de todas las virtudes cristianas que hay derecho a esperar de un gobernante; todo ha sido mala fe, maquiavelismo refinado, soberbia satánica, ruines odios y venganzas, descuido completo de la administración pública y de los intereses morales y materiales de la sociedad, y por último un nepotismo infecto y desvergonzado». Los tres cínicos eran Núñez, Holguín y Caro, de los que los dos últimos eran cuñados; y parientes de los tres, y beneficiarios de su nepotismo, fueron varios de los admiradores de don Rufino que a su paso por París, camino de la corte de Madrid, iban a visitarlo. De los tres cínicos solo dos eran buenos cristianos: Holguín y Caro. Del otro, Núñez, un ateo, no había que esperar las que don Rufino llamaba «virtudes cristianas», que esta es la hora que me sigo preguntando: ¿cuáles son? ¿Tener hijos acaso y comerse a los animales? La primera virtud cristiana don Rufino nunca la practicó. La segunda sí y en prueba estas palabras suyas de una carta a Rafael Pombo del 25 de abril de 1908, en que le cuenta de su vida diaria: «Soy, como U., poco comilón, y desde mi niñez me acostumbré a no pedir ni escoger nada; una excepción: teniendo ocho o diez años, era mi ilusión suprema comerme entero un rostro de cordero; lo logré, y quedé curado de esas ilusiones. Ahora soy casi del todo pasivo, y acepto lo que me dan, aunque sí siento repugnancias que antes no tenía. Así mi régimen es sencillísimo. A eso de las 8 tomo café con leche, pan y mantequilla; entre doce y una almuerzo, algunas veces con sopa, otras no; y en este caso un huevo pasado por agua o de otro modo, carne asada (*saignante*) con papas o fritas o en *naco* (esto es lo que aquí más recomiendan ahora los médicos), y con otro paréntesis no ortográfico, le diré que las papas de aquí me parecen detestables. La comida, entre seis y siete, es sopa, a menudo de legumbres, pero también de tapioca, fideos o cosa así, también con caldo de sustancia, excepto los viernes, que es *de viernes*, carne, también generalmente asada, o pollo, rara vez conejo o pato, frutas de la estación, dulce, que mi criada hace admirablemente, con la ventaja de poder conservarse uno y más años, por manera que hoy como fresas del pasado». ¡Ah, con que carnívoro este pequeño burgués degenerado! Pombo en cambio, según sabemos por su copiador de cartas en que extractaba las que mandaba, le escribió a Jorge Roa a Europa para someterle a su consideración varias ideas suyas civilizadoras: «Juegos y diversiones sanos. ¡No más toros! Fiestas nacionales cultas y protección a los animales». En este punto descanonizo a Rufino José Cuervo Urisarri e incoo la causa de canonización de Rafael Pombo Rebolledo, gran poeta y gran señor.

Y sigue diciendo el pequeño burgués en su miserable carta: «Pero sabrá U. que toda mi vida he padecido de morideras, cuando se me pasa la hora; para curarme en salud, como a las once, por si se tarda el almuerzo, me tomo una copita de vino (ahora de Málaga) con un bocado de pan, y a las cinco una taza de leche. Entre almuerzo y comida, juntos, me bebo una botella de vino de Burdeos bien aguado. Fuera de mis achaques de cabeza, no padezco de otra cosa notable que de delicadeza de bronquios. De los primeros me mejorara bastante, a lo que creo, si pudiera descansar. A la hora de esta me siento tan fatigado, que esta carta será el trabajo de todo el día, pues no podré hacer más. Esta fatiga se extiende al ejercicio material…» Y aquí se termina la carta porque alguien la mutiló.

De los diez ejemplares de la muestra de su *Diccionario* que le mandó a Caro para que los repartiera en Bogotá, uno se lo dio este a Núñez, quien le escribió lo que sigue a su chupa de dómine: «Distinguido amigo Sr. Caro: Le agradezco el precioso trabajo del Sr. Cuervo, precioso y admirable y casi inverosímil. Aquel ilustre colombiano nos honra, en tanto que otros nos avergüenzan. Ahora es preciso que U. –único que puede hacerlo– escriba el elogio de esas hojas imperecederas para *La Luz*». Caro escribió en el periódico que le decían el artículo que le pedían, y le mandó la carta de Núñez a don Rufino, quien la conservó entre sus papeles. A Núñez, filósofo y poeta que perteneció a la Academia Colombiana de la Lengua, los colombianos le deben la letra de su himno nacional. La Historia dice que se confesó in extremis con el obispo Biffi, su cercano amigo, tras lo cual el 18 de septiembre de 1894 se embarcó en Cartagena, puerto sobre el mar Caribe, rumbo a la gloria de Dios. Yo digo que llegó pues en una estrofa de su inmarcesible himno nos dice: «La humanidad entera, que entre cadenas gime,/ comprende las palabras del que murió en la cruz». Y en otra: «La Virgen sus cabellos arranca en agonía/ y de su amor viüda los cuelga del ciprés». Esta «viüda» con diéresis es genial. ¡Cómo no se va a haber ido para el cielo este gran hombre! Y al que se burle del himno nacional en Colombia, sepa que el pirómano Ordóñez le aplica dos años de cárcel. No bien murió Núñez, Ángel Cuervo, alma bondadosa, le escribió a su apoderado Federico Patiño: «Aquí hemos visto por los periódicos que el martes 18 murió en Cartagena el Dr. Núñez. Ya el Juez Supremo lo habrá juzgado: habrá sido perdonado por el bien que quiso hacer». ¿Y cómo supo Ángel Cuervo que Núñez quiso hacer el bien? Y por las mismas fechas don Rufino le escribía a Carlos Calderón, el sucesor de Núñez en la Academia Colombiana de la Lengua: «Doy a U. las más expresivas gracias por la fineza que U. ha tenido de obsequiarme con su obra *Núñez y la Regeneración*. Me propongo leerla con el más vivo interés por el asunto de que trata y particularmente por ser obra de U. [¡cuánto "usted", don Rufino, por Dios!]. Fingían las antiguas fábulas que la Verdad era hija del Tiempo, y puede en efecto suceder que los que hoy vivimos no veamos con toda distinción los efectos de la sorprendente energía del Dr. Núñez, y que nuestros juicios exijan algún correctivo cuando se escriba definitivamente nuestra historia». No cabe duda de que don Rufino era un hombre noble.

En cuanto a Biffi, monseñor Eugenio Biffi, italiano de Milán, acabó reinando en Colombia como obispo de Cartagena, no sin antes haber padecido un tiempecito destierro por obra de san Tomás Cipriano de Mosquera (el que se sabía de memoria el santoral, por lo que aquí lo canonizamos para que entrara en él). El 16 de febrero de 1888 el obispo Biffi, que se hallaba entonces en París, le escribió a don Rufino: «Hace ya cerca de un año que yo tuve el gusto de enviarle a Ud. una copia de la Excitación que yo dirigí a mis Diocesanos a favor de mi Seminario, solicitando de Ud. se dignara contribuir con lo que a bien tuviese para dicha obra. La revolución que interrumpió toda correspondencia epistolar fue sin duda la causa que le impidió a Ud. realizar lo que su generoso corazón quería hacer. Hallándome hoy en París le suplico encarecidamente haga algún pequeño sacrificio a fin de sostener una obra que es de extrema necesidad para mi Diócesis. Los señores Ribon Castro y Cía. 25 Rue Grammon y M. Vengohechea, 3 Rue d'Hauteville están encargados de recibir lo que sus muy estimados colombianos quieran ofrecer. Muy atento y seguro servidor Eugenio Biffi Obispo de Cartagena», con la crucecita antes de «Eugenio» y en papel membretado con el escudo del obispado de esa ciudad. A don Rufino lo tenían los curas tan asolado como a mí los protectores de los animales. La carta anterior figura en el último volumen de la correspondencia «epistolar» (como diría el obispo Biffi) de don Rufino encomendado a Gloria María Ibarra Mesa, una descuidadísima señora pero también un alma buena pues donde dice «Castro» en la carta ella remite a una nota de pie de página suya en que nos informa: «Los señores Ribon Castro & Cía. eran unos distinguidos banqueros». «Distinguidos banqueros», doña Gloria María, es una imposibilidad ontológica, como «ladrón honrado» o «sol oscuro». ¡Qué imaginación lingüística la suya! La felicito por semejante oximoron.

Queda también en la «correspondencia epistolar» de don Rufino una carta suya al mencionado Vengohechea, en un volumen que esta vez corrió a cargo de doña Angelina Araújo Vélez, tan descuidada e imaginativa señora como doña Gloria María, fechada en París el 26 de junio de 1886: «Señor D. Miguel Vengohechea. Muy señor mío y respetado amigo: Ya ha llegado el recibo del dinero entregado por orden nuestra en Bogotá y a cuenta del Sr. D. José María Torres Caicedo. Le agradecería a U. me dijese a cuántos días vista y por qué suma puedo girar contra la casa de U. según convinimos el otro día, en el supuesto que la suma entregada en Bogotá es de treinta y dos pesos fuertes ($10/10) y que hay que deducir el cambio. Con sentimientos de particular estimación me complazco en repetirme de U. afmo. amigo y S. S. Q. B. S. M. Rufino José Cuervo». ¡Cuánto habría gozado Tannenberg descifrando estas abreviaturas! Y he ahí, en ellas, un genial atisbo de la escritura cabalística de los muchachos de hoy que escriben en las pantallitas de sus teléfonos celulares.

Al loco José María Torres Caicedo ya lo presenté. Cuando los Cuervo lo conocieron en 1878 en su primer viaje a París ya estaba tocado pero poco, todavía hilaba. Traían los dos hermanos de Colombia una carta de presentación para él, aunque no sé de quién; y un corresponsal venezolano de don Rufino, Cecilio Acosta, le escribía desde Caracas el 3 de junio de ese año dirigiéndole la carta a la dirección de su «noble amigo Don José María Torres Caicedo» para que este se la entregara (y puesto que don Rufino la conservó es porque el loco se la entregó). El 7 de este mismo mes de junio Torres Caicedo le dejó a don Rufino, supongo que en su hotel, el siguiente mensaje: «Señor Don Rufino Cuervo. Presente. Mi querido compatriota y amigo: La fortuna me ha sido adversa: no me hallé en esta su casa el día que Ud. y su estimado hermano me honraron con su visita; ni hallé a Uds. en la suya dos veces que he estado en busca de Uds. Conozco a Uds. intelectual y moralmente: tengo a honra ser compatriota de Uds. y su amigo. No solo Colombia, sino la América toda pueden vanagloriarse con sus trabajos científicos y literarios. Ansío por ver a Uds., por oírlos, por abrazarlos. No cuenten Uds. con ceremonias. He estado, desde hoy nueve meses, más atareado que nunca, y así seguiré durante toda la Exposición. Vengan por acá, se lo ruego: me encuentran, salvo raras excepciones, desde las 8 de la mañana hasta mediodía. Todo nos ordena ser amigos. Íntimos amigos. Yo aprecio y estimo a Uds. de todo corazón. Su amigo y compatriota J. M. Torres Caicedo». Ocho «ustedes» y cinco «amigos» en medio plieguito enloquecido, y con el galicismo «desde hoy nueve meses» (*depuis neuf mois*). Torres Caicedo padecía de una usteítis más aguda que la de don Rufino, y agravada por la amiguitis y el afrancesamiento. No sabían los Cuervo con quién se metían. Lo que sigue va para la causa de canonización de ambos.

Entre tarjetas y cartas de Torres Caicedo (algunas con la sola indicación del día, o bien del día y el mes pero sin el año) don Rufino guardó veintitrés, más cinco borradores de las respuestas suyas, o escritas conjuntamente con Ángel. A diferencia de Pombo que llevaba un copiador de correspondencia, don Rufino solo guardaba los borradores de sus cartas comerciales o muy importantes, como resultó siendo el caso con Torres Caicedo tras el gran embrollo que este armó. La segunda tarjeta de Torres Caicedo es del 14 de octubre de 1883, o sea de un año largo después de que se instalaran los Cuervo en París: «Mis excelentes y queridos amigos: Ruego a Uds. nos honren, a mi mujer y a mí, viniendo a tomar la sopa con nosotros el miércoles 24 del corriente mes, a las 7 de la noche. Yo me he arrogado el derecho que deriva de su benévola amistad para tratarlos sin ceremonia y más que eso: con singular familiaridad. Estima y quiere a Uds. su leal y cordial amigo Q. B. S. M. J. M. Torres Caicedo». Según notas de pie de página de Angelina Araújo Vélez (la editora del volumen de la correspondencia de don Rufino donde aparece esta carta), Torres Caicedo estaba casado con «doña Ana Seminario, distinguida y acaudalada dama ecuatoriana» y representaba al gobierno de El Salvador en Francia. Habrá qué ver, porque yo de doña Angelina desconfío mucho: el volumen a ella confiado nos lo entregó lleno de errores y de erratas. Lo de «acaudalada» lo acepto; lo de «distinguida» es manía de los del Instituto Caro y Cuervo, para quienes todos los que mencionaban en sus trabajos eran distinguidísimos. Para que yo le ponga el «distinguido» a alguno, vivo o muerto, ¡qué cuesta tan pendiente la que ha tenido que trepar!

Las tarjetas de Torres Caicedo a los Cuervo se suceden a lo largo de 1884 y 1885. Por una del 3 de mayo de 1885 sabemos que «el ilustrado» señor don Ambrosio Montt, chileno, le escribió hablándole muy elogiosamente de don Rufino: «Vea de mi parte al señor Cuervo, el ilustre filólogo bogotano y dígale que me tiene maravillado su admirable erudición, ciencia y talento. Sus *Apuntamientos* exceden a lo más docto que se haya escrito en Sur América, y, en mi humilde juicio, revelan más estudio y mejor criterio que los trabajos análogos de Bello y Baralt. Cuervo está llamado a rivalizar con Littré y con los sabios alemanes. Pídale para mí un ejemplar del diccionario que está publicando, y ojalá me honre con un autógrafo». ¡Carajo! Este chileno estaba como los colombianos, que son limosneros de nacimiento y a mí me piden, como el elogio máximo, que les regale mis libros, y dedicados, y con algo bien elogioso para ellos en la dedicatoria. ¡Que los elogien sus madres! Y no eran «Apuntamientos» sino «Apuntaciones», mapuche estúpido.

El 10 de agosto de 1885, de veraneo en Portnichet, Torres Caicedo les escribía a los Cuervo hablándoles de «una cábala de malquerientes gratuitos que han apelado a todos los medios que procura la perversidad para atacarme aun en mi honor». Ya le había empezado el delirio de persecución. El 17 de noviembre don Rufino le escribió: «Tengo el gusto de incluir a V. la carta para el Dr. Patiño. Por ella verá V. que disponemos entregue mensualmente, empezando desde enero próximo, diez y seis pesos fuertes ($16/10) a mi señora Isabel Torres Caicedo. Igualmente le indicamos que junto con la cuenta que nos pasa cada seis meses remita los recibos correspondientes para reintegrarnos aquí de ese desembolso mediante la deducción del cambio corriente». A lo cual Torres Caicedo le contestó el 8 de diciembre: «Me apresuro a poner en conocimiento de Ud. que por el último vapor que partió de St. Nazaire envié al Sr. Patiño la carta que Ud. tuvo la bondad de darme para él. Las mensualidades empezarán a pagarse en Bogotá a partir del 1º de marzo, 1886». Y el 3 de marzo del citado año de 1886, le pedía: «Ruego a Ud. me haga el favor de indicarme si el Sr. Patiño ha contestado a Ud. sus cartas. Yo no he recibido respuesta a las mías. El pago debía comenzar en este mes, y temo que haya habido alguna circunstancia que sea de naturaleza en retardar el pago de las mensualidades». ¿Y cómo sabía que el 1º de marzo no le habían dado en Bogotá a su hermana Isabel los diez y seis pesos, si una carta tardaba de allá a París mes y medio? No bien recibió la carta anterior, el mismo 3 de marzo (recuérdese que el correo interno de París llegaba en unas horas), don Rufino le contestó: «Nosotros tampoco hemos recibido contestación del Sr. Patiño a la carta que le dirigimos en 5 de diciembre próximo pasado confirmando la que envié a V. en 17 de noviembre anterior, para que diese mensualmente a mi Sra. Isabel Torres Caicedo 16 pesos de ley y nos enviara en las cuentas semestrales los recibos para reintegrarnos de ese desembolso, mediante la deducción del cambio corriente. Como el Sr. Patiño es persona cuya exactitud es perfectamente conocida, y aun las más pequeñas indicaciones relativas a nuestros negocios las ha desempeñado con la más escrupulosa puntualidad, estamos seguros de que para cumplir una orden en que mediaba el nombre de V. no puede haber habido circunstancia alguna que sea de naturaleza a retardar el pago de las mensualidades, que el hecho de no llegar nuestra carta y la de V. Con el afectuoso deseo de que en asuntos de dinero no llegue nunca el caso de que V. esté en zozobras por causa nuestra, escribiremos pasado mañana al Sr. Patiño que suspenda el pago de dichas mensualidades». ¡Dios mío, qué miedo la rabia de un santo! Es lo que se llama ni más ni menos «ira santa».

El 20 del mes siguiente, abril de 1886, en un estado de trastorno psíquico, con frases ilegibles o entrecortadas o de sintaxis desquiciada le escribía el pobre loco a los hermanos Cuervo de alma de pedernal: «Escribo estas indigestas líneas, enfermo y amargado [ilegible] Señor Jesús! París, 20 de Abril / 886. Señores Dn. Angel y Dn. Rufino y J. [sic] Cuervo. Presente. Mis distinguidos y queridos amigos: Apelo a la nobleza de su carácter [ilegible], como a todos he dicho, y a la bondadosa amistad con que Uds. me han honrado siempre. Estoy aterrado: el domingo me pareció que el Sr. Dn. Rufino, a quien estimaré y amaré toda mi vida (como al Sr. Dn. Angel), se mostraba severo conmigo, aunque siempre cortés. Sin pérdida de tiempo fui a ver a Uds., y no tuve la fortuna de encontrarlos en su casa; ayer repetí mi visita, sin fruto alguno. Al instante descubro con asombro el por qué de esa frialdad que noté conmigo el domingo en el Sr. Dn. Rufino: en un montón de periódicos que sostenía el criado y depositó en el cajón de un mueblecito de la entrada a mi

213

gabinete de trabajo, se hallaban varias [de] nuestras cartas, y entre ellas… la del Sr. Dn. Rufino, fecha 3 de marzo! El criado fue reemplazado al día siguiente, y el nuevo entró al servicio tres días después, sin que tuviera él por qué saber el paradero de esos [ilegible] ni de esas cartas. Hoy leo con asombro su carta del 3 de marzo, cuya lectura me [ha] enfermado. De lo contrario, desde el 3 de marzo habría volado a ver a Uds. y a darles cuantas explicaciones hubieran hubieran [sic] juzgado necesarias. Ustedes comprenderán al instante que si yo hubiera leído esa carta que muestra enojo [ilegible] no hubiera tenido la inmensa fortuna de satisfacerlos, habría yo escrito ya a Bogotá el día 4; y hasta [ahora] nada he hecho; lo que no habría faltado hacer, pues [ilegible] pan de esa pobre señora, que no habría sabido qué pensar ni qué hacer, ni a quién recurrir. Esto pondrá a Uds. de manifiesto mi sinceridad y lo amargado que está mi corazón. Ruego a Uds. me concedan unos momentos de conversación, y se convencerán de la inocencia de mi intento y del pesar [que] me ha causado la lectura de esa carta. ¿Conservan Uds. la mía que causó ese enojo? Uds. me [ilegible] nuevo favor que redundaba en bien de una desdichada», etc., etc.

Don Rufino sí había conservado la carta que causó el enojo, y de inmediato el mismo día, 20 de abril, le respondió reproduciéndosela: «La carta de V. fecha 3 de marzo del presente año que V. en su afectuosa de hoy nos pregunta si conservamos, es la siguiente:». Y se la transcribía, sin mandarle el original, que guardó para curarse en salud con el loco. «Esta carta que el criado de V. trajo a las 7 de la mañana exigiendo inmediata contestación, la recibió nuestra criada, manifestando a aquel que no eran horas esas para entrar ella a nuestros cuartos. Pero a las 11 de la mañana de ese mismo día estuvo la respuesta en casa de V.» Una anotación aquí antes de volverle a dar la palabra a don Rufino: donde dice «criada», hay una llamada de doña Angelina Araújo Vélez, la editora del volumen del epistolario de don Rufino donde aparece esta carta, a una nota de pie de página suya en que nos informa, como si estuviera viendo enfrente a la criada con sus propios ambos ojos: «La fiel servidora de don Rufino en París se llamaba Leocadie Marie Joseph Bonté, natural de Francia». ¿Cómo sabe que era fiel? Y no era «Leocadie Marie» sino «Leocadie Maria», con «Maria» en español pero sin tilde, así se le haga la mezcla de idiomas en el nombre muy rara a doña Angelina. ¿Y por qué «Maria» en español y no «Marie» en francés? Porque así la puso el cura: «En el nombre del Padre, del Hijo y del Espíritu Santo yo te bautizo Leocadí Mariá».

Y sigue don Rufino en su airada carta: «Las circunstancias que podían retardar el pago de las mensualidades no podían ser otras que el haber nosotros deslealmente dado contra-orden reservada al Sr. Patiño, o la de haber ordenado el pago sin tener fondos en poder de este Señor, o finalmente al mal proceder del último. No queremos hablar del caso, no probable, de extraviarse las cartas que V. envió (que la nuestra posterior no importaba) pues con eso se retardaría el pago de la *primera* mensualidad, pero nunca el de *todas*, como dice la carta. El silencio profundo de V. después de haberse exigido nuestra respuesta con tanta premura, nos dio a entender que V. la había recibido». ¡Qué enredo, por Dios, qué enredo! Y sigue un largo pliego de consideraciones tan enredadas de don Rufino como las de la respuesta de Torres Caicedo del día siguiente, 21 de abril. Tan enredadas las del uno como las del otro, pero tanto, que aunque sí las entiendo me siento incapaz de desenredárselas a ustedes en forma resumida. ¡Y citárselas in extenso, imposible, se me va el libro!

Para que no quede esta apasionante historia inconclusa como un coitus interruptus, les diré que los Cuervo no suspendieron la orden dada a su apoderado Federico Patiño de entregarle en Bogotá las mensualidades de dieciséis pesos de ley a Isabel Torres Caicedo de suerte que la infeliz pudiera seguir comprando su diario pan. Por eso la carta que les cité de don Rufino a Miguel Vengohechea del 26 de junio de 1886, que empieza: «Ya ha llegado el recibo del dinero entregado por orden nuestra en Bogotá y a cuenta del Sr. D. José María Torres Caicedo», etc. Cuatro días después, el 30, le contestaba Vengohechea a don Rufino: «Puede usted girar a la vista a cargo de mi casa de M. Vengohechea y Cía. por la cantidad de f. 118-50 cs., equivalentes a los \$32, siendo el cambio en la época en que se entregaron en Bogotá al 35% de premio, según los informes que tomé en ese tiempo». Para noviembre de 1887, si no es que antes, Torres Caicedo estaba en el manicomio. Y el 27 de septiembre de 1889, muerto.

¿Obsta para la canonización de don Rufino su ira santa? ¡En absoluto! ¿No se salió pues de quicio el Hijo del Hombre cuando sacó a fuetazos a los mercaderes del templo? San Rufino José Cuervo Urisarri: al loco de José María Torres Caicedo te lo mandó Dios como le mandó a Cristo la cruz, y la pobreza y la ceguera al santo Job: para probarte. Y saliste de la prueba airoso, pasemos a otra cosa. Nadie en los mil años de este idioma –ni Nebrija, ni Salvá, ni Bello– ha tenido un sentido más fino de la gramática que tú. ¿Y es eso poco? ¿O eso es mucho? Mucho o poco, eso es lo que es, y punto. La gramática, por lo demás, es una de las ocupaciones más ingratas del hombre, y al decirlo abarco desde los sesenta y ocho gramáticos del sánscrito cuyos nombres conocemos (aunque no sus obras) gracias a Panini, del que nos han quedado cuatro mil aforismos encadenados que dan una visión general del idioma sagrado de la India, hasta el marihuano de Noam Chomsky de nuestros días, cuya gramática generativa abarca tanto que no agarra nada. Y más ingrato que el papel del gramático es el del que se erige en juez y árbitro de un idioma y se pone a decidir qué está bien y qué está mal, a establecer la norma. ¿Pero cuál norma? ¿La de hoy, o la de ayer? ¿La de Colombia, o la de México? ¡Cuál norma puede haber en un idioma que tiene mil años y está repartido en veinte países díscolos, cada uno con la suya!

Panini vivió hacia el 350 antes de Cristo, dos siglos antes que el primer gramático griego, Dionisio de Tracia, cuya *Tékhne Grammatiché* o *Arte de la gramática* dio la pauta para todas las gramáticas que habrían de venir luego en Occidente. Pero a diferencia de este y sus sucesores griegos y latinos, medievales y renacentistas, que se limitaron a la lengua literaria, Panini no solo intentó sistematizar en sus aforismos la forma escrita del sánscrito, la de los textos sagrados, sino que consignó también en ellos muchos ejemplos de la lengua hablada. Las formas literarias de los idiomas son muy recientes, no pasan de los tres mil años que son los que se le asignan al *Rig-veda*, el más antiguo de los Vedas, escrito en sánscrito hacia el año 1000 antes de nuestra era. Dos siglos después, con las epopeyas homéricas la *Ilíada* y la *Odisea*, empieza la literatura occidental. En tiempos de Homero debió de haber en Grecia tres formas del griego: una, el griego hablado, con varios dialectos, de los que el jónico era el que habló Homero; dos, el griego literario, en que están compuestas sus dos epopeyas, sin que nos importe que en un comienzo estas se hubieran transmitido de memoria por los aedos y no fueran consignadas por escrito sino un siglo o más después, cuando los griegos adoptaron la escritura alfabética que inventaron los fenicios; y tres, el griego común a las dos formas anteriores, el que compartían ambas. En español hoy pasa igual: «chamaco», por ejemplo, es una palabra del español coloquial mexicano, del que se habla en

México en la vida diaria; «deliberadamente» en cambio es una palabra culta, literaria, usada en todo el ámbito de la lengua; y «casa» pertenece tanto al idioma hablado como al escrito. Hay palabras que jamás se usan en la conversación cotidiana pues en ella sonarían afectadas. ¿Quién dice, por ejemplo, entre sus familiares o amigos, «corcel» en lugar de «caballo»? Y no solo la lengua literaria tiene un vocabulario distinto al de la lengua coloquial, y riquísimo frente al de esta, que es muy limitado, sino que dispone además de un conjunto de fórmulas sintácticas propias que no se usan jamás en la conversación. Es más, la lengua literaria tiene ritmo, la hablada no. Y no me refiero al ritmo marcado de los versos de antes cuando se contaban las sílabas y se distribuían los acentos según unos patrones rígidos (la que hoy llaman poesía no es más que pedacería de frases, marihuanadas de barbudos desarrapados), sino al que tiene que tener la prosa, por sutil que sea, así la mayoría de los escritores de hoy ni lo sospechen por ignorantes.

Lo anterior, que para mí está muy claro, no lo estaba para Bello ni para Cuervo. ¿Qué gramática pretendía escribir Bello? ¿La de la lengua literaria? ¿La de la lengua coloquial? ¿O la del vocabulario y la sintaxis compartidos por ambas? No puede haber gramática sin ejemplos. Los de Bello son muy dicientes pues o bien los tomó de los clásicos españoles, o sea de la lengua literaria; o bien los inventó él y son frases simplificadas, vale decir de la tercera categoría que he propuesto, la del léxico y la sintaxis compartidas por las formas escrita y hablada. Pero no hay en su *Gramática* ejemplos coloquiales tomados digamos del habla de Venezuela donde él nació, o de Chile donde la escribió, o de la de Colombia, de México, de España, de Cuba, de alguno de los veinte países de este idioma. No los hay. Es verdad que en tiempos de Bello no existía en español una separación entre las dos formas opuestas del idioma, la coloquial y la literaria, tan marcada como la que desde hacía mucho se había establecido en francés: Bécquer habría de introducirla algo después en la prosa castellana al adoptar en sus *Leyendas* y *Narraciones* muchas fórmulas sintácticas literarias tomadas de la francesa. La *Gramática* de Bello se titula «Gramática de la lengua castellana destinada al uso de los americanos», pero no aparecen en ella los usos americanos. La inmensa mayoría de sus ejemplos los tomó de Cervantes, de Lope, de Tirso, de Calderón, de Mateo Alemán, la *Celestina*, Berceo, el Arcipreste, Clemencín, Coloma, el padre Isla, el padre Mariana, el *Poema del Cid,* Jáuregui, Jovellanos, Martínez de la Rosa, Moratín, santa Teresa, Quevedo, Góngora, Hermosilla, los Argensola… Un centenar de autores cásicos, en su mayoría peninsulares y del pasado, casi ninguno contemporáneo ni americano, que abarcaban los ochocientos cincuenta años que iban de los comienzos del idioma hasta mediados del siglo XIX. ¿Pero es que la *Gramática* de Bello era una gramática histórica cuyo fin fuera rastrear en el tiempo los cambios de una palabra o de una construcción sintáctica? No. La expresión «gramática histórica», que hoy designa una rama de los estudios lingüísticos, ni siquiera existía en su tiempo. De suerte pues que la *Gramática* de Bello no es una gramática de la lengua hablada, ni de la lengua escrita, ni de la forma común, ni del español del pasado, ni del español de su tiempo, ni del español de España, ni del español de América, ni era normativa, ni era filológica: era un batiburrillo de todo eso sin una finalidad clara. Y Cuervo no cambió en esencia las cosas con sus *Notas*. La *Gramática* de Bello con las *Notas* de Cuervo, o con las de sus otros seis anotadores de los que solo quiero mencionar al último, a Niceto Alcalá Zamora y Torres, por su agudeza de gramático, es un pantano sobre el que todos esos bienintencionados quisieron construir un edificio.

La misma falta de claridad en su intención vale para las otras dos obras de Cuervo, sus *Apuntaciones críticas sobre el lenguaje bogotano* y su *Diccionario de construcción y régimen de la lengua castellana*. Respecto a la primera yo pregunto: ¿cuál lenguaje bogotano? ¿El hablado, o el escrito? ¿Y cuál hablado? ¿El de la clase baja, o el de la clase alta? ¿El que hablaban los campesinos de la sabana y las verduleras de las plazas de mercado, o el que hablaban los señoritos y poetas de la Atenas suramericana? Por lo que al bogotano hablado se refiere, en las *Apuntaciones* se consideraba el de todos, el de los señoritos y el de las verduleras, mezclado. En cuanto al bogotano escrito, por lo menos este era uniforme, uno solo: el de los literatos costumbristas de la tertulia de El Mosaico, que era el mismo de los periódicos y los discursos. Puesto que la intención de Cuervo era «crítica», y la palabra está en el título de su libro, se trataba entonces de una obra normativa. ¿Pero quién o quiénes dictaban la norma para Cuervo? ¿Cervantes acaso? ¿O el mismo centenar de autores clásicos de los ejemplos de la *Gramática* de Bello que también cita en las *Apuntaciones*? Cervantes era un hombre de alma grande y don Quijote un personaje hermoso, pero si algún escritor descuidado ha habido en este idioma fue él, que ni puntuación ponía: no usaba puntos, ni comas, ni puntos y comas, ni dos puntos, ni diéresis, ni tildes, y a veces ni se tomaba el trabajo de ponerle el punto a la «i». Y le daba igual que escribieran su apellido «Cervantes» o «Cerbantes». ¡Era un hombre feliz en un mundo feliz! Por lo demás entre el español que se hablaba en Bogotá en 1872, cuando Cuervo publicó sus *Apuntaciones*, y el que se escribía en la Península en 1605, cuando Cervantes publicó la primera parte del *Quijote*, mediaba un abismo tan grande como el mar que separó siempre a la metrópoli de sus colonias americanas. En 1872 el español que se hablaba en Bogotá era una lengua viva; el que había escrito Cervantes, una lengua muerta.

Una confusión similar en sus objetivos reina en el *Diccionario de construcción y régimen de la lengua castellana.* ¿Era este un diccionario de la sintaxis de la lengua de 1884 cuando Cuervo empezó a publicarlo, bien fuera la de la lengua hablada o la de la lengua escrita o la de la lengua común a ambas? ¿O era el diccionario sintáctico de la lengua que se escribió y se habló en el Siglo de Oro? ¿O en los siglos que lo precedieron? ¿O en los que lo siguieron? El de todos. El *Diccionario* de Cuervo era el de la sintaxis del español o castellano según había sido trasladada al pergamino o al papel en España durante los ocho siglos y medio que llevaba de existencia. Era por lo tanto un diccionario «histórico», pero la Historia no figura para nada en el título, que debía ser: «Diccionario histórico de la sintaxis castellana». ¿Y a quién le podía interesar un diccionario así? A unos cuantos hispanistas, filólogos y gramáticos, y que ni lo compraban pues la mayoría de ellos eran amigos y colegas de Cuervo y podían esperarlo de él regalado, pasando por alto que él fue el que pagó su edición costosísima. Ha quedado una parte de las cuentas de don Rufino con Roger y Chernoviz, sus editores o distribuidores o lo que fuera: van de junio de 1895 a diciembre de 1908. Por ellas sabemos que en este lapso se vendieron del primer tomo del *Diccionario* 408 ejemplares, y del segundo 523; y debemos tener presente que tanto del primero como del segundo el Consulado de Honduras le compró directamente a don Rufino un lote de 72 ejemplares, y 120 la Legación mexicana, lo que da cuenta de casi la mitad de las ventas totales. En diciembre de 1908 quedaban por vender 461 ejemplares del primer tomo y 913 del segundo. Calculo que tanto del primer tomo, que se publicó en 1886, como del segundo, que se publicó en 1893, se tiraron mil quinientos ejemplares. El primero se vendía a veinticinco francos; el segundo, que era más voluminoso, a treinta. Y siempre a estos precios durante todo el lapso de trece años y medio, lo que significa que el franco francés era más estable que la lengua española. Y eso que entonces este medio de comunicación (o de incomunicación, como prefieran) era un riachuelo manso: hoy es un arroyo enloquecido y borracho que se salió de madre.

Cuervo hizo catorce ediciones de la *Gramática* de Bello con sus *Notas*, de las cuales las dos primeras fueron impresas en Bogotá en 1874 y 1881 por cuenta de los Hermanos Echeverría, unos tipógrafos venezolanos establecidos allí, y las doce restantes en París, entre 1891 y 1911, año de su muerte, pagadas por Roger y Chernoviz, quienes la siguieron publicando hasta la vigesimocuarta edición, de 1936. En las dos ediciones de Bogotá las *Notas* de Cuervo iban dispersas en la *Gramática*, pero en todas las de París, por voluntad suya, aparecieron juntas al final, y a partir de la edición de 1898 ocupaban 120 páginas. Por las liquidaciones semestrales de Roger y Chernoviz sabemos que de la quinta edición de la *Gramática* y las *Notas*, la de 1896, se tiraron 750 ejemplares, de los que para el 30 de junio ya se habían vendido 197, y que por ellos le pagaron a don Rufino 98 francos con 50 centavos de derechos de autor. Y en carta del 29 de agosto siguiente estos libreros le comunicaban que le habían depositado tal cantidad en su cuenta del Comptoir National d'Escompte y le anunciaban sus intenciones de componer de nuevo el texto de la *Gramática* porque los clisés que se habían venido usando ya estaban muy gastados. Roger y Chernoviz distribuían la *Gramática* en la América española y le pagaban a don Rufino 50 centavos de franco por ejemplar vendido, y andando el tiempo acabaron también de editores de las *Apuntaciones*. De estas Cuervo hizo las cuatro primeras ediciones por su cuenta: las de Bogotá de 1872, 1876 y 1881, y la de Chartres de 1885. Roger y Chernoviz costearon la quinta edición, de 1907, y después de la muerte de Cuervo la sexta, de 1914. Las tres de Bogotá se imprimieron en los talleres de Arnulfo Guarín, los hermanos Echeverría y Medardo Rivas, y la de Chartres en la imprenta de Durand, donde los Cuervo imprimieron además las *Curiosidades de la vida americana en París* de Ángel, la *Vida de Rufino Cuervo y noticias de su época* de ambos hermanos, el libro de versos *Ecos perdidos* de su amigo el joven colombiano Antonio Gómez Restrepo, y don Rufino el libro póstumo de Ángel *Cómo se evapora un ejército.*

Roger y Chernoviz figuran como editores en la *Vida de Rufino Cuervo y noticias de su época* y en el *Diccionario de construcción y régimen de la lengua castellana*, pero solo fueron sus distribuidores, pues la impresión de ambas obras la pagaron los Cuervo. La decimotercera cláusula del testamento definitivo de don Rufino (y asimismo la del testamento anterior, aunque ligeramente modificada) dice: «En mi escritorio se hallarán los contratos que tengo celebrados con los señores A. Roger y F. Chernoviz para la venta del *Diccionario de Construcción y Régimen de la Lengua Castellana* y de las *Notas e Índice de la Gramática de Bello*, y conforme a ellos examinará mi heredero las cuentas que aquellos están obligados a rendir. Los mismos darán razón de las matrices (o empreintes) de la parte impresa de mi *Diccionario*, las cuales me pertenecen». Sabrá Dios a dónde fueron a dar esas matrices; supongo que las hayan fundido para utilizar el plomo en otros libros. Tampoco sé si Roger y Chernoviz, y luego su sucesor, A. Blot, le siguieron pagando al Hospital de San Juan de Dios de Bogotá, heredero universal de don Rufino, sus derechos de autor correspondientes a la edición de las *Apuntaciones* de 1914 y a las muchas de las *Notas* a la *Gramática* de Bello posteriores a 1911.

Al igual que la *Gramática* de su admirado Andrés Bello y el *Diccionario de construcción y régimen de la lengua caste-*

llana, las *Apuntaciones críticas sobre el lenguaje bogotano* estaban mal enfocadas: la palabra «bogotano» del título las circunscribía a una pequeña ciudad de ochenta mil habitantes. Mejores vendedores que don Rufino, pese a que este hizo su escuela de comerciante vendiéndoles cerveza y cobrándosela a los taberneros de Bogotá, unos guaches, Roger y Chernoviz le pusieron a las *Apuntaciones*, en las dos ediciones que ellos costearon, el subtítulo «Con frecuente referencia al de los países de Hispano-América», y abajo la advertencia de que se trataba de una edición «muy aumentada y en su mayor parte completamente refundida». «Guache» es colombianismo y de él nos dice Cuervo en sus *Apuntaciones*: «Tenemos duda sobre si *guache*, hombre del pueblo, haya de considerarse como quichua y sacado de *huacha*, pobre, huérfano, de donde en Buenos Aires la voz despectiva *guacho*, usada también en el Cauca, por el que no tiene padre conocido; o si sea chibcha, *guacha, guasgua*, mancebo, en que *guacha* es lo específico, pues muchacha se dice *guasguafucha*. A medida que adelantamos hacia el sur encontramos más voces peruanas, las cuales deben quizá considerarse como provenientes del mayor trato con los pueblos limítrofes del Ecuador». En lo citado Cuervo habla del departamento colombiano del Cauca, de la ciudad de Buenos Aires, del Perú y el Ecuador. Así pues, las *Apuntaciones* no eran tan solo bogotanas. La modestia de su autor las llamaba así, pero abarcaban todo el idioma, en el tiempo y en el espacio. ¿No figuraban pues también en ellas, al lado de los atropellos al idioma de la gente vulgar de aquí y de allá, citas de un centenar de autores cásicos?

Entre las muchas censuras de Cuervo en las *Apuntaciones* una de las más llamativas es la pluralización de *haber* cuando se usa como verbo impersonal: «Cuando oímos decir a algún paisano nuestro: "*Habían* temores de guerra", "*Hu-*

bieron muchos heridos", nos consolamos algo con el pensamiento de que estas incorrectas frases son casi generalmente usadas en otros puntos de la República, y cuentan entre sus patronos a sujetos muy encopetados. Este verbo *haber* no puede usarse sino en singular cuando se emplea para significar la existencia: *"hay, hubo, habrá, había, habría* temblores de tierra"; *"ha habido* fiestas"». No solo dicen así los ignorantes, don Rufino, empezando por el presidente, y no solo en el ámbito de la República de Colombia, sino a todo lo largo y ancho de esta inmensa América. Es más: después de casi siglo y medio de aparecidas las *Apuntaciones* la gente sigue diciendo «*Hubieron* muchos heridos» en vez de «*Hubo* muchos heridos». Demos por perdida la batalla, don Rufino. Total, se perdió la guerra... «Como prueba de que lo que parece sujeto de *haber* no es sino acusativo —continúa Cuervo—, ha de saberse que si ello se representa con un pronombre, no se pueden emplear las formas *él, ella, ellos, ellas,* sino *le* o *lo, la, los, las*». Exacto, don Rufino. ¿Hubo muchos heridos? *Los* hubo. Pero también habríamos podido contestar: «Los *hubieron*», como si estuviéramos pensando en «*Los* produjeron». El verbo *haber* como impersonal pone a patinar hasta al gramático más agudo. Hasta aquí la doctrina de Cuervo respecto al impersonal «haber» tal como está expuesta en las cuatro primeras ediciones de las *Apuntaciones*. En la quinta, la de 1907, agregó una explicación que ya había adelantado en su Introducción a sus *Notas* a la *Gramática* de Bello desde la edición de 1898, en la que leemos: «Las categorías gramaticales tienen por fundamento las categorías psicológicas, pero no siempre se corresponden exactamente; así en las frases *hubo fiestas, hizo grandes calores,* el sujeto psicológico, el concepto que domina en el entendimiento del que habla, lo representan los substantivos *fiestas, calores,* y el atributo *hubo, hizo;* conforme a la gramática esos substantivos son acusativos. A cada paso se advierte tendencia a restablecer la armonía entre las dos fórmulas gramatical y psicológica, y por eso muchos dicen *hubieron fiestas, hicieron grandes calores*; si bien la gramática reclama sus fueros y no siempre admite la reacción». Explicación que a mí no me explica nada. Cuervo, como un prestidigitador que se saca un conejo de la manga, se inventa lo del «sujeto psicológico». ¿No será posible una gramática sin «sujeto»? ¿O por lo menos sin «atributo»?

Dice Andrés Bello en el Capítulo II de su *Gramática*: «Tomemos una frase cualquiera sencilla, pero que haga sentido completo, verbigracia: el *niño aprende, los árboles crecen*. Podemos reconocer en cada una de estas dos frases dos partes diversas: la primera significa una cosa o porción de cosas, *el niño, los árboles*; la segunda da a conocer lo que acerca de ella o ellas pensamos, *aprende, crecen*. Llámase la primera *sujeto* y la segunda *atributo*; denominaciones que se aplican igualmente a las palabras y a los conceptos que declaramos con ellas. El sujeto y el atributo unidos forman la *proposición*». ¿El niño es «una cosa»? ¿Y los árboles «una porción de cosas»? ¡Por Dios, don Andrés, qué está diciendo! El niño y los árboles son seres vivos, no cosas. ¡Y para qué eso de «proposición»! ¿No empezó pues usted diciendo «tomemos una frase»? ¿Por qué no empezó entonces diciendo «Tomemos una proposición»? «Proposición» es una palabra fea y sobra y se confunde con *preposición*. Y sobra también «atributo»: con «verbo» basta. ¿Y sobra también el «sujeto»? Como en vez de «el niño» o «los árboles» (un substantivo precedido de un artículo en ambos casos) podemos poner en los ejemplos propuestos los pronombres «él» y «ellos» respectivamente («él aprende», «ellos crecen»), aceptemos la necesidad del término «sujeto» para designar una función de los substantivos y los pronombres que acompañan a un verbo y con el cual en español (aunque no sé si en quechua o en marciano) coinciden en número: «el niño aprende», «los niños aprenden»; «el árbol crece», «los árboles crecen». ¡Maldita sea la gramática! ¿No estará también sobrando esta actividad dañina, desde los sesenta y ocho antecesores de Panini, que en mala hora parieron sus sesenta y ocho madres?

Para Bello «la gramática de una lengua es el arte de hablarla correctamente, esto es, conforme al buen uso, que es el de la gente educada». ¿Un arte? ¿Como la música pues? La gramática, don Andrés, no es un arte: es una pseudociencia como la ontología, la teología, la astrología, la frenología, el psicoanálisis... Es un ejercicio de la mente ociosa, una pestilencia de las neuronas. ¿Y solo «hablar correctamente» una lengua dice usted? ¿Escribirla no? ¿Y cuál es la «gente educada»? ¿El presidente? Según Bello y Cuervo la frase «Conocer París» es incorrecta porque las ciudades, cuando son complemento directo, en castellano tienen que llevar la preposición *a*, y la frase debe ser: «Conocer *a* París». Así dije el otro día y un profesor de redacción me corrigió: «Está usted equivocado, maestro. Debe de ser: "Conocer París"». ¡Conque «debe *de* ser»! Ahí te sobra el «de», bestia, porque estás hablando de una obligación, no de algo dudoso, como cuando a la pregunta de qué hora es contestas: «Deben de ser las cinco», donde sí está bien el «de». Cuando hablas y corriges, profesorzuelo bestia, te falta lo que te falta y te sobra lo que te sobra. La inmensa mayoría de la humanidad odia la gramática. Yo también. ¡Pero odio más a la humanidad! Por mí que exploten mil bombas atómicas y que *hayan* muchos muertos.

¿Es posible explicar en pocas y coherentes palabras de qué trata el *Diccionario de construcción y régimen de la lengua castellana*? No creo. Yo por lo menos no soy capaz, y se me hace que Cuervo tampoco pudo. En las cincuenta y cuatro páginas de la Introducción a su magna obra hay una frase, una sola, destinada a establecer su finalidad. Acaba de hablar Cuervo de que la primera edición de la *Gramática* de la Real Academia Española es de 1771 y que ella da una lista de palabras que se construyen con preposición; que poco después Gregorio Garcés publicó su *Fundamento del vigor y elegancia de la lengua castellana expuesto en el propio y vario uso de sus partículas*; y que posteriormente publicaron sus gramáticas Salvá y Bello, quien «sagaz entre todos los gramáticos para deslindar los oficios de las palabras y señalar las más sutiles modificaciones sintácticas, ilustró con maestría admirable y guiado por un criterio altamente científico el uso de muchas partículas, y asentó sólidas bases para el estudio de las construcciones verbales». Y a continuación viene la frase: «A poco más que esto se reducen las fuentes que pueden consultarse en caso de duda, con ser esta una de las materias más ocasionadas a suscitarla; y la insuficiencia de dichas fuentes es motivo bastante para la composición de una obra especial en que se dé luz sobre las palabras que ofrecen alguna peculiaridad sintáctica, ya por las combinaciones a que se prestan, ya por los cambios de oficios o funciones gramaticales de que son susceptibles, ya por el papel que desempeñan en el enlace de los términos y sentencias. Tales son la razón y el asunto de nuestro libro». Parece todo muy concreto y claro, ¡pero es tan infinitamente vago y confuso! ¿«Peculiaridad sintáctica» qué es? ¿No habría tenido que definirla? ¿Y qué entiende por «combinaciones», «cambios de oficios o funciones», «términos» y «sentencias»? ¿En lugar de «sentencias» no habría podido poner «frases», como decimos los comunes mortales? Menos mal que no puso «proposiciones» a lo Andrés Bello, porque en un libro de miles de páginas que están llenas de «preposiciones» con *e*, las «proposiciones» con *o* no habrían hecho sino complicar aun más las cosas. ¿No sería el *Diccionario de construcción y régimen de la lengua castellana* una gramática presentada como un diccionario? Sí, eso era, la obra de un gramático presentada como la de un lexicógrafo, y además la de un filólogo historiador de la lengua. En la carta que acompaña el envío a Madrid del primer tomo del *Diccionario* a la Academia de Historia Cuervo lo dice claramente: «habiendo sido mi designio estudiar la vida de nuestra lengua desde sus orígenes».

No se puede llevar a cabo una gramática histórica sin filología, que en esencia es la disciplina de restablecer, por sobre las erratas y las alteraciones deliberadas, y comparando manuscritos y ediciones de una obra, su texto definitivo. Y por ello, porque Cuervo era un filólogo historiador de la lengua, sus repetidas quejas contra la *Biblioteca de Autores Españoles* de Rivadeneyra de la que según ya he dicho estuvo durante diez años en Bogotá sacando ejemplos para su *Diccionario*. No bien se instaló en París y pudo comparar allí sus textos con los de las primeras ediciones de los clásicos castellanos existentes en las Bibliotecas Nacional, Mazarina y del Arsenal, se dio cuenta de que las incontables papeletas que había hecho tomando los ejemplos de esa colección no eran confiables. Cuáles textos de la *Biblioteca* de Rivadeneyra estaban modernizados o alterados y cuáles no tenía qué verlo, pero para eso y para volver a hacer las papeletas hacía falta no digo otros diez años, sino otros veinte. Refiriéndose a la Biblioteca Nacional le escribió a Teza: «Mucho agradezco a U. la indicación de la obra de Child. Cuando tenga unos ratos libres iré a la Biblioteca a saborearla, si la tienen y me la dan: es tanta la gente que concurre, y tan ineficiente el servicio (según lo confiesan los franceses mismos), que yo no voy sino en caso de necesidad urgentísima. Muchas veces he aguardado una hora u hora y media inútilmente, para que no me den cosa que sé existe allí». Y en otra carta al mismo corresponsal: «Apenas me creerá U. que en este año no habré estado cinco veces en la Biblioteca Nacional. No puedo ir sino después de almuerzo, llego casi a las dos, en darme lo que pido se tardan por lo menos una hora; ya estoy cansado de aguardar y de hojear otros libros, y a lo sumo puedo aprovechar una media hora. Esto me sucedió ayer; a las tres y cuarto recibí el *Belando*; estaba tan oscuro, que apenas pude repasar el vocabulario de voces españolas y copiar el título, que es así», etc. En la Biblioteca Nacional de París, que cerraban a las cuatro de la tarde y que no abrían en Semana Santa, dejó don Rufino muchos años de su vida y una parte de la vista.

Para don Rufino, Manuel Rivadeneyra fue su cruz. Y la principal razón, por sobre la muerte misma de Ángel, para dejar su *Diccionario* empezado. ¿De dónde en Bogotá iba a tomar los ejemplos para este, si no de la colección de Rivadeneyra? ¿De los incunables existentes en las bibliotecas de la Atenas suramericana? Después de comparar en el prólogo póstumo a las *Apuntaciones* un pasaje de *Los cigarrales de Toledo* de Tirso en una edición de 1630 con la versión adulterada de la *Biblioteca* de Rivadeneyra debida a Hartzenbusch escribe: «Tal vez pensará alguno que me cebo con saña en las ediciones modernas de nuestros buenos libros antiguos; pero, aunque escarmentado muy a mi costa de haberles tenido confianza y con algún despecho de pensar que, con toda mi cautela, he podido todavía citar como genuino lo que es pura falsificación reciente, obedezco ante todo al amor de la verdad y de la exactitud científica al descubrir estos peligros y aconsejar a los principiantes la más cauta desconfianza». Y en la Introducción a las *Notas* a la *Gramática* de Bello: «Con la letra R. designo en las citas la *Biblioteca de Autores Españoles* publicada por D. M. Rivadeneyra. Hago las referencias a ella por la facilidad con que puede consultarse en cualquier parte; pero en obsequio de la juventud estudiosa debo advertir que poquísimos tomos de ella merecen confianza para investigaciones filológicas. Para esto es menester, en cuanto sea posible, acudir a las ediciones originales, o a lo menos a las no muy distantes de ellas». No, don Rufino, usted no tomó las citas de esa colección por la facilidad con que podía consultarse como dice, sino porque en Bogotá no le quedaba más remedio. Usted nació en un país equivocado. Ha debido nacer en Francia, o «ya de perdida», como dicen en México, en Madrid, en la villa y corte. Con usted Dios metió las patas. No importa. Lo que ha debido hacer usted al constatar los atropellos de la *Biblioteca* de Rivadeneyra a los clásicos era quemarla, y junto con ella las papeletas que sacó de ahí y empezar de cero, como se lo dictaba su conciencia, y no correr a publicar los dos primeros tomos de su *Diccionario* como si fuera un colombiano del común urgido de fama. Total, ¿qué eran diez años perdidos de una mísera vida comparados con la eternidad de Dios de la que usted hoy goza?

Dice Morel-Fatio en su necrología de Cuervo: «Los ejemplos del *Diccionario* los tomó, como era natural, de la *Biblioteca* de Rivadeneyra, única colección de autores españoles existente en el momento en que emprendió su trabajo. Lleno de respeto hacia algunos nombres ilustres de los que figuraban como editores de esa colección, don Rufino, hijo de la inocente América, creyó que sus textos habían sido establecidos sobre ediciones originales y que salvo en lo ortográfico, de menor interés para él, aquella colección sería la imagen fiel de dichas ediciones. Júzguese pues su sorpresa y decepción cuando al comparar en la riquísima Biblioteca Nacional de París las ediciones antiguas de los clásicos españoles con los textos de Rivadeneyra advirtió que estos no eran sino copias de las del siglo XVIII modernizadas por chapuceros ignorantes y presuntuosos; y ante semejante descubrimiento, confirmado después con la adquisición de antiguos libros españoles que obtuvo en la subasta de la biblioteca de Heredia, se afligió e inquietó, no tardando en preguntarse si podría servirse en adelante de ejemplos tomados de Rivadeneyra para los siguientes volúmenes de su *Diccionario*, y si no sería el caso de refundir los que ya había publicado. Mas ante el trabajo que suponía rehacer aquellos y cambiar por nuevos todos los ejemplos acopiados, y ocupado asimismo en otras investigaciones, no se sintió con fuerzas suficientes para reemprender la empresa». Téngase presente que Morel-Fatio era el más grande hispanista de su tiempo y el que inventó el término; que fue el primero en escribir sobre Cuervo en Francia, años antes de que este se estableciera allí; que cuando Cuervo se instaló en París llevaba años trabajando en el departamento de manuscritos de la Biblioteca Nacional; y que fue su primer amigo filólogo, anterior a cuantos llegó a tener Europa. Sabía pues lo que decía.

Entre los nombres ilustres que figuraban como editores de la colección de Rivadeneyra estaba Hartzenbusch, a quien se debieron unos diez de sus tomos, publicados con prólogos y anotaciones suyas, y de quien tuvo alto concepto don Rufino hasta que se dio cuenta del gran mal que le había hecho, a él y a la filología española, si bien su alma noble lo perdonó. Y no puedo dejar de mencionar en este punto, porque me causa risa, a otro de los editores de la maldita *Biblioteca*, Adolfo de Castro y Rossi, prologuista en ella de obras de Huarte, santa Teresa, Cervantes, Calderón y varios más compitiendo con Hartzenbusch en número e incuria, y editor de *El Buscapié*, un pastiche suyo escrito en estilo cervantino que publicó atribuyéndoselo a Cervantes y con el que se burló de todo el mundo.

El otro gran hispanista de Francia, Foulché-Delbosc, director de la *Revue Hispanique*, y como Morel-Fatio amigo de

Cuervo, publicó en el número de abril de 1916 de esta revista, como un homenaje póstumo, su primera aventura de lexicógrafo, la *Muestra de un diccionario de la lengua castellana*, escrita en 1863 a los diecinueve años en Bogotá, en compañía de Venancio González Manrique, y que ambos por desocupación publicaron tiempo después, en 1871, en la imprenta de los hermanos Echeverría: treinta y una páginas a dos columnas consagradas a unas cuantas palabras de muestra de la letra L a cargo de González Manrique (*laberinto, labrar, lebrel, lirio, loto, luz*), y otras cuantas de la letra O a cargo de Cuervo (*ocupar, ojo, oro, oscuro*). Se trataba de un diccionario general, no de uno sintáctico, y en esa *Muestra* se quedó el proyecto de sus dos autores. González Manrique era ocho años mayor que Cuervo, tuvieron juntos en Bogotá un efímero negocio de venta de libros que les despachaba de Europa su amigo común Ezequiel Uricoechea, y de la *Muestra* impresa por los hermanos Echeverría quedan dos ejemplares anotados por Cuervo: uno en la Biblioteca Nacional de Colombia, y otro en la Houghton Library de la Universidad de Harvard comprado a unos libreros de París (los hermanos Seminario de la rue des Pyramides), que perteneció a Uricoechea y que trae en la última hoja de guarda, por el reverso, esta indicación suya: «Sujetado todo, cuaderno y anotaciones, a la consulta de mi erudito y bondadoso amigo D. Ezequiel Uricoechea, Bogotá, 15 de abril de 1874, Rufino José Cuervo».

Pues bien, en el número de la *Revue Hispanique* que volvió a publicar la *Muestra*, Foulché-Delbosc la presentó con unas páginas suyas sobre don Rufino en las que cuenta: «Preservado de afanes económicos y de amistades embarazosas por la admirable devoción de su hermano Don Ángel, daba remate a la abrumadora obra. Son años aquellos de estudio silencioso y pertinaz. El primer tomo del *Diccionario de cons-*

trucción y régimen se publicó en 1886; el segundo, más extenso, en 1893. ¿Qué desaliento ocurrió entonces? ¿Por qué honda crisis atravesó el ferviente místico? Sin duda lo dejó desamparado y como huérfano la muerte de Don Ángel ocurrida en 1896; sin duda surgieron dificultades de dinero; pero corren otras versiones para explicar la suspensión del *Diccionario*. Se ha dicho (y no parece enteramente fundada esta afirmación) que al darse cuenta en París de que la *Biblioteca* de Rivadeneyra, de la que sacó en Bogotá la mayoría de los ejemplos de su *Diccionario*, era una colección de textos de discutible exactitud, se llenó de escrúpulos por los defectos que tendría una obra fundada en base tan incierta. Es verdad que la famosa *Biblioteca* no siempre es fuente fidedigna; pero solo debemos creer a medias esta excusa que daba el mismo Cuervo, quien se instaló en París en 1882. Se me hace imposible que un erudito como él no comparara de inmediato los textos originales con la colección de Rivadeneyra y no notara enseguida los lunares de esta. ¿Por qué, si tan grande era su escrúpulo, publicó entonces los dos tomos del *Diccionario*? Más plausible es suponer en un místico como él una crisis de aridez, esa permanente duda de sí mismo y de su talento a la que pudieron llevarlo su religiosidad y su modestia. Esto y su altísimo deseo de perfección sí pudieron ser causa legítima de que no publicara los tomos restantes del *Diccionario*. Era escrupuloso hasta ser maniático, añadía y enmendaba infatigablemente. Como le confesó a un amigo, llegó a corregir hasta doce veces algunas pruebas de imprenta».

El amigo era él mismo, Foulché-Delbosc. Ahora bien, si Cuervo era escrupuloso hasta ser maniático como afirma este, y si se dio cuenta en las bibliotecas de París de que durante diez años se había basado en textos espurios, ¿por qué publicó entonces los dos primeros tomos de su *Diccionario*?

Mi respuesta es que lo hizo por la confusión esencial en que siempre estuvo frente a su libro. Y es que en el *Diccionario de construcción y régimen de la lengua castellana* hay mezclados dos diccionarios: uno sintáctico, como lo dice el título, y otro histórico, que no está mencionado en él. Si el *Diccionario* de Cuervo fuera exclusivamente sintáctico, no sería tan grave la modernización de los textos antiguos de la *Biblioteca* de Rivadeneyra pues este acomodo a la lengua de la segunda mitad del siglo XVIII o de la primera del XIX también hace parte del idioma. Cuervo, sea dicho de paso aquí, nunca le reprochó a Bello su manipulación en su *Gramática* de muchos de los ejemplos que figuran en ella tomados de los clásicos, pues no se trataba en este caso de una obra filológica sino gramatical. El problema del *Diccionario de construcción y régimen* surgía porque también era histórico, y por ello no podía basarse en ejemplos tomados de textos inciertos como los de Rivadeneyra. Algunos de ellos no estarían adulterados, ¿pero cuáles? Mentiroso es el que miente una sola vez, y al que miente una sola vez ya no se le puede creer, por lo menos en filología; en la vida diaria usted verá. De la nefasta *Biblioteca de autores españoles desde la formación del lenguaje hasta nuestros días* publicada en Madrid entre 1846 y 1880 en setenta y un volúmenes por Manuel Rivadeneyra, sacó Cuervo sus ejemplos del *Poema del Cid,* los del *Poema del Conde Fernán González,* los del *Conde Lucanor,* el *Amadís de Gaula,* la *Celestina,* el *Lazarillo,* Berceo, el Arcipreste de Hita, Garcilaso, Antonio de Guevara, Lope de Rueda, fray Luis de Granada, fray Luis de León, san Juan de la Cruz, Fernando de Herrera, los Argensola, Lope, Calderón, Quevedo, Tirso, Góngora, Juan de Mariana, Saavedra Fajardo, Luis Vélez de Guevara, Carlos Coloma, Francisco de Rioja, Francisco Manuel de Melo, poetas, historiadores, místicos, dramaturgos, novelistas de la picaresca…

De algunos de los atropellos y refundiciones cometidos por los editores de la colección de Rivadeneyra trató específicamente Cuervo en sus «Indicaciones para el trabajo crítico y análisis de la *Biblioteca de Autores Españoles*», comparando sus textos con los de las ediciones antiguas que pudo consultar, y así señala en este escrito muchas erratas y modificaciones introducidas en *La gitanilla* y el *Quijote* de Cervantes, en la *Celestina*, las poesías de Meléndez, *El Diablo Cojuelo* de Luis Vélez de Guevara, la *Conquista de Méjico* de Solís, el *Examen de ingenios* de Huarte y las *Guerras civiles de Granada* de Ginés Pérez de Hita. La verdad es que entre 1872 cuando Cuervo empezó a trabajar en su *Diccionario* en Bogotá, y 1893, cuando imprimió el segundo tomo en París, apenas si existían unas cuantas ediciones cuidadas de los clásicos castellanos. No las había entonces ni siquiera del *Poema del Cid*, de la *Crónica general*, de la *Celestina*, del *Lazarillo*, de Cervantes… Estas vendrían luego y serían obra de los hispanistas justamente, como Morel-Fatio y Foulché-Delbosc, o de Cuervo mismo, quien hizo la edición de cinco de las *Novelas ejemplares* de Cervantes por encargo de Gröber (aparecieron en 1908 en la editorial de Heitz, de Estrasburgo). En resumen, todavía en la segunda mitad del siglo XIX era imposible que un filólogo abarcara los ocho siglos y medio que llevaba de existencia el idioma: en la sola espera de que los empleados de la Biblioteca Nacional de París le trajeran de los depósitos a la sala de lectura las ansiadas primeras ediciones se le iría buena parte de la vida. Claro que don Rufino, apasionado bibliófilo, terminó siendo dueño de muchas ediciones preciosas de obras antiguas que hoy se encuentran en el Fondo Cuervo, compradas en subastas de bibliotecas particulares o a los *bouquinistes* y a los libreros de París, o pedidas a Alemania y Suiza por catálogo, de los que conservó veinticuatro de las librerías alemanas y cuatro de las suizas.

Solo que todas esas obras las consiguió después de 1882, el año en que llegó a París trayendo de Bogotá las papeletas para la totalidad de su *Diccionario*.

Pero ni en la gramática, ni en la lexicografía, ni en la filología se agota Cuervo. Su alma solo se puede medir por el delirio. Con el *Diccionario de construcción y régimen de la lengua castellana* lo que él pretendía era apresar el río caudaloso de este idioma, que venía del año 1000 cuando se bifurcó del latín, y que arrastraba en sus aguas torrentosas mucha basura recogida de aquí y de allá de siglo en siglo aunque eso sí, mezclada con unas cuantas joyas. Cuervo en su desmesura lo quería todo: la basura y las joyas. Por eso podemos ver en su *Diccionario*, al lado de Garcilaso, los Argensola, Lope, Calderón y Cervantes una pléyade de curas y monjas vueltos poetas y escritores, como la horrenda Teresa Ahumada, más conocida por el alias de santa Teresa de Ávila, a quien él admiraba tanto pero de la que yo abomino: mayor adefesio no ha producido España. Volviendo al prólogo póstumo de las *Apuntaciones*, sopésense las siguientes palabras suyas para que vean el grado de su ambición rayana en la locura: «En cuanto a los diccionarios castellanos, uno de sus principales defectos consiste en la incertidumbre del método de calificación que emplean, reducido a excluir lo que consideran reprochable. Estando por hacer el diccionario completo de la lengua y faltando siempre algo en los que existen, ya de lo viejo, ya de lo usual, pues no es fácil anotarlo todo ni observarlo todo, se me ocurre naturalmente esta duda: ¿lo que busco y no hallo, falta por olvido o por condenación? Para darnos a entender cumplidamente haremos breves observaciones sobre las dos principales labores que incumben al lexicógrafo, que son la de colegir las voces y la de clasificarlas. Dos campos tiene la primera en qué emplearse, la lengua hablada y la lengua escrita; y salta a los ojos la dificultad imponderable de registrar todas las voces y frases usadas en todos los dominios de la lengua, y hacer lo mismo con cuantas se hallan en los libros impresos y manuscritos, desde que ella empezó a ser instrumento de comunicación y gobierno o de creación literaria. Supongamos hecho este acopio: ¿habrá de tener cabida íntegro, sin merma ni elección ninguna, en el diccionario de la lengua?» Don Rufino en manos de un loquero iría a dar al manicomio, y en manos de un teólogo al infierno por querer usurpar la totalidad que solo es atributo de Dios. En estas frases de este prólogo que escribió en los últimos años de su vida y que se publicó póstumamente en 1939 en la edición colombiana de la Editorial El Gráfico, que es la que yo estudiaba de niño, encuentro contrapuestas con claridad, por primera y única vez en su obra, las dos variantes generales de toda lengua que conozca la escritura: «la lengua hablada y la lengua escrita», enunciadas así, con estas palabras que son las más apropiadas para designarlas y no como «Castellano popular y castellano literario», que según parece iba a ser el título de una de las dos obras proyectadas en sus últimos años y que no alcanzó a llevar a cabo, siendo la otra las «Disquisiciones sobre filología castellana». Así pues, la ambición del desmesurado Rufino José Cuervo era meter en un diccionario todas las frases pronunciadas y escritas por los millones y millones de hispanohablantes que habían vivido en los novecientos años que llevaba de existencia el castellano como lengua distinta del latín. Dios, que con lo malo que es llega a ser bueno, ya lo tiene en su gloria.

Entre los papeles que guardó don Rufino para que un siglo largo después yo pudiera seguirle la pista están los borradores de varias cartas suyas a sus distribuidores convertidos en sus editores Roger y Chernoviz. Por una de ellas, del 1º de octubre de 1906, sabemos que el 18 de febrero del año anterior firmó contrato con ellos para que publicaran como editores, o sea corriendo con los gastos, la quinta edición de las *Apuntaciones*, que habría de salir hacia febrero de 1907, vale decir veintidós años después de la cuarta, que él había publicado en Chartres en 1885 con su dinero, en la imprenta de Durand. Y nos corrobora lo anterior otra de sus cartas, del 26 de diciembre de 1905, al padre Antonio María Alcover, lexicógrafo mallorquín que andaba metido en locuras como la suya, en un diccionario del catalán: «Pasmado estará U. de mi silencio. En fin de año debo rendir cuentas, y aunque malas, sé que hallarán indulgencia en la exquisita bondad de U. Por febrero último me comprometieron a hacer nueva edición de un librito mío que está agotado hace no sé cuántos años, corrigiendo lo indispensable solamente. Puestas manos a la obra, y enviado el principio a la imprenta, resultó que lo indispensable fue casi todo; en esta faena se me ha pasado el año, y aún no está concluida. Con esta fatiga mi salud se ha quebrantado, y por eso escribo a U. en esta forma homeopática».

En el prólogo definitivo y póstumo de las *Apuntaciones*, que no salió con las ediciones de 1907 y de 1914 debidas a Roger y Chernoviz sino con la de 1939 de la editorial colombiana El Gráfico, tras hacer el recuento de las cuatro primeras ediciones dice don Rufino: «Distraídos en otros trabajos y con el designio de reemplazar las *Apuntaciones* con otro libro más extenso y de plan más científico, teníamos olvidadas aquellas, cuando varios amigos nos manifestaron cierta pena de que desapareciera una obra que a pesar de sus defectos se ha hecho popular y aun podría ser útil a los estudiosos; sin considerar a lo que nos obligábamos condescendimos en sacarla otra vez a luz, corrigiendo, como nos decían, lo indispensable, ora en cuanto a la redacción, ora en cuanto a la doctrina. Hecho esto en las primeras páginas que se remitieron a la imprenta, apareció que en lo demás había muchas partes que exigían reforma capital, y fue forzoso reducir la materia a otro orden conforme a los principios mejor dilucidados de la historia del lenguaje; de donde, con el aumento de artículos y observaciones, resultó una transformación completa de casi todo el libro, si bien procuramos aprovechar en cuanto fue posible la redacción primitiva de los materiales. Pero no fue posible, en un trabajo que se hacía a medida que adelantaba la impresión, evitar tal cual repetición o algún desacierto en la disposición de los materiales». Roger y Chernoviz estaban viviendo pues en París a partir de 1905, con Rufino José Cuervo Urisarri, lo que Arnulfo Guarín vivió en Bogotá entre 1867 y 1872, un calvario. Dije que Roger y Chernoviz eran unos mercachifles de libros. Retiro mis palabras, eran unos santos. Y sin ir más lejos los canonizo ya pero ya, *urbi et orbi. Sancti sunt.* Rueguen ambos por mí que aquí sigo, esperando ansiosamente que se acabe de morir la lengua española.

Y lo dicho en el prólogo definitivo de las *Apuntaciones* y lo escrito al padre Alcover nos lo ratifica otra carta de don Rufino, ahora del 22 de noviembre de 1906, a los colombianos Víctor M. Londoño e Ismael López: «He corregido las últimas pruebas de la quinta edición de las *Apuntaciones,* que estaban agotadas hace años, y que consentí se hiciese, pensando no requiriera más tiempo que el de añadir y corregir unas cuantas especies. Muy desde el principio, apenas dadas a la imprenta unas cien páginas, eché de ver que, con todos mis años, no debían correr como estaban muchos capítulos, y fue preciso redactarlos de nuevo. Al publicar hace cerca de cuarenta años este libro no pensé sino en hacer literatura casera, con algunos ribetes de erudición pedantesca; pero libros de esta especie son hoy muy solicitados dondequiera, a causa del interés que inspiran los estudios dialécticos y el problema de la evolución del lenguaje. El sí indiscreto dado a los editores me ha costado unos dos años de estudio y averiguaciones, dejándome el escrúpulo de que obra redactada para ir poco a poco a la imprenta no carecerá de defectos en materia de método. Pienso recopilar también en un volumen varios escritos que han salido en alguna revista; pero vuelta a la misma historia. Empecé la revisión por el que se me figuraba más completo: en aclarar y precisar el primer párrafo llevo empleados casi dos meses». Ya unos días antes, el 7 de noviembre, le había escrito al gramático Emiliano Isaza, a Bogotá: «Las *Apuntaciones* han ido con escandalosa lentitud, primero por causa mía pues tuve que hacer completamente de nuevo muchos capítulos, y luego supongo que por causa de la imprenta, pues di el fin del trabajo el último de Mayo y todavía no he recibido pruebas de la mayor parte del capítulo último, y no he dado el índice, para incluir, en vista de lo impreso, lo que falta. El otro tomo que anuncian Roger y Chernoviz es una colección de varios artículos que U. conoce. Empecé a rever el que me parecía más completo, y más de un mes llevo en aclarar y precisar el primer párrafo. Eso es manía, dirá U., y en parte no le faltará razón».

En el catálogo de las novedades de Roger y Chernoviz para el año de 1907 se dice que las *Apuntaciones* acaban de salir a luz, y que están en prensa, en un tomo en octavo y en pasta de tela, las *Disquisiciones sobre filología castellana*. Este es el tomo de recopilación de artículos a que se refería don Rufino en sus dos cartas a los colombianos. En cuanto a los artículos que conocía Emiliano Isaza y que se iban a recopilar allí eran los que habían salido en las tres grandes revistas filológicas de Francia: *Romania*, la *Revue Hispanique* y el *Bulletin Hispanique*. La verdad es que la obra no estaba en prensa como decían Roger y Chernoviz sino en proyecto, y don Rufino no llegó a publicarla. Los artículos más notables que se iban a incluir en ella eran «Las segundas personas de plural en la conjugación castellana» y «Los casos enclíticos y proclíticos del pronombre de tercera persona en castellano», ambos aparecidos en *Romania*; y las «Disquisiciones sobre antigua ortografía y pronunciación castellanas», aparecido en dos números de la *Revue Hispanique* y el más original e importante de los que escribió. Sospecho que este sea el artículo a que se refiere en las dos cartas a los colombianos diciendo que no logra escribir de él ni el primer párrafo.

Todavía a principios de 1908 seguía con el proyecto de las «Disquisiciones sobre filología castellana», y el 9 de enero le escribía a Emilio Teza: «En los ratos que logro trabajar estoy revisando varios artículos, ya medio anticuados, que salieron en la *Romania* y otras revistas para formar un tomo. En algunos casos la corrección me cuesta más trabajo que el que empleé para hacerlos nuevos. Si reproduzco los que escribí en polémica con Valera, los refundiré en uno solo, quitando todo lo que pueda recordar el origen y la queja». Estos artículos de la polémica con Valera son los que publicó con el título común de «El castellano en América» en dos números del *Bulletin Hispanique* y que constituyen un largo ensayo. Pero las «Disquisiciones sobre filología castellana» nunca las terminó. El 8 de marzo de 1910 los de Roger y Chernoviz le escribían preguntándole qué había decidido hacer con ellas e informándole que como habían sido anunciadas en su catálogo ya habían recibido pedidos de ejemplares. Y dos días después: «Tomamos nota de lo que nos dice respecto a las "Disquisiciones" y quedamos a sus órdenes para hablar de su publicación cuando llegue el momento». Que yo sepa no llegó. En 1944 el padre Félix Restrepo inició las publicaciones del Instituto Caro y Cuervo, recién fundado por él, con las que llamó *Obras inéditas* de Cuervo, que se imprimieron en los talleres de la Editorial Voluntad. En ellas juntó tres escritos: los artículos «Las segundas personas de plural en la conjugación castellana» y las «Disquisiciones sobre antigua ortografía y pronunciación castellanas», refundidos y ampliados por Cuervo a treinta y una páginas el primero y a cuarenta y una el segundo; y el «Castellano popular y castellano literario» en trescientas dieciocho páginas, este sí un libro completamente inédito aunque fragmentario: se trata del comienzo de una obra extensa y ambiciosa que Cuervo dejó esbozada en un manuscrito y de la que solo alcanzó a escribir unos capítulos, que tratan en especial de fonética.

Sé de tres menciones al «Castellano popular y castellano literario» hechas en vida de Cuervo. Una de Morel-Fatio en su reseña para *Romania* de la edición de las *Apuntaciones* de 1907 que acababa de salir: «Al publicar una vez más sus *Apuntaciones* el autor ha juzgado necesario no solo aprovechar todos los trabajos publicados sobre el español americano, sino estudiar de cerca las variedades dialectales que se manifiestan en toda la extensión de la Península. Este aumento considerable de informaciones diversas no podía ser condensado totalmente en esta quinta edición. El señor Cuervo nos promete otra obra cuyo título será "Castellano popular y castellano literario" y desde ahora se puede decir que aumentará la reputación adquirida por sus anteriores trabajos, que lo han consagrado, con reconocimiento unánime, como la máxima autoridad en materia de filología española». Otra mención está en un comentario a la misma edición de las *Apuntaciones* aparecido en el *Archiv* de Alemania (sin firma pero debido probablemente a Heinrich Morf), en que se habla del proyecto de Cuervo de escribir una obra más extensa, el «Castellano popular y castellano literario», que presentaría la relación del español de América con el de España. Y en fin, una mención en la última carta que ha quedado de las que le escribió Schuchardt a don Rufino, del 11 de marzo de 1907, en la que tras agradecerle el envío de la nueva edición de las *Apuntaciones* se congratula de que ya esté muy adelantado el «Castellano popular y castellano literario». Lo cierto es que ninguno de los que mencionaron esta obra en vida de Cuervo la conocieron.

Las relaciones de Cuervo con Roger y Chernoviz venían de muy atrás, de su primer viaje a Europa en 1878, cuando conoció a Antoine Roger. La firma, que editaba libros en español y los vendía en Hispanoamérica, se llamaba entonces Jouby & Roger; cuando don Rufino se estableció en París en 1882 ya se llamaba Roger y Chernoviz; y años después de su muerte pasó a manos de André Blot. En la correspondencia de don Rufino con Caro aparece el nombre de Roger una y otra vez, y esto desde la primera carta de Caro del 16 de mayo de 1878, cuando Rufino José iba todavía en el barco con Ángel camino a Europa por primera vez. Y es que esta casa de editores y distribuidores le surtía a Caro libros para su Librería Americana, que le enviaban a Colombia desde París. Así, por ejemplo, en carta del 5 de septiembre de 1878 le escribe don Rufino desde París a su amigo de Bogotá: «Por este correo debe despachar Roger un paquete con unos catálogos, dos cajitas con plumas de ganso (una de ellas lleva la dirección y es una de las papelerías más afamadas aquí) y dos bulticos de papel para borradores. No puedo indicar a Roger nada de obras españolas ni de otros, porque aquí no leo periódicos ni nada que me pueda dar luz. Es posible que haya una revista bibliográfica española, y si la consigo se la enviaré». Y de nuevo a Caro, el 2 de noviembre del año indicado: «Cuando estuve en casa de Roger para enviar la revista bibliográfica, me dijeron que no estaba en París».

Don Rufino se instaló definitivamente en París a mediados de 1882. Entonces se reanuda su correspondencia con Caro, quien continuaba con su librería en Bogotá. En carta del 18 de octubre de ese año le dice Caro: «Hágame el favor de trasmitir a Roger y Chernoviz la adjunta letra. Se quejan ellos de que no les hago pedidos. El caso es que el gobierno me debe más de dos mil pesos que no me quiere pagar, y esto ha embarazado mis negocios. Conviene que V. a ratos perdidos empiece a revisar los originales de la *Gramática latina* para hacer allá una nueva edición, que por lo visto tendrá acogida en España». Y el 5 de octubre de 1884, después de anunciarle el envío de algunos ejemplares del Prospecto de su *Diccionario*, le escribe don Rufino: «A pesar de lo acosado que estoy, envié ayer a la imprenta los primeros materiales de las *Apuntaciones*. Como ya la vejez se me va entrando por las puertas [¡a los cuarenta años, por Dios, cómo estaré yo!], no sé si después de esta habrá tiempo para hacer otra edición; así he querido reformar y agregar todo lo que tenía anotado. Es mucha brega, pero ¿qué remedio? Para esto no me he entendido con Roger, ni le he dicho que traigo eso entre manos. Como el mercado del libro es en Bogotá, no necesito de intermediarios, que siempre cuestan algo». Se trataba de la cuarta edición de las *Apuntaciones,* que don Rufino hizo por su cuenta (como las anteriores de Bogotá) en la imprenta de Durand, de Chartres: salió el año siguiente y sus ejemplares se los envió a Caro para que los vendiera en su librería. Cuando Caro se metió a la política le vendió la librería al joven José Vicente Concha. Por ello esto que le escribe don Rufino el 9 de enero de 1889: «Recibí una carta de Concha en que me pide *Apuntaciones*. Hace tiempo que me desprendí de eso, cediéndole a Roger la venta, porque habiendo algún pedido, me quitaban el tiempo con cartas y empaques y reclamos. Aunque, aun sin esto, sería necesario hacer el negocio con otras bases, porque con el alza de las letras es imposible conservar el antiguo precio, el cual no daría la mitad de los gastos de la edición y el envío. De todos modos recomendaré a Roger el pedido de Concha, para que le ofrezca todas las ventajas posibles». ¡Qué iba a imaginar entonces don Rufino el viejo que la siguiente edición de sus *Apuntaciones*, la quinta, la habrían de hacer como editores, tantísimos años después, Roger y Chernoviz, y según sospecho en la misma imprenta de Durand donde él había impreso la cuarta, y donde estos señores imprimían la *Gramática* de Bello con sus Notas!

Los escritores hispanoamericanos soñaban con imprimir en París y si tenían el dinero y se les presentaba la ocasión se apuraban a hacerlo, porque primero, los impresores franceses eran mejores que los hispanoamericanos; y segundo, la palabra mágica «París» en la portada de un libro le daba lustre: lo ponía a brillar como resplandor de santo. Caro, que a los cuarenta y siete añitos ya planeaba editar sus Obras completas, le escribe a Cuervo, soñando con que la edición se pudiera hacer en París: «No tengo inconveniente en regalar el primer tomo, o sea el derecho de imprimirlo y venderlo por cuenta del editor, como ensayo; y según el éxito puede hacerse un contrato por los demás». A lo cual don Rufino le contesta: «No extrañe U. que después de mis dos cartas de Mónaco no haya vuelto a escribirle, porque no quería hacerlo antes de poder comunicarle que había dado siquiera algún paso para la publicación de sus poesías. A pesar de la repugnancia que siento de meterme con la casa de Garnier, como ella está publicando una colección de poetas americanos, quise averiguar siquiera cómo se entienden con los autores; y yendo con achaque de comprar un libro, supe, cosa que no extrañé, que piensan hacer un gran favor a quien les ceda la propiedad, dándole 50 ejemplares. Supe también que Rosa y Bouret no entran sino en negocio en que vean el dinero en mano. Roger me ha dicho que él haría un negocio parecido al que arregló con Torres Caicedo para los versos de Lázaro Pérez, que consistió en tomarle cierto número de ejemplares, quedando reducido al fin a que se le dieran 1800 francos para recibir no sé cuántos ejemplares. En fin, no necesito decirle que Ángel y yo tomaremos diez veces más empeño que si se tratara de cosa nuestra, a fin de obtener las mejores condiciones económicas y asegurar la circulación de sus obras, ya completas, ya poéticas tan solamente». ¡Con lo mal que se habría de portar ese malagradecido con don Rufino cuando dos años después de esta carta llegó a la presidencia! El libro de las obras poéticas y dramáticas de Lázaro María Pérez con ensayo biográfico del loco Torres Caicedo lo anunciaban efectivamente Roger y Chernoviz en su catálogo: 650 páginas por diez francos. Yo no las habría recibido ni regaladas. ¡Roger y Chernoviz eran unos santos! Y publicaban libros píos escritos por santos: *Nuestra Señora de Lourdes* de E. Laserre, *El cuarto de hora para san José* del abate Larfeuil, *El Ángel de la Eucaristía* del padre Mayet, el *Manual del cristiano* del reverendo padre Camilo Ortúzar, *El joven en la escuela de los santos* del reverendo padre Berthier… Y todos en español, desde París, en homenaje a mi idioma, edicioncitas de mil ejemplares en vez de editar al pornográfico Zola ¡en ediciones de cien mil o doscientos mil! Y aquí no acaba el catálogo: sigue con *Mis ideas y mis principios* del mismísimo Torres Caicedo en persona y ya no prologando, en tres gruesos tomos por 30 francos. De vivir hoy Roger y Chernoviz, les daría, para que los publicaran en dos o tres volúmenes, mis ideas y mis principios, los míos, con los que voy a empezar desde cero una nueva religión, la mía, la primera, la última, la única que merezca tan empalagoso nombre. ¡Pero qué! Ya murieron. ¡Cómo no los voy a canonizar teniendo yo el poder y el hisopo de agua bendita en las manos para rociarlos con la eternidad del cielo! Los canonizo porque los canonizo así tenga que matar al mismísimo Ordóñez a quien en mala hora parió su madre.

Roger y Chernoviz distribuían el *Diccionario* de Cuervo y eran los editores de la *Gramática* de Bello con sus *Notas*. El primer tomo del *Diccionario* se vendía al público en veinticinco francos, de los que Roger y Chernoviz le daban quince a don Rufino; el segundo, en treinta francos, de los que le daban dieciocho con setenta y cinco centavos. Ambos tomos los guardaban Roger y Chernoviz en sus bodegas (o en las de sus impresores) junto con las matrices, que tras la primera y única edición nunca se volvieron a utilizar. Una parte de la edición se encuadernó desde un comienzo, y el resto de los ejemplares quedaron en pliegos impresos para ser encuadernados cuando se agotaran los otros. Que yo sepa solo en una ocasión se agotaron los encuadernados y se tuvieron que encuadernar más (en una venta excepcional de 386 ejemplares hecha a la Legación mexicana y al Consulado hondureño), de suerte que cuando murió don Rufino lo que quedó de su *Diccionario* fueron un rimero de pliegos impresos que nunca nadie encuadernó, y unas matrices que nunca nadie más usó. Si consideramos que los dos tomos juntos se vendían al público en cincuenta y cinco francos, y que de estos Roger y Chernoviz le tenían que dar treinta y tres con setenta y cinco centavos a don Rufino, y a los libreros un buen descuento, no era que ganaran con él lo que Georges Charpentier con las novelas de Zola. La *Gramática* se vendía a seis francos con noventa, de los que le daban a don Rufino cincuenta centavos por derechos de autor. ¡Casi el diez por ciento, que era y sigue siendo lo estipulado! Pero resulta que Cuervo no era el único autor de esa *Gramática*, sino también, y en primer lugar, Andrés Bello, quien desde hacía mucho yacía, indefenso, en su tumba. Don Rufino sería santo y decentísimo en sus cuentas, ¡pero listo! Así se volvió en la escuela de los tenderos y agiotistas bogotanos.

Las cuentas con Roger y Chernoviz que conservó don Rufino van de junio de 1895 a diciembre de 1908; faltan las de los años inmediatamente anteriores y las de sus dos últimos años de vida, 1909 y 1910. En el lapso indicado Roger y Chernoviz le pagaron 14.732 francos, en su mayor parte por concepto de la distribución de su *Diccionario*, y el resto por los derechos de autor de sus *Notas* a la *Gramática* de Bello y por minucias: veintidós ejemplares de la *Vida de Rufino Cuervo y noticias de su época* vendidos a dieciocho francos los dos tomos menos tres de comisión, y un ejemplar de *Jamás*, la novela de Ángel, único vendido, por un franco con ochenta centavos, de trece que estuvieron durante años y años en consignación. Seis ejemplares de los dos tomos del *Diccionario* que se mandaron a una librería de Sevilla a instancias de don Rufino nunca se vendieron. Don Rufino vendió directamente ciento veinte ejemplares (doscientos cuarenta volúmenes) del *Diccionario* a la Legación de México en París, y setenta y tres ejemplares (ciento cuarenta y seis volúmenes) al Consulado de Honduras, por 10.560 francos, de los que les dio 1.583 a Roger y Chernoviz por su ayuda en la venta, y 2.771 por la encuadernación y despacho de los volúmenes, quedándole así 6.206 francos. Sumando esta última cantidad a los 14.732 francos arriba mencionados y a mil que le dieron como pago anticipado por sus derechos de autor de la quinta edición de las *Apuntaciones*, tenemos un gran total de 21.938 francos. Eso fue lo que recibió por sus libros en un lapso de trece años y medio. Las liquidaciones le llegaban semestralmente, y el dinero se lo depositaban en su cuenta de la oficina central del Comptoir National d'Escompte, del número 14 de la rue Bergère de París. Las apasionantes cuentas de lo que le mandaron de Colombia a don Rufino por el arrendamiento de sus propiedades en ese lapso, y las de antes y después, las dejo para más adelante. A ver si Dios me da vida y cabeza y voluntad y las alcanzo a consignar en este libro.

La segunda Conferencia Internacional Americana, reunida en México, aprobó en su sesión del 30 de enero de 1902 una resolución firmada por los delegados de los países participantes en que estos se comprometían a reunir 210.000 francos para que Cuervo pudiera terminar su *Diccionario* y se hiciera una edición de él de mil doscientos ejemplares. Ciento diez mil francos los pagarían, a razón de veintidós mil cada uno, Argentina, Colombia, Chile, Estados Unidos y México; y cien mil, a razón de diez mil cada uno, Bolivia, Costa Rica, la República Dominicana, Ecuador, El Salvador, Guatemala, Honduras, Nicaragua, Paraguay y Uruguay. La resolución se quedó en el papel, pero de ella resultaron comprando, México y Honduras, los ejemplares a que me he referido de los dos tomos publicados.

Enterados por don Rufino de la Conferencia Internacional Americana, Roger y Chernoviz le escribieron diciéndole que en vista de la desastrosa situación por la que pasaba entonces Colombia (la guerra de los Mil Días), a raíz de la cual él había dejado de recibir las rentas de sus propiedades y se había visto obligado a suspender su *Diccionario*, ellos se ofrecían a costear la continuación. «Il est profondément regrettable qu'un pareil monument littéraire reste inachevé, étant donné surtout, ainsi que vous les dites, que tous les matériaux sont au complet. Nous nous mettons à votre disposition pour publier à nos frais les tomes III et suivants de votre Dictionnaire. Il vous seront payés des droits d'auteur sur la vente, droits que vous fixeriez vous-même et sur lesquels nous ne manquerions pas de nous mettre facilement d'accord»: «Es verdaderamente lamentable que semejante monumento literario se quede inconcluso, máxime que, según dice usted, todo su material ha sido completado. Nos ponemos a sus órdenes para publicar por cuenta nuestra los tomos tercero y siguientes de su *Diccionario*. Le pagaremos derechos de autor sobre las ventas, que usted mismo determinará y sobre los cuales nos pondremos fácilmente de acuerdo». Oferta más generosa no recibió Cuervo en su vida, si es que recibió alguna. Roger y Chernoviz estaban dispuestos a hacer con él lo que Louis Hachette había hecho con Littré, costearle su *Diccionario*. Solo que en el caso de Cuervo se trataba del diccionario de una lengua extranjera, pues Roger y Chernoviz eran santos franceses y no colombianos ni españoles. Y medio año después los dos santos le refrendaban la propuesta. ¿Por qué no la aceptó Cuervo? ¿O la de la Conferencia Internacional Americana? En su artículo necrológico «Cuervo íntimo» dice Tannenberg: «Tanto de México con ocasión del Congreso Panamericano como de Bogotá lo instaban a que continuara su *Diccionario*, bien fuera como un libro americano o bien como un libro nacional, ofreciéndole costear los enormes gastos de la impresión. Me acuerdo muy bien de que hubo un momento en que la proposición mexicana, entonces a medio formular, pareció animarlo. Pero todo se vino abajo, sin que pueda decir por qué razón. Tal vez porque no supieron manejar la independencia un poco sombría del autor, que pudo creer que pensaban confiscarle su obra. La soledad engendra la desconfianza, y acaso tenía razón en desconfiar. Lástima que no se hubiera decidido a publicar por lo menos el tercer volumen, del cual quedaron en un mueble especial, y las he visto yo, las papeletas listas y clasificadas hasta la letra L». Efectivamente, las papeletas manuscritas que dejó Cuervo llegaban hasta los ejemplos de la palabra *libertar*. Además de las cuales dejó terminadas las primeras cincuenta y tres monografías de la letra E, y en una serie de cuadernos cifrados, las indicaciones de las obras, con páginas y tomos, de donde pensaba sacar los ejemplos para las restantes monografías, hasta la última de la Z. En lo que sí se equivoca Tannenberg es en decir que en algún momento Colombia estuvo dispuesta a subvencionar la obra. Jamás. El gobierno colombiano, reinando Caro, le ofreció comprarle algunos ejemplares. Y no lo hicieron. Colombia es miserable. Salvo atropellos, no hay que esperar nunca nada de ella. Para más fueron Honduras y México, que se portaron con don Rufino tan generosamente.

¿Y qué pasaba con las *Disquisiciones sobre filología castellana* que anunciaban los catálogos de Roger y Chernoviz? El anuncio había despertado un gran interés y estos lo instaban, una y otra vez, a publicarlas. ¿Qué problema había en juntar unos artículos que ya habían aparecido en las revistas filológicas francesas? ¿No lograba salir del primer párrafo de algún artículo en que se había atorado? Lo hubiera dejado tal cual estaba y santo remedio. Nunca les dio el libro a sus bienintencionados editores. Modificó y aumentó algún artículo y eso fue todo. Y con las *Apuntaciones* ocurrió algo parecido. La quinta edición salió por empeño de Roger y Chernoviz, quienes habían distribuido una parte de la cuarta edición, hasta que se agotó. Por los pedidos de sus clientes de Hispanoamérica sabían que el libro seguía interesando y durante años le pidieron a don Rufino que lo reeditara. Por fin consiguieron que les permitiera editarlo a ellos, y el 18 de febrero de 1905 firmaron con él el contrato para la nueva edición, que salió a principios de 1907. Esta edición se imprimió en dos tiradas distintas, con dos distintos tipos de papel: una para Colombia por encargo de la Librería de Camacho Roldán y Tamayo de Bogotá, y otra para la edición ordinaria de Roger y Chernoviz que iba a los restantes países hispanoamericanos, y que anunciaban en sus catálogos a un precio de ocho francos. El 15 de octubre de 1909 René Roger (hijo de Antoine, quien había muerto dos años atrás) le escribía a don Rufino (en máquina de escribir, que ya empezaba a reemplazar las cartas manuscritas en la correspondencia comercial): «Aprovecho la ocasión para informarle que las *Apuntaciones* ya están agotadas. Como veo difícil, dado sus numerosos trabajos y muy en especial las *Disquisiciones*, que me dé usted la edición refundida que está preparando, para no perder las ventas de la obra sería bueno proceder a una tirada provisional. ¿Quiere que haga imprimir mil ejemplares en las mismas condiciones que las anteriores, o sea mediando la suma de mil francos pagables de inmediato si así lo desea?» Las cartas de don Rufino a Roger y Chernoviz no han quedado, pero sí los borradores de varias de las que les dirigió. Uno de estos, fragmentario, lleva la fecha del 2 de noviembre de 1909 (dos semanas después de la carta de René Roger), y en él don Rufino les dice que no está dispuesto a renovar el contrato del 18 de febrero de 1905 porque han violado lo que convinieron en él. Y es que en los catálogos el precio de las *Apuntaciones* pasó de ocho francos a diez con setenta centavos. Tres días después Roger y Chernoviz le contestaron explicándole que habían cambiado el precio en los catálogos para que estos se pudieran distribuir entre el público en general, pero que a los libreros, que eran sus clientes, ellos les seguían dando las *Apuntaciones* a ocho francos, y la *Gramática* de Bello a seis con noventa centavos y un descuento del diez por ciento. Que don Rufino podía mandar a alguien, si lo deseaba, para que revisara sus libros de contabilidad. Y acto seguido pasan a contestar algo que desconozco pues del borrador de don Rufino solo quedó el primer pliego: «En respuesta al último párrafo de su carta, aceptamos en principio comprarle la propiedad total de sus obras». Que les hiciera una propuesta basándose en las liquidaciones de los últimos años. «En cuanto al *Diccionario*, la cuestión es más delicada porque los ejemplares y las matrices le pertenecen a usted, y por otra parte la venta se ha vuelto muy difícil pues la gente está persuadida de que la obra no se terminará. Sírvase entonces, teniendo en cuenta estas consideraciones, hacernos una oferta separada para todas las existencias y la propiedad del *Diccionario*». Y que si adquirían ellos sus obras podría seguir corrigiéndolas y modificándolas en las distintas ediciones cuando fuera del caso, pues bien sabían de su amor por la ciencia. La propuesta de Roger y Chernoviz era absolutamente razonable. El que no lo era era don Rufino. Ahora bien, si el *Diccionario* no se iba a continuar, ¿de qué obras de Cuervo estaban hablando? ¿De las *Notas* a la *Gramática* de Bello? Roger y Chernoviz ya tenían los derechos desde hacía años y don Rufino nunca protestó por los pagos de sus regalías de las múltiples ediciones que se habían hecho. ¿De las *Disquisiciones* entonces? Su terminación estaba tan en veremos como la del *Diccionario*. Quedaban las *Apuntaciones*. Lo razonable era imprimir la sexta edición de estas tal como estaban en la quinta para aprovechar las ventas, en tanto Cuervo adelantaba con calma otra edición modificada. Es más, no había ninguna razón para seguir modificando ese libro viejo, que en 1909 tenía ya treinta y siete años: el idioma había cambiado mucho en ese lapso y la gente cada día hacía menos caso de la censura de los quisquillosos, alias puristas. Hoy del presidente para abajo no solo no hacen caso, sino que todos, todos sin excepción, escupen a este pobre idioma. Y digo «escupen» por no usar un verbo pronominal más fuerte que se usa con la preposición «en». Lo que ha debido hacer Cuervo era concentrarse en su «Castellano popular y castellano literario» y punto. Pero una cosa es como veo el mundo yo, que soy sensato, y otra como lo veía Cuervo, que no lo fue. ¡Si hubiera vivido entonces Ángel para que lo hubiera aconsejado con la venta de sus Obras completas! ¡Pero qué! A Ángel, sin decir agua va ni agua viene, un día infausto se lo llevó el Señor.

Las varias cartas que se cruzaron don Rufino y la casa de Roger y Chernoviz entre principios de noviembre de 1909 y principios de febrero de 1910 las resumo con la negativa rotunda de Cuervo a que hicieran más ediciones de sus *Apuntaciones*, y la de ellos a comprarle la totalidad de sus obras: que colocando el dinero que les pedía al cinco por ciento, decían, les iría mejor. «Comme vous m'aviez dit que la somme demandée était définitive et qu'il n'y avait pas lieu de vous faire de contre-proposition, je me suis borné a enregistrer la décision de mes commanditaires, sans leur demander rien de plus»: «Como usted me dijo que la suma que pedía era definitiva y que no tenía caso que le hiciéramos una contraoferta, me he limitado a tomar nota de la decisión de mis socios sin pedirles nada más». ¿Qué suma les pidió don Rufino? No lo sabremos porque no fue por escrito sino en una visita que después de posponerla muchas veces, por enfermedad o falta de ganas, le hizo por fin René Roger a su apartamento de la rue de Siam y yo no soy como Balzac ni como Zola que estaban metidos en todos los cuartos grabando con grabadora cuanto decían sus criaturas.

Cuervo tenía la sospecha de que Roger y Chernoviz habían hecho dos veces la quinta edición de las *Apuntaciones*. Lo digo por el borrador de una carta que no creo que les hubiera mandado a estos señores pues la acusación que les hacía en ella era muy grave. El borrador está escrito en francés (únicas frases suyas en este idioma que conozca) por el reverso de un aviso de depósito enviado por el Comptoir National d'Escompte, y en él dice: «Quelque jours avant cette déclaration de l'auteur (15 Octobre 1909) les éditeurs lui proposaient de procéder à un tirage provisoire de 1100/1000. Ceci fit soupçonner à l'auteur qu'on avait fait des empreintes; et ce soupçon a été confirmé par l'un des éditeurs lui-même. Comme il est impossible de supposer qu'à l'imprimerie on ait gardé la composition pendant au mois dix huit mois pour faire les empreintes avant qu'on ait demandé l'autorisation pour une autre edition, il s'ensuit que ces empreintes ont été faites depuis le commencement de l'impression, sans la connaissance et beaucoup moins sans le consentement de l'auteur»: «Unos días antes de esta declaración del autor (el 15 de octubre de 1909) los editores le proponían hacer una tirada provisional de 1100/1000. Esto le hizo sospechar al autor que se habían hecho las matrices; y esta sospecha la confirmó uno de los editores. Como es imposible suponer que en la imprenta hayan guardado la composición durante dieciocho meses al menos para hacer las matrices antes de que se haya pedido autorización para otra edición, se deduce que tales matrices fueron hechas desde el comienzo de la impresión, sin el conocimiento y mucho menos sin el consentimiento del autor».

La carta mencionada del 15 de octubre de 1909, de René Roger, la conozco y ya la cité y nada en ella hace pensar que hubiera habido algo incorrecto de parte suya. Simplemente en Roger y Chernoviz guardaron las matrices que habían hecho de las *Apuntaciones* durante los dieciocho meses de que habla don Rufino, así como él había guardado las de los dos tomos de su *Diccionario*, veintitrés años las del primero y dieciséis las del segundo. Y sin embargo algo incorrecto sí pudo haber por parte de Roger y Chernoviz, y me lo hace sospechar una carta de ellos a don Rufino, del 10 de marzo de 1910, en que le anunciaban que iban a hacer una nueva edición de la *Gramática* de Bello. La carta, que traduzco del francés, empieza diciendo: «En respuesta a su carta del 9 de los corrientes, lamentamos que no haya recibido ejemplares de la última edición de la *Gramática*: estábamos convencidos de que se los habíamos enviado. Para reparar el olvido le mandamos por paquete postal cinco ejemplares». Y en la posdata: «La nueva edición de la *Gramática* deberá llevar como cifra decimotercera edición. En la tirada de la edición anterior, la decimosegunda, nos olvidamos de cambiar en el título el número de la edición y la fecha: tal vez fue eso lo que le hizo creer a usted que no había recibido ejemplares de la decimosegunda, a menos, como le decíamos, que hubiera sido un olvido de la casa». ¿Le estaban robando Roger y Chernoviz regalías de la *Gramática* y de las *Apuntaciones* a don Rufino? Sabrá Dios, que es el que sabe. Y sabrá también por qué en la sexta edición de las *Apuntaciones*, que salió en 1914, tres años después de la muerte de Cuervo, figuran ellos como editores. En esta edición las *Apuntaciones* constaban de 999 artículos en 713 páginas, más 40 del prólogo. Cuervo corrigió las pruebas hasta la página 448, artículo 575, y Jesús Antonio Hoyos y Luis Martínez Silva, comisionados por la Legación colombiana, terminaron la corrección. Se les fue el libro con el prólogo viejo de las ediciones anteriores pues no sabían que don Rufino guardaba entre sus papeles otro, el definitivo. Al final de la última página, después de la Tabla de Materias, se dice que el libro fue impreso en «Maçon, Protat Frères, Imprimeurs», y que es propiedad del Hospital de Caridad u Hospital San Juan de Dios de Bogotá. Mi sospecha es que don Rufino costeó la sexta edición de las *Apuntaciones* con su dinero, y si Roger y Chernoviz figuran en la portada como sus editores sin serlo, al igual que figuraron en las del *Diccionario* y la *Vida de Rufino Cuervo*, es porque Dios es grande y quiso tenerlos para siempre asociados al nombre de su santo. Después de la citada carta del 10 de marzo de 1910 hay dos más de Roger y Chernoviz, del 9 de marzo y el 7 de abril del año siguiente, para enterarlo de que la decimotercera edición de la *Gramática* de Bello estaba agotada y que preparaban la decimocuarta, de mil cien ejemplares, a fin de que les enviara sus correcciones a ellos, o bien directamente a Durand, el impresor. Estas ediciones de la *Gramática* de Bello en realidad no eran verdaderas ediciones sino simples reimpresiones con algún mínimo cambio. Tres meses y diez días después de la carta del 7 de abril murió don Rufino.

Los problemas con Roger y Chernoviz venían de vieja data; cuando menos desde la impresión del segundo tomo del *Diccionario*, que se terminó de imprimir a mediados de noviembre de 1893 y que por obra de Antoine Roger salió con varios pliegos impresos en papel de baja calidad. De Antoine Roger ya sabía Cuervo desde antes de su primer viaje a Europa, cuando lo conoció, por carta de Uricoechea del 4 de noviembre de 1877 en que este le pedía: «Entre nos, dígale a Caro que le abra mucho el ojo a Roger que es un pillastre que so capa de libros místicos le mete la uña al prójimo con mucha compunción. No quitemos honras (que no existen), pero no dejemos a los amigos ser víctimas. No digo que lo será, si él toma sus precauciones, pero soldado prevenido no muere en guerra». Pues bien, el 30 de diciembre de 1894 Cuervo le escribía a Teza, a Padua: «El tercer tomo del *Diccionario* está algo atrasado por desavenencias con los editores, con quienes he tenido el pecado de ser excesivamente cumplido; U. sabe que para los comerciantes ha de ser uno como fiera. Un año hace que estoy en disputa para que me arreglen mi cuenta. U. me dirá que por qué no me voy a otra parte; respondo: por miedo de dar en otros peores». Y el 20 de enero siguiente, en carta a Ignacio Gutiérrez Ponce, a Londres, continuaba con las quejas: «El tercer tomo del *Diccionario* no ha empezado a imprimirse porque se han ofrecido varios tropiezos, uno de ellos el estar de malas con los editores por arreglo de cuentas; tuve que buscar abogado; gracias a esto mi haber se ha duplicado, pero todavía no se ha concluido la cuestión después de un año. Me causa horror meterme con otros».

De la trastada del papel sabemos por la necrología «Cuervo íntimo» de Tannenberg y por una carta a Cuervo de Morel-Fatio. Escribe Tannenberg: «Lleno de entusiasmo y confianza por la acogida del primer tomo de su *Diccionario* quiso llevar a cabo sin dilaciones la publicación de los cuatro o cinco restantes. En 1893 apareció el segundo, mucho más extenso que el primero. Todo parecía ir bien, pero le esperaba una decepción dolorosa. Por un descuido imperdonable del editor la impresión se hizo en un papel de calidad inferior, en detrimento de la claridad tipográfica y de la duración de los ejemplares. Fue un golpe demoledor para el señor Cuervo, tan cuidadoso como era de los más pequeños detalles y que ningún sacrificio se había ahorrado para asegurar la ejecución perfecta de su obra. El daño no era irreparable ni tan grande como él creía. De hecho solo era defectuoso el final de volumen. Pero su extremada sensibilidad le magnificaba el problema. Algunos lamentaron que hubiera economizado en el papel, y eso lo exasperaba. Los amigos trataron de consolarlo poniendo las cosas en sus justas dimensiones pero inútilmente. Él, de una conciencia tan recta y escrupulosa en sus compromisos, se sentía engañado, robado, herido en lo más íntimo. Fue mucho lo que sufrió y se necesitaron años para que pudiera hablar del asunto con serenidad. La consecuencia deplorable de la imperfección del segundo tomo acabó por desilusionarlo de su obra. Se la habían arruinado».

En cuanto a la carta de Morel-Fatio, es del 11 de febrero de 1894, cuando todavía estaba fresca la tinta del segundo tomo del *Diccionario*, y se la escribió a don Rufino para consolarlo. Como casi todas las que le dirigió está escrita en español, y en ella le dice: «Al mirar otra vez el tomo *à tête reposée* y a la mejor luz del día, me parece que la diferencia del color del papel entre los primeros y los últimos pliegos es muy poca; a lo menos la percibo apenas y sin la advertencia de Vd. no hubiera reparado en ese defectillo que en todo caso es de muy poca monta. Además lo único que importa es que sea bien impresa y corregida, y lo es efectivamente, y creo que no se conseguiría hacerlo mejor». Juro por Dios que lo vio y que me ve, que cuando don Rufino leyó «lo único que importa es que *sea* bien impresa y corregida, y lo *es* efectivamente», pensó en lo difícil que es para los extranjeros, así se tratara del más grande hispanista, entender la infinidad de sutiles diferencias que existen en castellano entre los verbos «ser» y «estar», pues lo que Morel-Fatio debió haber escrito era: «lo único que importa es que *esté* bien impresa y corregida, y lo *está* efectivamente». Dios, que se le llevó a su hermano Ángel que era su apoyo y su consuelo, y el sinvergüenza de Antoine Roger, que le arruinó el segundo tomo de su *Diccionario*, son los culpables, por partes iguales, de que Cuervo lo hubiera dejado empezado. Descanonizo ipso facto al franchute de Antoine Roger, *un salaud*, como el Otro. Cada día que pasa y que sale el sol tengo más pruebas de la maldad de esa entelequia fea y dañina que llaman Dios. Claro que Dios existe, ¡pero es más malo que Caín!

Cuervo tenía muy claro desde un principio que su *Diccionario* no se iba a vender. La *Gramática latina* que escribió con Caro se vendía porque fue adoptada como texto escolar, y estos se venden todos. Las *Apuntaciones* se vendían porque tenían un fin práctico: corregir, en lo hablado y en lo escrito, los atropellos al idioma. Pero el *Diccionario de construcción y régimen* ¿para qué podía servir? Bien lo dijo en su recopilación de escritos *Legajo de varios* el español Elías Zerolo, quien fue amigo de don Rufino en París donde trabajaba en la editorial de Garnier Hermanos: «Si algo puede decirse de la magna obra del señor Cuervo es que en el actual estado de los conocimientos no puede prestar utilidad sino a reducido número de personas». Miguel Antonio Caro fue el gran testigo de la gestación del *Diccionario* de Cuervo en Bogotá, y Alfred Morel-Fatio de su publicación en París. El 5 de diciembre de 1883, cuando estaba a punto de imprimir el Prospecto, le escribía Cuervo desde París a Bogotá a su amigo Caro: «No pasará de dos días sin que, con la ayuda de Dios, lleve los primeros manuscritos para la impresión definitiva: será la preposición *a*, que está escrita en más de mil cuartillas como las que U. vio allá, y podría dar a dos columnas, en el tamaño por ejemplo del *Diccionario* de Velásquez, de veinticinco a treinta páginas. Esto me hace creer que el libro no se venda». Dio veintinueve páginas en cuarto, en un tipo pequeño y compacto: cincuenta y ocho columnas. El verbo *dar*, sesenta y cinco columnas. Y la preposición *de*, ochenta. Cuando Caro recibió el Prospecto del *Diccionario* de Cuervo en Bogotá le escribió a su amigo: «Mi querido Rufino: Dos palabras para darle las gracias por su preciosa muestra. Del trabajo de U., de que yo conocía ya los artículos que U. me enseñó en esta ciudad, nada tengo que decirle. En cuanto a la edición, le diré que me ha parecido muy correcta y limpia, pero demasiado condensada y el tipo muy chico, inconvenientes que, dado cierto plan de publicación, reconozco que eran inevitables». No eran inevitables, eran un error fatal: el tipo de letra tan pequeño y condensado hacía dificilísima la lectura del libro, pero para remediar el defecto habría habido que perder lo impreso y levantar el texto de nuevo y volverlo a imprimir.

Los reparos de Morel-Fatio iban más lejos. En su reseña del Prospecto para la *Revue Critique* hablaba de la impresión abrumadora que le causaba el amontonamiento de tantas definiciones y ejemplos y decía: «El agrupamiento material y la disposición tipográfica de este *Diccionario* darán lugar tal vez a algunas censuras. ¿No había medio de presentar menos compactas las columnas, de agrandar los numerales y las letras que señalan las divisiones y subdivisiones, y de poner a la cabeza de cada uno de los artículos largos un sumario de las materias tratadas en ellos, con la correspondiente indicación de los mismos numerales y letras? El artículo de la preposición *a* nos ha parecido una selva virgen a la que hubiera que entrar hacha en mano, y no sin riesgo de perder el tino». Yo, que nací en el país de la Amazonia donde se gestó esa obra magna, diría que machete en mano, pero no importa, con lo que sea. ¡Qué inteligente era este hispanista, y qué joven, de treinta y cuatro años! Y por supuesto que el *Diccionario* de Cuervo no se vendió. O mejor dicho sí, pero poco.

Las monografías más importantes del *Diccionario de construcción y régimen,* y por lo tanto las más extensas, estaban divididas en numerales arábigos, estos en letras latinas, estas en letras griegas, y estas en dobles letras griegas. Así, por ejemplo, la primera monografía, la de la preposición *a,* estaba dividida en 19 numerales, con los números arábigos escritos en negritas. El numeral 9, por ejemplo, que trata de la preposición *a* en el acusativo, está dividido en diez letras, de la a hasta la jota. Esta letra jota a su vez está dividida en alfa y beta; y esta alfa está dividida en doble alfa, doble beta y doble gamma. Solo al final de cada numeral hay un punto y aparte, único respiro tipográfico. Las páginas tenían dos columnas, y sesenta y ocho líneas cada columna. El numeral 9 se arrastra por seiscientas cuarenta y nueve líneas seguidas (algo más de nueve columnas y media), sin un punto y aparte, como para cortar el aliento. Lo más grave es que las citas se prodigan innecesariamente pues por lo visto todas las que Cuervo reunió en los años que se pasó recopilándolas en Bogotá las usó en su *Diccionario,* sin dejar por fuera ninguna: decenas de miles de citas tomadas de centenares de escritores y de obras del pasado y de su tiempo. Así en el numeral 17, que trata del uso de la preposición *a* para denotar el medio o el instrumento, amontona diecinueve ejemplos de diecinueve autores, siendo que con uno solo bastaba: «Padeció David grandes trabajos en su persona y en las de sus descendientes, perseguidos y muertos casi todos *a cuchillo*» (Saavedra Fajardo). «Tus valientes morirán *a cuchillo*» (fray Luis de León). «Llegamos pues a tiempo que seguro / Podrás ver la contienda porfiada / Y sin escalas por el roto muro / Entrar los de Felipe *a pura espada*» (Ercilla). Dos muertos a cuchillo y otro a espada en tres ejemplos seguidos. «No muere *a manos* griegas ni romanas» (Bartolomé Leonardo de Argensola). «Déjame morir a mí *a manos* de mis pensamientos y *a fuerza* de mis desgracias» (Cervantes). Y aquí solo estoy poniendo en los paréntesis los autores; Cuervo indicaba además la obra, el capítulo, la página y la edición, que casi siempre eran las de Rivadeneyra. Esta infinidad de referencias bibliográficas, una por cada cita, sobraban, eran un capricho de filólogo por fuera de lugar en un diccionario. Además al ir la obra citada en cursivas (y asimismo las abreviaturas y las letras griegas de la numeración), Cuervo gastaba la posibilidad de usarlas para indicar en cada ejemplo lo pertinente, como lo acabo de hacer yo: *a cuchillo, a espada, a manos, a manos de, a fuerza de*.

El primer tomo del *Diccionario* salió de la imprenta de Bourloton en noviembre de 1886. Calculo que se tiraron mil quinientos ejemplares, de los que la mitad se encuadernó y la otra mitad se quedó en pliegos sueltos. Doscientos ejemplares de la primera remesa que se mandó a Colombia se quemaron en el incendio del vapor *La France* en Martinica; Pombo le anunciaba a Cuervo, como un triunfo, la venta de ochenta ejemplares de la segunda remesa, que no sé de cuántos fue; y el ave negra de Gabino Pacheco Zegarra le contaba desde España que el librero Murillo no creía poder vender los cincuenta que le habían mandado. El 30 de junio de 1895, cuando empiezan las cuentas de Roger y Chernoviz que conservó don Rufino, quedaban por vender ochocientos sesenta y nueve ejemplares de este primer tomo, la mayoría en pliegos, y para el 30 de junio de 1903, cuando se mandaron a encuadernar los ciento noventa y dos comprados por la Legación mexicana y el Consulado de Honduras, quedaban, sin restar todavía estos, setecientos cuarenta y cinco. O sea que en un lapso de ocho años se vendieron ciento veinticuatro ejemplares. Consolémonos los devotos de don Rufino con saber que el gran Noah Webster vendió de su diccionario del inglés, *A Compendious Dictionary of the English Language*, que le tomó veintisiete años de trabajo, y en los Estados Unidos que era todo un país mientras que Colombia era un paisito, dos mil quinientos ejemplares. Ah sí, pero de su manual de ortografía, *The American Spelling Book*, de tapas azules, en 1837 llevaba vendidos ¡quince millones! Y vivió seis años más, de suerte que del librito ese de tapas azules vio vender en vida, cuando menos, diecisiete millones. Le pagaban medio centavo de dólar por ejemplar vendido, lo cual es poco pero siendo tantos mucho. Y sin embargo para sacar la segunda edición de su *Diccionario*, que imprimió por su cuenta, tuvo que hipotecar la casa. El que quiera vivir bien y en paz con Dios y su mujer, póngase a mamar del gobierno y no se meta a hacer diccionarios. Salvo, claro, que lo que busque sea la santidad.

Cuervo empezó su *Diccionario de construcción y régimen de la lengua castellana* en Bogotá el 29 de junio de 1872. Cuando llegó a París, a mediados de 1882, traía de Colombia las citas para todas las letras, y redactados los artículos o entradas o monografías de las cuatro primeras. Hacia noviembre de 1883 publicó en Bourloton, *Imprimeries réunies*, a modo de ensayo tipográfico, unas pocas páginas con las monografías de *acá* y *acabar*. La impresión, encargada a Roger y Chernoviz, se inició formalmente a comienzos de 1884 en dicha imprenta, y en agosto de este año salieron las primeras ciento sesenta páginas con las monografías que iban de la preposición *a* hasta el verbo *acrecentar*, que Cuervo les envió a sus amigos filólogos como un Prospecto de muestra para conocer sus opiniones. Acompañaba a estas páginas, foliadas del 1 al 160, un esbozo en pliego aparte de lo que sería después la Introducción. En noviembre de 1886 salió a la luz el primer tomo, con quinientas treinta y una monografías, las de las letras *A* y *B*, en novecientas veintidós páginas foliadas en números arábigos, más sesenta y ocho foliadas en números romanos de la Introducción definitiva seguida de las listas de abreviaturas y de las obras y autores citados. El segundo tomo salió en noviembre de 1893, con setecientas veintidós monografías, las de las letras *C* y *D*, en mil trescientas cuarenta y ocho páginas. Así pues, Cuervo le dedicó cuando menos veintiún años de su vida a su *Diccionario*, y acaso dos más, si es que siguió trabajando en él hasta la muerte de Ángel. De esos años diez fueron consagrados a su impresión.

Al interrumpir Cuervo su *Diccionario* dejó concluidas cincuenta y tres monografías de la letra *E*, desde la interjección *ea* hasta la conjunción *empero*; más veinte mil ejemplos manuscritos para setecientas dos monografías, desde la del verbo *empezar* hasta la del verbo *librar* incluido; más la lista de las monografías restantes hasta *zurrar*, y una serie de cuadernos con referencias bibliográficas cifradas que remitían a las obras, tomos, capítulos y páginas de donde pensaba tomar las citas para ellas. Imbuidos del espíritu de don Rufino, pero pagados por el gobierno colombiano, los lexicógrafos, latinistas y filólogos del Instituto Caro y Cuervo se entregaron en cuerpo y alma a descifrar los misteriosos y enrevesados cuadernos que el santo les dejó, y de ahí sacaron veintitrés mil ejemplos, a los que de su propia iniciativa les agregaron veinte mil mecanografiados y seiscientos mil fotocopiados, pero tomados de autores hispanoamericanos y españoles que Cuervo no eligió, así no fuera sino porque muchos de ellos eran posteriores a su muerte. Con esta infinidad de ejemplos, señalados o no por Cuervo, redactaron las monografías faltantes. Así que cuando en 1951, a nueve años de fundado, el Instituto Caro y Cuervo retomó el trabajo que Cuervo dejó inconcluso, lo hizo con el verbo *empezar*. Lo acabó en 1994, ciento veintidós años después de que lo comenzara Cuervo de joven bajo los auspicios de los apóstoles san Pedro y san Pablo. Se tardan un poco más estos lexicógrafos pachorrudos y me llama Dios a cuentas y me voy de este valle de lágrimas sin ver mi *Devocionario* acabado.

Hay diccionarios que se arrastran durante generaciones como las catedrales del pasado, con la diferencia de que las catedrales están construidas de piedra dura, que queda, y los diccionarios de fugaces y deleznables palabras, que nacen y mueren. El *Deutsches Wörterbuch* del alemán, que empezaron los hermanos Grimm en 1838 y que fue continuado por la Academia de Ciencias de Prusia, la Academia de Berlín y un centro de estudios filológicos de Gotinga, se acabó en 1961. El *Oxford English Dictionary*, el más ambicioso del inglés, se inició en 1858 y se concluyó setenta años después, en 1928. El del holandés, iniciado en 1852, un siglo después iba en sus cuatro quintas partes y no sé si ya lo hayan acabado. En cuanto al *Diccionario de construcción y régimen de la lengua castellana*, se imprimió en la imprenta Herder de Barcelona y resultaron ocho tomos: los dos primeros se imprimieron en reproducción facsimilar de la edición que hizo Cuervo en París, con su tipografía engorrosa y sus ejemplos tomados de escritores anteriores al siglo XX; los seis restantes, en tipografía actual fácil de leer, pero llenos de ejemplos de escritores modernos. Les resultó pues una especie de catedral románico-gótica. No bien salió el monumento filológico-religioso de la imprenta, y que corre el director de entonces del Instituto Caro y Cuervo, Ignacio Chaves, a entregárselo en ceremonia solemne en Madrid, con la tinta todavía fresca, al infame rey de España Juan Carlos Borbón, ladrón y cazador de osos que le emborrachan para que él les pueda disparar sin correr riesgos desde algún parapeto. Entró nuestro Ignacio Chaves a la Casa de América donde se celebraba el acto arrodillado, dándole lustre y brillo al piso como un vasallo a lo Mío Cid, con las sus rodillas de las sus piernas plegadas y la su cerviz agachada.

Es un error creer que la gran obra de Cuervo, el *Diccionario de construcción y régimen de la lengua castellana*, sea un diccionario porque así lo dice el título. No. Es una gramática. Lo que pasa es que es una gramática genial, como no ha habido otra, con ocho mil doscientas cincuenta y siete páginas en sus ocho tomos en vez de unos cuantos centenares en uno o dos, y dividida en tres mil monografías de palabras ordenadas alfabéticamente en vez de las dos partes tradicionales de la Morfología y la Sintaxis divididas en capítulos (el del artículo, el del substantivo, el del adjetivo, el del pronombre, etc.), y estos en subcapítulos y estos en parágrafos. Los gramáticos, desde Panini y Dionisio de Tracia, han creído que pueden dar cuenta de su idioma con un acto de prestidigitación metiendo las infinitas palabras en unas cuantas categorías artificiosas de lo que llaman morfología, y en unas cuantas construcciones de lo que llaman sintaxis. Imposible. El genio del idioma no se deja meter en una botella como los de las *Mil y una noches*. Inmenso y escurridizo, se burla de las categorías y terminologías de los gramáticos, y de paso de la lógica porque no es lógico sino eficaz. Voy a poner unos cuantos ejemplos, de muy diverso orden, para ilustrar el fracaso de los colegas de don Rufino.

Busco en el *Diccionario* de la Real Academia Española de la Lengua la palabra *estudiar*, e inmediatamente después de ella me tropiezo con la abreviatura *tr.*, que significa verbo transitivo. Un verbo transitivo es el que tiene un complemento directo. Por ejemplo, en la frase «Mi hermano estudia medicina», *medicina* es el complemento directo del verbo *estudiar*. O sea que *estudiar* es efectivamente un verbo transitivo. Ah sí, pero en la primera acepción de esta palabra, que sigue inmediatamente después de la abreviatura *tr.*, la Academia la define así: «Ejercitar el entendimiento para alcanzar o entender una cosa». No da ejemplo de esta acepción, pero aquí les doy uno: «Tu hermano es un zángano que ni trabaja ni estudia». ¿Dónde está en esta frase el complemento directo de *estudia*? En ningún lado. Y sin embargo en mi frase *estudia* coincide exactamente con la definición de la Academia. Como en mi frase *estudiar* no tiene complemento directo, ¿entonces es un verbo intransitivo, que son los que no lo tienen? ¿O es que además de poder ser transitivos o intransitivos los verbos tienen una significación absoluta? En mi opinión este sería el caso de la primera acepción de *estudiar* que da la Academia. Vamos a la segunda acepción: «Cursar en las universidades u otros estudios». Es tan desastrosa esta definición que le ha de faltar algo por error de imprenta, pero en fin, como la Academia tampoco da un ejemplo de ella pongamos uno: «Mi hermano estudia en la universidad». ¿Dónde está ahí el complemento directo? En ningún lado, y por lo tanto en este ejemplo el verbo también se está usando en su significación absoluta.

Busquemos ahora el verbo *respirar*. Después de la abreviatura *intr.*, que quiere decir verbo intransitivo, o sea el que no tiene complemento directo, la Academia lo define así: «Absorber el aire los seres vivos, por pulmones, branquias, tráqueas, etc., tomando parte de las substancias que lo componen, y expelerlo modificado. Úsase también como transitivo». O sea que este verbo puede ser intransitivo, como en «Papa muerto no respira», y transitivo como en «Aquí respiramos un aire insalubre», ejemplos míos. Pero resulta que en «Papa muerto no respira» el verbo *respirar*, que según la Academia aquí es intransitivo, se está usando también en su significación absoluta, justamente como *estudiar*, que es transitivo. ¿Será que todos los verbos tienen significación absoluta? Pues no. Hay muchos que no se pueden expresar solos sino que tienen que llevar alguna modificación, y algunos que no se pueden expresar sin sujeto. Por ejemplo, no podemos decir «Transcurrió» o «Transcurre» o «Transcurrirá» simplemente, sino que tenemos que ponerle un sujeto y alguna modificación, como en «El día transcurrió lentamente». Y a diferencia de *transcurrir*, los verbos impersonales nunca tienen sujeto, o sea que siempre se usan con su significación absoluta, como cuando decimos «Llueve», o «Está lloviendo». Y los verbos pronominales, que son los que llevan un pronombre átono (no acentuado) como *arrepentirse*, *atreverse* y *enfrascarse*, tampoco se pueden usar con significación absoluta, pues siempre nos arrepentimos de algo, nos atrevemos a algo o nos enfrascamos en algo, exigiendo el primero de ellos un complemento con la preposición *de*, el segundo con la preposición *a* y el tercero con la preposición *en*. Hay pues verbos transitivos, verbos intransitivos, verbos que pueden ser en unas ocasiones transitivos y en otras intransitivos, verbos que pueden usarse con significación absoluta, verbos que no pueden, verbos que siempre tienen sujeto, verbos que nunca lo tienen, verbos que pueden no tener una modificación y verbos que no pueden existir sin ella. Pero resulta que los gramáticos (y los lexicógrafos metidos a gramáticos en sus diccionarios) nunca clasifican los verbos según que tengan o no significación absoluta. Andan mal.

Busquemos ahora el verbo *ser* en el *Diccionario* de la Real Academia. La Academia en este caso no le pone la abreviatura *tr.* de transitivo, ni la abreviatura *intr.* de intransitivo, ni la abreviatura *prnl.* de pronominal, ni ninguna otra, sino que pasa a definirlo directamente: «Verbo substantivo que afirma del sujeto lo que significa el atributo». Definición en que nos encontramos tres términos técnicos de gramática: *verbo substantivo, sujeto* y *atributo*. De suerte pues que hay que saber gramática para entender los diccionarios. Con razón casi nadie los usa. En cuanto a mí, yo sé qué es sujeto y qué es atributo. ¿Pero qué será, por Dios, verbo substantivo? Pongamos un ejemplo, ya que la Academia no lo hace: «Juan es bueno». ¿La palabra *es* en esta frase es un verbo transitivo? No porque no tiene complemento directo. ¿Es un verbo intransitivo? Sí porque no lo tiene. ¿Y entonces, si es un verbo intransitivo, por qué la Academia no le pone la abreviatura *intr.* antes de su definición? Porque los verbos intransitivos no tienen lo que ella llama atributo, que en este caso es el adjetivo *bueno*, pero que podría ser un substantivo como *médico* en «Juan es médico». ¿Y el verbo *ser* tiene significación absoluta? No porque no podemos decir simplemente «Soy», o «Fui», o «Somos». Y ni siquiera con sujeto la frase quedaría completa, pues no hace sentido decir «Yo soy», «Yo fui», «Nosotros somos», y tendríamos que agregarle un atributo, que como acabo de decir puede ser un adjetivo como *bueno* o un substantivo como *médico*. Ah sí, pero si bien *ser* no tiene una significación absoluta tal como no la tiene *transcurrir* ya que ambos deben tener un sujeto pues no podemos decir «Soy» o «Fui» o «Somos» simplemente, *ser* difiere de *transcurrir* en que en «El día transcurrió lentamente» *transcurrió* está modificado por el adverbio *lentamente*, y en «Juan es bueno» o en «Juan es médico» *es* está modificado por un adjetivo o por un substantivo. ¿No será que los gramáticos se metieron en unas arenas movedizas que mientras más se muevan ellos más se los tragan?

Nos dicen los gramáticos que el pronombre es la palabra que está en lugar del substantivo. Y así en vez de decir «El niño canta» podemos decir «Él canta». Este *Él* es el pronombre, que es una de las nueve categorías de la Morfología, o primera parte de la gramática, siendo las otras el artículo, el substantivo, el adjetivo, el verbo, el adverbio, la preposición, la conjunción y la interjección. Yo digo que les quedó faltando el proverbo, la palabra que está en lugar del verbo, como cuando a mi pregunta «¿El sicario mató en últimas al Santo Padre?» me contestan «No lo hizo». Este *hizo* es un proverbo pues está en lugar de *mató*. Pues bien, en español el único proverbo que yo conozca es *hacer*. Y así tenemos toda una categoría gramatical para una sola palabra. En cuanto al artículo, ¿no será una categoría que sale sobrando? Los artículos indefinidos, que son *uno* y *una*, en realidad son adjetivos numerales, pues gramaticalmente *un hombre* es igual que *dos hombres*, y *una mujer* es igual que *dos mujeres*. En cuanto al artículo definido, en realidad es un adjetivo posesivo. Cuando preguntamos «¿Dónde se quedó él el domingo?», nos pueden contestar: «En *su* casa», o «En *la* casa». En Colombia se dice «Le pegaron una puñalada en *la* pierna izquierda», pero en México lo usual es «en *su* pierna izquierda». De hecho el *Cantar de Mío Cid*, el primer monumento literario de este idioma, empieza diciendo: «De *los sus* ojos tan fuertemente llorando», con el artículo seguido del posesivo, como todavía lo hace el italiano: «i suoi occhi». Y hoy decimos indiferentemente «de mi alma» o «del alma mía». En las categorías de los gramáticos sobra pues el artículo y falta el proverbo.

Pasemos a otro orden de ejemplos, más fáciles de entender. La conjunción adversativa «sin embargo», que vale por «pero», se escribe en dos palabras separadas, siendo así que la pronunciamos como una sola: «sinembargo». Dicen que «sin» es una preposición. ¿Y qué es «embargo»? Evidentemente el «embargo» de «sin embargo» no es la retención de un bien por orden de un juez o la prohibición del comercio y el transporte de algo por orden del gobierno. ¿Entonces qué es? Es un pedazo de palabra a la que le falta el comienzo. ¿Y qué es «obstante» en «no obstante»? Jamás he oído la palabra «obstante» sola sin el «no» que la precede. Y como este «no obstante», al igual que «sin embargo», también vale por «pero», entonces también sus dos componentes deberían ir juntos: «nobstante», que es como lo pronunciamos, en tres sílabas (nobs-tan-te) y no en cuatro (no-obs-tan-te). En cuanto a «asimismo», en unos lados del idioma lo escriben así, en una sola palabra, mientras que en otros lo escriben en dos: «así mismo».

Pero si los gramáticos son incongruentes, los idiomas son caprichosos. Aquí les van unos ejemplos. En francés hay ríos femeninos como *la Seine*, y ríos masculinos como *le Rhin*. En español en cambio todos los ríos son masculinos: el Sena, el Rin, el Duero, el Tajo… En francés todos los países llevan artículo, bien sea masculino o femenino, bien sea en singular o en plural: *le Brésil, la France, les États-Unis*… En español unos países pueden llevar el artículo o no llevarlo, como «Argentina» o «la Argentina», «Brasil» o «el Brasil», «Estados Unidos o «los Estados Unidos»; pero otros nunca lo llevan pues nunca decimos «la Colombia»; y otros lo tienen que llevar siempre, forzosamente, como es el caso de «El Salvador». En cuanto a «América», salvo que tenga un determinativo como en «la América Latina» o en «la América del Norte», no le ponemos artículo, como todavía se hacía en el siglo XIX, pues ya no decimos «¡Qué extensa es la América!» sino «¡Qué extensa es América!»

En español el primer día de cada mes lleva el ordinal: «el primero de enero, el primero de febrero»; pero no así los días restantes, que llevan el cardinal: «el dos de enero, el tres de febrero, el cuatro de marzo». En inglés todos los días llevan ordinales: «January the first, January the second, January the third» (el primero de enero, el segundo de enero, el tercero de enero). En España hoy les ha dado por usar también el cardinal para el primer día del mes y dicen «el uno de enero», «el uno de mayo», «el uno de agosto»… Las primeras veces que oí este horror maldije de los españoles; hoy me da igual, ya me acostumbré. Es que en última instancia el idioma además de no ser lógico es caprichoso. Los etimologistas y los filólogos se ocupan de reconstruir la historia de sus caprichos: cómo un capricho se cambia por otro, y este por otro, y este por otro… Miles y miles de caprichos cambiantes: fonéticos, ortográficos, semánticos, morfológicos, sintácticos… Un ejemplo de los semánticos, término lingüístico que se refiere al significado de las palabras: lo que hoy es insulto mañana puede dejar de serlo porque los insultos (al igual que los elogios) se debilitan por el uso y se gastan. Y al revés, lo que hoy es inofensivo mañana podrá ser un agravio. De tanto insultar con «hijueputa», en Colombia esta palabra se devaluó, se le evaporó su carga de odio, y los bienhablantes pasaron entonces a insultar con «gonorrea», que con ser tan feo término no significa más que una infección de las vías urinarias. No sé por qué en ese país que es el que habla el mejor español del mundo en vez de «gonorrea» nunca le han dicho al enemigo «blenorragia».

La historia de un idioma es la de sus caprichos. Yo podría llenar libros enteros con ejemplos del tipo de los que acabo de poner, referentes a todas las ramas de la lingüística: a la fonética, la ortografía, la etimología, la morfología, la sintaxis, la semántica… Algo así intentó Cuervo con su *Diccionario*: el infinito catálogo de nueve siglos y medio de caprichosas y cambiantes palabras contados desde que el latín de Hispania se convirtió en su amada lengua castellana hasta su tiempo, la segunda mitad del siglo XIX. Y lo que es más, tratando en ocasiones de saber cómo se pronunciaron, deduciendo sus sonidos de la escritura. Piénsese que para la ese del español actual de América (con que pronunciamos *saco, cielo* y *zapato*) el castellano de antes del Siglo de Oro tenía la ese, la doble ese, la ce, la ce con cedilla y la zeta. Y en sus principios acaso tuviera este idioma una ve para decir vaca y una be para decir burro. En sus «Disquisiciones sobre antigua ortografía y pronunciación castellana», con que inició su colaboración en la *Revue Hispanique* y que se publicaron en dos partes, la primera en 1895 y la segunda en 1898, Cuervo fue uno de los primeros (si no es que el primero) en intentar la hazaña de recuperar la pronunciación de muchas palabras, algunas de ellas ya muertas, tal cual sonaron siglos atrás en boca de los vivos antes que se las llevara el viento. Hoy leyéndolo a él –sus cartas, sus prólogos, sus artículos– me invade una gran tristeza: su lenguaje está completamente envejecido. El viento se lleva las palabras, los gusanos se comen los cadáveres y Cronos acaba hasta con el nido de la perra, como decía mi abuela. Hoy el español no es más que un adefesio anglicado. Si algún genio tuvo algún día, el tapón de la botella no les quedó bien cerrado y por ahí se les evaporó.

Así pues, el idioma no es lógico ni ilógico, racional ni irracional: es eficaz. ¿Y la gramática? ¿Es racional y lógica? ¿O tampoco? Como yo nunca he creído en la diosa Razón, ni en Dios, ni en la lógica, me da igual. La pobre gramática no pasa de ser una ciencia humilde, tirando a pseudociencia. De las ciencias del lenguaje fue la primera y reinó por siglos, hasta que vinieron otras a desbancarla: la lingüística, la estilística, la fonética, la semántica, qué sé yo. Últimamente se está volviendo a poner de moda. Se dice que un hombre iletrado usa muy pocas palabras. Usará muy pocas, pero las que comprende son muchísimas, y muchísimas las combinaciones que puede o no puede hacer con las que usa. El más iletrado sabe que puede decir «Este niño es berrinchudo», pero no «la piedra es berrinchuda». Lo que tiene almacenado en el área del lenguaje de la corteza cerebral el más ignorante es infinito: ahí le cabe hasta Dios. Es más, en Colombia, un país que gobernaron por medio siglo presidentes gramáticos y que se preciaba de hablar el mejor español del mundo (una tontería pues en todas partes hay variedades locales del idioma común), cuando yo nací los campesinos conservaban más pura y más limpia y más sana el alma de este idioma que los políticos de Bogotá. Los más grandes misterios del idioma son dos: el primero, cómo una infinidad de palabras y acepciones y construcciones y locuciones y frases hechas y lugares comunes y refranes se almacena en el área del lenguaje de la corteza cerebral; y el segundo, cuándo y cómo en la historia de nuestra especie surgió el lenguaje: ¿ya existía hace veinte mil años, en la época de las pinturas rupestres de Altamira y de Lascaux, bajo la forma de unas pocas palabras? El primer misterio lo resolverán las neurociencias cuando cartografíen con precisión el área del lenguaje. En cuanto al segundo, creo que nunca lograremos saber cómo surgió el lenguaje ni hace cuánto. Es que la escritura es muy reciente, tiene cuatro mil años, y las grabadoras tan solo unas décadas. Piénsese en la facilidad con que aprende un niño su lengua nativa, y en la dificultad que tiene un adulto para aprender medianamente una lengua extranjera, como si la lengua de la infancia (o las dos o tres de la infancia si el niño es bilingüe o trilingüe) ocupara toda el área del lenguaje y no dejara espacio para otras.

¿Y para qué toda esta larga disquisición? Para decir que Cuervo era un genio y que tuvo la genial ocurrencia de emprender bajo la forma de un diccionario una gramática que abarcara lo más que él pudiera, en su corta vida y con sus escasos medios, de este idioma donde cabe todo: desde la vileza hasta el honor, desde la fugacidad del instante hasta la eternidad de Dios. Recuérdese que en las catorce ediciones de la *Gramática* de Bello que él publicó con Notas suyas, le agregó también un Índice Alfabético de Materias para que el lector pudiera encontrar con menos dificultad algo que buscara. ¿Y por qué necesitaba ese índice de materias la *Gramática* de Bello? ¿Para qué estaba entonces dividida en partes y capítulos? ¿No estaba pues tan bien concebida, no era pues tan clara? ¡Qué va! No lo estaba ni lo era. La división de un libro en partes, y estas en capítulos, y estos en subcapítulos, y estos en parágrafos, parece que lo hace muy claro pero no hay tal: da simplemente una falsa idea de claridad. Las *Apuntaciones críticas sobre el lenguaje bogotano*, que también están divididas en capítulos, llevan al final una Tabla de Materias, en que se enumeran estos y sus subcapítulos. Pero resulta que esta Tabla viene precedida por un largo Índice Alfabético de centenares de palabras: *a, abajar, abalear, Abigaíl, abombar, aborlonado*… O sea que con la Tabla no bastaba y se necesitaba también el Índice. He aquí en estos Índices Alfabéticos el germen del *Diccionario de construcción y régimen de la lengua castellana*, que en última instancia es una gramática hecha en forma de diccionario. Recuérdese que Cuervo había intentado de jovencito un diccionario con Venancio González Manrique. Ese iba a ser un diccionario normal, no de «construcción y régimen», pero de todos modos un diccionario, o sea un libro sobre palabras ordenadas alfabéticamente y que constituyen sus entradas. En sus ocho mil páginas y tres mil entradas, algunas verdaderas monografías, el *Diccionario* de Cuervo da cuenta de una parte de la lengua española. No de toda, como lo hubiera querido el autor, pues para ello habría tenido que haber considerado todos los libros y documentos escritos en este idioma durante los casi mil años que llevaba como lengua distinta del latín, más todas las frases pronunciadas por sus millones de hablantes: ¿más de mil millones contando vivos y muertos? ¿O algunos más?

Por lo demás, no todas las palabras del idioma figuran como entradas en el diccionario-gramática de Cuervo: solo las que presentan peculiaridades de construcción y régimen. Un ejemplo. Podemos decir «un hombre digno» y el significado de estas tres palabras está completo; pero no podemos decir «una casa digna» así nomás pues sentimos que queda faltando algo: ¿digna de qué o de quién? En cambio «una casa antigua digna de ser restaurada» y «una casa digna de él» ya sí hacen pleno sentido. Por esto el adjetivo *digno* figura en el *Diccionario* de Cuervo: porque en los ejemplos que acabo de poner exige o rige un complemento introducido por una preposición. Este es un caso de régimen, ¿pero qué entiende Cuervo por construcción? La verdad es que en la larga Introducción de cincuenta y cuatro páginas de su *Diccionario* no lo dice. En ocho de esas páginas, las agrupadas bajo el encabezado de Vocabulario, a lo más que llega es a dar una idea de qué es el régimen pero sin aclarar qué es la construcción. ¿Cuántas palabras anómalas, por una razón o por otra, como *digno* hay en la lengua española, bien sea de la categoría del adjetivo a que pertenece esta, o bien sea de las ocho restantes categorías gramaticales? No lo sé. Pero si tomamos como guía los principios implícitos en las monografías de las cuatro primeras letras del alfabeto que Cuervo alcanzó a publicar, sin duda son muchas más que las que él creía y deben figurar por lo tanto como entradas en su *Diccionario*.

Tratado de morfología, de sintaxis, de etimología, de fonética, de ortografía y de semántica, el enloquecido *Diccionario de construcción y régimen de la lengua castellana* tiene que ver además con la historia del idioma. En una carta al secretario de la Real Academia de Historia de Madrid que acompañaba el envío del primer tomo de su diccionario, Cuervo le decía: «Me atrevo a esperar que ese volumen alcanzará indulgente acogida, como que va en prenda de gratitud por el incomparable servicio que me han prestado las obras de esa sabia Corporación. Además que, habiendo sido mi designio estudiar la vida de nuestra lengua desde sus orígenes, si bien con la imperfección aneja a un primer ensayo, y ensayo acometido con tan escasas fuerzas, sé que la Academia mirará con agrado la tentativa, porque, como decía el editor de la *Crónica general,* "es buena parte de la historia saber los vocablos y manera de hablar que nuestros antecesores tuvieron, para los cotejar con la mejoría de nuestro tiempo"». ¡La vida de nuestra lengua desde sus orígenes! Y así era, en efecto, una historia del castellano. Por su infinidad de citas sacadas de escritores de los nueve siglos y medio que llevaba de existencia este idioma, el *Diccionario* de Cuervo retomaba, llevándolo hasta el delirio, el *Diccionario de autoridades,* el primero de la Real Academia Española de la Lengua, hecho entre 1726 y 1739, a pocos años de su fundación, y cuyas entradas ponían como ejemplos frases textuales sacadas de los grandes escritores del pasado. Este diccionario de la Academia Española se inspiraba a su vez en el francés de la Academia Francesa y en el italiano de la Accademia della Crusca. A partir de la segunda edición la Academia Española cambió de orientación y se entregó a actualizar y perfeccionar un diccionario de los usuales, los que no traen citas de escritores, y de él lleva hechas una veintena de ediciones.

Acusándole recibo a Teza de un *Vocabolario* italiano (que acaso fuera el *Vocabolario degli Accademici della Crusca* justamente) Cuervo le escribía: «He revisado el libro y me ha parecido muy bueno. Sin duda que en una lengua se necesita por una parte el inventario completo de ella en toda su duración: el diccionario genealógico e histórico, que servirá para interpretar la literatura y esclarecer el uso actual: y por otro el inventario del uso en cierta época, como punto de partida para el que habla y escribe. Si uno fuera a usar todo lo que nuestro diccionario castellano da como corriente, se reirían bien las gentes». Claro que se reirían porque mucho de lo que figura en un diccionario es lengua muerta, y ni se diga en el suyo, el enloquecido inventario de las principales palabras de este idioma y su sintaxis en los nueve largos siglos transcurridos desde que surgió del latín. Calculo que en los dos volúmenes que alcanzó a publicar Cuervo, entre citas de prosistas y poetas haya unas setenta mil, que en el momento en que escribo, quitando unos cuantos versos dignos de conservarse en la memoria y que caben en un cuaderno de escolar, si es que quisiéramos pasarlos al papel, están todas irremediablemente envejecidas. Y no me refiero solo a las tomadas de las obras y escritores de los cuatro primeros siglos del idioma, que él llama período anteclásico, sino también a las de las endiosadas figuras del Siglo de Oro como Cervantes, Quevedo, Lope y Calderón, y lo que es peor, señal de los estragos de Cronos al inestable idioma, a las de los pocos contemporáneos suyos que considera como Trueba, Quintana, Valera, Martínez de la Rosa, Mesonero Romanos, Fernán Caballero, el duque de Rivas, Bretón de los Herreros, Alcalá Galiano...

Las monografías del *Diccionario de construcción y régimen* tratan fundamentalmente del idioma en el período que va de 1500 a 1850, y muy en especial de su primera mitad, conocida como el Siglo de Oro: la Celestina y las novelas de la picaresca; los poetas Garcilaso, Gutierre de Cetina, Alonso de Ercilla, Fernando de Herrera, Lupercio y Bartolomé Leonardo de Argensola, Rodrigo Caro, Francisco de Rioja y Andrés Fernández de Andrada; los místicos y religiosos, Juan de Ávila, Juan de la Sal, santa Teresa de Ávila, san Juan de la Cruz, fray Luis de León, fray Luis de Granada, Pedro de Rivadeneira, Malón de Chaide y Alejo Venegas; los historiadores Juan de Mariana, Francisco Manuel de Melo, Diego Hurtado de Mendoza, Gonzalo Fernández de Oviedo, Ginés Pérez de Hita, Hernando del Pulgar, Diego Saavedra Fajardo, Antonio de Solís y Carlos Coloma; los dramaturgos Lope de Rueda, Lope de Vega, Tirso de Molina, Calderón de la Barca y Juan Ruiz de Alarcón. Pero por sobre todos ellos, prosistas o poetas, místicos, historiadores o dramaturgos, Cervantes, cuya obra despiezada en frases incorporó Cuervo en su *Diccionario*. Dos años, según Tannenberg, le tomó copiar los ejemplos de Cervantes, y uno los de Lope de Vega. De una carta suya a Ignacio Gutiérrez Ponce, del 20 de enero de 1895, o sea de cuando todavía vivía su hermano Ángel y él adelantaba el tercer volumen del *Diccionario*, tomo esta frase reveladora: «Mi vida es como siempre, sacando de un libro para meter en otro, como me decía un buen sujeto que en Bogotá frecuentaba nuestra casa y me veía constantemente haciendo apuntes. Esta es mi manía, ya no lo puedo remediar». Por lo menos desde septiembre de 1863, cuando se le ocurrió emprender con Venancio González Manrique un diccionario general del idioma del que dejaron tan solo una pequeña muestra, hasta abril de 1896, cuando murió Ángel y suspendió el *Diccionario*, Rufino José Cuervo Urisarri había vivido para lo dicho, para sacar de unos libros y meter en otro: treinta y dos años por lo bajito.

En su libro *En viaje*, publicado en París en 1884 por la Librería de Garnier Hermanos, y que trata de su estancia en Bogotá a principios de 1882, cuenta Miguel Cané: «Actualmente Cuervo se encuentra en París, metido en su nicho de cartujo, levantando piedra a piedra el monumento más vasto que en todos los tiempos se haya emprendido para honor de la lengua de Castilla. Es un *Diccionario de regímenes, filológico, etimológico*... ¡qué sé yo! Aquello asusta; cuando Cuervo me mostraba en Bogotá las enormes pilas de paquetes, cada uno conteniendo centenares de hojas sueltas, cada una con la historia, la filiación y el rastro de una palabra en los autores antiguos y modernos, sentía un vivo deseo de bendecir a la naturaleza por no haberme inculcado en el alma, al nacer, tendencias filológicas. "Ya están reunidos casi todos los ejemplos, me decía Cuervo, ahora falta lo menos, la redacción"». ¿Qué pensaría Cuervo del «conteniendo centenares de hojas sueltas»? ¡Ese «conteniendo» es un gerundio galicado, por Dios! Y las hojas sueltas a que se refiere el galicista son las cédulas o fichas o papeletas, que así se llaman. Cómo se ve que este argentino buena vida no nació para trabajos arduos: nació para vivir bien, a lo grande, de embajador, viajando... Cuando escribía lo dicho andaba de diplomático de la Argentina en Viena, desde donde le mandaba su libro recién publicado en París con la súplica de que hiciera «oídos de mercader a mis insoportables galicismos». Miguel Cané fue de los primeros viajeros en descubrir que existía Colombia, el paraíso, la Arcadia. Perdonado estás, Miguel Cané, de tus galicismos. Total, un galicismo no es tan grave porque el francés al fin de cuentas es lengua hermana del español, lengua «cognada», como diría Cuervo. Grave esta anglicanización del alma a que nos han sometido los anglogringos, para quienes somos su *back yard* o patio trasero, al que sacan a mear al perro.

Volviendo a la lista de escritores citados en el *Diccionario*, entre prosistas y poetas posteriores al Siglo de Oro pero anteriores al nacimiento de Cuervo tenemos a Jovellanos, Moratín, Larra, Iriarte, Samaniego, Espronceda, Juan Nicasio Gallegos, Manuel José Quintana, Nicomedes Pastor Díez y Gaspar Núñez de Arce, para solo mencionar a los más notables. En total, del Siglo de Oro, de antes y después, Cuervo tomó citas de unos trescientos autores; y de diccionarios militares, etimológicos, marítimos, históricos, geográficos, de regionalismos, de medicina, de veterinaria, música, equitación; más tratados de arquitectura, de agricultura, de carpintería, de cacería; obras sueltas de unos y obras completas de otros; los setenta y un volúmenes de la *Biblioteca* de Rivadeneyra; memorias de academias, discursos de académicos, compilaciones de leyes, ordenanzas reales, opúsculos legales, colecciones de proverbios, revistas de jurisprudencia mercantil o de folklore; códigos, códices, crónicas, fueros, refraneros, cancioneros, romanceros... Digan lo que se les ocurra y les quedará faltando. Cuervo era como Dios, omninsaciable.

Después de las monografías propiamente tales, que trataban del castellano entre comienzos del siglo XVI y mediados del siglo XIX y que constituyen la esencia del *Diccionario de construcción y régimen* según ya he dicho, venían uno o varios de los siguientes apéndices: Período anteclásico, Testimonios latino-hispanos, Etimología, Ortografía, Prosodia (o sea pronunciación) y Conjugación (tratándose de los verbos irregulares). Por «período anteclásico» Cuervo entendía los autores o las obras anteriores a 1500, tales como el poema del Cid, Berceo, el infante don Juan Manuel, el arcipreste de Hita, el *Rimado de palacio*, el marqués de Santillana, Juan de Mena, Jorge Manrique, Hernando del Pulgar, cuyas citas, sin clasificarlas ni considerarlas gramaticalmente, Cuervo amontona por siglos, del XIV hacia atrás. Los «testimonios latino-hispanos» recogen frases de ese período indeciso que va del año 900 al 1200, durante el cual el latín de Hispania dejaba de serlo para convertirse en el castellano: el eslabón perdido, como quien dice, el *Australopithecus* en camino al *Homo sapiens*. En cuanto al apéndice etimológico de nuestro *Diccionario*, hoy no tiene mayor importancia. En 1844, cuando nació Cuervo, la etimología como ciencia rigurosa apenas empezaba, estaban ambos en pañales. Algo antes, en 1837, se había publicado el diccionario etimológico de Ramón Cabrera, y algo después, en 1856, se publicó el de Monlau. Luego habrían de venir los diccionarios etimológicos de las lenguas romances compuestos por los alemanes Mahn y Diez, y el *Glossaire des mots espagnols et portugais dérivés de l'arabe* del holandés Dozy. Y a eso se reducía todo por lo que respecta a la etimología. Por lo que respecta a los diccionarios generales, gramáticas, historia y preceptiva del castellano anteriores a Cuervo y de que él se sirvió, tenemos *Del origen y principio de la lengua castellana o romance que hoy se usa en España* de Bernardo Aldrete y el *Tesoro de la lengua castellana o española* de Sebastián de Covarrubias, ambos de los años del *Quijote*; el primer diccionario de la Academia llamado *Diccionario de autoridades*, compuesto de 1726 a 1739; los *Orígenes de la lengua* española de Gregorio Mayans y Siscar, de 1737; la *Filosofía de la elocuencia* de Antonio de Capmany, de 1812; y en fin, la *Gramática de la lengua castellana según ahora se habla* de Salvá, de 1830, y la *Gramática de la lengua castellana destinada al uso de los americanos* de Bello, de 1847.

Escribía Cané que Cuervo le decía que habiendo reunido casi todos los ejemplos le faltaba lo menos, la redacción. Es evidente que sin la multitud de ejemplos no habría *Diccionario de construcción y régimen* porque su autor lo concibió como una historia del idioma. Pero la redacción era el verdadero problema porque también era una gramática. Copiar los ejemplos, así fuera dos veces (una en las papeletas antes de la redacción de la monografía y otra en el original destinado a la imprenta con la monografía redactada), no era más que una tarea engorrosa, así tomara años. Lo difícil era armar con esos ejemplos las monografías mismas. ¿Cómo concebirlas? ¿Desde el punto de vista lexicográfico como los diccionarios normales, o sea enumerando las diversas acepciones que por lo general tiene cualquier palabra, y que tratándose de las que escogió Cuervo casi siempre son muchas? ¿O desde el punto de vista gramatical, estableciendo caso por caso qué parte de la oración es la palabra, si preposición, conjunción, adverbio, etc., y en los casos de los verbos si son transitivos, intransitivos, pronominales, impersonales, etc., y enumerando todas las construcciones sintácticas en que aparecen? Ambos criterios, el lexicográfico y el gramatical, confluyen y no se pueden separar, haciendo imposible una clasificación rigurosa. Cuervo por lo general usa los numerales para enumerar las acepciones y estos a su vez los va subdividiendo en letras latinas, y estas en letras griegas, y estas en dobles letras griegas, pero no sistemáticamente, de suerte que su diccionario se vuelve un embrollo mayúsculo. Al verbo *acabar*, por ejemplo, le atribuye siete acepciones, que enumera con numerales, del 1 al 7; al verbo *disponer* también le atribuye siete acepciones, pero las enumera con letras, de la *a* a la *g*. Al verbo *conciliar* le atribuye seis acepciones, pero en vez de ordenarlas de 1 a 6 las ordena en 1 *a*, *b* y *c*, y en 2 *a*, *b* y *c*. Y en la monografía del verbo *dividir*, que consta de dos numerales, el numeral 2 solo consta de la letra *a*; y el numeral 1, que consta de la *a* a la *e*, tiene una acepción más puesta tras la letra griega gamma. ¿Por qué no hay uniformidad? Por lo demás las preposiciones no tienen propiamente acepciones, y sin embargo él las divide en numerales, como si fueran verbos o substantivos o adjetivos, que sí las tienen, y los numerales los subdivide en letras latinas y estas en letras griegas y estas en dobles letras griegas. La preposición *a*, por ejemplo, se divide en 19 numerales, y cada uno de estos en letras latinas y griegas. Estas divisiones y subdivisiones y sub-subdivisiones dan una apariencia de claridad. No la hay. El idioma no se deja sistematizar, ni en gramáticas ni en diccionarios, y el río que un día logramos meter en un caño mañana se crecerá y se saldrá de caño y de madre. Cuervo es el más grande gramático de este idioma. ¡Qué esperanzas del resto!

Por noviembre de 1883 Cuervo hizo componer, en las *Imprimeries réunies* de Bourloton y «por vía de ensayo tipográfico» según decía, un pliego suelto de dieciséis páginas con las monografías del adverbio *acá* y el verbo *acabar*, que le envió a Schuchardt pidiéndole su opinión. En su respuesta Schuchardt le hacía sus observaciones, y a propósito de *acabar* le preguntaba: «Las graduaciones admirablemente dispuestas de *a* a *g* bajo 1, ¿no pudieran aplicarse también a 2?» Con esta pregunta estaba poniendo el dedo en la llaga, en la concepción misma del *Diccionario*: la distribución y sistematización de los ejemplos. Cuervo le contestó: «Lo poco visible de los números que encabezan los párrafos (y es cosa que ya se ha corregido) hace que el número 7 esté agazapado e inencontrable. Ahí empiezan las acepciones intransitivas». No, ahí no empezaban: ya el numeral 4, letra *b*, consideraba varios usos intransitivos. Y es que, para colmo de males, en buena parte de las monografías las acepciones se cruzan con las funciones gramaticales y los problemas de sintaxis. Los numerales quedaron finalmente en negritas y ocupando párrafos enteros separados por punto y aparte, de suerte que no era tan difícil encontrarlos en el colosal embrollo; no así las letras latinas, de las que se amontonan varias en cada párrafo, mezcladas con las letras griegas simples y dobles.

Por lo demás la carta de Schuchardt era muy elogiosa. Pronosticaba que el diccionario castellano de Cuervo dejaría atrás el francés de Littré y le prometía escribir una reseña en la *Allgemeine Zeitung* de Múnich, o en la *Zeitschrift für romanische Philologie* de Halle o en el *Literaturblatt für germanische und romanische Philologie* de Leipzig. «No más que un defecto tiene la obra de V. –le decía–, defecto grandísimo: el de intitularse *Diccionario de construcción y régimen de la lengua castellana*, en vez de llevar con soberbia simplicidad el nombre de *Diccionario de la lengua castellana*. ¿No se ocupa V. también de la significación de las palabras? ¿Y por qué no quiere darnos con la parte más difícil y grande todo lo demás?» A lo cual Cuervo le contestó: «Aunque tengo un grande acopio de materiales, he renunciado a la empresa de un *Diccionario* general, a lo menos por ahora. Es superior a mis fuerzas y a mis recursos. Voy a confesar un temor, acaso una debilidad nacida de encogimiento, de que quizá V. se reirá, pero que al cabo es uno de los tropiezos mayores que hallo en mi trabajo. Nacido lejos del terruño donde está la veta del castellano, se me representa que no faltaría quien me acusase de querer ofrecer como tipo del idioma mi *patavinitas*, mi *pingue quiddam atque peregrinum* [mi lenguaje de provinciano y extranjero], si hubiese de poner ejemplos de mi propia cabeza, lo cual me hace sobremanera cauto, y solo en raros casos me permito tal cosa. Teniendo a la vista gramáticas y diccionarios respetables, clasifico como Dios me ayuda los ejemplos autorizados; y si bien nada omito de lo que en aquellos se encuentra ya, solo agrego lo que puedo comprobar debidamente. Pero, como V. comprende, es imposible tener ejemplos clásicos para todo, y cuando ellos faltan he de acomodar mañosamente la clasificación a los materiales que tengo a la mano, exactamente como si se tratase de una lengua muerta. De suerte, pues, que hay artículos que han de completarse sugestivamente, si cabe decirse. Esa falta ha notado V., y con razón, en *acá*, y dado mi sistema (malo como todo lo que impone la necesidad), temo que por falta de ejemplos no podría acomodarlo a la perspicua división de V. Sobre la categoría intermedia que V. propone entre la relación de tiempo y de lugar le diré», etc.

El pronóstico de Schuchardt de que el diccionario de Cuervo iba a dejar atrás el de Littré no se cumplió, y no podía cumplirse porque Cuervo lo dejó inconcluso. En cuanto a las reseñas prometidas, no las escribió. Escribió sí, tiempo después, en el *Literaturblatt*, un apurado comentario sobre la cuarta edición de las *Apuntaciones*, la de 1885, seguido de otro sobre la quinta del *Breve catálogo de los errores que se cometen no solo en el lenguaje familiar sino en el culto y hasta en el escrito* del ecuatoriano Pedro Fermín Cevallos, corresponsal de don Rufino, dicho sea de paso, si bien nunca se conocieron. Por caprichos del destino Pedro Fermín Cevallos, que le llevaba treinta y dos años a Cuervo, había conocido a su padre, Rufino Cuervo Barreto, en el Ecuador, cuando este era allí embajador de Colombia, por 1842, vale decir de antes que Rufino José naciera. En fin, los grandes elogios de Schuchardt no salieron nunca en letra de molde: se quedaron enterrados en sus cartas manuscritas.

Empezando su monografía del adverbio *acá*, que se arrastra por siete columnas, Cuervo anota que para precisar su significado se le agregan a menudo otros adverbios, como *arriba* y *abajo* en *acá arriba* y *acá abajo*. Y así es, en efecto. Pero no basta con registrar simplemente el fenómeno, que es lo que usualmente él hace: hay que aclararlo. Que un adverbio modifique a otro adverbio no es inusual; por ejemplo en *muy torpemente* ambas palabras son adverbios. Solo que en este caso *torpemente* está aumentado por *muy*, en cambio en *acá arriba* y en *acá abajo* los adverbios *arriba* y *abajo* no aumentan a *acá* sino que lo repiten pleonásticamente. Si alguien pregunta: «¿Dónde estás», y contestamos «Acá», sobra *abajo* o *arriba*. En México a los perros les dicen: «Ven acá». ¿Y a dónde más quieren que vayan? ¿Acaso a allá? El verbo *venir* incluye *acá*, que unido a él es pleonástico. Y no es que esté censurando el pleonasmo, que a manudo no es una torpeza sino un recurso usual del idioma. Lo que quiero hacer ver es lo inasible que es este, y cómo se resiste a la sistematización. ¿Habría que establecer una categoría especial del adverbio para *muy*, la del «adverbio intensivo», y otra para *abajo*, la del «adverbio pleonástico»? Sí, pero resulta que *abajo* también es un adverbio de lugar. ¿Entonces habría «adverbios de lugar pleonásticos»? No voy a discutir aquí los problemas concretos del adverbio *acá* ni los del verbo *acabar*, ni siquiera como muestra de las 1253 monografías de que constan los dos volúmenes que publicó Cuervo de su *Diccionario*, pues en ello se me iría buena parte de este libro.

La mayoría de las entradas o monografías del *Diccionario* de Cuervo son verbos, seguidos de lejos por los adjetivos, los substantivos, los adverbios y las cinco restantes categorías gramaticales. Sin embargo las preposiciones, que no tienen régimen, constituyen sus monografías más extensas, si no es que las más importantes. Según la Real Academia Española de la Lengua las preposiciones del español son estas: *a, ante, bajo, cabe, con, contra, de, desde, en, entre, hacia, hasta, para, por, según, sin, so, sobre* y *tras*: diecinueve en total, de las que da cuenta (en la edición de su *Gramática* de 1931 que es la que me acompaña desde niño) en solo siete escuetas páginas y en un apéndice de cincuenta y dos en que levanta una apurada lista de las palabras que se construyen con ellas. En sus dos volúmenes publicados Cuervo solo consideró las ocho primeras preposiciones pero en ellos la sola preposición *a* ocupa, de sus compactas columnas, cincuenta y seis, *an-*

te siete, *bajo* once, *cabe* tres, *con* veintiséis, *contra* quince, *de* ochenta y *desde* diez. La preposición *cabe* (que vale por la expresión adverbial «junto a») está muerta desde el Siglo de Oro; y *so* hoy se usa solo en contadas expresiones, como «so pretexto de» (en que vale por *con*: «con el pretexto de») y «so pena de» (en que vale por *bajo*: «bajo pena de»). Le faltan en cambio a la Academia varias otras, como *durante*, que Cuervo considera en su *Diccionario* y en sus *Notas* a la *Gramática* de Bello. En «durante la guerra», ¿qué es si no preposición la palabra *durante*? Y en prueba, el que podamos substituirla por la preposición *en*: «en la guerra». Pero como también decimos «cuando la guerra», y este *cuando* también lo podemos substituir por la misma preposición *en*, entonces se trata también de un complemento circunstancial en que la palabra *cuando*, que por lo general es adverbio, se tiene que considerar como preposición.

¿Y en los complementos circunstanciales «río arriba», «río abajo», «mar adentro», «kilómetros adelante», «dos días antes» y «dos días después», ¿qué son las palabras *arriba*, *abajo*, *adentro*, *adelante*, *antes* y *después*, que usualmente también tienen la función de adverbios? Adjetivos no pueden ser, así parezcan modificar a los substantivos que los preceden, pues son invariables y solo tienen una forma, sin importar que *río* y *mar* sean singulares y *kilómetros* y *días* sean plurales. Como un prestidigitador que se saca un conejo de la manga, Cuervo resuelve entonces en su *Diccionario* que son preposiciones pospuestas (aun sabiendo que la palabra *preposición* tiene el prefijo *pre*, que significa antepuesto), y el complemento circunstancial que forman con el substantivo que las precede lo llama «expresión adverbial». De tal manera que las preposiciones, que se consideraban de un solo tipo, el de antepuestas, resulta que son de dos y que las puede haber también pospuestas. Con ser tan grande mi admiración por

Cuervo, que solo se equipara al cariño que le tengo, en esto de las categorías gramaticales le voy ganando pues yo propuse una categoría entera, la del proverbo, la décima, y él solo media, la de las preposiciones pospuestas. No importa: él es santo, y yo un pecador, y su amor por este idioma fue más grande que el mío.

¿Cuántas sílabas tiene *paisito*? ¿Tres: pai-si-to? ¿O cuatro: pa-i-si-to? La ortografía castellana no nos permite decidirlo; tenga tres o tenga cuatro, *paisito* se escribe igual. *Cristiano* en Colombia y en México (y no sé si también en otros lados del idioma) vale por *hombre*, y así decimos: «Maté un cristiano», aunque el difunto sea musulmán, judío o budista. Y adviértase que para despreciarlo más no le ponemos al interfecto la preposición *a* como procedería («Maté *a* un cristiano»), pues se trata de persona y no de animal o cosa. Sentido del idioma sí tenemos, aunque por lo general lo atropellemos. Y en España le he oído decir a un viejo hablando con otro: «El día no amaneció muy católico». ¿En Inglaterra se dirá «El día no amaneció muy anglicano»? En «el tonto de Juan» está claro quién es el tonto: Juan. Pero en «el asesino de Juan», Juan puede ser el asesino o el asesinado, el contexto lo dirá. ¡Pero la gramática no se ocupa de los contextos! Salvo que la convirtamos en la ciencia de la elipsis… Regla de oro del gramático: cuando no logre aclarar algo, es porque algo falta en la frase y se puede suplir. Postule una elipsis. En «cuando la guerra», ejemplo de que ya traté, para no tener que considerar a *cuando* como una preposición teratológica sostenga que es adverbio y que el complemento circunstancial o frase idiomática o lo que sea en que aparece vale por una oración subordinada, como «cuando estábamos en guerra», en que *cuando* sí es adverbio. Otro recurso del gramático trucoso es recurrir a la explicación histórica para no explicar nada. En «Murieron todos *excepto* o *incluso* los niños», ¿qué son *excepto* e *incluso*? Fueron adjetivos, como en esta frase de Luis del Mármol, de principios del siglo XVII: «Todas las ciudades fueron arrasadas *exceptas* tres, que estaba dispuesto por orden de Dios que quedasen». O como en esta de Aureliano Fernández Guerra, de la segunda mitad del siglo XIX: «En abrir el canal se emplearon nada menos que cuarenta mil ochocientos diez y ocho indios, *inclusas* mil seiscientas sesenta y cuatro mujeres cocineras». Ambos adjetivos se volvieron invariables, sin plural, pero al hacerlo dejaron de serlo. ¿Qué son entonces ahora? Nadie dice qué. Yo digo que son gerundios porque los podemos reemplazar por *exceptuando* o *incluyendo*: «Murieron todos, *exceptuando* o *incluyendo* los niños». ¡Pero cómo van a ser gerundios, dirán los señores académicos, si no terminan en *ando* ni en *iendo* como terminan todos! Pues sí, aunque les pese, señorías. Es que *excepto* e *incluso* no son gerundios de los de ustedes, de los choteados, de los terminados en lo que dicen ustedes: son gerundios de nuevo cuño, de los míos, originales, terminados en *epto* y *uso*: *excepto* e *incluso*. Suenan más a participios, pero no, es espejismo del análisis: los participios de *exceptuar* e *incluir* son *exceptuado* e *incluído*. Y me le ponen tilde a *incluído*, que les falta, señorías, para disolver el diptongo: in-clu-í-do, que es como me suena a mí. ¡A voltear patas arriba la ortografía y la gramática que como están no sirven! ¿Y en «patas arriba», *arriba* qué es? Pues una preposición pospuesta, de las de Cuervo. ¿Y cómo se explica gramaticalmente una frase tan arrevesada como «el niño es de lo más lindo»? Pues postulando una elipsis: que sobrentendemos la oración subordinada «que puede haber» después de *lindo*. ¿Y el *lo*? Pues es el artículo neutro, muy nuestro y del que carece el francés. ¿Y cómo llega el español a tener un artículo neutro, si este idioma no tiene artículo según dijo el autor de estas líneas? Ahí les dejo de tarea este problemita de «gramática histórica» como la llaman, para que lo resuelvan y me pongan de acuerdo conmigo mismo. ¡Qué hermosa es la gramática de la lengua castellana, más que la contabilidad! Y sigamos en lo que estamos a ver. ¿Y qué es «a ver»? Dice Cervantes en su *Quijote* hablando de Sancho Panza: «Volvía la cabeza a ver si veía los caballeros y gigante que su amo nombraba». Y Moratín: «No dijo nada. Cogió y se entró derechito sin hablar una palabra». ¿No se les hacen ese «a ver si veía» y ese «cogió y se entró» verdaderas maravillas de este idioma? Analizarlas sería despedazarlas, como cuando un niño rompe un muñeco de cuerda para ver cómo funciona, le saca la cuerda y lo daña.

Cuando decimos, con infinitivo, «¡A correr!», lo que estamos expresando es un imperativo: «¡Corre!» o «¡Corran!» o en España «¡Corred!» En «Quiero que vengas mañana», según la Real Academia *vengas* es presente de subjuntivo pero no, el subjuntivo no tiene presente, *vengas* es futuro, y en prueba el *mañana*. El futuro como tiempo gramatical está en vías de extinción en este idioma y lo está reemplazando el presente. Si hoy usamos el futuro de indicativo es para expresar duda, como cuando a la pregunta de «¿Qué hora es?» respondemos: «Serán las cinco». Y si el futuro del indicativo se está muriendo, ¡cuánto hace que el de subjuntivo se murió! Cuervo fue de los últimos en usarlo: «Le pongo a V. la dirección de D. Joaquín García Icazbalceta, por si V. no la *supiere* o por si *pudiere* serle útil». Hoy humildemente diríamos: «Le pongo la dirección de don Joaquín etcétera por si no la sabe o por si le puede ser útil», en presente y sin tanto *usted*. Aunque no murió de eso, Cuervo padecía de usteítis crónica: «Muy señor mío y distinguido amigo –le escribía a Foulché-Delbosc–: Si U. no está ocupado mañana domingo, y me lo permite, tendré el gusto de ir a disfrutar de la grata y docta compañía de U. a eso de las cinco de la tarde. En no recibiendo respuesta, entenderé que U. puede recibirme. Estoy corrido de ver la dilación con que cumplo la promesa que hice a U. de pasar por su casa: confío en que U. me la perdonará, recordando que en invierno (o llámelo U. otoño) no hago más que estar con catarro. Desde ahora doy a U. de nuevo las gracias», etc. Sobran todos esos ustedes, se pueden quitar o cambiar por posesivos o pronominales: «Si no está ocupado el domingo… de su grata y docta compañía… entenderé que puede recibirme… la promesa que le hice de pasar… confío en que me la perdonará… llámelo otoño… le doy de nuevo las gracias…» Sin un solo usted. Como buen bogotano Cuervo nunca tuteó a nadie, ni siquiera a Rafael Pombo, su más querido amigo. Y de los más de trescientos corresponsales que le he contado solo tres lo tutean: Alejandro Posada, Pantaleón Gutiérrez Ponce y Fidel Pombo, hermano de Rafael: el primero, por costeño; y los otros dos, que eran bogotanos, por ridículos.

Y si con el futuro indicamos el presente, con el presente indicamos el futuro, como en «Creo que Juan siempre sí viene mañana», significando *vendrá*. O como en el presente histórico, que de recurso literario que era para darle vivacidad al relato («Surge entonces Napoleón y acaba con el Antiguo Régimen», en vez de *surgió* y *acabó*), hoy la chusma lo choteó y lo usa en la conversación como una *delicatessen*: «Él se casa con ella, a los dos meses se divorcian, y a los tres la mata». ¡Ay, tan exquisito el cronista! Lo que ha debido decir el gran ridículo, en humilde pretérito y en mi humilde opinión, es «Él se casó con ella, a los dos meses se divorciaron y a los tres la mató». Y obsérvese que *casarse* ahí es verbo reflexivo, *divorciarse* recíproco y *matar* transitivo, ni más ni menos que como cuando digo «Agárrenme que voy a matar al papa». *Matar* también puede ser reflexivo como en «Se mató de un tiro», o recíproco como en «Se mataron a cuchilladas», o tener significación absoluta como en «Pablo Escobar mataba por ver sufrir». ¿Y por qué *ausentarse* y *arrepentirse* solo pueden ser pronominales en tanto *morir* puede serlo o no serlo ya que podemos decir «El niño murió de una diarrea imparable» o «El niño se murió de un berrinche»? Porque sí, por caprichos del idioma, porque este idioma es obra de los españoles, que hacen lo que se les da la gana. Y he aquí la última razón, la razón de las razones, la razón suprema de tantos «ejemplos sintácticos que pudiéramos llamar extraviados o extravagantes», según la feliz frase de uno de los corresponsales de Cuervo, Ángel Sallent y Gotés, catalán y farmacéutico él. Y «matarse de tanto estudiar», dicho sea de paso, no mata a nadie: cansa.

¿Y por qué *lindo* tiene superlativo, *lindísimo*, mientras que *bonito* no lo tiene, pues no decimos *bonitísimo*? ¿Y por qué a *mecánicaménte*, que tiene dos acentos, no le pone la Academia sino uno, en la *a*, y últimamente ni ese? ¿Y por qué el hijo que pierde a sus padres es huérfano, mientras que los padres que pierden al hijo no son nada pues no tenemos palabra para designar su orfandad? ¿Y por qué *limosnero* en España es el que da limosna y en América el que la pide? ¿Y por qué hay tocayo de nombre, pero no tocayo de apellido? ¿Y por qué en España no usan el *tocayo*? Porque al idioma no le dio la gana, ni en América ni en España. Y la pobre España que antaño fuera la metrópoli de un vasto imperio hoy no es más que una provincia anómala del idioma, y de su antiguo orgullo y altanería y soberbia ya no queda ni el polvaredón. Y ya metidos en gastos, la más horrenda prosa que se haya escrito en la inefable lengua de Castilla en que nuestro señor don Quijote hijueputió a Ginés de Pasamonte, es la de la lesbianoide de Teresa de Ávila, la santa, seguida de las de sus dos compinches frailes, el de Granada y el de León. No sé por qué Cuervo les tenía tanta devoción a esta tripleta de lambeculos del Creador.

En su respuesta a una consulta del hermano Miguel (el lasallista y gramático ecuatoriano Luis Florencio Febres Cordero de quien ya he hablado y a quien beatificó Wojtyla) sobre *se* en frases del tipo «Se ama a Dios», Cuervo considera los casos en que aparece el pronominal con verbos intransitivos (*amar* es transitivo) como en «me salgo», «me voy», «me echo por la ventana», y concluye: «Creo que con verbos intransitivos este pronombre no es ni acusativo ni dativo: ¿qué es entonces? Signo de espontaneidad; pero esto no es nomenclatura gramatical: ¿qué importa? La nomenclatura a que estamos acostumbrados es deficiente». En este punto recuerdo el «cogió y se entró» de Moratín de que he hablado: el *se* de «se entró» está justamente en el caso analizado por Cuervo, no es acusativo ni dativo, es signo de espontaneidad, un uso expresivo del idioma que se substrae al análisis. Empezando la carta al hermano Miguel, Cuervo le dice: «Como preámbulo diré a Vd. francamente que la nomenclatura gramatical es deficiente, por haberse hecho a priori antes de estudiar científicamente los hechos, y aplicádose a lenguas muy diversas en el supuesto falso de que todas son idénticas. Impuesta la nomenclatura a una cosa tan fluida y movediza como el lenguaje, se encuentra uno a menudo con que los hechos no casan ya con aquella pauta, y no halla nombre ni cajilla en que acomodarlos. No sé si esto parecerá a Vd. una herejía gramatical, pero confío en que será indulgente al considerar que las líneas rectas, las figuras geométricas puede decirse que no existen en la naturaleza, son puras abstracciones». Y termina la carta diciendo: «Acabo sin haber resuelto nada, como Vd. ve. Como me dé Nuestro Señor algunos años de vida, no sabré ni jota de gramática. De nuevo mil y mil gracias; consérvese Vd. bueno; concédale Nuestro Señor hacer buenos a muchos, y créame suyo de corazón, R. J. Cuervo». ¿Qué idioma, por Dios, de los miles que hay o ha habido tiene dos gramáticos santos? ¿Será coincidencia que Colombia limite con el Ecuador? ¡Qué orgulloso me siento de nuestros dos países!

Y en carta a otro santo no canonizado pero que canonizo ya, el colombiano ecuatorianizado Belisario Peña, analizándole la frase española «había muchos combatientes» (con el impersonal *haber*), que traduce la latina *erant multi bellatores* (con el personal *esse* o *ser*), Cuervo le dice: «De este mismo fenómeno han resultado infinidad de locuciones irregulares que la lógica por sí sola no puede explicar; y es lo curioso que el pueblo siente a menudo el conflicto, y trata de restablecer la armonía. Por eso dice *hubieron fiestas,* conforme a la lógica, pero no conforme a la gramática. Perdóneme U. tan inútil palabrería». «Hubieron fiestas» en vez de «Hubo fiestas» no es tan terriblemente monstruoso (o por lo menos no tanto como matar a la madre) como creía Colombia todavía cuando yo nací, pues equivale a «Dieron fiestas», en que el verbo en tercera persona plural no es personal como parece sino también impersonal, ni más ni menos que en la frase «Ayer mataron a Pedro en Bogotá», en la que no sabemos cuántos fueron los que mataron a Pedro, pudiendo haber sido uno solo, así *mataron* esté en plural. En Colombia lo matan a uno y se queda uno sin poder decir quién. *Matar* allá es como *llover,* verbo impersonal que no tiene sujeto.

Pero el fracaso como gramático del más grande gramático de este idioma no puede quedar más claro que reconocido por él, Rufino José Cuervo Urisarri, santo, en una larga carta de 1886 sobre cuestiones gramaticales dirigida al director de la Academia Mexicana de la Lengua Joaquín García Icazbalceta: «Y en este trance habré de hacer a V. una confesión que acaso le escandalice, pues tiene todas las trazas de una herejía gramatical digna de la hoguera. La necesidad en que me he visto de tratar de poner en orden y explicar una gran cantidad de pasajes de nuestros autores, que, por lo mismo que han escrito espontáneamente, se han servido de infinitas construcciones que no se dilucidan en las gramáticas comunes, me ha llevado a buscar la solución de estas cuestiones, más, eso sí, en las obras de los filólogos más insignes, que con mis propias fuerzas: ¿Son las categorías gramaticales que señalan nuestros tratados, absolutas, se fundan en la naturaleza misma del entendimiento humano a la par que en la esencia del lenguaje? ¿Toda construcción, toda aplicación nueva que aparezca en una lengua ha de venir ineludiblemente ajustada a las fórmulas lógicas?» Y en seguida cita a Brugmann condenando «la indebida confusión de la gramática con la lógica, especialmente por lo que hace a la sintaxis». ¡Qué ingenuidad la de Cuervo y la de ese alemán! ¡Como si tuviéramos tan claro qué son el entendimiento humano y la lógica! Claro que los gramáticos de Port-Royal, que propugnaban una gramática universal, quintaesenciada y eterna, y con los que acabó Bello en nuestro idioma al concebir una gramática solo para la lengua castellana, estaban tan desencaminados como los enciclopedistas con su diosa Razón. Pero los teólogos escolásticos con su Dios creador del universo, bondadoso y eterno, ¿esos qué? ¿Nos han aclarado acaso algo? Nada, y su Dios con mayúscula no sirve para un carajo. El hombre vive de disparates y de engaños, ¡qué le vamos a hacer!

El libro de Cuervo que me acompaña desde mi infancia se titula «Apuntaciones críticas sobre el lenguaje bogotano». ¿«Sobre»? A mí me suena mejor «al», don Rufino: «Apuntaciones críticas *al* lenguaje bogotano». Busco en el *Diccionario* de Cuervo el substantivo *apuntación* que hoy ya nadie usa (y que nuestra Madre Academia define en el suyo como «acción y efecto de *apuntar*»), a ver qué preposición rige, y no está. *Apuntar* sí, con catorce acepciones, de las que la 2b es «Hacer apuntaciones», pero apuntación lo que se dice apuntación y que es lo que a mí me importa, no aparece. En el *Diccionario* de Cuervo *de* tiene ochenta columnas, *dar* sesenta y cinco, *a* cincuenta y seis, *cuanto* cuarenta y cinco, *dejar* treinta y seis, *correr* veintiocho, *con* veintiséis, y así, pero *apuntación* ni una. Ni media, ni un tercio, ni un quinto, ni un décimo. Ni tampoco está, ni en el de la Academia, la palabra *dizque*, que hoy usan cuando menos ciento sesenta millones, en Colombia y México y tal vez también en otros lados del idioma, y sin la que yo no puedo ni respirar. Me puse a buscarla el otro día en ese *Diccionario panhispánico de dudas* que han publicado nuestras veintidós Academias de la Lengua juntas, y sí está. ¡Pero aclarada con citas tomadas de libros míos! Si yo soy una autoridad en este idioma, señorías, este idioma se jodió. Y *dizque* no es una mísera palabra del común, vale por toda una frase: «dicen que», o «dicen que es». «Dizque no viene» vale por «Dicen (o dice él) que no viene», y «¡Dizque muy inteligente!» vale por «Dicen que es muy inteligente». ¡Pero con ironía!

Dejando ahora el irónico *dizque* y pasando a casos menos perversos del idioma, quiero considerar la frase «Cuatro leguas después de Almería viene un castillo», de la *Crónica general de España* de Florián de Ocampo, historiador del Siglo de Oro. ¿Qué es ese *después*? ¿Acaso una preposición pospuesta como las de Cuervo? ¡Ojalá! Eso sería pan mojado… Cambiémosle el orden a las palabras de la frase y veremos que no se puede analizar: «Un castillo viene cuatro leguas después de Almería». Sin embargo tal como la puso don Florián, la frase pasa muy bien por las neuronas del área del cerebro donde se deciden las cuestiones del lenguaje. *Después*, que por lo general se usa para el tiempo, en ella se refiere al espacio, ¿no se les hace una maravilla? Y es que el espacio cuando viajamos se vuelve tiempo. Y *venir* usado por *hay* (como si hubiéramos dicho «A cuatro leguas de Almería hay un castillo»), ¿no se les hace otra? Un castillo, que está quieto, ¿*viniendo* como si fuera un caballo que se mueve? ¿Y por qué no? En el idioma que produjo el *Quijote* no se me hace raro en lo más mínimo que los castillos se muevan, viajen, y con princesas encantadas en sus torres. Lo veo completamente normal.

¿Fracasó entonces Cuervo, como el común de los gramáticos, en su intento de apresar este idioma? Sí pero no. Con su diccionario-gramática atiborrado de decenas de miles de citas hizo ver como nadie que el idioma no es como el genio de Aladino que se deja encerrar en una botella, sino un genio rebelde, cambiante, caprichoso, que se sale de donde lo quieren meter y no lo agarra ni el loquero. ¿Y cómo pudo un paisito tan insignificante como Colombia producir un genio de alma grande y bondadosa como Rufino José Cuervo Urisarri que ni siquiera pasó por la escuela secundaria pues todo lo aprendió en los libros pero que a los treinta y ocho años, cuando llegó a París, tenía concluido en lo esencial su portentoso *Diccionario de construcción y régimen de la lengua castellana* en que lograba meter bien que mal, en camisa de fuerza, a este desquiciado idioma? Pues porque Dios existe. Esta es mi prueba gramático-lexicográfica de la existencia de Dios y de la grandeza de Colombia.

Solo se conocen cinco fotos de Cuervo, y en todas aparece de espesa barba y en todas, exceptuando la primera, que le tomaron de muchacho, está tan calvo como mi abuelo materno, cosa de que me enorgullezco. En la primera foto, que dio a conocer la revista *Santafé y Bogotá* en 1926, se ve de unos diecinueve años: está de camisa blanca y pañuelo blanco en el bolsillo izquierdo del saco negro, y con moño negro, mirando de perfil quién sabe a quién. La segunda foto la dieron a conocer los del Instituto Caro y Cuervo en el sexto volumen de su epistolario, el de su correspondencia con Antonio Gómez Restrepo, aunque sin decir de dónde la sacaron. Se la tomaron en 1876, a los treinta y dos años, cuando ya era cervecero, y se le ve también de perfil y también de negro y con la misma barba tupida, pero ya en pleno proceso de desentejamiento de la mansarda, que se cubría dejándose crecer el pelo del lado izquierdo y echándoselo sobre el derecho. Es la foto en que se basó el pintor Antonio Rodríguez para hacer el grabado de Cuervo por el que Colombia lo ha conocido, el cual apareció por primera vez en el primer número de *El Repórter Ilustrado*, el 4 de junio de 1890, acompañando un artículo de Caro sobre él. «Recibí con sobre de letra de Ud. –le escribió Cuervo a Caro desde París poco después–, el *Repórter* en que con gran sorpresa me veo xilografiado y biografiado. En cuanto a lo primero, *quantum mutatus*! Catorce años o cosa parecida, que han corrido desde que se sacó esa fotografía, no pasan así no más: ya mi calva se continúa casi con el espinazo, y no digo que uso anteojos porque en este punto soy todavía vergonzante, es decir, no me los pongo fuera de mi cuarto. En cuanto a lo segundo», etc. *Quantum mutatus*, tomado de la *Eneida*, significa «¡Qué cambiado!» Esta foto de la que se sacó el grabado ha de ser la que le mandó Cuervo a Dozy junto con las *Apuntaciones* a través de Uricoechea, quien en noviembre de 1877 le reprochaba: «No sé cómo ha tenido U. alma de mandar una fotografía a Dozy y no a mí. Si no hubiera sido abusar mucho le aseguro que la habría declarado comiso en mi casa. Como multa le impongo la de enviarme una copia para mí y si no lo lleva a mal otra para remitir a España». No sé qué significaba con eso de «comiso en mi casa», ni lo pienso averiguar, y sigamos con la tercera foto, tomada en 1877, o sea un año después de la segunda, y que acaba de publicar la revista *El Malpensante*. Se ve en ella a Cuervo con Domingo Hincapié, médico y general y representante de la Cervecería de los Cuervo en Medellín, y al hijo de este, Leopoldo, de unos dieciséis años. El muchacho aparece en medio, en una silla, sentado; Domingo Hincapié, a la derecha de la foto, y Cuervo a la izquierda, están de pie. De las cinco fotos de que estoy hablando es la única en que se ve a Cuervo de frente y de pie. Tiene treinta y tres años pero parece de muchos más, y en el año transcurrido se le ha completado el desentejamiento de la mansarda, pero ya se resignó y no se la cubre de prestado. Está de saco negro largo y de moño negro, y aunque sin duda es él, si no me lo dicen no lo reconozco: parece un cervecero gordo, calvo, anodino... Pero no. Es mi santo. Los Hincapié, de Medellín, guardaron allá la foto, y los de *El Malpensante* dicen que es del tamaño de un naipe.

Las tres fotos anteriores son las que le tomaron en Colombia, aunque no sé quién. Supongo que Demetrio Paredes o Luis García Hevia, nuestros fotógrafos de entonces, que inmovilizaban para la eternidad a la alta sociedad bogotana. La cuarta foto se la tomaron a los treinta y cuatro años, a principios de 1879, en un estudio de París. Es la que se publicó en el recordatorio de su muerte con una súplica al Señor de que tuviera piedad por él, y la de un medallón hecho sobre porcelana por Walery en París en 1893, que una sobrina nieta de Cuervo, Teresa Cuervo Borda, hija de Carlos Cuervo Márquez, le regaló al Instituto Caro y Cuervo. Ha de ser también la misma foto de que les mandó copias a Schuchardt en 1882 y a Blumentritt en 1883 (y acaso también a Foerster en 1886), de las que se habla en su correspondencia con ellos. En esta cuarta foto Cuervo empieza a ser el que es. De barba negra tupida, completamente calvo, de negro y moño negro anudado en torno a un cuello blanco postizo a modo de alzacuellos de cura, parece un cura. Está de tres cuartos de perfil. El 18 de junio de 1878 Caro le había escrito a París: «Apenas tengo tiempo para ponerle dos palabras. Sea lo primero pedirle su fotografía, de lo cual no podrá U. excusarse pues entiendo que los concurrentes a la Exposición tienen que presentar su retrato. Carlos Martínez Silva me dice que pida a U. colaboración de correspondencia para *El Repertorio*, revista que será órgano semioficial de la Academia, y quiere que yo apoye su solicitud, lo que hago con la mejor voluntad». A lo cual Cuervo le contestó el 20 de agosto: «Para la Exposición no se exige el retrato como boleta de entrada sino a los expositores, porque como para ellos es gratis, se necesita comprobar la identidad de la persona. Así es que todavía no tengo retrato mío, y ya debe U. figurarse que, si puede disponer del original, en habiendo copia con mayor razón puede contar con ella». La Exposición era la Exposición Universal de París (el pretexto de los Cuervo para su primer viaje a Europa), y el *Repertorio* era *El Repertorio Colombiano*, que se empezó a publicar poco después y que llegó a ser la mejor revista de Colombia en el siglo XIX. Que la foto que le pedían es la cuarta de que hablo, y que se la hizo tomar a principios del año siguiente, 1879, o sea al final de su viaje de exploración a Europa, me lo confirma una carta suya a Joaquín García Icazbalceta del 30 de julio de 1889, desde París, donde ya vivía desde hacía siete años, en la cual le dice: «En esta espera [la del recibo de unas *Memorias* de la Academia Mexicana de la Lengua que aquel le envió] me vinieron achaques que por algún tiempo me imposibilitaron de escribir; algo restablecido, fui a buscar unas fotografías que tenía arrumbadas, y al verlas reparé, como no podía menos, que en diez años que habían corrido desde que se hicieron, el tiempo no había pasado con los brazos cruzados por mi indefensa personalidad. Tuve escrúpulo de hacerle a Vd. una especie de engaño, solo disculpable en una mujer de mi edad, y me fui a casa de un fotógrafo; pero en esta ciudad, como Vd. sabe, la dilación es uno de los modos que tienen de acreditarse ciertos establecimientos. Al fin me han despachado, y así puedo ya darme el gusto de conversar un rato con Vd. El retrato de Vd. ha confirmado, acreciéndola, la antigua simpatía, pues, para no hablar de otras cosas, me ha representado la digna suavidad y la generosa benevolencia que yo me tenía figuradas. Lo conservaré con cariñosa veneración. En cuanto al mío, bien quisiera que fuera de puertas adentro, porque así vería Vd. el lugar que Vd. ocupa en mi interior». Que con esta carta iba la nueva fotografía nos lo confirma la siguiente carta de Cuervo a García Icazbalceta, del 10 de agosto, escrita ahora desde Fontainebleau y en que le dice: «En días pasados contesté a Vd. con escandalosa demora dando a Vd. las gracias por el Diccionario de Peruanismos y comunicándole no haber recibido las Memorias. Le remití además a Vd. una fotografía, entre dos tablitas, que temo se dañe; si así fuere, ruego a Vd. me lo diga, a fin de repetir el envío cuando vaya la Gramática de Bello». La fotografía llegó y García Icazbalceta le acusó recibo de ella. Un poco antes Cuervo le debió de haber mandado copia de la misma foto a Belisario Peña, al Ecuador, pues este le escribió el 13 de julio: «Muy querido amigo y respetado señor: Ayer recibí su cartica del 9 del mes pasado, y en ella el tan deseado retrato de Ud. que tengo actualmente delante de mí, y que será el adorno precioso de mi mesa de escribir, pues quiero verlo todos los días y recrearme en él». Tiempo después, el 3 de enero de 1902, Cuervo le escribió al español Ángel Sallent y Gotés, que le pedía un retrato suyo: «Un retrato que hice hacer, algunos años ha, merece la reprobación de todos mis allegados; he prometido hacer otro, pero aún no lo he cumplido: no sé qué tirria me tengo. U.

303

con su cariñoso deseo me sacará de mi desvío». Para mí que
el retrato de la reprobación, que no ha quedado, es el mismo enviado a García Icazbalceta y a Belisario Peña. En cuanto al retrato prometido a Ángel Sallent y Gotés, no sé si se
lo mandó. En carta a Belisario Peña del 24 de mayo del mismo 1902, Cuervo le anunció que Vicente Urrutia le llevaría
al Ecuador copias de dos artículos de Juan Valera contra él
publicados en *El Imparcial* de Madrid y en *La Nación* de
Buenos Aires, más un fonógrafo que llevaba su voz grabada:
«Con todo esto –añadía– irá mi retrato; tiene una mirada que
es la que uso y acostumbro. A mi querido hermano Angel
no le gustaba, pero a causa del malísimo tiempo que ha hecho no he podido ir a que me saquen otro. Este es provisional». Tampoco ese «retrato provisional» ha quedado.

Quinta y última foto de las que conocemos: la instantánea que le tomó su sobrino nieto Carlos Cuervo Borda en
París en noviembre de 1908, en el apartamento de la rue de
Siam. Carlos Cuervo Márquez, su sobrino, que era entonces
el embajador ante la Santa Sede del infame general y presidente de Colombia Rafael Reyes, viajó desde Roma a visitarlo a París acompañado de su esposa Elisa Borda, sus hijas
Teresa y Elena y su niño Carlos, de doce años. Fue este el
que tomó la foto. Fantástica le quedó. Cuervo, de perfil, en
la penumbra, parece un santo de Zurbarán iluminado desde el cielo. La luz cenital (¿celestial?) solo le ilumina la cara
y las manos cruzadas, y el ambiente del apartamento se pierde en la oscuridad. Este es el santo que he llevado siempre
en el corazón, el que me acompaña desde niño, desde mucho antes de conocer la foto. Los Cuervo Borda la guardaron, Teresa se la regaló al Instituto Caro y Cuervo, y hoy
está en la Casa Museo. Cuando la tomaron París estaba envuelto en la niebla.

¡Y su voz, la del fonógrafo que le mandó con Vicente
Urrutia a Belisario Peña al Ecuador! Supe de ese fonógrafo

y esa grabación por Carlos José Reyes, el director de la Biblioteca Nacional, en uno de mis apurados regresos a Colombia. Volví a México y por años me negué a oírla diciéndome que si la oía tendría que irme a París a gastar lo que me quedara de vida desandando los pasos de Cuervo. No sabía que la clave de su vida no estaba en París, donde murió, sino en Bogotá, en esa misma Biblioteca a la que le había dejado de herencia no solo sus libros, cosa que sabía, sino también sus papeles, cosa que ignoraba: andando el tiempo y cambiando los gobiernos, los papeles se repartieron entre la Biblioteca, el Instituto Caro y Cuervo y la Casa Museo. Yo solo quería saber de él (tal vez para saber de mí), y nunca pensé escribir ningún libro. Este para mí es innecesario, superfluo, un apurado recuento de lo que me importaba conocer. Los libros sobre vidas son tan inútiles como las vidas, y si me apuran todos los libros.

El 20 de diciembre de 1901 Cuervo le escribió a Belisario Peña, a Quito, para contarle de Vicente Urrutia: «Hallábame en el campo cuando el Sr. Urrutia Olano tuvo la fineza de venir a esta casa a entregarme la cariñosa carta de U. Ausentóse él después, y me la remitió a Biarritz hace veinte días. No sé decir a U. cuánto siento no haberle conocido y tratado, y en particular haberme puesto del todo a sus órdenes. En seguida le escribí diciéndole esto mismo, con la esperanza de cumplirlo no bien esté de vuelta en esta ciudad». Tres meses después, el 31 de marzo de 1902, Belisario Peña le pedía a Cuervo desde Quito: «Hoy le escribo para importunarle con dos peticiones: la primera es que se digne prestarse para que el Señor Vicente Urrutia haga tomar la voz de Ud. en un fonógrafo pequeño que le pido con ese objeto especial: la segunda que me permita, si fuere posible sin inconveniente ninguno, hacer reproducir, en un periódico que van a fundar los jóvenes de la Universidad, su precioso tratado *El castellano en América.* Perdone mis impertinencias, hijas del cariño que le profeso, que es el que me mueve a desear oír siquiera su voz antes de morirme, que, según estoy, no tardará mucho». *El castellano en América* era la respuesta, en un largo ensayo que salió en dos números del *Bulletin Hispanique,* a los impertinentes y transoceánicos artículos contra él del estulto don Juan Valera, publicados en un periódico español, en otro argentino y en otro mexicano. En cuanto a la muerte de don Belisario, no fue inmediata: cuatro años y medio se tardó el Señor en llevárselo, a los setenta y dos, viudo y dejando varios huérfanos de padre y madre aunque creciditos, pues su mujer se le anticipó. En 1963 un bisnieto suyo, Rafael Borja Peña, le envió al Instituto Caro y Cuervo, desde el Ecuador, las cartas que le había escrito Cuervo a su bisabuelo y que la familia conservaba con devoción, y junto con ellas el fonógrafo con su voz. ¿Qué hagiógrafo, por Dios, en lo que lleva de duración la Tierra, ha conocido la voz de su santo? Solo yo. Soy pues el primero, o mejor dicho el único, el último, porque santos ya no volverá a haber. Y sigamos.

El 24 de mayo de 1902 Cuervo le contestó desde París a don Belisario: «Varias veces he tenido el gusto de verme con el Sr. Urrutia, cuyas prendas me han encantado; solo siento el no haber podido servirle de nada, a pesar de que con toda sinceridad me he puesto a sus órdenes. Antes de ayer fuimos a la fábrica de fonógrafos, y pronuncié unas pocas palabras dirigidas a U.; me limité a unas pocas, porque si hubiera dicho todo lo que me ocurriera, fuera cosa de nunca acabar. Estaba yo un poco acatarrado y como había que alzar algo la voz, tuve que interrumpir unos momentos. U. lo notará, y también la incongruencia de los conceptos. Este deseo de U. me ha conmovido en el alma, pues es prueba del más acendrado cariño: ¿qué podía yo decir hablando alto y en presencia de otros, que descubriera todo lo que sentía mi corazón? Gracias, mil gracias». Y sí, en la grabación Cuervo se siente cohibido; sería por el aparato, pues los franceses de la fábrica no entendían español y el señor Urrutia era de confianza, colombiano.

Pero antes de transcribir la grabación permítanme presentarles en forma a Belisario Peña. Nacido en Zipaquirá, departamento colombiano de Cundinamarca, en 1834, o sea diez años antes que Cuervo, estudió en Bogotá en el Colegio de San Bartolomé con los jesuitas, que le enseñaron latín y se lo llevaron a Jamaica en 1850 cuando su destierro de Colombia por obra y gracia de José Hilario López. A finales de 1853 estaba de regreso a la patria con ellos, y en 1856 lo tenemos de profesor de latín en el Seminario Conciliar. Pasó luego con los jesuitas al Ecuador, donde los dejó para casarse con Carmen Bueno, de la que tuvo cuatro hijos. Durante ese primer regreso a Colombia conoció a Cuervo de niño. Siguiendo el uno por su lado y el otro por el suyo y Nuestro Señor Cronos arrastrando agua bajo el puente que es su vicio, en noviembre de 1887 se volvieron a encontrar, ahora por carta: la que don Belisario le mandó a París desde Quito con el hermano Miguel (el que canonizó Wojtyla) para felicitarlo por la aparición del primer tomo del *Diccionario*: «Cuando conocí a Ud. tan niño y tan pequeño –le escribía– no me imaginé que era el polluelo de un águila tan grande». Con esta carta empieza la correspondencia entre los dos. Tras la muerte de Ángel, Cuervo le decía que su amistad era de los pocos bienes que le quedaban. A lo que Belisario Peña le contestaba: «Paréceme que le veo tal como le conocí: niño inocente con todas las gracias de esa edad encantadora, hasta la de la timidez esquiva, y que le pregunto por sus estudios incipientes. ¿Quién dijera entonces que Ud. sería lo que es, y que yo había de amarle con tan íntimo afecto? Sin embargo, si me fuera dado, querría tenerle siempre como le conocí, y como espero verle en nuestra patria verdadera. ¡Ah, qué lazos tan dulces son los del amor cuando Dios es quien los estrecha!» Pero si Belisario Peña lo recordaba tan bien, nada en las cartas de Cuervo hace pensar que este lo recordara a él. En fin, en 1896 el matacuras de Eloy Alfaro lo expulsó del Ecuador, y después de cuarenta años de ausencia volvió por segunda vez a Colombia, que lo recibió con los brazos abiertos y lo hizo senador. En su columna «Siluetas parlamentarias» de la revista bogotana *El Tío Juan*, Clímaco Soto Borda, que firmaba como Casimiro de la Barra, lo retrataba así: «Belisario Peña Gómez, senador por Cundinamarca, poeta elegíaco de alto mérito y anciano venerable, ecuatorianizado hace luengos años. En la política de nuestro país no pesa un adarme, pero, a juzgar por el hecho de que viene a comer el pan del ostracismo (que aquí no le ha salido tan duro), se comprende que en el Ecuador pesa lo que vale. ¡Qué distinto de tantos, que solo valen lo que pesan! Si el señor Peña nos hiciera el alto honor de morirse aquí, tendría mucho gusto en ir a colocar una guirnalda de laurel a la tumba del poeta». «¡Anciano venerable» uno de sesenta y dos años! ¿Entonces qué seré yo? ¡Ah con este Clímaco o Casimiro o como lo haya puesto su madre al gran guasón! ¡Y pidiéndole a don Belisario que se muriera para ponerle en su tumba una mísera guirnalda de laurel! A mí que no me pongan guirnaldas, y guárdense su «venerable», que para «ancianos» están los cerros y Dios.

En enero de 1963 los del Instituto Caro y Cuervo recibieron pues en Bogotá el fonógrafo que Rafael Borja Peña les envió de Quito: lo traía el embajador colombiano en el Ecuador Moisés Prieto, consigo, abrazado, como quien trae las reliquias de un santo. Poco después Joaquín Piñeros Corpas, miembro honorario del Instituto, llevó el cilindro del fonógrafo a Estados Unidos, al Thomas Alva Edison Foundation Recording Laboratory de la Universidad de Siracusa, a que lo repararan, y allí transcribieron las palabras de Cuervo a una cinta magnetofónica. Dice Cuervo en la grabación: «Mi muy querido: Estas poquísimas palabras, que reproducirá a usted el aparato, son pequeñísima muestra de mi cariño por usted, con el cual quiero corresponder a su incomparable afecto. Quiero que cuando usted las oiga esté perfectamente restablecido y pueda volver a su trabajo, muy particularmente para que publique sus poesías. Esto ruego a Nuestro Señor entrañablemente. Le ruego salude, con todo afecto, a su familia. Aunque no tengo el placer indecible de haberla tratado, los quiero como la sombra de usted, como el objeto de sincero afecto, todo mi afecto, acendrado en el amor de Dios. Adiós y siempre suyo para siempre». La voz se oye muy lejana, desde las sombras, tratando de avanzar por sobre las interferencias de ultratumba y los rayones, pero es la suya, no podía ser otra, era la que me perseguía desde siempre, desde niño, y oyéndola se me salían las lágrimas y me daba tumbos el corazón. ¡Ay don Rufino, cómo es que nos dejaste! La devoción de los del Instituto Caro y Cuervo por el fonógrafo y por él me conmueve. Tanto como la estatua en bronce que poco después de su muerte le mandó a hacer Colombia en Francia, al escultor Verlet: pensativo, con la cabeza ligeramente inclinada, tiene una pluma de escribir en la mano derecha y la izquierda descansa sobre un libro abierto que el escultor colocó en el brazo del sillón en que está sentado. Espléndida escultura, la más hermosa que le pudieran hacer. La pusieron en la vieja plazuela de San Carlos, hoy de San Ignacio, que queda a una cuadra de la catedral. De la infinidad de estatuas que hay en Colombia es la única que quiero. Las otras son de próceres, presidentes, políticos, obispos, curas, gentuza miserable, basura humana. Colombia solo se redime con él.

No sé si Miguel Antonio Caro, entonces el hombre fuerte de Colombia, tuvo que ver con la elección a senador con que recibieron a Belisario Peña al llegar expulsado del Ecuador a su patria. Se me hace que sí. A Caro también lo conoció don Belisario de niño. Es más, en el Colegio de San Bartolomé fue su maestro. Lo siguió tratando después por carta. Del paso fugaz de Belisario Peña por el Senado de Colombia queda un proyecto de ley suyo (pero no sé si lo aprobaron), para honrar la memoria de Núñez el ateo, que acaba de morir. En él lo llama «hombre extraordinario a quien Colombia aclama por segundo Libertador». ¡Ni que nos hubiera libertado de los curas! Por el contrario, el ateo llegó al poder y se ablandó. Dicen que murió confesado. Que el obispo Biffi, su lacayo, lo confesó. Caro, buen político, buen católico, se salió con la suya: se subió a la presidencia tras de mandar al presidente electo, confesado, al Más Allá. De la primera de las cartas de don Belisario a Caro que han quedado tomo algo que me llamó la atención: «Como el Sr. Urrutia me exige que le recomiende el asunto de la mina de Sta. Rosalía, cuyo apoderado, Sr. Delgado, debe de estar ya en Bogotá, le escribiré hoy otra carta, haciéndolo por mera condescendencia. No dé Ud. más valor a mi recomendación que el que pida la justicia que puede tener ese asunto». Este señor Urrutia ha de ser el del fonógrafo, si no es que el del fonógrafo es su hijo. En fin, ya de senador en Bogotá don Belisario le escribía a Caro, el presidente: «Amé a Ud. desde que fue niño, y le he seguido en su carrera literaria y política, gozándome más en sus glorias que en las alabanzas que alguna vez me dispensó esa benevolencia, más bien pródiga que justa, favorecedora de mis pobres esfuerzos. Mi orgullo en tierra extranjera ha sido el ser compatriota de Ud., y mi gozo aplaudir los triunfos de la verdad y de la belleza alcanzados con su elocuente pluma». ¿*Elocuente* no viene pues de *loquor*, hablar? ¡Una pluma hablando! Después a Cuervo, en carta del 16 de junio de 1898, cuando ya Caro iba de salida de la presidencia, pero queriendo seguir en calidad de «designado», como le dicen allá, le decía: «Mucho me temo que si insisten los nacionalistas en sacar de designado al Señor Caro, estalle furiosa la revolución que acabe con Colombia. Le diré con franqueza de amigo, y ¿por qué no?, que tengo para mí que D. Miguel Antonio no es persona para gobernar. Talento e instrucción le sobran; pero flexibilidad de carácter y mansedumbre, me parece que no las tiene de más. Conoce a los hombres de oídas, casi nada con el trato; y por eso pierde las ocasiones de convertir en amigos a sus adversarios. Confieso que le soy deudor de muchos actos de benevolencia que no olvidaré jamás; pero amor no quita conocimiento». Miel sobre hojuelas debieron de haberle sabido estas palabras a don Rufino, para quien Caro ya había dejado de ser santo de su devoción. Y seguía don Belisario: «Por desgracia no veo sujeto capaz de regir hoy atinadamente la República y de enderezar lo torcido: hombres probos, los hay; inteligentes, abundan; pero estas cualidades no bastan si falta la de un patriotismo abnegado que abrace la cruz y suba al Calvario del poder con espíritu de martirio, ajeno de ambición y aun de gloria». ¡Ay, el Calvario del poder! A mí, don Belisario, que estás ahora en los cielos, que me cuelguen de esa cruz cuando les plazca, que de ahí no me les bajo. ¡Qué ambición más saciada que la del que está colgado allá arriba, en las delicias del poder, rascándose las pelotas!

Caro, que era un hombre decente, se metió a la política y se convirtió en un rufián. ¿Se acuerdan de su carta a Cuervo pidiéndole su retrato para Carlos Martínez Silva, su colega de la Academia Colombiana de la Lengua, el de la gran revista *El Repertorio Colombiano*, y después el director de *El Correo Nacional*? Pues le hizo rondar la casa y le cerró *El Co-*

rreo Nacional. Católico sin resquebrajamientos, o sea malo sin atenuación, Caro era peor que papa. De haber vivido cuando Torquemada, habría sido Torquemada. Pero no. A nosotros nos tocó. Nacido en Bogotá en 1843, un año antes que Cuervo, lo bautizaron Miguel Antonio José Zoilo Cayetano Andrés Avelino de las Mercedes: Miguel como el arcángel, Antonio como san Antonio, José como san José, Zoilo como san Zoilo, Cayetano como san Cayetano, Andrés como el apóstol, Avelino como san Avelino, y Mercedes como la Virgen. Más apuntalado no podía quedar el niño ni más segura su entrada al cielo. No necesitaba de obispo Biffi. A su padre, José Eusebio Caro, buen poeta, se le considera el precursor del modernismo, cosa que se le contabiliza en su favor. Fundó además, junto con Mariano Ospina Rodríguez, en 1849, el partido conservador colombiano, cosa que se le contabiliza en su contra. La pertenencia al partido azul, azul del cielo (el opuesto al liberal, rojo de sangre), explica que en el año indicado sostuviera la candidatura de Rufino Cuervo Barreto a la presidencia. Un vínculo así entre la familia Caro y la familia Cuervo era pues tan fuerte como el de la sangre. Vínculo al que se le sumó poco después el de la muerte de ambos: murieron en 1853, dejando viudas a sus esposas y huérfanos a sus hijos. Miguel Antonio José Zoilo Cayetano Andrés Avelino de las Mercedes Caro Tovar Ibáñez Pinzón quedó huérfano de padre a los nueve años y dos meses; Rufino José Cuervo Urisarri, igual, a los nueve años y dos meses. Caro murió en 1909, a los sesenta y cinco años; Cuervo en 1911 a los sesenta y seis; Núñez en 1894, a los sesenta y ocho. La vida, que equivale en última instancia a la muerte, se comportó pues equitativamente con los tres.

En una carta de Rufino José a Rafael Pombo, del 24 de septiembre de 1909, escrita poco después de la muerte de

Caro y aproximándose ya a la suya propia, le dice desde París: «La noticia de la muerte de Miguel Antonio me ha impresionado muchísimo. Hicimos amistad en 1860, franca como de estudiantes; en esos días me enseñó a encuadernar, arte que él había aprendido del Dr. Tovar, y que ambos practicábamos rudimentalmente, como que no teníamos los útiles necesarios. Aunque nuestros caracteres no eran idénticos, la indulgencia mutua no consentía quiebra en nuestro trato. Ausente yo por estas tierras, las circunstancias fueron diferentes, porque él era perezosísimo para escribir, y aun me han dicho que en los últimos tiempos había resuelto no contestar carta alguna. Como soliloquios semejantes no son agradables, yo tampoco le escribía; pero en todos los casos de duelo o de otra importancia no era lo mismo. El me escribió cuando fue elegido Presidente, cuando murieron Antonio y Angel; sus hijos vinieron aquí, me trajeron carta suya. De modo que, tomados sin odio ni resentimiento, nuestra situación era como la de Roland y Sir Leoline en el admirable símil de Coleridge». Y cita unos versos de Coleridge, después de los cuales la carta ha sido mutilada. ¿Por qué? Sabrá Dios. Cartas mutiladas de don Rufino son de las que hay. Ases de su baraja para el infame Ordóñez. El doctor Tovar era el abuelo materno de Miguel Antonio, a quien le enseñó castellano y latín, y, cosas de la vida o de lo pequeña que era Bogotá, el padre de Cuervo también había sido su discípulo. Miguel Antonio, por su parte, estudió de niño en el Liceo de Familia, el de Antonio Basilio Cuervo y Antonio José de Sucre, donde también estudió Rufino José, y Antonio Basilio fue su ministro de Gobierno, como en algún lado dije. Caro fue discípulo del padre Proaño; Cuervo también. Caro, en el Colegio de San Bartolomé; Cuervo no sé. No importa. Ni el uno ni el otro pasaron por la universidad, ambos en esencia fueron autodidactas. Y en 1867, de muy

313

jóvenes, escribieron juntos esa espléndida *Gramática latina* a la que Marcelino Menéndez y Pelayo calificaba de «obra magistral y la mejor de su género en nuestro idioma», y que sirvió para unirlos más, aunque después se sumó a lo que los desunió. Gramático también, Caro escribió un *Tratado del participio*, que en realidad es del gerundio, pero la culpa no es suya sino de la terminología gramatical, que en este idioma va y viene como las olas del mar. Caro fue uno de los fundadores de la Academia Colombiana de la Lengua, Cuervo otro; y en la librería que tuvo, la Americana, vendía y distribuía los libros de este. Estaban llamados a ser amigos de por vida, pero la vida que une también separa. Las cartas cruzadas entre ellos, y las de don Rufino con otros, prueban que se disgustaron. Colombia, que no investiga, los junta hasta el final. Yo no.

Ah, se me olvidaba. Caro era cegatón y usaba gafas, y fue de los primeros en Colombia en pasarse de la escritura manuscrita a la máquina de escribir, si bien ya al final de su vida. Su última carta a Cuervo, del 24 de abril de 1906, está mecanografiada. Es la que comienza: «Mi querido amigo: Hace algunos años quedó interrumpida nuestra correspondencia epistolar, no sé por qué causa». Yo sí sé pero ya lo dije y yo no me repito, ver atrás. A máquina o a mano escribió mucho: el *Tratado del participio*, el ensayo *Del uso en sus relaciones con el lenguaje*, tres tomos de traducciones de Virgilio, la Constitución del 86, artículos periodísticos, discursos patrioteros y políticos (que son lo mismo), versos latinos, versos castellanos como una «Oda a la Estatua del Libertador», muy bella pero más que por mérito suyo porque la lira, invención del alma castellana, es una estrofa que no tiene pierde, es genial. Y su famoso soneto «Patria» que empieza:

¡Patria! Te adoro en mi silencio mudo,
y temo profanar tu nombre santo.
Por ti he gozado y padecido tanto
cuanto lengua mortal decir no pudo.

Gozado sí, en la presidencia, ¿pero padecido? A ver, malagradecido, ¿qué padecimientos te causó Colombia? Por
el contrario. Mimos. Colombia a sus políticos los mima, los
consiente, los masturba. Al resto nos pone a trabajar para ellos.
¡Hija de España tenías que ser, mala patria! Uricoechea se
lo advirtió: «Deploro el estado de nuestro país y le ruego a
U. trate de no mezclarse en la política militante que, según
pienso y entiendo, no puede menos de deshonrar a cualquiera, sea de uno u otro partido: ¡es tan baja!» Y García Icazbalceta: «No puedo menos de ver con cierta pena que haya V.
entrado en la política. Deber es de todos contribuir al bien
común; pero ese torbellino arrebata las mejores inteligen-
cias, con detrimento del pacífico campo de las letras». ¡El
caso que les hizo! Era como decirle a un niño desobediente:
«No comas del pastel delicioso que dejé en la alacena, que
te hace daño». Una virtud sí le reconozco: lo más lejos que
fue de Bogotá fue hasta Tena, a seis leguas. Hizo bien. Bogotá es el corazón del universo.

Entre los papeles de don Rufino quedó una buena parte de su correspondencia con sus editores, los Roger. Pero
los del Instituto Caro y Cuervo no la incluyeron en los veintidós volúmenes que publicaron de su «epistolario». Tal vez
porque para los filólogos las cuentas no cuentan. Para mí
sí. ¿No le saqué pues a José Asunción Silva sus trapitos al
sol gracias al «Diario» de su contabilidad tortuosa que me
agencié? El mala paga es ladrón, y punto. Don Rufino en
cambio era escrupuloso, intachable. Una sola vez debió, más
por sus hermanos que por él, e iban a perder la casa. En la

315

segunda de sus cartas a los Roger que han quedado (en los borradores que él guardó), les dice el 26 de abril de 1899: «Con respecto a la *Gramática latina* diré a UU. lo siguiente: en 1886 se reimprimió en Bogotá, y mi colaborador, en vez de modificar el texto en partes en que lo exigían los adelantos de la ciencia, solo cambió el prólogo poniendo en él expresiones encaminadas a mortificarme y a desconceptuarme: el único ejemplar que he visto me fue remitido por el impresor, quien me preguntó qué me parecía el prólogo. Al anunciar esta edición en el número de 12 de Noviembre de 1886, *La Nación*, periódico de Bogotá, dice que se ha hecho una edición separada de los Ejercicios que van al fin de la *Gramática* y que son trabajo exclusivamente mío, edición que yo nunca he visto y de la cual no tengo más noticia que la que da ese periódico en que intervenía mi colaborador. Si para todo esto no reputó el último necesaria mi intervención, ni siquiera mi consentimiento o conocimiento, tampoco será bueno que yo lo dé o lo tenga para otra edición en París, y por consiguiente renuncio a toda participación en la obra, y exijo que si esta se reimprime, no figure para nada mi nombre ni en la portada ni en parte alguna de ella. Con esta condición, el consentimiento único del Señor Caro y su aceptación de las condiciones que UU. le propongan bastarán para que UU. hagan la edición. Esta declaración pondrá a salvo toda responsabilidad de UU. para conmigo, y UU. podrán hacer de ella el uso que tengan conveniente. Queda de UU. atento y obsecuente servidor Q. B. S. M., R. J. Cuervo», y abajo de «Cuervo» su rúbrica. ¿Por qué los del Caro y Cuervo no publicaron esta carta? Pues para perpetuar el mito de la inmaculada amistad entre Caro y Cuervo, quienes le daban nombre al Instituto. En la «Introducción a la cuarta edición», la de 1886, con que Caro reemplazó los prólogos de las ediciones anteriores, aprobados por ambos, no hay ni una, pero cuando digo ni una es ni una, «expresión encaminada a mortificarlo y a desconceptuarlo». Cuervo era injusto al decirlo, y en seguida van más pruebas de su injusticia quisquillosa.

El 18 de octubre de 1882 Caro le había escrito a París: «Conviene que U. a ratos perdidos empiece a revisar los originales de la *Gramática latina* para hacer allá una nueva edición, que por lo visto tendrá acogida en España». A lo cual Cuervo le contestó: «Cuando le parezca oportuno hacer la edición de la *Gramática latina* envíeme sus notas y unos dos ejemplares. No traje sino uno. Ahora me acuerdo: Bernardo Herrera como que debe unos ejemplares; averígüelo mañosamente, y como el reparto en esa ocasión fue algo leonino, aplíquese UU. ese dinero». Algo les debería el presbítero Bernardo Herrera Restrepo, rector que había sido del Seminario Conciliar de Bogotá, donde la *Gramática* en cuestión fue adoptada como texto de latín, y futuro arzobispo de Bogotá. Para las fechas de estas cartas se habían hecho tres ediciones de la *Gramática*: en 1867, en 1869 y en 1876. Sigamos con las cartas: en la del 5 de marzo de 1884 le dice Cuervo a Caro que no puede «pensar en *Apuntaciones* ni *Gramática*» pues anda metido en el Prospecto de 160 páginas de su *Diccionario* para «sacarlo pronto como aviso». El 18 de marzo siguiente Caro le dice que hay que reimprimir las *Apuntaciones* pues ya se agotaron, y que «También hay que hacer una nueva edición de la *Gramática latina*. Yo le enviaré un ejemplar con ciertas notas, no para que U. haga uso de ellas, sino para descargar mi conciencia y saldar cuentas con esta obra. Haga U. con ella óleos y confirmaciones. En estas materias filológicas, como en todo, es preciso que U. crezca y yo mengüe. Mi espíritu y mi vista no están para nada». Con lo de «óleos y confirmaciones», expresión de obispo, significaba que hiciera lo que quisiera. Ni óleos hizo don Rufino, ni confirmaciones, pues el 5 de mayo le contestó: «Como ya le dije el otro día, creo que la *Gramática latina* necesita una revisión de U., pues si algún latín he tenido, lo voy perdiendo a todo trote. Si U. hace la edición allá, puede ayudarse del saldo aquel». ¿Cuál saldo? ¿El del presbítero Herrera? Saldos de presbíteros están perdidos. En fin, el 12 de junio Caro le escribió: «Con arreglo a lo que U. me dice, la reimpresión de la *Gramática latina* se hará aquí, sin perder la esperanza de que, dentro de dos o tres años, la vuelva a tomar U. a su cuidado». Y el 5 de agosto, contestaba Cuervo: «Me alegro sobremanera de que U. acometa la impresión de la *Gramática latina*. U. sabe que puede hacer óleos y confirmaciones, y que todo merece mi aprobación». Y punto. Ahí se terminó el asunto. ¿Quién tuvo pues la culpa en él? Pues el que no hizo los óleos ni las confirmaciones, Cuervo. Lo cual no obsta en su proceso de canonización, pues ¿cómo va a ser una gramática de una lengua muerta óbice u obstáculo para la canonización de un santo? Lo que se murió se murió y santo que canonice yo no me lo descanoniza ni Wojtyla, a quien en el momento en que esto escribo Nuestro Señor Satanás, el Mío, el Grande, el Máximo, le está cauterizando, en el último círculo de sus profundos infiernos, con hierro ardiendo de herrero el antifonario.

Pero sigamos con el rompimiento entre Caro y Cuervo. Estando por salir el segundo tomo del *Diccionario de construcción y régimen*, al cubano-colombiano Rafael María Merchán, quien había fundado el periódico *La Nación*, órgano de la Regeneración de Núñez que después dirigió Caro, y quien tenía gran influencia en el gobierno, le dio por promover, *motu proprio*, entre algunos miembros del Congreso, una ley que estipulara la compra de unos ejemplares de los dos tomos de la obra. ¡El enredo que armó, por Dios santo! Ni se lo imaginaba este medio extranjero bienintencionado.

El 16 de marzo de 1893 le escribió a Cuervo desde Bogotá: «He recibido, aunque con atraso, su gratísima carta de 8 de enero. Fui, en efecto, el autor y redactor del proyecto de ley a que U. se refiere. Pasó por unanimidad en ambas Cámaras; solo que en la del Senado le quitaron el preámbulo porque lo consideraron inconstitucional. Esto me disgustó mucho. Para un hombre como U. todo el mérito de la ley estaba en los considerandos; la parte pecuniaria es de valor secundario o nulo. Y hasta me dirigí a Suárez, el ministro de Relaciones Exteriores, suplicándole que si de él dependía, no cumpliera el artículo que ordena se le pase a U. una nota; o que si se veía obligado a hacerlo, historiara lo que pasó, dejando constancia de que el preámbulo fue aceptado unánimemente por las dos Cámaras, y suprimido por inconstitucional, pero permaneciendo de acuerdo con él. No quise escribirle a U. porque mi objeto no había sido realizado. Salirle a U. con dinero era ofender su delicadeza. Yo quería que su patria reconociera en una ley votada por unanimidad cuánto agradece y estima sus trabajos. Me siento mortificado; pero estos señores son paisanos suyos, y me callo».

En diciembre de 1893 salió el segundo tomo del *Diccionario*, el río siguió arrastrando agua bajo el puente, llegó 1894, enero se convirtió en septiembre, y el 25 Cuervo escribió un memorial dirigido al Señor Ministro de… , sin poner el nombre. Se lo mandó a su primo Benigno Barreto Cuervo con el encargo de que le pusiera el nombre del Ministerio indicado, pues no sabía a cuál dirigirlo, y lo entregara allí. Empieza así el memorial, que se diría un memorial de agravios: «Señor Ministro: Con fecha del 22 del presente mes me han escrito los señores A. Roger & F. Chernoviz, editores, comunicándome que el gobierno de Colombia por conducto de un librero de esa ciudad les pregunta con qué condiciones podrían suministrar doscientos cincuenta ejem-

319

plares de mi *Diccionario de construcción y régimen de la lengua castellana*, tomos I y II, manifestándome al mismo tiempo que ellos, a más del descuento ordinario (diez por ciento) rebajarían un cinco por ciento deducido de la comisión que por contrato les corresponde, y preguntándome si estaría yo dispuesto a otorgar precio y condiciones especiales. Mi patriotismo me obliga a dirigir respetuosamente al gobierno por medio de V. S. las observaciones siguientes...» ¡Ay qué miedo! Ese «respetuosamente» me recuerda el de los mendigos con garrote de Bogotá que le piden a uno tanto respetuosamente, y blanden el rompecrismas. Y sigue el respetuoso: «La idea primordial que dominó en las personas que promovieron en el Congreso el proyecto de favorecer mi obra fue la de estimular con honores una empresa acometida solo por amor a la ciencia, dando delicadamente lugar secundario a la parte comercial; no pudo cumplirse su buena intención, y quedó lo que era envidiable testimonio de aprecio convertido en puro auxilio pecuniario». Que él llevaba empleados veintidós años de trabajo incesante, sacrificando su salud y no poco dinero; que ese ramo de las buenas letras había caído en Colombia en tanto descrédito que sin ambages se decía que el estudio de la gramática oscurecía el entendimiento; que la compra oficial de su obra encontraría entonces oposición; que él estaba dispuesto a regalarle a Colombia los ejemplares que quisieran... Y aquí viene lo bueno del chaparrón: «Estas ideas bien sé que parecen extravagantes al espíritu mercantil del mundo actual; pero no lo hubieran sido en épocas más venturosas: no necesito ir con la memoria al tiempo cuasi legendario en que un ramo de olivo era reputado como prez digno de la sabiduría; volviendo los ojos cincuenta o sesenta años atrás en nuestra historia, vemos que todo ciudadano honrado se preciaba de sostener al gobierno de su patria, de dar lustre a esta conforme a su capacidad y de contribuir al bien común, sin la mira de que sus esfuerzos fueran coronados con una pensión, con un destino descansado, con un contrato leonino u otra gratificación monetaria. Hay por fortuna entre nosotros almas generosas que anatematizan y resisten la pretensión común hoy de vivir a expensas del Estado, la cual es preludio y forma disfrazada de aquel socialismo brutal que ansía por repartir entre los haraganes los haberes de los ciudadanos trabajadores; y ya que no puedo yo prestar otro servicio a mi patria, me contento con ponerme al lado de ellas recordando y poniendo en práctica los nobles ejemplos de nuestros mayores: si mi obra da algún nombre a la tierra en que nací y a la cual debo grandes beneficios, nada me queda a que aspirar. Seguro de que los sentimientos que me han dictado esta nota se conforman con los de V. S., espero se sirva disponer V. S. que no se vuelva a dar paso alguno para la compra cuestionada. Dios guarde a V. S., Rufino José Cuervo».

El chaparrón le cayó a Su Señoría el pobre ministro de Instrucción Pública, Liborio Zerda, diez años mayor que Cuervo, o sea en camino ya de convertirse en «anciano venerable». Me encanta todo lo que le dijo don Rufino en esta carta y que valía para él y todos los del gobierno de Caro, y todos los de los de antes y los de después hasta llegar al mísero presente en que seguimos padeciendo a esta gentuza vividora de la hacienda pública. Pero se le olvidaba a don Rufino al remontarse cincuenta o sesenta años atrás que su padre, Rufino Cuervo Barreto, de la primera generación de criollos beneficiarios de nuestra independencia de España, llegó hasta vicepresidente, y que tenía una hacienda, Boyero, y una casa en Bogotá de muchos cuartos y muchos patios en la que nacieron sus hijos, etcétera. Claro que él no era culpable de haber nacido ni de lo que hubiera hecho o no su padre, ¡pero para qué volver la vista atrás en nuestra ruin historia, si ayer es hoy y hoy es mañana y esto ha sido, es y será siempre miserable!

El pobre ministro Zerda le contestó como pudo: «Como U. insinúa que el Gobierno no considera necesario la compra de la obra de U. por la poca importancia que hoy se atribuye oficialmente a los estudios lingüísticos entre nosotros, hasta el punto de que en los Colegios públicos se ha vuelto a una antigua rutina en la materia, he de manifestar a U. que tal hecho, si fuese efectivo, no sería en manera alguna imputable al actual Jefe de Estado, quien, según es demasiado notorio y le consta a U. mismo, ha dado prueba, así de su amor a ese linaje de disciplinas como de su sobrada competencia en ellas», etc. Y que él había tenido la aprobación en su desempeño en el Ministerio a su cargo no solo del Vicepresidente o Presidente en funciones (que era Caro) sino del mismo Excelentísimo Señor Doctor Rafael Núñez, Presidente titular de la República, quien «pocos días antes de su fallecimiento, le dirigía desde las columnas de *El Porvenir*, de Cartagena, voces de aliento por los esfuerzos que se hacían en la Administración del ramo. Estos cargos y otras observaciones que contiene su nota, y que envuelven inculpación injusta al Gobierno, no se compadecen con el patriotismo que a U. distingue. El amor a la patria no debe ser tan abstracto que haga prescindir a las personas de los miramientos que han de tenerse con los que en ella están constituidos en autoridad para custodia de los intereses sociales». No señor Zerda: ningún miramiento para los mamones de la ubre pública como usted. Desde aquí, desde mi efímero presente que ya está que toca el futuro, la tumba, se lo digo respetuosamente. Ni le compraron los ejemplares de su *Diccionario* a Cuervo, ni Cuervo le regaló ni uno solo a esa abstracción, entelequia o ente que llaman Colombia, y todo siguió y sigue igual de abstracto. ¡Qué ingenuo don Rufino, dejar de vender quinientos ejemplares de su *Diccionario* y ofenderse porque le suprimieron los considerandos a una ley de honores! Con considerandos o sin ellos la Ley es una puta. En la carta de Zerda, escrita en papel membretado del Ministerio de Instrucción Pública, Cuervo anotó: «No quise devolver esta comunicación porque es triste prueba de la arbitrariedad y servilismo de los Regeneradores. R. J. Cuervo». La carta de Zerda es del 19 de diciembre de 1894. Como Núñez había muerto dos meses antes, los «Regeneradores» con mayúscula se limitaban a Caro.

El 21 de agosto de 1896, poco después de la muerte de Ángel y tras casi tres años de interrupción de la correspondencia entre ellos, Cuervo le volvió a escribir a Caro: «Queridísimo Miguel Antonio: La primera prueba de cariño que recibí de Bogotá en mi triste soledad fue el telegrama de U., cosa que satisfizo mi corazón de manera indecible, como que era prenda de aquella dulce y antigua amistad, encanto de mi juventud, honra y apoyo de años más maduros. Ahora he recibido la cariñosa carta que también me entregó Gonzalo, nuestro buen amigo, y no sé cómo agradecer todo lo que en ella me dice U. Yo nunca pensé que U. hubiera querido ofenderme, y la prueba de ello es que, al saber la muerte del doctor Holguín, le escribí con el afecto de siempre, y que Ángel, no bien le pidieron una noticia biográfica de U. para un periódico que se publica aquí en español, la escribió inmediatamente, procurando evitar toda alusión a la política actual, para que apareciesen de relieve los méritos de U. entre la turbamulta de esos presidentes de la América Española». Y así era, en efecto, el penúltimo artículo que escribió Ángel, en *El Mundo Diplomático y Consular*, tres meses antes de su muerte, estaba dedicado a Caro (el último a Pombo); se titula «Don Miguel Antonio Caro, presidente de Colombia». Y pasa a decir Cuervo en su carta: «U. vio las cosas de allá para acá: véalas ahora de mi lado. Recibo un día una carta de Roger en que me dice que Concha le preguntaba con qué condiciones daría tantos ejemplares del *Diccionario*, que el Gobierno le encargaba comprar; y aparecía del contexto que la compra dependía del precio. Yo no tenía a la mano lo dispuesto por el Congreso, pero sí recordaba que esto no podía hacerse de ese modo; y como no recibí ninguna otra noticia, pensé que no debía dejar pasar las cosas así. No sabiendo qué Ministro era el que debía intervenir en el asunto, recomendé al doctor Barreto que pusiera la dirección y procurara que llegase la nota consabida a su destino. A él, como a Merchán, rogué que no dejaran trascender nada de lo sucedido. El bueno de Zerda se dio por ofendido personalmente, y me contestó unas cuantas impertinencias, acompañándome la nota que me había dirigido a tiempo que escribió Concha a Roger; nota que le fue devuelta del correo de París porque no tenía dirección. Guardé la de las impertinencias y le devolví la otra sin abrirla. Ahora, con la confianza de antiguos amigos, le confesaré que lo que verdaderamente me cargó al principio fue el pensar que un comerciante (el librero) había movido esto para especular. En conclusión, solo ha habido golpes de gallina ciega; digo como U.: no se hable más de esto». ¡Que hubiera sabido Caro de la notita que le puso a la carta de Zerda sobre la arbitrariedad y el servilismo de los Regeneradores! De todo nos enteramos los hagiógrafos, todo lo sabemos, escarbamos aquí, escarbamos allá, somos ubicuos, imparciales, insobornables, hacemos santos y los deshacemos, como Don Juan Tenorio deshacía virgos y la Celestina los volvía a hacer. Ya conocen a todos los mencionados en la carta, y en algún lado les hablé del telegrama en cuestión, ocasionado por la muerte de Ángel. Solo me resta, para terminar con este penoso asunto, preguntar una cosa: ¿No se les hace que «el bueno de Zerda» es despectivo? ¡Pobres servidores públicos, siempre a merced del ciudadano del común, del batallador de a pie, qué vida tan dura les tocó llevar!

Después de la última carta citada, la correspondencia de Cuervo con Caro se volvió a interrumpir, ahora por nueve años y ocho meses, hasta el 24 de abril de 1906, cuando Caro la reanudó: «Mi querido amigo: Hace algunos años quedó interrumpida nuestra correspondencia epistolar, no sé por qué causa. Por mi parte puedo decirle que no la tengo con nadie en el mundo, pues vivo cada vez más retirado y arrinconado. Pero a U. lo he tenido y lo tengo siempre presente; recuerdo la casa de su santa madre, en que U. y sus hermanos vivieron largos años, como la mía propia en que pasó mi niñez y mi primera adolescencia. Muy pocos sobreviven; pero el recuerdo de todos queda como una parte íntima de nuestro ser. Los amigos se apocan y la amistad crece». Y que su hijo Roberto salía para París, que le diera allá buenos consejos. «Le hago esta recomendación en nombre mío y de Anita. Ella y todos mis hijos se unen a mí para enviarle nuestros recuerdos afectuosos. Créame U. siempre su buen amigo de infancia y de corazón, M. A. Caro». Fue la última carta que le escribió. Cuervo, a su vez, le escribió el 8 de mayo de 1909 la última suya: «Mi querido Miguel Antonio: He sabido que la Divina Providencia ha puesto a prueba su fe privándolo de la compañía que fue encanto y fuerza de su vida. La triste noticia de la muerte de Anita ha renovado en mí un mundo de cariñosos recuerdos, que nunca han estado muertos, pero que, con un golpe así, cobran un vigor tal que en un solo momento condensan largos años. ¡Cómo he pensado en su dulzura, su gracia indecible, su constante anhelo de agradar a U., su solicitud por los niños (hoy hombres hechos!) y su casa toda! Al recibir estas cuatro letras habrán UU. derramado hartas lágrimas», etc. Ana Narváez era la esposa de Caro, y uno de los «niños» era Alfonso, ahijado de don Rufino. Su carta termina así: «Abrazo a todos con íntimo afecto, y no tengo que decir a U. que soy el mismo de siempre, suyo de corazón, R. J. Cuervo». Caro murió el 5 de agosto de 1909, y su hijo Alfonso, a los treinta y cinco años, al año siguiente.

En todo caso la *Gramática latina* de Caro y Cuervo no sirve para gran cosa: ni para hablar latín, ni para leerlo. Hablarlo, como pretendió la Iglesia durante casi dos milenios, es un disparate. Y leerlo un ejercicio de adivinanza. ¡Con eso de que a cada rato suprimen el verbo! Yo para adivinar no sirvo. ¡Al diablo con el latín! ¿Cuántos latinistas quedarán hoy en el mundo? ¿Cien? ¿Doscientos? Hoy el idioma oficial de la Iglesia es el italiano, en que miente *urbi et orbi*, a los cuatro vientos, Benedicta: modula la voz santurrona y bendice con su quebradiza mano espantando a las palomas. No lo mato porque no lo tengo a tiro de ballesta. A Europa ya la perdieron, a América Latina la están perdiendo, solo les queda el África negra, a donde se han ido a embaucar. Van bien allá. El próximo Sumo Travesti lo elegirá un cónclave negro y hablará en bantú. «El latín ecelsiástico –decía Caro en su Introducción a la cuarta edición de su compartida *Gramática*– debe ser severo y ajeno al adorno y a la pompa, pero no a la propiedad y a la corrección, que no son cualidades solo exteriores del estilo sino reflejos fieles de la precisión y limpieza del pensamiento. Los documentos doctrinales del sabio Pontífice que preside hoy felizmente la Iglesia Católica, y que en años anteriores se preció de cultivar la poesía latina al mismo tiempo que profesaba la filosofía escolástica, demuestran cuán bien se juntan y auxilian la verdad teológica y la precisión dogmática, por una parte, y por otra la nobleza de estilo, la distinción y buen tono en el decir». ¡Ay, tan lacayito él! El «sabio Pontífice» era Gioacchino Vincenzo Pecci, alias León XIII, el enciclopedórrico de la *Rerum novarum* y otras ochenta y cinco encíclicas más un hijo que engendró en Bélgica cuando era Nuncio allá, y al que le componían poemas Caro y Belisario Peña.

La *Gramática latina* de Caro y Cuervo es en esencia una reelaboración del *Méthode pour étudier la langue latine* de Jean-Louis Burnouf, que había sido traducido al español y publicado en Caracas por los venezolanos Manuel Antonio Carreño y Manuel Urbaneja, y en el que tanto Caro como Cuervo habían estudiado latín de niños. Le pusieron esta frase de Andrés Bello como lema en la portada: «Dada una lengua, no debe ser una misma su gramática para los extranjeros de diversas naciones». Y como los extranjeros en este caso eran de lengua castellana, que se pone el joven Cuervo a atiborrar su *Gramática* de citas tomadas del *Poema del Cid*, de la *Celestina*, de Berceo, de Alfonso X el Sabio, del Marqués de Santillana… A comparar pues una lengua muerta, el latín, con otra lengua muerta, el castellano de estos libros y estos autores. De ahí le nació a Cuervo la manía, continuada en sus *Apuntaciones* y en su *Diccionario*, de escamotear el presente por andar en las ramas del pasado. Está envejecido el lenguaje de Cuervo, que vivió hace cien años, ¡no lo iba a estar el del *Poema del Cid*, que llevaba más de setecientos! En cuanto a los autores latinos citados, iban de Plauto y Catón, del período anteclásico, hasta Quintiliano, Tácito y Suetonio del postclásico, pasando por los «clásicos puros», como los llama Caro en su Introducción, de Cicerón, Virgilio, Horacio, Ovidio y César. La primera parte de la *Gramática* de Caro y Cuervo, la de la Analogía o Morfología, está ocupada en su mayor parte por las declinaciones de incontables substantivos y adjetivos, y las conjugaciones de incontables verbos, con sus incontables excepciones, como cuando los pobres estudiantes del primer año de medicina se tienen que aprender en el curso de anatomía todos los huesos, todos los músculos y todos los nervios que arman y mueven a la prodigiosa máquina humana. ¡Para qué, don Miguel Antonio! ¡Para qué, don Rufino José! Los seminaristas del Seminario Conciliar lo único que querían eran salir a los caminos de la patria a salvar almas, y los muchachos de la Universidad Nacional y del Colegio de Nuestra Señora del Rosario a luchar por un empleíto público, «un destino», para empezar a trepar, a trepar, de peldaño en peldaño, por la escalera de la ignominia burocrática que se corona con la presidencia, que en tratándose de la República de Colombia está más alta que el nevado del Ruiz. La cabeza humana, que no es mucho más grande que un coco, tiene limitada capacidad de almacenamiento en su materia gris, y esta no se puede despilfarrar en declinaciones, conjugaciones y excepciones. No le recomiendo a nadie el estudio del latín. En cuanto a la *Gramática de la lengua latina para el uso de los que hablan castellano*, no es para aprenderse, es para admirarse. ¡Cómo dos jóvenes de veintitrés y veinticuatro años se metieron en semejantes honduras, tratando de darle luz a su oscuro país!

La *Gramática latina* de Caro y Cuervo se divide en dos partes: Analogía y Sintaxis. Esta, a su vez, se divide en «Sintaxis general o de construcción, y particular o de régimen. Explica la primera en comprensivas generalizaciones el mecanismo de la oración; la segunda desenvuelve los mismos principios y analiza además giros excepcionales». Con perdón de don Miguel Antonio Caro de cuya Introducción a la cuarta edición son estas palabras, no entiendo. Si la segunda desenvuelve los mismos principios que la primera, entonces es igual que la primera. ¿Y qué es eso de «giros excepcionales»? ¿No se daba cuenta el latinista de que todo giro en todo idioma es «excepcional»? Pues este es el descu-

328

brimiento prodigioso que anima al *Diccionario de construcción y régimen de la lengua castellana* de Rufino José Cuervo Urisarri. Unos ejemplos con el verbo *tener* (aunque su autor no llegó tan lejos como la T pues no pasó de la D): «Tengo una casa», «Tengo hambre», «Hoy tengo que estudiar», «El ser vivo tiene que comer», «Te tengo dicho que no jodas» y «Cantar no tiene nada que ver con cocinar». Los que no tienen nada qué ver son todos estos ejemplos, unos con otros. El que tiene una casa tiene algo, en tanto quien tiene hambre no tiene nada en su estomaguito vacío: el uno es un poseedor, el otro un desposeído. En «Hoy tengo que estudiar» *tener* significa obligación. En «El ser vivo tiene que comer» significa necesidad. En «Te tengo dicho que no jodas» *tener* vale por el verbo *haber*. Y en «Cantar no tiene nada que ver con cocinar», ¿qué tiene que ver *ver* con *tener*, si no es asunto de ojos? Nada. En todo idioma todo es excepcional. O por la morfología, o por la sintaxis, o por la semántica, o por la pronunciación o por la ortografía. Pero volviendo a lo de «sintaxis general o de construcción, y particular o de régimen». Ahí tienen las palabras claves de Cuervo, las que nunca explicó pero que son las que le dan título a su *Diccionario de construcción y régimen de la lengua castellana*. ¿Qué es «construcción», don Rufino? ¿Qué es «régimen», don Miguel Antonio? ¡Díganmelo por favor! Pero no me vayan a salir con definiciones como las de su *Gramática latina* porque no las entiendo y la paciencia se me agotó. «El substantivo es la parte de la oración que representa y nombra las personas y las cosas». ¿Y dónde me dejan al gusano de seda? ¿Y dónde me dejan a Dios? Ambos son substantivos, pero el gusano de seda no es ni persona ni cosa, es un ser viviente que teje; y Dios no es una persona sino tres, el Padre, el Hijo y el Espíritu Santo. «El adjetivo es la parte de la oración que sirve para modificar el significado del substantivo». Como no sabemos qué es el substantivo, tampoco podemos saber qué es el adjetivo. ¡Y qué es eso de *oración*! *Oración* es la que le dirigimos a Dios. ¿Por qué no decir mejor *frase*? «Verbo es la parte de la oración que declara el ejercicio de una facultad o capacidad». ¿Y *ejercitarse* qué es? Será el ejercicio de otro ejercicio. «Adverbio es la parte de la oración que sirve para modificar el significado del verbo y del adjetivo». Como no sabemos qué es el verbo ni el adjetivo, tampoco podemos saber qué es el adverbio. «La preposición es la parte de la oración que sirve para determinar con precisión ciertas relaciones vagamente significadas por el acusativo y el ablativo». ¿Y por el genitivo no, como cuando decimos «casa *de* Pedro»? ¿Ese *de* no es preposición? Pero a mí la definición que me fascina es la que da Caro de la gramática en su Introducción a la cuarta edición: «La gramática es la exposición ordenada y reflexiva del mecanismo de una lengua, el conjunto de reglas generales sobre sus diversos recursos y modos de expresión, fundadas en el uso de la sociedad culta y de los escritores atildados, y enseña a hablar y a escribir con corrección y propiedad». ¿Qué es mecanismo? ¿Qué es lengua? En vez de «reglas sobre los recursos» ¿no sería mejor «inventario de los recursos»? ¿Y cuáles son los escritores atildados? ¿Él, Caro? ¿Y que enseña a escribir con corrección? Pues el que estudie la *Gramática latina* de Caro y Cuervo saldrá sin saber escribir: ni latín, ni español, ni con corrección, ni sin ella.

Con el general Rafael Reyes pasó algo similar a lo ocurrido con Merchán, aunque ya no en Colombia sino en México, cuando la segunda Conferencia Internacional Americana reunida allí a fines de 1901 y principios de 1902. Las relaciones de los Cuervo con este general y futuro presidente de Colombia venían de lejos. Empezaron mal, siguieron bien y acabaron mal. En una carta del 9 de octubre de 1889 a Federico Patiño, administrador de sus bienes y de los de Rufino José en Bogotá, le dice Ángel Cuervo: «Hemos notado [en "su muy apreciable" carta de cuentas] que Boyero no lo tiene ya el señor Reyes, y esperamos que V. haya tomado las medidas necesarias para que el nuevo arrendatario cuide la finca y los muebles que hay en ella, como estaban comprometidos a hacerlo los anteriores arrendatarios». Y Rufino José, el 8 de enero de 1891, de nuevo al administrador Patiño: «Me parece muy bien que se haga el contrato de arrendamiento de Boyero con el señor Escallón, subiéndole el precio en los términos que Vd. nos indica. Creemos muy conveniente que se hagan los reparos que desea este señor; y sobre todo las paredes exigen particular cuidado. Así que Vd. queda autorizado para hacer todos los gastos necesarios. Desearía que con el Sr. General Reyes o con D. Ángel María Gómez (según lo que Vd. nos escribió) hiciera Vd. que repongan las vidrieras o las paguen, porque no es corriente que estos señores dejen la casa así». «Estos señores» en última instancia eran uno solo, el general Reyes, quien andando el tiempo habría de llegar a ser buen amigo de don Rufino en París.

Cinco veces estuvo el general Reyes en París. La primera en 1886, cuando en el mes de diciembre se vio allí con el general Antonio Basilio Cuervo, quien venía de Londres de camino a Madrid en una misión diplomática. Su segunda estadía en París, de un año, con su mujer y sus hijas, se extiende de septiembre de 1896 a septiembre de 1897. En esta ocasión conoció a don Rufino y se hizo su amigo, pero no alcanzó a conocer a Ángel pues este había muerto unos meses antes. Para entonces el general era una estrella refulgente en Colombia: había sofocado el alzamiento de los liberales contra el gobierno regenerador, Caro lo había nombrado su ministro de Gobierno y el Congreso lo había escogido como designado a la presidencia. Para alejarlo del país (al gato no hay que dejarlo cerca a los chorizos) Caro lo mandó de Ministro Plenipotenciario y Enviado Extraordinario de Colombia a Europa, a la que se trasladó con su mujer y sus hijas. Escribiéndole el 8 de mayo de 1897 a su sobrino el general Carlos Cuervo Márquez (generales en Colombia entonces era lo que sobraba, había más que poetas), don Rufino le decía: «He enviado inmediatamente la carta al Sr. Gral. Reyes, a quien he tenido el gusto de ver varias veces así en su casa como en la mía y en la calle, y en todas he confirmado la alta idea que de él me habían hecho formar sus proezas». A fines de septiembre de ese 1897 el gato choricero regresó a Colombia en busca de los chorizos. «Queridísimo –le escribía don Rufino a Pombo el 25 de ese mes–: Me vine del campo a casa ahuyentado del mal tiempo y al llegar me cogió un resfriado que me ha tenido sin salir una porción de días. El Gral. Reyes, que tuvo la fineza de venir a decirme adiós, me encontró en la cama y no hubo tiempo de hablar nada; su determinación de irse me hace creer que él juzga grave la situación, probablemente por efecto de esos mismos cablegramas de que U. me habla». ¿Cuándo por Dios, don Rufino, no ha estado grave la situación en Colombia? A lo que regresaba Reyes a Colombia era a hacerse elegir presidente, cosa que esta vez no logró, con todo y que lo recibieron veinte mil fervorosos admiradores: Manuel Antonio Sanclemente, puesto por Caro, de ochenta y cinco años, fue el que eligieron, con José Manuel Marroquín, de setenta y uno, como vicepresidente. En agosto del año siguiente Caro terminó sus seis años de sacrificio abnegado, y los dos viejitos tomaron posesión del bien supremo: ni tardo ni perezoso el más joven, o menos viejo, Marroquín, le dio un fulminante golpe de Estado a Sanclemente, y a Caro, que no era santo de su devoción, lo «arrinconó», verbo que tomo de una carta de este a don Rufino.

En agosto de 1899 andaba de nuevo el general Reyes en Europa, por tercera vez, aunque ahora sin su mujer, quien en tanto había muerto, pero sí con sus hijas, y la amistad con don Rufino se reanudó. Han quedado varias cartas del general al santo de este período, enviadas desde Lausana, desde Roma y desde Florencia, y varios mensajes locales, puestos desde la misma París. Cariñosísimas las unas, cariñosísimos los otros. Acusándole recibo desde Florencia del libro póstumo de Ángel *Cómo se evapora un ejército*, le decía a don Rufino, entre comentarios elogiosos: «Un gran bien han hecho: Ud. publicando y don Ángel escribiendo la historia, más que de una guerra, de una época muy interesante del país. Muy agradecido estaré siempre a la memoria de don Ángel y a Ud. por la bondad con que mencionan mi nombre; cuánto siento no haber insistido con el general don Antonio B., su hermano, para que me lo hiciera conocer, como le pedí en 1886 en París; estoy seguro que nos habríamos comprendido y estimado al momento, como me ha pasado con Ud. Me interesó tanto la obra que apenas interrumpí la lectura para ir a la mesa; la continué en la cama hasta las 3 a. m. en que la acabé». ¡Cómo no le iba a interesar con lo que dice Ángel de él en el prólogo comparando dos de las sublevaciones de los liberales contra gobiernos conservadores, la de 1860, triunfante, de que trata el libro y que es la historia de una derrota, y la reciente de 1895 en que el general Reyes, caudillo de los ejércitos conservadores del gobierno, derrotó a los sublevados liberales! «Hombre valeroso y enérgico» lo llama Ángel en el prólogo, habla de sus «proezas» y dice: «El general Rafael Reyes es bendecido dondequiera por haber ahorrado con su denuedo torrentes de sangre, aplazando la bancarrota de la República». ¿Aplazando apenas? ¿Ángel era visionario, o qué? ¿Entrevió acaso lo que vendría luego, tras su muerte, la guerra de los Mil Días, las avalanchas de papel moneda, la separación de Panamá? Se murió Ángel sin saber lo que era bueno, y que Rufino José, su hermano, habría de llegar a ser cercano amigo del brillante general, el antiguo inquilino de Boyero que les dejó las vidrieras rotas, y quien en la Conferencia Internacional Americana (o Congreso Panamericano, que también así se llamó) habría de armar el gran embrollo promoviendo *motu proprio* lo que nadie le pidió: la financiación del *Diccionario de construcción y régimen* de don Rufino por todos los países de América.

Han quedado dos telegramas de los Telégrafos Nacionales de la República de Colombia enviados por el presidente Marroquín, amigo de don Rufino, y que se refieren a este. Dice el primero, del 16 de septiembre de 1901: «Señor Cónsul Colombia, París. Diga Rufino Cuervo nombrélo representante Colombia Congreso México. Conteste. Marroquín». No aceptó. Dice el segundo, del 24 de noviembre de 1902: «Ministro Colombia, París. Pregunte Rufino Cuervo si aceptaría legación Vaticano ad honórem sin obligación residir constantemente Roma. Marroquín». Que tampoco. No aceptó. Pero lo de México sí lo aceptó el general, quien quería regresar ya de París a su amada patria pasando por el país azteca. Y cuando digo aquí «general», entiéndase que hablo de Rafael Reyes Prieto, la estrella, el triunfador, y no de los muchos otros, derrotados, que había en Colombia, todos con charreteras, de los ejércitos gobiernistas los unos, de los ejércitos sublevados los otros. El 21 de septiembre de 1901, desde su apartamento de la Avenue des Champs Elysées, le volvía a escribir el general al santo para darle cuenta del primer telegrama: «Muy estimado amigo: Deseo que ya haya regresado en buena salud de su paseo de verano. Ya estoy instalado con mis 3 hijas en este apartamento, que le ruego considerar como su propia casa. En la ausencia de nuestro común amigo don José P. Uribe, yo recibo los cables dirigidos al Consulado: acaba de llegar el que le adjunto, que propiamente es para Ud. Yo me felicito, por mi país, de la elección hecha en Ud. para que lo represente en el Congreso Panamericano; creo que el otro representante o delegado es el Sr. Martínez Silva; el Congreso debe abrirse el 20 del entrante». Para el «20 del entrante» el general Reyes estaba muy orondo en México en reemplazo de don Rufino en el mencionado Congreso.

Antes de enfrentar de lleno el embrollo que armó en México con lo del *Diccionario* el general, en descargo del alma de don Rufino, que era un santo y no un malagradecido, oigan lo que les cito de su correspondencia con Marroquín. Desde Trouville le escribía el 23 de septiembre de 1901: «Muy estimado amigo: Esta mañana recibí del Sr. Gral. Reyes el telegrama por el cual le dice U. me comunique que U. me ha nombrado delegado por Colombia para el Congreso Panamericano de Méjico. No sé cómo agradecer a U. este cariñoso recuerdo, prenda de la tradicional amistad de nuestras casas y que yo me complazco en guardar con veneración. Pero sabrá U. que yo estoy hecho un carcamal, aunque como, bebo y a veces duermo, y aunque todos me dicen que tengo muy buena cara. El hecho es que me aquejan achaques neurasténicos que me tienen reducido a la impotencia: con toda esa buena cara que dicen que tengo, una hora de conversación, una misa con sermón, una carta regular, una caminata de media legua me dejan postrado, hasta por veinticuatro horas. Un viaje de tres horas y media, como el de casa aquí, me obliga a acostarme. En estas circunstancias me es imposible emprender la ida a Méjico; con el item de que, sin creerme tocado de la cabeza, me distraigo sobre manera, no se me ocurre ninguna contestación sino tres días después, y una susceptibilidad que me inhabilita para tratar cualquier negocio grave o medianamente serio». ¿Susceptibilidad? Qué bueno que lo dice porque ahí está la clave de su disgusto con el Congreso de Colombia, con el general Reyes, con don Juan Valera, con el uno y con el otro, con Raimundo y todo el mundo. Marroquín le contestó: «A mí también me dejan postrado las labores mentales y el más corto ejercicio corporal, y desde la cabeza hasta los pies no tengo cosa sana». En cuanto al Congreso de Méjico: «Si Ud. hubiera estado en el dicho Congreso, yo no estaría ahora tan intranquilo como estoy por ignorar lo que en él se haya hecho». ¿Intranquilo por el general Reyes? Intranquilo tendría que estar por su puesto si tuviera allá en Colombia al gato choricero. «Me dice Ud. que espera que Dios me reserve la dicha de volver a nuestra pobre tierra la paz y la tranquilidad de que carece. Si me la concede, se probará una vez más que la Providencia sabe servirse de los instrumentos más viles para conseguir los fines más altos; y yo me moriré de risa, contemplando desde la otra vida, que la Historia me ha colocado en la categoría de los hombres grandes». La Historia no colocó al instrumento vil de la Providencia tan arriba, pero aquí lo coloco yo que soy el que manda o mando (que de ambas formas es correcto) en este libro. «Quisiera hacerle –continúa Marroquín– una pintura fiel y extensa de la situación de Colombia, situación tal que ni la guerra ni la subida de las letras al 5.400% son los males y dificultades mayores entre aquellas con que tengo que batallar. Cuando me hice cargo del mando, lo que recibí fue un cadáver en descomposición». Exacto. El que le dejó Caro. Y con las letras al cinco mil cuatrocientos por ciento, ¿qué dinero podía recibir Cuervo de Colombia en París? Para dar una idea de la magnitud del desastre, en 1883, a un año de llegar los Cuervo a París, las letras estaban al veintitrés por ciento y podían vivir allá como unos rastacueros; en 1891 ya iban en el setenta y cuatro por ciento; en 1899, en el trescientos cincuenta y cinco; a mediados de 1900, en mil cuatrocientos; a fines de 1901, en cinco mil cuatrocientos... ¡Fuimos precursores de la República de Weimar!

La siguiente carta de Cuervo a Marroquín empieza: «La bondad de U. para conmigo es inagotable: José Pablo [José Pablo Uribe Buenaventura, el cónsul] me ha mostrado el telegrama de U. en que le dice me pregunte si aceptaría la Legación del Vaticano. Tal prenda de estimación y afecto no podía yo esperarla sino de U., el bueno y tradicional amigo de nuestra casa». Y aduce las mismas razones de salud de su carta anterior para no aceptar. «Por todo esto dije a José Pablo que me era imposible aceptar, y no tengo para qué decir a U. lo doloroso que me es renunciar a ver de cerca al Santo Padre. Desde hace días han anunciado los periódicos el fin de la revolución. U. ha tenido la dicha de terminarla: entrañablemente ruego a Nuestro Señor que le conceda la satisfacción de curar alguna parte siquiera de las llagas espantables que han quedado. Ahora sí que va U. a ser en grande Presidente de nuestra Sociedad de S. Vicente. Dios le ayude». Es que Marroquín, como don Rufino, pertenecía a la Sociedad de San Vicente de Paúl, la de los alcahuetas de los limosneros a los que Dios nunca les da limosna. ¿Y por qué Marroquín le ofrecía a Cuervo la Legación ante el Vaticano ad honórem? Con las letras al cinco mil cuatrocientos por ciento, ¿de qué quería que viviera? ¿Del aire puro de París? ¡Ah con este viejito inconsciente! Ya entiendo por qué dejó perder a Panamá. El 8 de marzo de 1898, a propósito del primer fracaso de Reyes en su intento por llegar a la presidencia, don Rufino le comentaba a Pombo: «Verdaderamente fue tragicomedia el derrumbe del Gral. Reyes. Si desde el principio se hubiera él declarado francamente en uno u otro sentido, hubiera evitado la parte cómica; lo trágico solo hubiera faltado declarándose por Caro. Yo no sé si Marroquín ejercerá por mucho tiempo el poder; pero, sin ofenderlo, tengo para mí que es igualmente peligroso que Caro». ¡Por Dios, don Rufino, nunca hay que decir de esta agua no beberé! No mucho después de estas descomedidas palabras, Marroquín habría de nombrar a Cuervo delegado al Congreso Panamericano de México y embajador ante la Santa Sede. No hay que dejar cartas andando por el mundo, no sea que algún canonizador ocioso las use en algún proceso de canonización. Carta recibida, carta destruida, esta es mi máxima.

Pero volvamos al general Reyes y a su viaje a México como delegado al Congreso Panamericano en reemplazo de don Rufino. En la posdata de una carta del 4 de octubre de 1901 a Pombo, don Rufino le cuenta: «El día que volví del campo recibí su carta, fui por la tarde a ver al Gral. Reyes y no le encontré; al llegar a casa le puse cuatro letras con el encargo de U. Por una cartica de él que recibí al día siguiente, supe su partida para Méjico; veo que cuando la escribió aún no había recibido la mía». El 25 de febrero del año siguiente, 1902, don Rufino le informaba a su primo Benigno Barreto: «El Sr. General Reyes me escribió de Méjico con fcha. de 3 de Febrero, y el Sr. Mariscal, Srio. de Rels. Exts. de ese país escribió el mismo día al Srio. de la Legación Mejicana aquí, sobre un asunto de que se formará U. mejor idea copiándole lo sustancial de lo que dice el Sr. Mariscal: "Tengo el gusto de participarle que, tomando en cuenta lo que U. me escribió acerca del *Diccionario de Construcción y Régimen* del Sr. Cuervo, y aprovechando la reunión de la Conferencia Internacional, hice presente una iniciativa a fin de que las naciones latinas del Continente costeasen proporcionalmente la edición de los tres tomos que faltan de tan interesante obra"». Que la Argentina, Chile, Colombia, Estados

Unidos y Méjico tomarían ejemplares por valor de ciento diez mil francos, a razón de veintidós mil cada una, y el resto, menos Brasil y Venezuela, que no estaban representados en el Congreso, se dividiría en acciones de diez mil francos para cada uno de los restantes países del continente. «Ya se imaginará U. –continúa don Rufino en su carta a su primo– lo agradecido que estoy a los mejicanos, que tan a pechos han tomado el asunto. Si llega el caso de que para comenzar se me compre el número proporcional de los dos tomos ya publicados (como es razonable), me pondré a trabajar hasta donde alcancen las fuerzas para corresponder a estímulo tan honroso».

Muy otro será el tono de su carta del 6 de septiembre de ese año de 1902, de nuevo a Benigno Barreto y enviada desde Yport: «Encontré el recorte de *El Colombiano* en el fondo de la cubierta de Pedro Ignacio. A U. no se le ocultará quién lo ha hecho poner y con qué objeto. Cuando esta persona partió para Méjico, me escribió pidiéndome autorización para proponer en el Congreso Panamericano se ayudase la publicación del *Diccionario*; contesté redondamente que no, y tengo la carta en que se contesta a esto repitiendo mis palabras; después me comunicó el mismo que el Congreso había tomado suscripciones para lo que faltaba de la obra, y que escribiera a los Sres. mejicanos que habían tomado a su cargo promoverlo. Como en nuestro país hay gente tan viva, no será temerario ver en todo esto un engaño para taparme la boca; pero, como U. sabe, no surtió efecto. Cuando yo salté, me envió copia de un contrato que, según me dijo, había presentado al Ministro de Rels. Exteriores, Sr. Mariscal, que concluía diciendo que yo legaba, en caso de muerte antes de acabarse la impresión, todos mis manuscritos, no sé a quién, si a México o a América. Creo que estos detalles no se los había escrito a U. antes, y en la resolución que tomó Méjico, y de que hablé a U., se trasluce el desagrado que todo esto ha causado. U. calculará el mío cuando pienso que mi padre mismo no hubiera tomado mi nombre para abusar así de él, o mejor dicho sin contar para nada conmigo. Perdóneme U. este desahogo, que me ha hecho escribir más de lo que pensaba».

Es evidente que la «persona» que partió para México es el general Reyes, el promotor allá de la continuación del *Diccionario* de don Rufino. En las torpes manos de este tonto con iniciativa habría de caer poco después Colombia. Cierro este asunto del Congreso Panamericano con una carta de don Rufino del 9 de noviembre de 1902 a sus editores A. Roger y F. Chernoviz, cuyo borrador él guardó, en que les dice: «Envié a UU. el texto de la proposición aceptada por el Congreso Panamericano de México para que UU. estuvieran al corriente del asunto. Como UU. habrán visto, nada de eso es aceptable: 1º Porque yo no tengo terminado el trabajo; 2º Porque aun cuando lo tuviera yo no podría cederlo sin perjuicio de terceros; 3º Porque en mis circunstancias actuales yo no puedo consagrar mi vida a la publicación de la obra sin ganar cosa alguna; 4º Porque haciendo una edición completa de 1200 ejemplares para los gobiernos americanos se inutilizarían los ejemplares del primero y segundo volúmenes ya impresos; 5º Porque estando la suma propuesta destinada a dicha edición de 1200 ejemplares yo no podría recibir honradamente sino lo que esa edición costara. La única utilidad que puedo yo sacar es la de que compraran algunos ejemplares de los que están impresos, cuyo producto me permitiera vivir en París durante la época calamitosa que atraviesa mi patria y pensar de proseguir la impresión para la cual podríamos entendernos UU. y yo».

Dos veces más regresó el general Reyes a París: a principios de 1903 y a principios de 1904, año en que lo eligieron presidente. Entre los resúmenes que dejó Pombo de sus cartas hay uno de una enviada a don Rufino el 25 de abril de 1903 que empieza: «Gonzalo Arboleda y el General Rafael Reyes me dan buenas noticias de Ud. pero no me tranquilizan», y pasa a otra cosa. Y otro de otra del 13 de julio del mismo año en que dice: «Su obediencia a Hahnemann y su aparente mejoría me hacen sentir nacido en 1844 y no en 1833. Falta su completo restablecimiento y la prueba de que Ud. estaba realmente enfermo (contra lo que me dicen J. Z. Torres, R. Reyes y Gonzalo Arboleda), para encaramar aquí la homeopatía en su trono». Desde hacía años andaba Pombo chiflado por la homeopatía, cuyo fundador fue Hahnemann, 1844 era el año de nacimiento de Cuervo y 1833 el suyo, pero lo que me importa ahora es la mención del general Reyes en ambos resúmenes. ¿Fue el general con los otros mencionados a visitar a don Rufino? Sabrá Dios que es el que lo sabe todo, así nos deje a cada rato a oscuras a los míseros biógrafos de sus santos.

Rafael Reyes Prieto era seis años menor que don Rufino. Con su pinta de káiser alemán desconcertaba a la prensa extranjera. Parecía no tener de indio o negro o prieto más que su segundo apellido, pero no, puro espejismo del crisol de razas. Como los conquistadores españoles no trajeron mujeres al trópico porque se las mataban los zancudos, entonces así solo sea por parte de madre allá todos tenemos algo de prieto, unos más, otros menos. De los seis años que le tocaban por disposición de nuestra Carta Magna al general, solo gobernó cinco, «el quinquenio de Reyes»: el sexto se lo birlaron. Se había arrogado tales poderes dictatoriales a lo Caro, como el de nombrar a su primo Clímaco Calderón designado a la presidencia, que les rebosó la taza de la paciencia a los ambiciosos y hasta atentaron contra su vida, pero chambonamente y no lo mataron, aunque él sí a los que fallaron. Por fin cayó. Y caído, repudiado, odiado, el 3 de junio de 1909 partió de Bogotá rumbo al exilio dejando encargado del poder a su compinche Jorge Holguín, otro amigo de don Rufino. Volvió a Colombia a morir. Cuando estuvo en Roma, en 1900, fue a ver al papa, a León XIII, el santurrón, el hijueputa, y le contaba por carta a don Rufino muy zalamero: «Ayer tuve la inmensa dicha de ser recibido privadamente por Su Santidad; a Ud., hombre de fe y de piedad, le confieso que no pude contener las lágrimas al sentirme en presencia del venerable anciano, Jefe de la Iglesia y el más digno y justo de los mortales vivientes». En 1921, en Bogotá, a los setenta años, el venerable anciano Rafael Reyes Prieto entregó su alma a Dios pero la recibió el Diablo: hoy está haciéndole compañía a su León XIII en los infiernos.

Las cosas se le habían puesto tan mal a don Rufino por la emisión enloquecida de papel moneda de su amigo Marroquín en su lejana Colombia, que pudiendo ir en coche iba a pie: no volvió a recibir un centavo. El 25 de febrero de 1900 le escribía a Pedro Ignacio Barreto, hijo de Benigno su primo hermano: «Viviré tan modestamente como pueda mientras haya recursos; el día que faltaren, con un fondito que tengo reservado para mi entierro me iré, confiado en la Providencia, lo mismo que vine». No, don Rufino. Usted nació rico en un país de pobres, en casa de muchos patios y muchos criados, si no es que esclavos, perdóneme desde el cielo la aclaración. Mientras vivió el administrador de sus bienes en Colombia, Federico Patiño, hombre decente en un país de pícaros, don Rufino no conoció en París los apuros económicos; murió el señor Patiño en julio de 1898 (dos años después que Ángel), estalló la guerra de los Mil Días, y para nuestro santo empezó el acabose. Con el cambio al cinco mil cuatrocientos por ciento, como se lo informaba Marroquín el responsable, el emisor, el peso colombiano quedó valiendo punto menos que Colombia. ¡Y el señor de Yerbabuena nombrándolo Embajador ante la Santa Sede ad honórem! ¿Y de qué quería que viviera don Rufino en Roma? ¿De la caridad de León XIII? Desde Pablo de Tarso el limosnero estos hijueputas son muy buenos para pedir, nunca para dar. Con el lavado de dinero en su Banco Vaticano ya dejaron de necesitar limosnas, ¡pero les sirven de mampara!

Estaba don Rufino de veraneo en Luc-sur-Mer, en la Costa normanda, cuando recibió la noticia de la muerte de su administrador. Pombo se la dio. La carta de la noticia, del 25 de julio de 1898, no ha quedado, pero sí el resumen que Pombo hizo de ella, en el cual, entre una miscelánea de chismes y frivolidades le dice: «Muere nuestro amigo y aquí agente de Ud. Federico Patiño, de repente, el 22 de congestión cerebral. En el Congreso Caro va mal. Marroquín, según pinte, hará mayoría o minoría: así es esa gente. Tome Ud. kali bichernium para los bronquios». A lo cual le contestó don Rufino: «Queridísimo Rafael: Estando en la orilla del mar recibí la suculenta carta de U. de 25 de Julio, y con la noticia de la muerte del Dr. Patiño mi excelente amigo e incomparable administrador, tuve que venirme a la carrera para providenciar su reemplazo; fue tanto lo que tuve que escribir el día 8, que contra toda mi voluntad no pude poner a U. ni cuatro letras», etc. Sin embargo el mencionado día 8 (en que salía el correo para Colombia) le escribió a Belisario Peña, al Ecuador. «Aquejado de achaques que me impedían trabajar –le dice–, decidí estarme en el campo todo el tiempo posible, y solo he vuelto a esta su casa de U. forzado por la noticia de la muerte de mi excelente amigo el Dr. Federico Patiño, que era quien me manejaba mis intereses, a tomar providencias sobre el caso. Hallándome a la orilla del mar recibí la carta de U. tan afectuosa, tan de verdadero amigo, como la anhelaba mi corazón. Hoy, día del nacimiento de la Santísima Virgen…» Y pasa a expandirse en arrebatos místicos y en comentarios de gramática, como su explicación de por qué resultaron «infinidad de locuciones irregulares que la lógica por sí sola no puede explicar; y es lo curioso que el pueblo siente a menudo el conflicto, y trata de restablecer la armonía. Por eso dice *hubieron fiestas*, conforme a la lógica, pero no conforme a la gramática». En su respuesta a esta carta Belisario Peña le dice: «Mucho he sentido la muerte del Dr. Patiño, fue mi discípulo en el Instituto de Cristo y mi amigo: que Dios sea el premio de sus virtudes» y punto. ¡Carajo, así terminamos todos, con un R. I. P., Requiéscat in pace!

Miembro de la Sociedad de San Vicente de Paúl como don Rufino y de su edad, Federico Patiño era un hombre decente. La única mancha que encuentro en su vida es el haber hecho parte del honorable Senado de la República de Colombia, que de honorable nunca ha tenido nada. Pero él sí lo era. De su correspondencia con los Cuervo, que ha debido de ser muy profusa, solo quedan cuarenta y cuatro de las cartas que ellos le dirigieron y que conservó su familia, y ni una de las suyas a ellos. No sé quién destruyó las de Federico Patiño, acaso don Rufino mismo. De las cuarenta y cuatro cartas de los Cuervo cuatro son de Ángel, tres conjuntas y treinta y siete de Rufino José: en estas últimas abundan las palabras de aprobación y gratitud por la gestión de sus bienes en Colombia. Los Cuervo tenían pues en su lejana patria un amigo entrañable, Pombo; un primo muy querido, Benigno Barreto; y un apoderado y administrador de sus propiedades inigualable, Federico Patiño. Don Rufino «providenció» su reemplazo con el menor de los hijos de Benigno, Pedro Ignacio, abogado. En una carta a Benigno, de enero de 1899, le dice: «Muy agradecido estoy a Pedro Ignacio por la afectuosa actividad e inteligencia con que se ocupa en el manejo de mis intereses. Dios le pagará la parte de cariño y bondad que pone en ello». Y en otra al mismo destinatario y del mismo año, aunque no está fechada: «Sobre las noticias de la ruina general que me dio mi querido Pedro Ignacio, me han contado otras igualmente desoladoras. Todo esto es la crisis de una enfermedad causada por los disparates de todos los partidos durante largos años. Todos son igualmente culpables». Y en dos cartas de febrero de 1902 le informaba: «Hace un mes manifesté a U. mi resolución de irme para Colombia a establecerme en Medellín. Aguardo el parecer de U. y los datos que sobre mi situación me dé Pedro Ignacio y sobre otras cosas un amigo antioqueño para empezar a tomar mi providencia, escogiendo entre lo que debo llevar y lo que debo vender o dejar. Se me figura que Pedro Ignacio y U. mismo temen afligirme describiéndome el estado de mis cosas con todos sus pelos y señales. La resolución que he tomado no me da amargura alguna, y en el arreglo de mi viaje me hago el cargo de que obro como mi propio albacea, para mayor seguridad y tranquilidad. Mi vida ha tenido tan pocas satisfacciones e ilusiones mundanas, que por favor de Dios espero podré acometer sereno un viaje largo y penoso poniéndome del todo en sus manos». Que el viaje sería en abril del año siguiente, 1903, cuando se terminaba su contrato de alquiler con el dueño del apartamento de la rue Largillière. «Si de aquí a fines de este año he recibido siquiera frs. 20.000, suspendo el viaje, porque con eso y lo que gastaría en él podré aguardar a que las cosas sean en Colombia menos malas. Pido a U. oración y consejo para que resulte lo que más me convenga».

El amigo antioqueño en cuestión era Eduardo Zuleta, a quien había conocido en París, y quien el 9 de abril de 1902, poco después de las cartas de don Rufino a Benigno Barreto que acabo de citar, le escribió dándole los informes que

345

necesitaba. Que el cambio, le decía, fluctuaba entre tres mil quinientos y cuatro mil doscientos por ciento. Que una casa cómoda costaba entre quinientos y seiscientos pesos de arrendamiento mensual. Que vendiera sus muebles en París, pues lo que le dieran por ellos allá sería oro en Colombia. Que se trajera tan solo los cubiertos y utensilios de cocina. Que en Medellín se curaría de su neurastenia con el cambio de lugar, y que la ciudad lo recibiría con los brazos abiertos.

Para el 6 de septiembre de 1902 don Rufino le estaba escribiendo a Benigno Barreto desde Yport, donde pasaba el verano: «La carta de U., como las de Pedro Ignacio, me han tranquilizado algo con respecto a mi situación, y en consecuencia he desistido del proyecto de viaje, confiado en que la Divina Providencia, que tan sin merecerlo siempre nos ha favorecido, seguirá haciéndolo». ¿Recibió don Rufino los veinte mil francos? Lo cierto es que cuando se venció el contrato del apartamento de la rue Largillière se cambió al de la rue de Siam. La Divina Providencia, que en última instancia más o menos lo favoreció siempre, lo salvó de ir a dar a la mencionada ciudad de los arrieros, agujero negro del cosmos de donde el que caiga no vuelve a salir. Bogotá sería la capital de Colombia, pero la otra, con todo y el amor que le tengo, era la de su mezquindad.

Muerte de Ángel, muerte de Federico Patiño, una ley del Congreso de Colombia sin considerandos y una resolución disparatada del Congreso Panamericano reunido en México, más el cambio al cinco mil cuatrocientos y todo tipo de achaques del cuerpo y el espíritu, que iban de resfriados comunes y dolores de cabeza hasta una pertinaz neurastenia, ¿qué mal le faltaba a Cuervo para ser nuestro santo Job? Don Juan Valera. Don Juan Valera, el gachupín alzado que se creía dueño de este idioma que gobernaba con el meñique, desde Madrid, la metrópoli. Además de unos cuantos paisanos colombianos, y de Morel-Fatio y de Foulché-Delbosc, don Rufino tenía otros dos cercanos amigos: el cubano Enrique Piñeyro, de quien quedan cartas a don Rufino y de don Rufino a él y de quien ya he hablado, y el argentino Francisco Soto y Calvo, del que también quedan y del que voy a hablar. Estanciero nacido en 1860 en Buenos Aires, Francisco Soto y Calvo era amigo de don Rufino por lo menos desde 1894, cuando le compuso un soneto, del que copio los dos tercetos:

Por tan noble abolengo enardecido
tú das la vida a las incultas vegas,
volviendo en pompa el esplendor perdido:

podas, deshierbas, clasificas, riegas,
y del Hispano pueblo agradecido
al orbe inmenso la heredad entregas.

El soneto hace parte de su libro *Poesías*, publicado en una edición de cien ejemplares por la Librería de Garnier Hermanos. Francisco Soto y Calvo era pues rico pero no un rastacueros: un poeta. Y el recuerdo de don Rufino lo acompañó hasta que murió, en 1936. Un fiel poeta. O mejor dicho, un poeta fiel. La pelea de don Rufino con don Juan Valera se le debe a él. O mejor dicho, a la carta-prólogo que don Rufino le escribió para su largo poema campero *Nastasio* (a lo Ascasubi, del Campo y Hernández), que publicó en 1899 en Chartres, en la imprenta de Georges Durand, santo al que aquí ya canonizamos en virtud de que también fue impresor de los Cuervo. Cuarenta volúmenes publicó Soto y Calvo, y se le quedaron setenta, de traducciones, sin publicar, pero que se conservan vírgenes de tinta impresa y de huellas digitales de impresor en la famosa Biblioteca Nacional de Buenos Aires que dirigió Borges, esperando que algún erudito de una dimensión paralela a la nuestra, borgiana, los lleve por fin a la imprenta de Durand. En su carta-prólogo Cuervo tuvo la malhadada idea de pronosticarle al español de América la suerte del latín, la disgregación en varios idiomas nacionales. «Estamos pues –vaticinaba Cuervo– en vísperas (que en la vida de los pueblos pueden ser bien largas) de quedar separados, como lo quedaron las hijas del imperio Romano: hora solemne y de honda melancolía en que se deshace una de las mayores glorias que ha visto el mundo, y que nos obliga a sentir con el poeta: ¿Quién no sigue con amor al sol que se oculta?» ¡No lo hubiera dicho! Don Juan Valera leyó la frase, pero saltándose el paréntesis, y la interpretó como que en 1901 se iba a acabar el español. ¡Y como él era el dueño de este idioma! Puso el grito en el cielo y publicó contra él, para empezar, el escrito titulado «Sobre la duración del habla castellana», que publicó el 24 de septiembre de 1900 en Madrid, en *Los Lunes de El Imparcial*; una «Carta a *La Nación*» de Buenos Aires, para continuar, que publicó el gran periódico de los Mitre el 2 de diciembre del mismo año; y «Una carta a *La Tribuna*», para terminar, fechada el 5 de agosto de 1902 y que publicó ese periódico de México algo después. Don Rufino le contestó con «El castellano en América», un ensayo magistral que apareció en dos partes en el recién fundado *Bulletin Hispanique* de su amigo Morel-Fatio, y que con lo mucho que ha cambiado este idioma desde entonces no ha perdido vigencia en lo más mínimo.

Tras de llamar al autor de la carta-prólogo «el más profundo conocedor de la lengua castellana (y bien podemos afirmarlo sin temor de que nadie nos desmienta) que vive hoy en el mundo», Valera pasa a decir en su escrito de *El Imparcial*: «Hay en esta carta una idea harto contraria a la condición, vida y carácter de quien la emite. Imposible parece que desconfíe tanto del porvenir en América del idioma castellano quien ha consagrado toda la vida a su estudio y está erigiéndole el maravilloso monumento de un *Diccionario de construcción y régimen.* Quizá exprese D. Rufino J. Cuervo, pues ya se entiende que este es el autor de la carta, no ya una convicción, sino el temor, propio de quien mucho ama, de que aquello que ama desaparezca o muera». Con semejantes elogios, ¡qué importaba que Valera sostuviera que el español de América no se iba a desintegrar como pasó con el latín! Por mí que se desintegre. Pero don Rufino, quien por lo demás tenía en alta estima a Valera, quisquilloso como era lo tomó a mal. Creía que Valera se estaba burlando de él. En una carta a Belisario Peña de estas fechas, comentando la noticia de que Valera iba a prologar un libro de Juan Montalvo le decía: «Por lo que hace a Valera, reconociendo su amenísimo ingenio pero negando su competencia científica en casi todo lo que escribe, me parece que se pudiera calificar, en cuanto a carácter, como califican aquí a las criadas que hacen todos los servicios domésticos: *bonne à tout faire.* Invitaba a doña Gertrudis Gómez de Avellaneda a consagrarse a la poesía mística, y escribía prólogos a Voltaire; atenuaba en la Academia la heterodoxia de Canalejas, y luego la ortodoxia de Menéndez y Pelayo. Ahora ha cogido entre manos el mantener el dominio literario de España en las que fueron sus colonias; pone en el calendario y sobre los altares a escritores de poco valor haciéndoles elogios en que él no cree, dejando entrever la burla para que los más avisados se rían con él. Esto será lo que va a hacer con Montalvo. Perdóneme U. la temeridad, si la hay, y sobre todo la poca caridad, en obsequio del deseo de dar con la verdad». La verdad, don Rufino, es cosa de Dios; lo que todo santo tiene que practicar es la caridad. Si de contestarle a Valera se trataba, que no lo creo, a usted le habría bastado recordarle que cuando usted decía en su carta-prólogo al *Nastasio* de Soto y Calvo que estábamos en vísperas de la desintegración, después de *vísperas* seguía el paréntesis «que en la vida de los pueblos pueden ser bien largas», que es ni más ni menos lo que él dice cuando dice: «El aislamiento de las diversas repúblicas entre sí tendrá que ser y deberá ser menor cada día, y solo en muy remoto porvenir, que va más allá de toda previsión humana, podrá crear lenguas distintas, acabando por no entenderse los que son hoy pueblos hermanos». ¿Las «vísperas bien largas» suyas y el «muy remoto porvenir que va más allá de toda previsión humana» de él, no equivalen?

Dos meses después de su primer escrito, en su «Carta a *La Nación*» repetía Valera casi textualmente los elogios de *El Imparcial*, para agregar: «De todos modos, más bien que por refutar al señor Cuervo, por desechar el temor de que me ha contagiado, en otra parte y muy por extenso he tratado yo de demostrar la vitalidad y duración del idioma castellano. En suma, yo creo que el señor Cuervo tal vez hizo en un momento de mal humor y sin pensar mucho en su trascendencia los pronósticos a que me refiero. Y a la verdad dichos pronósticos tan poco lisonjeros no se avienen bien con el poema *Nastasio* al que sirven de prólogo, poema que el señor Cuervo elogia como merece». ¿Momento de mal humor? ¡Los que le hizo pasar a don Rufino, como si ya no tuviera suficiente el pobre con la muertes de Ángel y de su administrador y las letras al cinco mil cuatrocientos por ciento de Marroquín!

La primera parte de «El castellano en América» apareció en marzo de 1901, en el tercer volumen del *Bulletin Hispanique*. Empieza Cuervo su ensayo citando unos párrafos de su carta-prólogo al *Nastasio* de Soto y Calvo y pasa a decir: «El señor Valera en *Los lunes de El Imparcial* (24 de septiembre de 1900), ha tomado muy a mal algunas de las frases anteriores, e ingenuamente confieso que lo he sentido: por una parte los años, con su penoso acompañamiento, han obliterado en mí el órgano de la combatividad, aun en la forma de la discusión más cortés y mesurada, dejándome solo el deseo, ya que no de agradar a todos, a lo menos de no herir a nadie; y por otra, he sido desde mi juventud apasionado de las obras de ese docto y ático escritor, las cuales he citado a cada paso como tipo del buen castellano de nuestros días. Desecha y aparta el Sr. Valera como mal pensamiento la idea de que al castellano pueda sucederle en América lo que al latín en el imperio romano; pero lo que más le ha dolido es que yo haya dicho que "fuera de cuatro o cinco autores cuyas obras leemos los americanos con gusto y provecho, nuestra vida intelectual se deriva de otras fuentes"; y entiendo que es lo que más le ha dolido porque recalca repetidas veces las palabras *gusto* y *provecho*, aun poniéndolas en bastardilla». Efectivamente, y no solo en su escrito de *El Imparcial* sino luego en sus otros dos escritos de los otros dos periódicos, llegando a repetir lo de «gusto y provecho» en total doce veces, hasta la impertinencia.

«Temible y poderoso contrario se ha levantado contra mí –replica entonces Valera en *La Tribuna*–. Su artículo está publicado en el Boletín Hispánico de Burdeos desde hace más de año y medio. Reconociéndome yo *impar congressus Achilli* no me he atrevido a impugnarle hasta el día de hoy. ¿Por qué en España y en toda la América hispanoparlante, en vez de desechar la lengua nativa no hemos de cultivarla mejor, y añadir a los cuatro o cinco autores que se leen ya con *gusto* o *provecho*, siquiera media docena más de provechosos y media docena más de gustosos? El mismo don Rufino J. Cuervo contradiciendo en la práctica su teoría, ¿no nos da un hermoso ejemplo que imitar escribiendo y publicando su *Diccionario de construcción y régimen*, trabajo maravilloso, prueba estupenda de rica y paciente erudición donde se citan millares de autores que escribieron una lengua en que solo hay cuatro o cinco cuya lectura pueda aguantarse? Sin sacar nada de gusto ni de provecho de dicha lectura, el señor Cuervo lo ha leído todo para decidir, pongamos por caso, que desde el poema del *Cid* hasta cualquier escrito de hoy, lo mismo puede decirse y se ha dicho *entrar en la casa*, que *entrar a la casa*». Esta última observación la saca Valera de la réplica de Cuervo, no de su *Diccionario*, que ni conocería, y es que Cuervo no llegó hasta la letra *E*, de *entrar*, sino que se quedó varado en la *D*, en *duro*.

A la «Carta a *La Tribuna*» de Valera, Cuervo replicó con la segunda parte de «El castellano en América (Fin de una polémica)», que se publicó en el número de marzo de 1903 del *Bulletin Hispanique* y en la que lo acusa de adulterar sus palabras: «Aun con mayor desenfado (para no emplear el término propio), intenta hacer creer que yo he dicho que en toda la literatura castellana, desde sus albores hasta hoy, no hay sino cuatro o cinco autores que se lean con gusto y provecho. Semejante machacar en lo del gusto y provecho (cinco veces en *El Imparcial*, una en *La Nación* y otras cinco en *La Tribuna*), con incorrecciones como "fue uno de los *ingredientes* que *entró* en la composición", deja vislumbrar en qué estado de ánimo ha redactado el señor Valera sus artículos: él pretende que las naciones hispanoamericanas sean colonias literarias de España, y figurándose tener aún el imprescriptible derecho a la represión violenta de los insurgentes no puede sufrir que un americano ponga en duda el que las circunstancias actuales consientan tales ilusiones: esto le hace perder los estribos y la serenidad clásica. Como el Sr. V. no ha invalidado ninguno de los principios o de los hechos con que he sustentado mi tesis, ni aducido razón o investigación científica que esclarezca la cuestión (cosa poco extraña en quien a sí propio se califica de "atrasado aprendiz de filólogo"), y al escribir sobre el particular para Madrid, Buenos Aires y Méjico no ha querido sino desahogarse contra mí escogiéndome entre los que han dicho lo mismo, el decoro me obliga a guardar silencio aunque dicho señor siga enviando sus agudezas y discreciones a los cuatro ángulos del mundo. R. J. Cuervo». No fueron once veces lo del «gusto y provecho»: fueron doce. Yo las conté y reconté. En su ofuscación a don Rufino se le fue una.

Anoche soñé con Marroquín el mago, el de las letras al cinco mil cuatrocientos por ciento que es hasta donde las alcanzó a subir, y con su finca Yerbabuena de la sabana de Bogotá, hoy sede del Instituto Caro y Cuervo. Y que envanecido me hacía el *tour* de sus dominios y me mostraba sus vacas, la enorme biblioteca y los linotipos de la Imprenta Patriótica donde se publicaron los veintidós volúmenes de la correspondencia de don Rufino, amén de una infinidad de libros de filología y gramática que hicieron de ese Instituto el corazón de los estudios filológicos hispánicos.

–Estos son los linotipos de la Imprenta Patriótica –me informaba y me los iba enseñando muy ufano–. Aquí hicimos la revista *Thesaurus*. Cincuenta y cuatro volúmenes en total, uno por año. Mire el grueso.

«Hicimos» en plural mayestático, como si los muertos pudieran hacer revistas.

–Felicitaciones, don José Manuel. De las prensas de esta imprenta hermosa, la mejor de Colombia (o para mayor precisión la única en todo el siglo XX, las demás fueron basura), salieron la gran revista *Thesaurus* que usted me dice más no sé cuántas publicaciones de filología, espléndidas todas. Exceptuando los del Instituto, los tipógrafos colombianos olvidaron el oficio de imprimir que medio aprendieron sus predecesores del siglo XIX. Aquí sí saben cómo se hace un libro: la caja, los tipos, la sangría, el interlineado, las cornisas, los folios, las guardas, la encuadernación… Magnífico todo. Del Primer Mundo.

–Me da gusto que se dé cuenta, joven, y del trabajo que nos ha costado. Aquí vamos para adelante aunque el país va para atrás.

–¿Y para dónde quiere que vaya, si Caro lo dejó hecho un cadáver?

Y en este punto pensé en Sanclemente, el presidente legítimo sucesor de Caro y a quien Marroquín derrocó, y derrocado e indefenso y enfermo el pobre viejo lo ató de manos y lo paseó por caminos de herradura polvosos enjaulado como un león sin dientes, dando tumbos la carreta en que lo llevaban y el conjunto el más deplorable espectáculo para Colombia, levantando de tumbo en tumbo el carromato tamaño polvaredón. Pero, prudente como soy hasta en mis sueños, de eso ni una palabra. En casa de ahorcado no se mienta soga. O mejor dicho, en casa de ahorcador.

–Y mire, mire, mire –me decía Marroquín y me mostraba.

Me mostraba en la biblioteca del Instituto sus publicaciones como si fueran obra suya, de su trabajo, y no de medio siglo de ímprobos esfuerzos realizados por el más noble y esclarecido equipo que haya reunido Colombia, a saber: el padre Félix Restrepo, monseñor Mario Germán Romero, don José Manuel Rivas Sacconi, don Rafael Torres Quintero, don Fernando Antonio Martínez, don Ignacio Ahumada Lara, don Jorge Páramo Pomareda, don Edilberto Cruz Espejo, don Pedro Urbano González de la Calle, don Guillermo Hernández de Alba, don Juan Tabares Londoño, don José Eduardo Jiménez Gómez, don Luis Flórez, *herr* Günther Schütz… Los filólogos, los investigadores, los linotipistas, los encuadernadores, mis correligionarios del Instituto Caro y Cuervo en nuestra devoción a don Rufino, a quienes quiero y si alguno olvido, quitando al arrastrado de Ignacio Chaves no sé qué que ni menciono, que me lo perdone el olvidado, o su mujer o sus hijos si ya murió, que todos al final de cuentas nos morimos y los que vivimos aquí estamos. El hombre no nació para rumiar recuerdos; el hombre es para darle vuelo a la ilusión.

—¿Qué ha sabido de Rufino? —me preguntó Marroquín—. ¿Sigue en París?

—Allá sigue, muy achacoso él, de vez en cuando lo visito. «Vuélvase para Colombia —le digo—, que allá lo quieren, don Rufino, no siga aquí tan solito». Que no. Ya sabe usted lo terco que es. La terquedad le viene de lo vasco, de lo Urisarri.

Instalada entre los linotipos Colombia nos miraba. Era una mujer rolliza, bobona, tontona, como las vacas de Marroquín, con un par de senos enormes de aspecto sano, pero que daban leche envenenada. El señor de Yerbabuena, el mago del cambio a cinco mil cuatrocientos por ciento, la tomó en sus manos achicándola, sopló y la mujer se esfumó: la convirtió en vapor de agua.

Y a propósito de agua. Yo digo que la polémica de Cuervo con Valera fue una tempestad en un vaso de eso. Un amigo de don Rufino, Rafael María Merchán, se lo dijo por carta: «A la verdad no me explico por qué ha surgido esta discusión: U. no vaticina para época próxima la disolución del idioma, y D. Juan admite que esta puede ocurrir en muy remoto porvenir. ¿Cuál es entonces su discrepancia?» Ganas de joder del uno, ganas de dejarse joder del otro. Don Rufino creía que Valera se estaba burlando de él, y no. Es que tenía que llenar papel vacío. Si a alguien le importaba la suerte del castellano, si alguien lo quería, ese era don Rufino. Nadie lo ha querido más que él y «El castellano en América» es un escrito luminoso. ¿Quién en España o en América lo habría podido escribir entonces, hace ya ciento diez años, cuando ni había un mapa dialectológico del idioma? ¡Qué digo «había»! Sigue sin haberlo hoy. Don Rufino de español sabía entonces lo que nadie. Lo que nadie sabe hoy. Por los libros sabía de la lengua escrita. Y por sus informantes, de la hablada. Como Carl von Linneo tenía corresponsales regados por todo el orbe terráqueo dándole cuenta de plantas y animales, así Cuervo por toda América y España para que le dijeran cómo se dice esto aquí, cómo se dice eso allá: el costarricense Carlos Cagini, el hondureño Alberto Membreño, el nicaragüense Mariano Barreto, el cubano Enrique Piñeyro, el argentino Francisco Soto y Calvo, el gaditano José María Sbarbi y Osuna… ¡Qué sé yo! Eran legión. Cuervo conocía el pasado de este idioma por sus autores muertos, y el presente por sus hablantes vivos. Los muertos lo atropellaban así, los vivos lo atropellan asá. En su carta-prólogo al libro de Julio Cejador y Frauca *La lengua de Cervantes*, Cuervo dice: «Las naciones están formadas más de muertos que de vivos». ¡Qué frase! Y no solo las naciones, don Rufino, yo también.

Según sabemos por cartas de Cuervo a Pombo, a Teza y a Menéndez Pidal de los meses en que salió la primera parte de «El castellano en América» en el *Bulletin Hispanique*, lo dicho en este escrito pertenecía a la nueva Introducción que les pensaba poner a sus *Apuntaciones*. Que lo había escrito hacía años, les decía, y que en el presente «no habría podido hacerlo a causa del mal estado de mi cabeza». La proyectada Introducción solo vino a publicarse póstumamente, en 1939, en la séptima edición del libro hecha en Bogotá por la Editorial El Gráfico, y en ella hay en efecto mucho de lo que se dice en ese ensayo. Mi opinión es que Cuervo debió escribir un libro entero sobre el tema del castellano en América en vez de seguir insistiendo en sus *Apuntaciones críticas sobre el lenguaje bogotano*, que no eran solo bogotanas. ¿Por qué no lo hizo? Por la razón que él mismo da, el mal estado de la cabeza. Tanto cacareó de joven que estaba viejo, que cuando su polémica con Valera, a los cincuenta y seis años, en 1900, ya estaba viejísimo. La mencionada carta suya a Menéndez Pidal era la respuesta a una de este en que le decía: «Don Juan Valera tiene muchos deseos de ver su estudio de V. sobre el Castellano en América, del que le hablé hace días. Le ofrecí llevárselo cuando lo haya acabado de estudiar yo; tendré también que leérselo para suplir su ceguera, que le tiene al pobre aburrido». Risa me da. Era el primero de los dos artículos, el primer chaparrón. Valera insistió en sus terquedades en *La Tribuna* de México, y le llovió el segundo. ¡Qué hombre tan fatuo, tan terco, tan necio este don Juan Valera! Sus máximas obras son: *Pepita Jiménez* y *Juanita la larga*. Yo a la larga le habría puesto «la flaca» para evitar la aliteración bobona de los dos «lalás». Don Rufino tenía todos sus libros, se pueden ver en el Fondo Cuervo. En el prólogo que le puso al libro de Julio Cejador y Frauca *La lengua de Cervantes*, que es de 1905, el año en que murió Valera, decía: «Cervantes y León, con Jovellanos y Quintana, con Valera y Núñez de Arce, con Pardo y Pesado, con Juan María Gutiérrez y Caro, forman para nosotros como la madre del dilatado río en que se unen las hablas de muchas generaciones. A esa unidad artística es a lo único a que hoy podemos aspirar». ¡Qué nobleza la de don Rufino, poner al «gustoso» y al «provechoso» a tres nombres de Cervantes! ¡Cómo no va a ser este un santo!

A ciento diez años de formulado, ¿se cumplió el pronóstico de Cuervo? No porque él no habló de ciento diez años, sino de unas vísperas bien largas. Cuervo como profeta era una especie de Nostradamus. La situación del español hoy en día es igual a la del árabe y el inglés, lenguas de muchas naciones con una forma literaria común a todas pero con una forma coloquial que varía entre ellas, aunque nunca tanto como para que en la conversación dos de sus hablantes no se entiendan, vengan de donde vengan. Es esta lengua hablada la familiar, la de la casa, la de los niños, la de la escuela… A ver si me encuentran señores académicos de la lengua, ustedes que dictan la norma, una palabra común a todos los hispanohablantes para traducir la *gueule de bois* del francés o el *hangover* del inglés, esas palabras que designan el estado fisiológico y anímico con que amanece el borracho después de la borrachera. En Colombia se dice *guayabo*, en México *cruda*, en Argentina *resaca*, en Venezuela *ratón*… Es más, a los habitantes de Buenos Aires o bonaerenses, que viven al nivel del mar, ni resaca les da; en tanto a los bogotanos, que viven en una ciudad encaramada en un ramal de la cordillera de los Andes, si no los mata de intensidad la borrachera, los mata de remordimiento el guayabo.

La convicción de Cuervo en 1900 de que este idioma se desintegraría no era por lo demás la de su juventud, cuando a contracorriente de la opinión de su admirado Andrés Bello y de su corresponsal August Friedrich Pott se hacía las mismas ilusiones que se habría de hacer décadas después Valera. En el Prólogo a su *Gramática* Bello escribía: «Pero el mayor mal de todos, y el que si no se ataja va a privarnos de las inapreciables ventajas de un lenguaje común, es la avenida de neologismos de construcción que inunda y enturbia mucha parte de lo que se escribe en América, y alterando la estructura del idioma tiende a convertirlo en una multitud de dialectos irregulares, licenciosos, bárbaros, embriones de idiomas futuros que durante una larga elaboración reproducirán en América lo que fue la Europa en el tenebroso período de la corrupción del latín». Y Pott, en la carta en latín que le escribió a Cuervo: «El destino que les espera a las lenguas romances de ultramar y a la lengua inglesa, hoy llena de norteamericanismos, es alejarse de la lengua madre: de las hablas locales surgirán nuevos idiomas, como sabemos que antaño surgieron los idiomas romances de la unión del latín con las lenguas de otros pueblos (sicuti olim Romanae, quas ex Latinae matris concursu cum aliarum gentium idiomatis subnatas cognovimus). Así ocurrirá en lo futuro. A lo sumo pospondremos el destino vaticinado. No lo digo para disuadirte de tu empeño de depurar el lenguaje bogotano conciliándolo con la lengua castellana», etc.

El último párrafo del Prólogo que le puso Cuervo a la edición de 1881 de sus *Apuntaciones*, la tercera, a la cual le agregó como apéndice justamente la carta latina de Pott, contrariando la opinión de este termina diciendo: «Este libro servirá para probar a los extranjeros que no hay un dialecto bogotano, como lo hay veneciano o napolitano, asturiano o gallego, mostrando igualmente que es infundado el temor de que en la parte culta de América se llegue a verificar con el castellano lo que con el latín en las varias provincias romanas, pues la copiosa difusión de obras impresas, el constante comercio de ideas con la antigua metrópoli, y el estudio uniforme de su literatura aseguran a la lengua castellana en América un dominio imperecedero». Ni más ni menos esto es lo que habría de sostener después Valera, cuando su polémica con él. ¡Ni que hubiera leído las *Apuntaciones críticas sobre el lenguaje bogotano*! A los treinta y siete años Cuervo pensaba pues como el otro a los setenta y tres. Cuervo terminó renegando de sí mismo, de la fe hispánica. ¿Se acaba, o no se acaba pues el español? ¡Qué se va a acabar esta lengua maravillosa! Nos vamos a anglicanizar a tal grado que nos tragaremos al inglés enterito hasta confundirnos con él. Seremos entonces la lengua dominante del planeta. Somos una lengua anglofágica.

Pero dejando la lingüística profética y volviendo a las cuentas, que son las que me fascinan, el 25 de noviembre de 1906 don Rufino le escribía a Pombo: «El año pasado me vino la idea de irme a Niza o a Mónaco a acortar el invierno, y no lo hice porque me tenía sitiado la obligación de acabar ese trabajo [la corrección de las pruebas de la quinta edición de las *Apuntaciones*]. Ahora me ha ocurrido lo mismo, pero temo no realizarlo porque el inquilinato, a quien le di poder para manejar mis cosas por consejo de nuestro amigo Roa, me tiene también sitiado y aun cuando en Agosto escribí dos veces para que me...» Y en este punto alguien mutiló la carta. Jorge Roa había publicado en su Biblioteca Popular la edición colombiana del libro póstumo de Ángel *Cómo se evapora un ejército*, pero esto aquí no es lo que importa sino lo del inquilinato. ¿Cuál inquilinato? No lo he podido saber. En Colombia inquilinato significa casa de vecindad, pero que yo sepa don Rufino no tenía ninguna de esas. El 25 de marzo de 1907 le volvía a mencionar el asunto a Pombo: «Comienzo a santificar la semana santa (hoy es lunes santo) escribiendo a U. diciéndole que recibí su exquisita del 13 de febrero. La mía a que U. se refiere salió de aquí cuando acababa de recibir la de Araújo en que me decía que el inquilinato no me pagaría lo recaudado hasta esos momentos y probablemente tampoco lo que siguiera recaudando, en un tono como si yo les pidiera limosna y no reclamara el producto de mis propiedades en un año. Fuera de la desvergüenza, me tenía fastidiado el aprieto en que me ponían, pues tuve que renunciar a comprar ropa decente de invierno para las visitas de cajón. Ese ha sido el motivo por que he visto rarísima vez a Jorge Holguín, para cumplir con su encargo; la última vez había tanta gente que no hubo ocasión de hablarle. En Pascua trataré de verlo. En el correo pasado le conté el estado de aquel asunto, no sé qué habrán hecho Gutiérrez y Escobar; el inquilinato no cumple bien lo que prometió. Hoy escribo a Araújo dándole las gracias». Jorge Holguín era el político, el designado a la presidencia que en calidad de tal habría de reemplazar poco después a Reyes cuando lo desbancaron. Andaba en París desde hacía tiempo tratando de recuperar las acciones que tenía Colombia en la Compañía Francesa del Canal de Panamá, y fue uno de los testigos del segundo testamento de don Rufino. Conservó varias cartas de don Rufino, y entre ellas una tarjeta en que le dice: «Acabo de recibir y acabo de leer el importantísimo trabajo de U. sobre nuestras reyertas con esos franchutes hambrientos». El importantísimo trabajo era sobre el tema jurídico del arbitramento, y don Rufino le había ayudado investigándole en la Biblioteca Nacional de París lo referente a la prescripción en Francia, regulada por una ley del 22 frimario del año VII de la Revolución Francesa. No sé quién era Araújo. Gutiérrez y Escobar eran Eladio C. Gutiérrez y José Ignacio Escobar, los albaceas del segundo testamento de don Rufino, otorgado en 1905. En su libreta de direcciones los anotó así: «Gutiérrez y Escobar (abogados), Calle 14, Nº 103, Bogotá».

El 24 de julio de 1908 volvía don Rufino al asunto del inquilinato en otra de sus cartas a Pombo: «Esto del inquilinato es mucho cuento: yo me figuraba que U. por estar allá y por sus circunstancias especiales saldría mejor librado: eso es una picardía. Las gentes que en son de amigos nos entregaron en manos de esos caimanes, debieran haber hecho algo para perjudicarlo menos a U. Yo tenía consentida ya la pérdida total de lo que me debían, y así tuve la sorpresa de recibir el susodicho 17% agravado con el cambio al 12.000% y algún otro desfalco justo y necesario». ¿Al doce mil por ciento? ¡Dios mío! ¡Qué bien hiciste en llevarte tan a tiempo a Ángel! Ángel Cuervo Urisarri, el bienaventurado, no conoció la inflación, no conoció la devaluación, no conoció la pauperización y siguió yendo como solía, hasta el final, a teatros, subastas, exposiciones, museos, a ver, a oír, a disfrutar, a comprar. No se tuvo que ocupar ni de su entierro. Otros lo cargaron, otros lo lloraron, otros lo llevaron al Père-Lachaise a descansar entre los cuervos. Y sigue don Rufino en su carta: «Mi crédito era de $336.380 (papel moneda) y solo dieron $57.184,50 [estos cincuenta centavos pegados a esos miles de pesos devaluados ¿no se les hacen irreales?]. Creo haber dicho que el Administrador anterior de mis cosas se quedó entre otras con todo lo que pudiera tocarme en la sucesión de Antonio, sin que haya logrado saber cuánto era. El *qui tollis* está allá boyante». ¿Quién era el *qui tollis*, el que quita? Me moriré sin saberlo. Y terminaba así la resignada carta: «Cuídese, hasta que le escriba, si Dios quiere, de Suiza. Suyísimo, R. J. Cuervo». ¡Y yo que creía que el «cuídese» era bobada de hoy, tomada del inglés! ¡Qué va! Siempre ha salido el Sol sobre la Tierra.

Tras la muerte de Federico Patiño y durante la catastrófica guerra de los Mil Días, Pedro Ignacio Barreto, hijo de Benigno y por lo tanto primo en segundo grado de don Rufino, se ocupó de sus asuntos en Bogotá, cosa que sabemos por unas cuantas frases de nuestro santo dispersas en sus cartas a esta familia. Después la administración ha debido de haber pasado al misterioso inquilinato, y de este a Juan Evangelista Trujillo, abogado como Pedro Ignacio, con quien tuvo una oficina de picapleitos. Y es que el 24 de noviembre de ese 1908 don Rufino le escribió a Pombo: «Tendría el mayor gusto en que el Dr. Baquero, nuestro excelente amigo, ocupara la casa de S. Victorino, y así se lo escribiré al Dr. Trujillo mañana; pero no sé si él tendrá algún compromiso o si juzgará conveniente, en iguales circunstancias, hacer un arriendo por poco tiempo, como me parece entenderlo por lo que U. me dice». Y al día siguiente, 25 de noviembre, al mencionado doctor Baquero: «He escrito al Sr. Dr. Trujillo manifestándole el deseo de U. y el mío de que si no tiene compromiso anterior, en caso de ser desocupada la casa de S. Victorino, sea U. el inquilino preferido. Sé que no encontraría yo otro mejor». A diferencia del doctor Trujillo, que era abogado, el doctor Baquero sí era médico. Es la doctorización de todo el mundo en Colombia, país de la felicidad, la cocaína y los doctores. En fin, el doctor Baquero era médico homeópata, de los que recetaban colchium y sulphur y menjurjes de boticario. No sé si lo alcanzó a conocer don Rufino en Bogotá antes de marcharse definitivamente de Colombia, pero como ambos se contaban entre los más cercanos amigos de Pombo se hicieron amigos por correspondencia. Don Rufino, que era un santo servicial, le conseguía en París aparatos médicos y revistas y libros de medicina, hasta que un día le escribió: «Yo tengo 64 años, edad a que no ha llegado persona alguna de mi familia; de modo que, con mis achaques, tengo razón de tenerme por viejo. En esta ciudad, que pasa de 2.800.000 habitantes, las distancias son muy grandes; yo vivo en la orilla sud-oeste, en barrio apartadísimo del mundo de los negocios e industrias; no tengo empleados ni más domésticos que una criada, más enferma que yo; mis recursos no me consienten tener coche propio ni alquilarlo ocasionalmente para una diligencia especial; por manera que toda diligencia he de hacerla yo mismo en ómnibus o en tranvía, y buenos trechos a pie. Creo haber dicho a U. que la casa de Claverie está muy lejos de la mía; pues bien, para ir a casa de Hottiguens (38 rue de Provence) a cobrar los cheques y ponerles los timbres legales, y de ahí a Claverie, y volver a la mía, necesito tomar tres veces el tranvía, caminar bastante a pie, aguardar a veces en la calle al descubierto el paso del vehículo, y emplear cosa de tres horas en una excursión especialísima a lugares que yo nunca frecuento. Dos horas por lo menos puse en buscar los catálogos que remití a U., cargado por bastante rato con un paquete que a la larga es pesado; lo mismo sucederá para ir a buscar los libros, como me ha sucedido antes. Traídos a casa, he de empaquetarlos yo mismo y ponerlos en el correo. Refiero a U. esto para que U. vea que si no satisfago el deseo vivísimo que tengo de servir a U., es por imposibilidad física», etcétera, etcétera. «Si sigo tan mal como estoy, o logro irme pronto al campo (al Mediodía), enviaré a U. en un cheque los fondos que quedan en mi poder». Los fondos eran los que le situaba el doctor Baquero desde Colombia para sus encargos en París. Esta carta es del 8 de febrero de 1908. El 4 de marzo siguiente don Rufino le escribía al mismo engorroso destinatario: «Cada día siento que mis fuerzas decaen, y aun me han venido presentimientos de que no viviré mucho. La idea de tener en mi poder fondos ajenos cuya devolución pueda dilatarse en las tardanzas de una testamentaria me acongoja. Así pues realizo el pensamiento que indiqué a U. el otro día, y le devuelvo adjuntos los frs. 105 mencionados, en un billete de frs. 100 y frs. 5 en 20 sellos de correo, c/u de 0.25. En los últimos tiempos he procurado mostrar a U. toda mi respetuosa simpatía cumpliendo sus encargos con toda la escrupulosidad de un buen amigo. Confío en que no tome U. a mal que no continúe haciéndolo». Las cartas de don Rufino al doctor Baquero las conservó este, y a su muerte su familia. ¿Pero por qué no conservó don Rufino, que guardaba todo, las del doctor Baquero? Ya lo dije: porque por equivocación las cartas recibidas por don Rufino después de 1906 las destruyó alguien, interpretando mal sus indicaciones. Que no esperen los muertos nada de los vivos, que lo que pasa siempre es al revés: «¡A ver qué me dejó este viejito!»

Que Juan Evangelista Trujillo siguió ocupándose de los asuntos de don Rufino hasta el final me lo hace pensar una carta de nuestro santo del 15 de noviembre de 1910, ya a un paso de la muerte, a José Antonio Patiño: «Recordando que el Sr. Dr. Patiño, padre de U. y nunca olvidado amigo mío, tenía la amabilidad de dar en mi nombre y en el de mi finado hermano D. Ángel (q. e. p. d.) a las Reverendas Madres Clarisas una corta mensualidad, proporcionada a nuestros recursos, me atrevo a invocar aquel recuerdo y a pedir a la bondad de U. un servicio semejante. Al efecto he suplicado al Sr. Dr. J. Evangelista Trujillo ponga en manos de U., desde el recibo de mi carta, la cantidad de diez pesos ($10) oro, mensualmente; espero que U. me hará el favor de hacerlos llegar a las Rdas. Madres Clarisas. Ellas mismas me han indicado que les sería grato fuese U. el intermediario». ¡Ah malditas lesbianas, sanguijuelas parásitas, chupándoles la sangre a sus víctimas hasta el final! Juan Evangelista Trujillo era representante a la Cámara cuando murió don Rufino, que fue el 17 de julio de 1911, y su nombre encabeza las firmas de los congresistas que el 21 siguiente presentaron un proyecto de ley, aprobado unos días después por unanimidad y que dice: «La República registra en el catálogo de los esclarecidos ciudadanos que por sus talentos y servicios han dado prez y reputación a su Patria, el nombre de Rufino José Cuervo. Colombia honra la memoria de este hijo esclarecido, y presenta toda su vida a las generaciones actuales y futuras como ejemplo digno de imitarse, por su purísima fe, santidad de costumbres y profunda ciencia». Yo he escrito este libro para decir lo mismo. Pero más detalladamente, señores del Congreso. Y aprovechando la ocasión les digo que ustedes son los que no honran a Colombia. Viven de ella.

Hay un personaje que pasa por la correspondencia de don Rufino como una sombra, como un fantasma innominado, pero no así por su vida pues tras la muerte de Ángel nadie contó tanto para él como ella: su criada, Leocadie Maria Joseph Bonté. Así, con Maria en español pero sin tilde, que es como figura en los dos testamentos de don Rufino, y no con el *Marie* francés. En sus cartas don Rufino jamás la llamó por su nombre y se refirió siempre a ella como «la criada» o «la cocinera»; pero no por desprecio, sino porque era su costumbre no llamar en sus cartas a nadie por el nombre si no le era conocido al destinatario. La cláusula novena de su primer testamento (otorgado en París el 4 de julio de 1896, o sea poco después de la muerte de Ángel) estipula lo siguiente: «Mi albacea situará en París lo más pronto posible la cantidad de cuarenta mil francos en oro francés, para que por medio de uno o más de los mandatarios que designo en la cláusula decimasexta, o a falta de ellos por medio de persona de toda confianza, sea colocada en renta francesa del Estado, y puesta en completa seguridad; la renta de estos cuarenta mil francos será dada, a medida que vayan cumpliéndose sus plazos, a mi criada Leocadie Maria Joseph Bonté, francesa, nacida en Bondues, lugar del Departamento del Nord, en prenda de gratitud por la honradez y consagración con que nos ha servido». ¿Desde cuándo? Desde que se instalaron en París en el apartamento de la rue Meissonier? Nunca lo sabremos. La sexta cláusula del segundo testamento (protocolizado a fines de junio de 1905 y también en París) dice: «Lego a mi criada Leocadie Maria Joseph Bonté, francesa nacida en Bondues, lugar del Departamento del Nord, el usufructo de la casa sita en la ciudad de Bogotá en la cuadra séptima de la calle diez, con sus tiendas accesorias, marcadas casa y tiendas con los números ciento setenta y tres a ciento setenta y nueve. Esta casa fue la que habitaron y donde murieron mis padres; mi hermano don Angel Cuervo y yo adquirimos sucesivamente las partes de ella que correspondían a nuestros hermanos Luis, Antonio y Nicolás; y muerto mi condueño me fue adjudicada su parte de la manera expresada en la cláusula segunda de este testamento. Exonero a la usufructuaria de la obligación de prestar caución, y quiero que los inventarios u otras diligencias que hayan de hacerse para que entre ella en posesión de este usufructo se costeen de mis bienes». Y la séptima: «Lego a la misma Leocadie Maria Joseph Bonté, mi criada, todos los muebles y objetos, cualesquiera que sean, que se hallaren el día de mi muerte en mi domicilio, con excepción de los que lego a otras personas en este testamento. Es además mi voluntad que a mi dicha criada se le pague un salario a razón de ciento veinte y cinco francos en oro francés, el día ocho de cada mes, en todo el tiempo que mediare entre el día de mi muerte y el día en que ella comenzare a gozar del usufructo de la casa mencionada en la cláusula sexta de este testamento». En estas dos cláusulas hay además varias provisiones para protegerla y una lista detallada de los objetos que le dejaba, desde los vinos de la cava y los colchones hasta su «reloj con su cadena, los alfileres, botones de camisa o cualquiera otra joya». Y en la cláusula decimacuarta decía que de los fondos suyos que hubiera en París el día de su muerte se pagarían los gastos de su entierro y lo demás se destinaría de preferencia al pago del salario de su criada según lo determinado en la cláusula séptima.

Mi gran fracaso en esta investigación de la vida de don Rufino es lo poco que he logrado saber de su criada. Aparte del nombre, de que había nacido en Bondues y de que era honrada y consagrada a él y a su hermano, según dicen los dos testamentos, muy poca cosa. ¿Sería mayor que don Rufino? ¿Y que Ángel? ¿Entraría a trabajar con los dos hermanos por las fechas en que se instalaron en París, en el apartamento de la rue Meissonier? Es lo que creo. Si no llevaba un tiempo largo con ellos, ¿por qué le habría de dejar don Rufino, cuando murió Ángel, cuarenta mil francos en oro francés? Y cuando murió don Rufino, ¿cuánto le sobrevivió, y a dónde iría a parar? ¿Le mandarían de Bogotá, como él quería, el dinero de los arrendamientos de la casa de la Calle 10? ¿No se lo robarían los pícaros de otro «inquilinato»? ¿Y cómo sé, me preguntarán, que la criada mencionada en las cartas es la misma de los testamentos? ¿Por un acto de fe? ¡Ay por Dios, yo soy un hagiógrafo incrédulo! Lo sé porque lo deduzco a lo Sherlock Holmes, pero con documentos en la mano, van a ver. En la posdata de una carta de J. Battanchonfle a don Rufino, fechada en Plaisance el 1º de octubre de 1906, este señor, de quien no sé ni siquiera el nombre completo, le manda saludos a ella: «P. D. Nos meilleurs souvenirs à Mlle. Maria, je vous prie». ¿Ven? Ahí está Maria (pronunciada en francés «Mariá»), y era una *Mademoiselle*. Por la carta, única de este destinatario, sé además que él se vio con don Rufino en Barèges: «Croyez, Monsieur, que je n'oublierai jamais l'edifiante conversation que nous eûmes à Barèges, assis tous deux au bord du précipice, conversation dans laquelle vous vous êtes élevé à des hauteurs telles, que je vous écoutais avec une profonde admiration et que mon âme se retrempait à des sources nouvelles. Les hommes comme vous sont rares à notre époque»: «Créame, señor, que no olvidaré nunca la conversación edificante que tuvimos en Barèges, sentados al borde del precipicio, en la cual se elevó usted a tales alturas que lo escuchaba yo con profunda admiración mientras mi alma bebía en fuentes nuevas. Hombres como usted son raros en nuestros días». Poco antes de la carta de *monsieur* Battanchonfle, don Rufino estuvo en Lourdes y en Barèges con su criada, y el pobre señor le escribía ahora para pedirle que le ayudara a conseguir trabajo: «Vos bienfaits n'iront point à un ingrat, mais a un homme d'honneur, fervent catholique, et père de famille». Que él era un hombre honorable, ferviente católico y padre de familia, y que la ayuda de don Rufino no iría a un ingrato.

En el verano de 1906 don Rufino estuvo en Lourdes y en Barèges con su criada, y entonces coincidió con el señor Battanchonfle. La primera de las cartas de don Rufino al doctor Baquero que han quedado está fechada en Lourdes el 7 de julio de ese año, y en ella le dice: «No sé cómo agradecer a U. el interés que toma por mi salud y por la de mi criada, que es para mí el brazo derecho. A la perspicaz ciencia de U. debo yo notable mejoría de mi cansancio de cabeza; lo mismo debo decir a U. de mi criada, cuyos vértigos casi han desaparecido con el anterior tratamiento que U. me indicó. En los últimos días ha estado bien acongojada con los dolores reumáticos, cosa que no he extrañado porque la primavera ha estado cruel y todas las personas que padecen estas dolencias han sentido una grave recrudescencia. Si el tiempo asienta un poco, ella saldrá también al campo, y con el tratamiento de U. espero que irá mejor». ¿Qué hacían entonces en el santuario de Lourdes, donde la Virgen se le apareció dieciocho veces a Bernadette Soubirous, si tenían al doctor Baquero el homeópata, avalado por Rafael Pombo? Ah, es que es más curativo un médico con Virgen que sin ella. Y mejor dar placebo que nada, porque si es la Virgen la que discretamente cura, entonces el enfermo le atribuirá su curación al médico: al pedazo de gis o tiza disfrazado de remedio que le mandó el hijueputa. ¿Y a qué se fue don Rufino a Barèges después de Lourdes? Es que en Barèges, pueblecito de doscientos habitantes, había unas aguas termales sulfurosas, milagrosas, que servían para infinidad de padecimientos como el reumatismo, los dolores de cabeza y las afecciones respiratorias, por si la Virgencita de Lourdes, que se había instalado a un paso de allí, andaba muy atareada atendiendo enfermos comatosos y no se podía ocupar de los menos graves. Milagros de la Virgen de Lourdes, aguas sulfurosas de Barèges y un médico homeópata de ciencia perspicaz como el doctor Baquero, ¿así quién no se cura? Si don Rufino y Maria Leocadie no se curaron, fue por falta de fe: de fe en la religión, en la naturaleza y en la ciencia. O en dos de ellas. O en las tres.

De vuelta a París de sus peregrinaciones con Maria, don Rufino recibió la carta del santurrón. Y debo advertir aquí, por si algún hagiógrafo envidioso del gran éxito que estoy teniendo con mi santo se pone a confrontar fechas para cogerme en error, que estoy hablando en este momento de 1906 y que no estoy equivocado de año. Y lo digo porque don Rufino ya había estado en Lourdes y en Barèges en 1905, y habría de volver a las dos en 1907. ¿A qué? A lo dicho: a curarse de dolencias, padecimientos, achaques… Estoy hablando pues de 1906 y del doctor Baquero, a quien la navidad de este año del Señor, don Rufino le escribió: «Mi criada, que tiene mucha fe en U., sabe que he de escribirle y me pide le consulte sobre lo que ha de hacer sobre esto: por la noche se despierta viniéndole a la boca agua que la ahoga y tiene que levantarse para escupirla; lo mismo a veces de día, y particularmente al conversar, lo que la hace toser. Perdone U. tanta molestia e impertinencia». En abril de 1907, Leocadie Maria empezó a tomar colchium y sulphur, que fue lo que le recetó el doctor Baquero. «Daré cuenta a U. –le escribió entonces don Rufino– de lo que vaya presentándose. La primavera es también fatal para los reumáticos, y en estos días la enferma ha estado bien aquejada de dolores por todas partes. Los vértigos no han vuelto». Y en junio: «Mi criada, tan agradecida a U. como yo, ha estado tomando el colchium y el sulphur; espero que, en llegando el buen tiempo, sienta mejor los efectos». Ni sirvió Lourdes, ni sirvió Barèges, ni sirvieron las homeopatías del doctor Baquero, y don Rufino acabó por olvidarse de los tres. Según la posdata de *monsieur* Battanchonfle, Maria Leocadie era una *Mademoiselle*. ¿Saben qué le habría diagnosticado Freud a la pobre después de oírla hablar durante horas tendida en el diván? «Líbido». Eso, líbido, que para el psicoanalista es como la plusvalía para Marx. De haber sido yo psicoanalista, psiquiatra o médico, y de haberme tocado el caso de la criada de don Rufino, se la habría chutado al cura.

En cuanto a don Rufino, sufría de reumatismo, molestias en los ojos, problemas de la vista, cabeza fatigada, debilidad cerebral, vejez a los treinta y nueve años, a los cuarenta, a los cincuenta, a los sesenta, indisposición, neurastenia, postración, gripas, influenza, dengue, bronquitis en singular o en plural, de unos días, muchos, semanas, meses, hasta tres en una misma estación (por lo general el invierno), fiebres, fiebrecillas, achaques viejos y nuevos, enfermedades de las vías respiratorias, visitas de amigos, granulaciones en la garganta, inflamación de la nariz… Catarros los que quieran. En 1883, por ejemplo, estaba acatarrado en marzo, en octubre y en noviembre. Perdón, en noviembre no, lo que tenía en noviembre era «romadizo». En septiembre de 1891, al volver del campo, cayó en cama y tuvo que llamar al médico, que le dijo que estaba perfectamente bien, «y estoy resignado a creérselo», agregaba en carta a Teza. En marzo de 1892 estrenó influenza (como la llamaron los italianos) o dengue (como la llamaron los españoles), y en diciembre unas «fiebrecillas» lo volvieron a mandar a la cama y no pudo salir ni a misa. En enero de 1893 seguía «achacoso», y el 25 pasó «una noche de perros». En 1899 le empezaron los «achaques de la cabeza», que lo habrían de acompañar hasta el final. Las vistas lo dejaban exhausto, cualquier esfuerzo de atención exánime, se le iban los nombres propios, las palabras le huían de la memoria, lo que aprendía hoy se le olvidaba mañana, el esfuerzo de contestar una carta lo tumbaba en cama, le fastidiaban los libros y era un suplicio lo que exigiera atención: la lectura, la conversación, todo. Tenía que suspender todo trabajo y todo le hacía daño y no podía leer, hablar, escribir, oír… En verano le sobrevenían abscesos o granos, en invierno bronquitis. Ya lo dije: ¡tres bronquitis en una sola estación! En 1908 le decía al doctor Baquero: «A nuestro queridísimo Pombo escribo con frecuencia contándole lo abrumado que estoy de atenciones, que en medio de mi debilidad me amargan la vida, dándome a veces el deseo de romper con mis amigos literarios; romper, digo, en el sentido de no contestar cartas ni recibir visitas». Su correspondencia con Schuchardt y Teza, sus corresponsales asiduos de tantos años, se redujo en efecto a unas breves tarjetas de navidad o de año nuevo. Por lo demás al mismo doctor Baquero le contaba: «En los largos años que he vivido aquí no he hecho más de cuatro o cinco amistades con personas que se dedican a los mismos estudios que yo». Cuatro, para mayor precisión: los dos que dije, que vivían en Graz y Padua, y Morel-Fatio y Foulché-Delbosc, que vivían en París.

En fin, en febrero de 1910, a un paso de la tumba, le escribía a Gómez Restrepo: «Mi salud no es muy buena, pero pudiera ser peor». Sus cartas están llenas de dos palabras: «achaques» y «Dios». Dios con todos sus sinónimos: el Señor, Nuestro Señor, el Salvador, el Sumo Juez, el Dador de todo don perfecto, el Altísimo, mi Padre desde el Cielo, su Divina Majestad, la Divina Providencia… Esta Divina Providencia fue la que preparó a su hermano Antonio para la muerte. Pero sus exaltaciones místicas no hay que buscarlas en toda su correspondencia. Con los ateos como Schuchardt, Teza, Morel-Fatio y Foulché-Delbosc, nada, ni esta boca es mía. A esos la mención de Dios les hacía lo que el viento en México soplándoles a las estatuas de don Benito Juárez. Pero con Pombo, con Benigno Barreto y con Belisario Peña... Ah, eso sí era otro cantar. Con don Belisario llegaba al do de pecho: el Bien Supremo, su Divina Majestad, la Encarnación de la Verdad, Aquel que no se engaña, el Cordero Inmaculado... Y al Hijo: Nuestro Divino Redentor, el Sacratísimo Corazón de Jesús, Nuestro Señor Jesucristo... A la mamá de Jesús la llamaba Dulcísima Madre, Santísima Virgen, María Santísima... En cuanto a don Belisario, era para don Rufino una cajita de música, una concha acústica, un cajón de resonancia que le hacía eco: el Fuego Infinito del Sacratísimo Corazón, las Llamas del Amor Inextinguible, la Fragua del Amor Divino, el Nacimiento del Amor Hermoso... Todo con mayúsculas, porque además de los infinitos achaques de uno y otro, don Belisario y don Rufino sufrían de mayusculitis. Poeta como era don Belisario, le componía odas a Su Santidad León XIII, al Silencio de Jesús Profanado, a María Santísima en la Presentación de su Divino Hijo, a la Inmaculada Concepción, a san Luis Gonzaga... Cuando no era que se estaba expandiendo en sonetos eucarísticos... Y don Rufino venía de una familia florecida de obispos, como el Ilustrísimo Indalecio Barreto Martínez, obispo de Dora y de Nueva Pamplona; el Ilustrísimo José Benigno Perilla Martínez, obispo de Tunja; y el Ilustrísimo Severo García Barreto, obispo también de Tunja. Este último Ilustrísimo se le murió de una carta a la otra. El 6 de febrero de 1890 le escribió desde Mónaco a su primo Benigno Barreto pidiéndole que le preguntara al «Sr. D. Severo» unos datos que necesitaba para su *Vida de Rufino Cuervo y noticias de su época*. El 18 de marzo Benigno le contestó: «A mi tío Severo le escribí al siguiente día de recibir la carta de Ud.; pero temo no recibir contestación porque horas antes de la llegada del correo a Tunja sufrió él un ataque mortal, cosa que me tiene muy apenado». Y sí, era mortal el ataque: dos días después murió. Colombia era un semillero de curas, obispos, presidentes, poetas y gramáticos. A veces en uno solo se juntaban tres: Caro era presidente, poeta y gramático. De haber querido ser obispo, habría llegado a papa. Pero oigan estos propósitos de don Rufino escritos en su ejemplar de la *Imitación de Cristo*, que leía y releía y releía, a juzgar por lo manoseadita que estaba: «Dos de julio de 1882. Ofrecer el día de rodillas. Meditación antes de misa. Oír esta con toda devoción. Hacer jaculatorias las más veces posibles. Desconfiar absolutamente de mí y recordar los motivos que tengo para humillarme. *In te, Domine, speravi, non confundar in aeternum*». La fecha ahí señalada, el 2 de julio de 1882, bien pudo ser exactamente la del día de su llegada definitiva a París, y es que tres días después le escribió a Caro diciéndole que habían llegado bien. ¿Y saben cómo llamaba don Rufino a París? ¡Babilonia!

Y si don Rufino quería tanto a Dios, ¿por qué entonces Dios le mandaba tantos males? Por eso: porque Su Divina Majestad también lo amaba. Pero permítanme acabar de medio armar el retrato (o el rompecabezas si prefieren, aunque solo tengo pocas fichas) de Leocadie Maria Joseph Bonté, que juntaba en su nombre de pila a la Virgen y a san José, a los que les sumaba la bondad en el apellido. Lo haré «homeopáticamente», para usar una palabra también muy cara a don Rufino, que llamaba «homeopáticas» a sus cartas breves, las de un pliego, que era para lo que le daba al final la cabeza.

«Solo la cocinera no corrige aquí, aunque a veces se admira de ver tanto garabato sobre las pruebas» (carta de don Rufino a Pombo de junio de 1884, cuando empezaban la endemoniada corrección de pruebas del *Diccionario*).

«Esta carta que el criado de V. trajo a las 7 de la mañana exigiendo inmediata contestación, la recibió nuestra criada, manifestando a aquel que no eran horas esas para entrar ella a nuestros cuartos» (carta de don Rufino de abril de 1886 al loco de Torres Caicedo cuando el enredo que este les armó).

«Deseo que se mejore Vd. cuanto antes de su dolencia, que yo creo que conseguiría curarla, sin ser médico, si mis amistosos consejos le merecieran plena confianza, y no estuviera Vd. a merced de una dueña que, como dicen en mi tierra, es un toro muy bravo» (carta de Manuel González de la Rosa a don Rufino de diciembre de 1899).

«En los gastos de la casa, mi criada es un modelo de economía y previsión y hace mucho más de lo que sus fuerzas permiten» (carta de don Rufino a su primo Benigno Barreto del 6 de septiembre de 1902).

«Mi querido amigo: La cariñosa y muy anhelada carta de U. fha. 24 de mayo del presente año llegó a mis manos el 2 de agosto; lo cual me ha recordado lo que decía por acá una aldeana: el cartero de este pueblo es muy formal: a veces me guarda una carta dos o tres semanas y no me la pierde» (principio de carta de don Rufino a Antonio Gómez Restrepo del 24 de septiembre de 1902). La «aldeana» era la madre de su criada, como más abajo van a ver.

«Pienso estarme por acá cuanto dure el buen tiempo; para el efecto he alquilado una casita y traído a mi criada» (carta de don Rufino a Teza de julio de 1903 y escrita en Yport).

«Me han llamado a almorzar, y U. sabe que las cocineras no son muy pacientes. Suyo de corazón, R. J. Cuervo» (final de carta de don Rufino a Teza también de Yport, pero de agosto de 1903).

«¿Y por qué estoy aquí y no en otra parte? Sabía U. que mi criada, el francés más respetable que he conocido, está aquejada de un reumatismo feroz que le ha llegado al corazón, y para el cual ni médicos ni libros dan esperanzas de remedio; prometió a Ntra. Señora venir a Lourdes, y como no era prudente abandonarla en viaje tan largo, me vine yo antes, estuve en ese lugar unos días, y cuando ella acabó sus devociones, pensé que estando tan cerca de Barèges, cuyas aguas termales son muy afamadas, le dije preguntara al médico que en Lourdes ve gratuitamente a los enfermos que llegan, si un tratamiento le convendría; con la respuesta de que daño no podía hacerle, la hice venir, por si la Virgen quiere hacer la curación por medios naturales» (carta de don Rufino a Pombo fechada en Barèges en agosto de 1905). ¿Un médico que ve gratuitamente a los enfermos en Lourdes? ¿Y entonces para qué estaba Nuestra Señora? ¿Para qué se le apareció entonces dieciocho veces a Bernadette Soubirous?

«Perdóneme U. que no le escriba en carta *pneumatique* porque no tengo a mano, el correo queda lejos y mi criada está también enferma» (posdata de una carta de don Rufino de enero de 1906 a Foulché-Delbosc).

«Queridísimo: Me alegro de que apareciese mi carta de Dbre. para que no falte ese testimonio de mi constante cariñoso recuerdo. Con el caso me ha venido a la memoria lo que de su madre me cuenta mi criada: "El cartero del pueblo, decía, es muy formal: a veces me tiene una carta dos y tres semanas, y no me la pierde". ¿No es un optimismo envidiable?» (principio de una carta de don Rufino a Pombo de abril de 1908). La aldeana mencionada arriba era pues la madre de la criada.

«Con frecuencia hablamos con mi criada de UU., del placer que nos causó conocerlos y verlos juntos a todos, y de no sé qué aroma de juventud y alegría que dejaron en esta casa. Mi criada estuvo en Aix por reumatismo; dicen los que abogan por las aguas minerales, para consolar a los dolientes, que los efectos no se sienten inmediatamente; ojalá sea **así**» (carta de octubre de 1909 de don Rufino a su sobrino Carlos Cuervo Márquez recordando la visita de este y su familia cuando vinieron de Roma a verlo en París el año anterior).

En su largo escrito necrológico «Cuervo íntimo» Tannenberg menciona varias veces a la criada: «Un jour, m'a conté sa servante, il rentra chez lui sans veston sous son pardessus; il en avait vêtu un pauvre diable. Désireux de s'elever dans la perfection chrétienne, il s'était fait admettre comme tertiaire dans l'ordre de Saint François». Que la sirvienta le había contado que un día don Rufino volvió sin el saco a casa porque se lo había dado a un pobre, y que se había hecho admitir como terciario en la orden de San Francisco. Y más abajo cuenta que don Rufino no resistía la tentación de comprar libros, de los que tenía la casa atestada. Que en sus correrías por las librerías o por los puestos de libros viejos del Sena volvía cargado de paquetes, para escándalo de su vieja ama de llaves (*sa vieille gouvernante*), que lo admiraba como Sancho a don Quijote, y que al verlo regresar con más libros rezongaba, volviendo a la cocina: «A-t-on jamais vu ça! Mais a-t-on jamais vu ça!»: «¡Habráse visto! ¡Habráse visto!» La estoy viendo, la estoy oyendo. Leocadie Maria Joseph Bonté era como una *concierge* francesa, pero menos mala. Menos, menos, menos… Mucho menos… ¡Una santa!

En el Tomo 049, Folio 104 del archivo interno de la Biblioteca Nacional de Colombia se dice: «La señorita Maria Bonté dona a la Biblioteca Nacional varios objetos que pertenecieron a Cuervo». Y firman los señores Eladio C. Gutiérrez y José Ignacio Escobar, los albaceas de don Rufino.

Poco después de la muerte de Cuervo, Max Grillo publicó en el *Boletín de Historia y Antigüedades* de agosto de 1911 un artículo recordando la visita que le hizo en París en 1910 y en él menciona a «la buena mujer que le servía».

Y pasa a contar que don Rufino «estaba hablando con entusiasmo juvenil de nuestro país, de las esperanzas que tenía en su resurgimiento, cuando vino la vieja criada que lo cuidaba con cariño de madre, y en francés le dijo: "Señor Cuervo, los médicos le han prohibido a usted conversar largamente". Me levanté. Entonces me explicó el carácter de sus dolencias: "Me fatigo demasiado. Ya no puedo leer como quisiera". Me ofreció una copa de vino…»

Y, en fin, en un artículo para el número de julio de 1969 de las *Noticias Culturales* del Instituto Caro y Cuervo, Agustín Nieto Caballero, quien asistió al entierro de don Rufino, cuenta lo siguiente: «Solo sospechábamos de su salud delicada por la viejecita –Mlle. Bonté–, que le cuidaba, y que en forma siempre cortés, pero terminante, cortaba nuestras visitas cuando tendían a prolongarse. Recordamos su frase habitual y cariñosa siempre: "Ahora, jovencitos, se toman su copita de jerez y no vuelven antes del domingo entrante porque el jefe tiene mucho que trabajar". Y éramos obedientes a este mandato, más en consideración a su trabajo, que sabíamos era intenso, que a su salud cuyo estado precario él nos ocultaba». Cuando escribió esto, don Agustín tenía ochenta años. ¿Qué entendería por «viejecita»? Nos hubiera contado algo más de la viejecita… Cuánto tiempo más se quedó en el apartamento de la rue de Siam tras la muerte de don Rufino… Cuándo lo entregó… Para dónde se marchó… «Un puñado de colombianos –agrega don Agustín– acompañamos al cementerio del Père-Lachaise, con el corazón sobrecogido, el féretro de aquella gloria de la patria». Han pasado cien años desde ese entierro y han muerto, y desde hace mucho, cuantos le conocieron. A mí me acompaña desde niño, tal y como me acompaña este idioma.

Bajé en la estación de Père-Lachaise, caminé unas calles y entré en la ciudad de los muertos. Los cuervos me fueron guiando hasta su tumba. Era una tumba humilde, a ras del suelo, cubierta de maleza y musgo, que me impedían leer las inscripciones. Aparté la maleza y con la punta del paraguas raspé el musgo. Entonces fueron apareciendo su nombre y el de su hermano. Me arrodillé para leer mejor. El sol se puso y empezó a oscurecer. Los árboles sin hojas del invierno se fueron borrando con las sombras. Sentí entonces que ascendía rumbo al cielo de ceniza, como un cuerpo astral que deja la materia, como un fantasma que se va. Pero no, no era yo el que ascendía, eran los cuervos los que se iban. Yo seguía arrodillado abajo ante la tumba, cargando con Colombia y llorando por él.

Esta obra se termino de imprimir en el
mes de mayo del 2012 en los talleres de
Corporación de Servicios Gráficos Rojo, S.A. de C.V.
Progreso No. 10 Col. Centro
Ixtapaluca Edo. de Mex. C.P. 56530